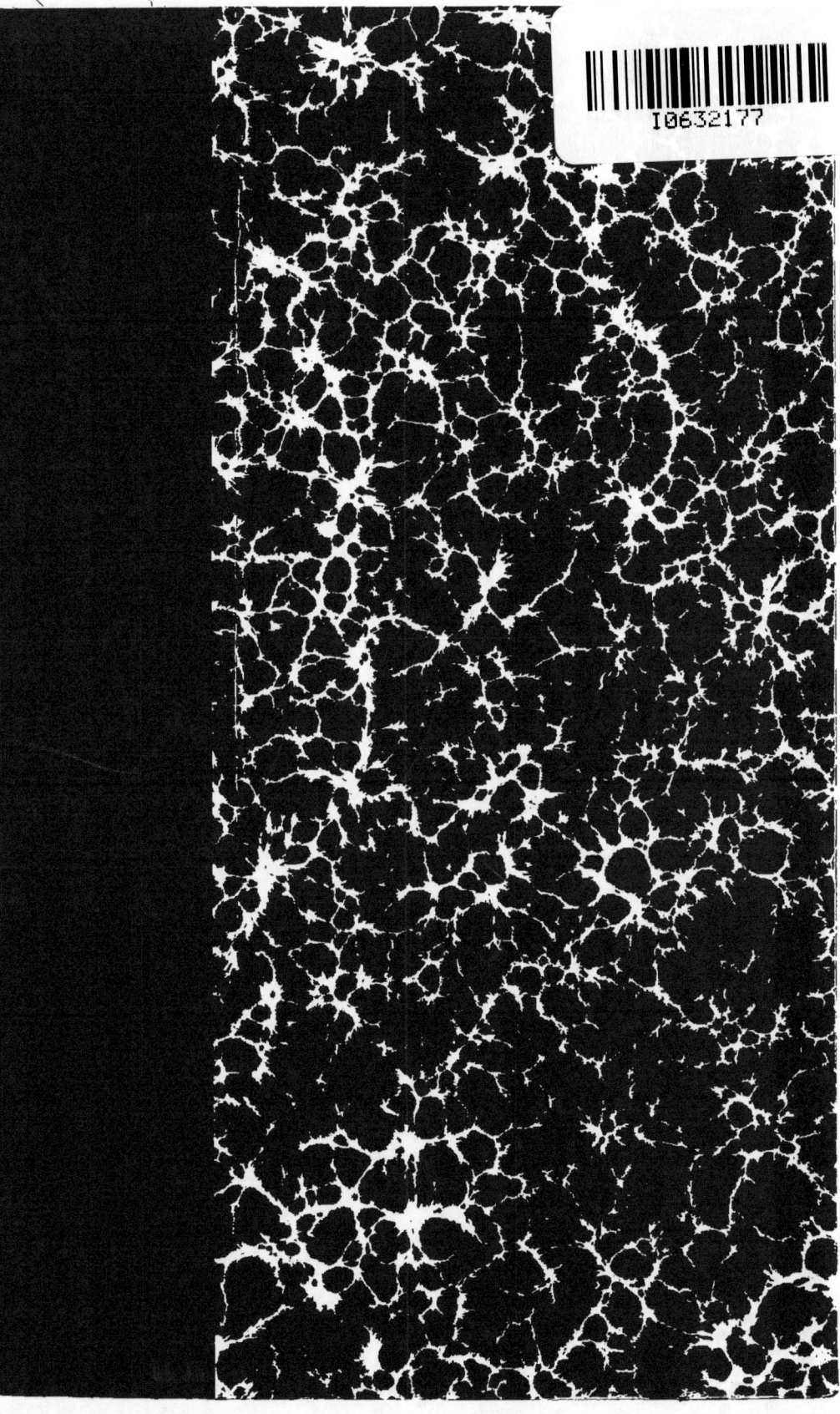

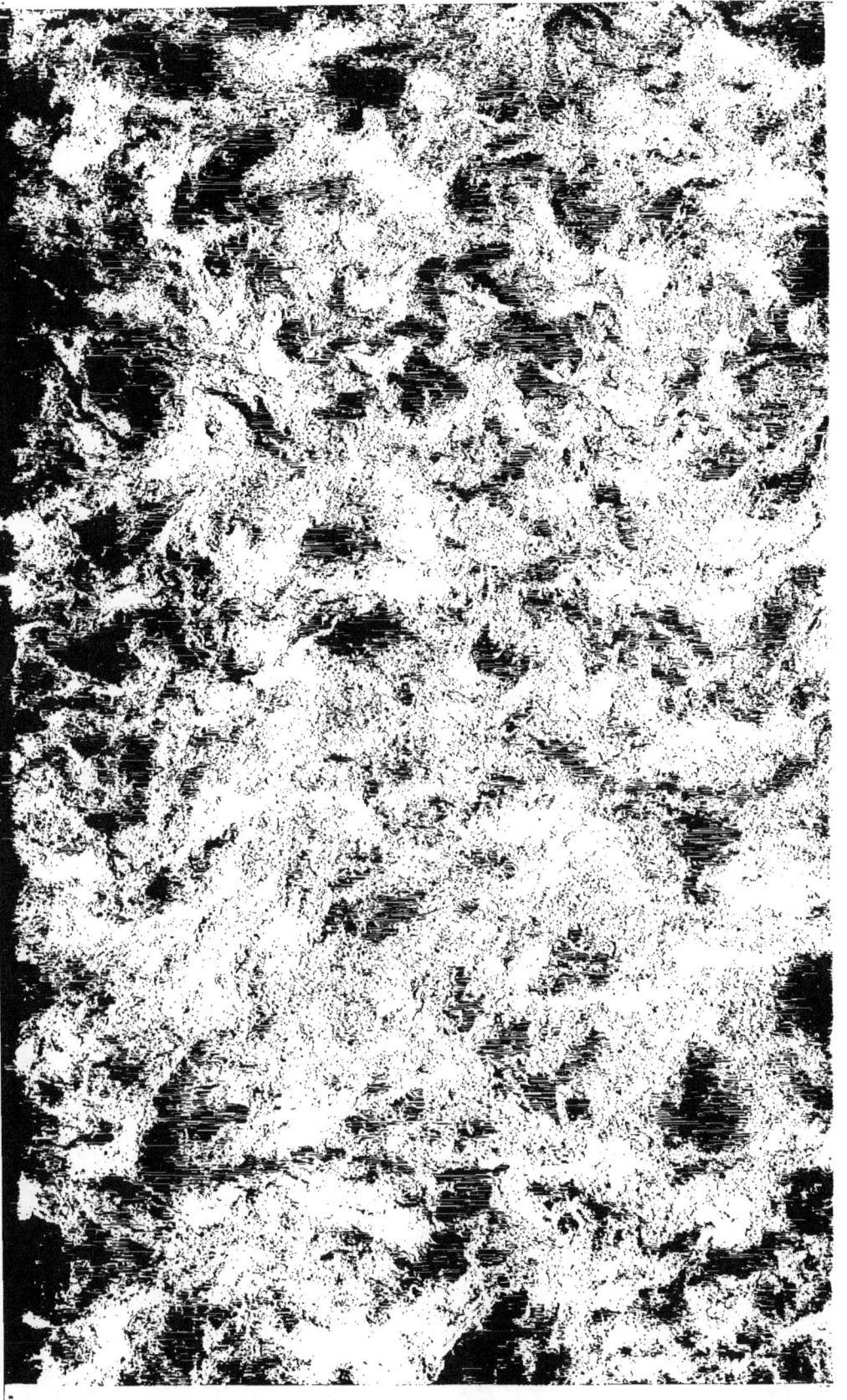

...LAUB 1968

L'ÉLOQUENCE

SOUS

LES CÉSARS

PAR M. AMIEL

Agrégé de l'Université

PARIS

FURNE ET Cie ÉDITEURS

45, RUE SAINT-ANDRÉ-DES-ARTS

—

MDCCCLXIV

L'ÉLOQUENCE
SOUS LES CÉSARS

CORBEIL. — Typ. et stér. de Crété.

L'ÉLOQUENCE

SOUS

LES CÉSARS

PAR M. AMIEL

Agrégé de l'Université

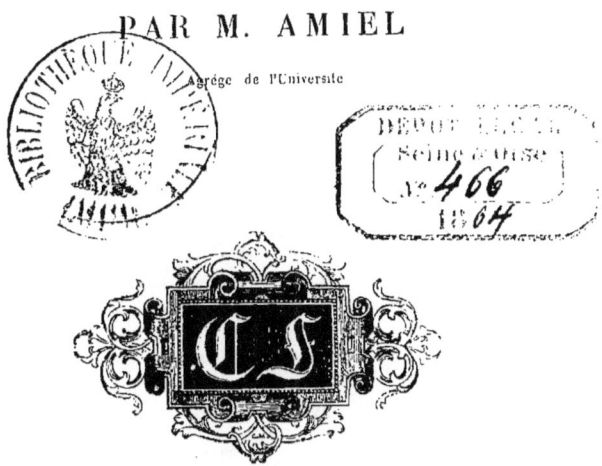

PARIS

FURNE ET Cⁱᵉ, ÉDITEURS

45, RUE SAINT-ANDRÉ DES ARTS

—

MDCCCLXIV

1864

PRÉFACE

Ceci n'est pas un roman, encore moins un feuilleton, mais une étude consciencieuse sur ce que fut et sur ce que pouvait être, s'il eût été mieux entendu, l'art de la parole à Rome, d'Auguste à Trajan.

L'époque est solennelle : à la république mourante succède l'empire qui s'élève sur ses ruines ; les pouvoirs du peuple, des chevaliers et du sénat se concentrent dans une seule main. La liberté a sombré dans la tempête effroyable des deux triumvirats ; à la place, une tyrannie quelquefois intelligente, le plus souvent insensée, quand elle n'est pas sanguinaire ; une centralisation, comme nous dirions aujourd'hui, qui enserre, jusqu'à les étouffer, les diverses parties du colosse romain. En haut un luxe effréné, en bas une soif insatiable de plaisirs ne laissent presque plus d'espace aux grandes pensées, aux généreux sentiments. Avec un point d'appui dans la philosophie alors la plus en vogue et puissamment accru par les instincts féroces et grossiers du peuple-roi, un matérialisme impur étend sur les hommes et sur les choses comme un voile de deuil. L'horizon s'obscurcit comme à la veille des cataclysmes de la nature ; c'est presque la nuit : on désespère.

La flamme de la pensée ne s'éteint pourtant pas ; peut-elle jamais s'éteindre ? Plus d'un noble cœur proteste contre l'asservissement universel. Le génie, le talent surtout, n'abdiquent point : ils revendiquent une part au soleil, part de jour en jour plus restreinte, il est vrai, mais qui ne va pas moins nous mener à la porte de la bonne nouvelle.

L'art s'étiole au milieu de cette sombre mêlée ; la poésie baisse d'un ton ; l'histoire jette son dernier, quoique peut-être son plus vif éclat ; la philosophie, sublime par moments, va se perdre dans un vain charlatanisme ; et la langue elle-même, cette langue *empérière*, comme dirait Montaigne, s'altère en vieillissant.

Mais de cette décomposition générale va naître tout à l'heure le monde de l'avenir ; on en distingue déjà comme une lueur dans le lointain. En bien cherchant, on trouverait encore les éléments d'une nouvelle vie : les mœurs sont détestables, mais les cœurs s'adoucissent et s'ouvrent à des sentiments plus humains, les esprits à des idées non encore soupçonnées. On sent que le sol est préparé pour une semence étrangère et féconde.

On devine ce que devait être l'éloquence dans ce monde d'Auguste *pacifié*, mais frémissant.

Nous nous serions abstenu de toute préface ; des études comme celle que nous publions ne demandent pas à se faire annoncer : la modestie sied mieux à leurs graves allures. Nous n'aimons d'ailleurs pas les préfaces ; l'auteur y pose plus ou moins devant le lecteur. Mais nous ne sommes plus à l'époque fortunée où un livre, tant mince fût-il, était sûr d'être dévoré jusqu'à la table des matières, pour peu qu'il portât l'enseigne de l'antiquité. Outre que l'appétit a eu depuis le loisir de se satisfaire, notre siècle

affairé, pressé, distrait et dédaigneux, ne détourne la tête
que quand on l'arrête au passage.

Ce qui se déroule sous nos yeux, en France comme dans
une partie de l'Europe, est bien fait cependant pour
nous intéresser à ce qui touche la parole. Sans parler des
assemblées politiques où l'éloquence est comme chez elle,
des corps savants où elle est cultivée pour elle-même, et
de l'Église, qui ne peut pas s'en passer ; sans parler enfin
du barreau où ses adeptes ne se comptent pas, qui n'a pas
aujourd'hui besoin de cet art si justement apprécié des anciens ? Ne voyons-nous pas la reine du siècle elle-même,
l'industrie, recourir à cette arme puissante pour triompher
des obstacles et pour convaincre les habiles ou les incrédu-
les ?

Donc nos sociétés démocratiques, que l'on gouverne par
la persuasion plutôt que par la force, nécessiteront toujours de fortes études oratoires. Or, où mieux étudier l'é-
loquence que chez le peuple qui en a fait, sinon le meilleur,
au moins le plus constant usage ? Mais, parmi les curieuses évolutions que ce peuple a subies, toutes ne sont pas
également connues, au moins pour ce qui concerne la parole. Nous avons choisi la moins connue peut-être, quoique l'une des plus émouvantes. La plume à la main, nous
avons lu et relu les auteurs originaux, sans négliger pour
cela les travaux plus récents et de seconde main. C'est assez dire que nous avons fait la part de la conjecture et de
l'hypothèse la moins large possible ; ce qui ne nous a pas
empêché d'arriver à certaines conclusions nouvelles et
souvent opposées aux idées reçues. Il fallait bien apporter
notre humble contingent à l'édifice de la science. Tacite,
les Sénèque, Suétone et bien d'autres nous ont révélé des

faits jusqu'ici restés dans l'ombre, malgré la liste déjà riche des travaux que la critique a produits sur un pareil sujet.

Ces jours-ci encore, a paru une étude qui n'a de commun avec la nôtre, disons-le tout de suite, qu'une partie du titre. Il ne nous appartient pas de juger ici *La poésie et l'éloquence à Rome, au temps des Césars;* l'auteur, que nous aimons et connaissons de longue date, n'a pas suivi le même plan que nous, et nous échapperons ainsi à une comparaison trop à notre désavantage. Fantaisiste spirituel et *dilettante* sémillant, M. J. Janin a montré dans son œuvre les qualités aimables que nous apprécions tous les lundis dans le *Journal des Débats.* Que le public, s'il daigne s'occuper de nous, ne se méprenne donc pas sur son œuvre et sur la nôtre : ces deux œuvres n'ont entre elles aucun point de contact. M. J. Janin s'adresse à tout le monde ; nous serions heureux, quant à nous, si les amateurs sérieux des belles-lettres, si la jeunesse méritante qui se voue à l'enseignement, et les rares esprits qui n'ont pas renoncé au commerce des anciens, consentaient à nous lire. Leur être utile et servir ainsi les hautes études littéraires : tel a été notre but : puissions-nous l'avoir atteint !

ÈM. AMIEL.

L'ÉLOQUENCE

SOUS LES CÉSARS

« Eloquentiam, sicut omnia, pacavit Augustus. »
(Dial. des orateurs, 38.)

Quelle a été, à Rome, l'éloquence depuis la bataille d'Actium (31 av. J.-C.) jusqu'à Trajan (96 ap. J.-C.) ? Pouvait-elle devenir autre chose qu'une vaine et stérile déclamation ?

Voilà les deux questions que nous nous proposons de résoudre dans cette étude. Pour y parvenir, il semble nécessaire, au début, de jeter un coup-d'œil rapide sur les changements introduits par Auguste et ses successeurs immédiats, d'abord dans les institutions politiques, puis dans l'état des esprits. S'il est vrai que la liberté soit indispensable au développement régulier de l'éloquence, et que les premiers empereurs aient anéanti peu à peu à leur profit les droits du sénat et du peuple, l'histoire de la parole et des pâles orateurs de cette époque prouvera surabondamment que, sous un tel régime, l'art de Cicéron ne pouvait que se prostituer aux caprices du pouvoir, et s'atrophier dans l'athmosphère impure de la décadence impériale. La corruption des mœurs, suite trop souvent inévitable de l'esprit exagéré de conquêtes, et l'affaissement progressif des caractères, venaient naturellement en aide à l'œuvre d'Auguste. Quant aux causes secondaires mentionnées par les critiques du temps, et que nous examinerons en leur

1

place, elles n'auraient pas été sans remède, si l'esprit public eût pu se retremper, comme le voulaient Sénèque et l'école stoïcienne, dans une morale plus pure et plus civilisatrice que le paganisme usé de la vieille cité de Romulus. Le plan de notre travail sera donc d'abord d'étudier rapidement le principat, d'Auguste à Trajan, et l'influence plus ou moins grande de chaque prince en particulier sur le noble métier de la parole ; en second lieu, de rechercher, dans la tenue des écoles et dans la vie des orateurs dont l'histoire nous a conservé le nom, la preuve que les Cicéron et les Hortensius étaient devenus impossibles dans un État où la liberté politique et la morale même avaient ait place au despotisme aveugle des Césars, et au sensualisme grossier du peuple-roi.

PREMIÈRE PARTIE

I

AUGUSTE (31 av. J.-C., 14 ap. J.-C.).

Cicéron écrivait à son ami Sulpitius : « Depuis que l'art,
objet de mes études, ne trouve à s'exercer ni au sénat ni
au Forum, je me suis adonné tout entier à la philosophie. »
Et pourtant la défaite de Pharsale n'avait pas été suivie de
vengeances : César, cœur corrompu mais humain, intelligence étendue plus encore que dominatrice, avait compris
qu'on ne pouvait sur les ruines de la république élever un
édifice durable, qu'à la condition de refaire, non d'étouffer
l'esprit public ; il ne tenait pas à régner sur des cadavres.
Octave, son fils adoptif et son héritier, qui n'avait ni son
courage ni son génie, ne prit pas la même voie : « Il établit
l'ordre, c'est-à-dire une servitude durable, » dit Montesquieu [1]. Rusé tyran, il se garda bien d'afficher, comme
César, des prétentions à la royauté, nom odieux encore à
tous les partis : il se contenta du titre plus modeste de
princeps, le premier du sénat ; puis, pour faire oublier le
triumvir, l'homme des proscriptions, qui avait sacrifié ses
amis mêmes à son habile mais cruelle ambition, il voulut
être *augustus*, et personne n'osa s'y opposer. Reconnaissons, toutefois, qu'il trouva dans son caractère souple et

---

[1] *Grandeur et décadence des Romains*, 13.

divers, mais qui n'était pas sans grandeur, des qualités
pour mériter un pareil titre et le transmettre aux héritiers
de sa toute-puissance. L'épée du compagnon d'Antoine et
de Lépidus une fois dans le fourreau, l'œuvre de l'adroit
politique commença. « Pour conduire doucement les Romains à la servitude [1], » il essaya de réparer les maux des
guerres civiles, d'abord en arrêtant l'esprit de conquêtes :
s'il soumit quelques peuplades des Alpes ou des Pyrénées,
ses guerres furent surtout défensives, tant sur le Rhin que
sur le Danube et l'Euphrate. Il n'avait, du reste, pas les
mérites qui font les héros ; et ses rivaux, Antoine et Sextus
Pompée, étaient plus faits que lui pour le métier des
armes. Mais il sut mettre à profit d'habiles lieutenants :
Agrippa le délivra de ses deux ennemis, et Tibère comme
Drusus ne le servirent pas médiocrement dans les guerres
difficiles de la Germanie. Quoique lâche par nature, il
gagna l'affection des soldats par des libéralités que paya
le parti républicain surtout. Depuis longtemps déjà les
armées ne servaient que leur chef ; l'État pour elles n'était
rien, ou peu s'en faut ; et, comme seules elles pouvaient
donner et maintenir la puissance, Auguste ne négligea
rien pour se les attacher et pour s'en réserver le commandement exclusif. Aussi, dans les provinces qu'il partagea
avec le sénat, garda-t-il pour lui les plus belliqueuses, les
plus exposées et, par conséquent, les plus importantes,
puisqu'elles nécessitaient la présence continuelle des armées ; les légions y reçurent des établissements fixes avec
de riches dotations pour les vétérans, sous l'autorité d'un
lieutenant impérial. Le sénat fit administrer les siennes
par des proconsuls inoffensifs, sans forces imposantes, de
manière à ne pas inquiéter l'autorité ombrageuse du
prince.

[1] Montesq., *Grand.*, 13.

L'armée satisfaite, il s'agit pour Auguste de satisfaire également le sénat et le peuple, sans leur laisser toutefois leur ancienne influence. Craignant les conspirations, qu'il n'évita pourtant pas, « il refusa. le nom de dictateur, » si funeste à César ; « il ne parla que de la dignité du sénat et de son respect pour la république [1]. » Mais il s'adjugea la puissance effective, en accaparant une à une les magistratures les plus inviolables, celles d'*imperator*, de tribun, de grand pontife, de censeur, etc., tandis qu'il ne laissait au sénat que la puissance illusoire de confectionner les lois et de juger les crimes publics. Il consent à ne pas enlever au peuple les comices avec un simulacre d'élections. Mais ce n'est que pour la forme, et ses candidats passent toujours les premiers. Le peuple, d'ailleurs, amas confus de citoyens, d'affranchis, d'étrangers, d'esclaves même, n'est plus ce qu'il était un siècle ou deux auparavant ; il n'a plus les mêmes idées, les mêmes intérêts ; que lui importe la liberté, pourvu qu'il ait du *pain* et des *jeux* ? Quant à l'ordre intermédiaire, celui des chevaliers, il n'existe plus à l'état de corps politique, ou du moins il a perdu tout prestige. S'il continue à percevoir les impôts dans les provinces, ce n'est plus pour l'*ærarium*, mais pour le *fisc*, pour la caisse privée du César. Ainsi, l'on peut dire, avec Gibbon, que le prince a réuni en lui tous les pouvoirs, et que Rome n'est plus qu'une monarchie absolue, sous les dehors d'une république militaire. « Après cette révolution, il ne resta plus rien, dit Tacite [2], de l'ancien état des choses : tous, dépouillant l'égalité, n'avaient les yeux fixés que sur le prince. »

Mais, pour fonder un état durable, et Auguste avait le sens assez droit pour le vouloir, il ne suffisait pas de consolider une usurpation : il fallait songer à l'avenir, et avec

[1] Montesq., *Grand.*, 13. — [2] *Ann.*, i, 4.

l'affaissement des caractères que les désordres et le malheur des temps, comme la corruption des mœurs, avaient
amené, la chose n'était possible qu'à la condition de créer
un peuple nouveau avec les éléments que léguait la république. Fermer le temple de Janus, c'était engager les
esprits à la paix et aux arts qu'elle protége ; c'était encore
un moyen de gagner les cœurs, en les accoutumant aux
douceurs du repos sous un maître si doux, si libéral en
apparence. En conséquence, l'agriculture fut favorisée ;
Horace eut presque le droit de dire « que le bœuf pouvait
sans danger parcourir les campagnes et que Cérès et la
Fertilité nourrissaient le laboureur [1]. » Il n'est pas invraisemblable qu'Auguste, par l'intermédiaire de Mécène, ait
été l'inspirateur des *Géorgiques*, avant d'être si poéti-
quement célébré par l'*Ænéide*. Le commerce continua
d'entretenir un luxe de plus en plus effréné, bien que le
prince ne portât que des habits filés dans sa maison.
Des navires sans nombre allèrent au bout de l'empire
chercher de quoi satisfaire aux goûts de jour en jour plus
raffinés du peuple-roi : la paix, rétablie sur mer comme
sur terre, permettait les voyages au long cours. Pour
échapper à toute sédition intérieure qui pût troubler le
sommeil de la cité et la tranquillité du maître, Rome eut
un préfet spécial avec une garde formidable, qui devait,
plus tard, disposer du pouvoir. Il y avait dans ces mesures autant de politique que de police : sous prétexte
d'assurer les biens et la liberté des citoyens, Auguste
se couvrait en réalité d'un rempart contre les vieilles
passions mal éteintes, *ignes suppositos cineri doloso* [2]. Les
lois aussi, dans une pareille révolution, devaient ou
changer, ou, du moins, être remises en vigueur, quand
elles secondaient les vues d'Auguste. Contrairement à la

---

[1] Hor., *Od.* IV, 5. — [2] *Id.* II, 1.

conduite forcée de César, son héritier fut avare du droit de
cité et « empêcha qu'on n'affranchît trop d'esclaves [1]. »
Du moment, en effet, qu'on voulait clore l'ère des conquêtes, quel besoin avait Rome de nouveaux citoyens,
avec l'immense population qu'elle renfermait déjà? Le
nombre des bouches à nourrir n'était déjà que trop considérable. Il valait mieux remédier à la dépopulation
croissante de l'Italie, que les *latifundia*, dit Pline, avaient
perdue, depuis que des bras mercenaires ne la cultivaient
plus que pour quelques privilégiés du patriciat. Et comment y remédier, sans retenir, autant que faire se pouvait,
dans les provinces les étrangers, qui n'étaient qu'un embarras à Rome? sans favoriser l'agriculture dans le laboureur, qui jadis savait à lui seul nourrir et défendre la patrie? Mais ce n'était là qu'un remède matériel; il en fallait
un plus efficace et d'une autre nature, qui essayât tout au
moins d'arrêter les progrès du mal : il fallait régénérer les
mœurs, les ramener à l'ancienne pureté. S'il n'y réussit
pas, Auguste, il faut le reconnaître, eut le mérite d'y apporter tous ses efforts, bien que lui-même, sous le masque
de la simplicité primitive, cachât des mœurs au moins
équivoques. Pour resserrer les liens du mariage que les
troubles avaient sensiblement relâchés, il porta des lois
rigoureuses contre l'adultère, lois que sa fille et sa petite-
fille devaient enfreindre les premières avec une triste impudence, et ce fut d'après ses maximes que ses successeurs
allèrent jusqu'à mettre un impôt sur le célibat; tant la
plaie restait incurable et béante! Sans doute, Horace fait
office de courtisan quand il dit que « l'adultère ne souille
plus la chasteté de la famille [2]; » mais les apparences furent respectées, tant que vécut le réformateur. Les autres
délits furent tout aussi sévèrement réprimés. La religion,

---

[1] Montesq., *Grand.*, 13. — [2] *Od.* iv, 4.

dont Auguste était le chef au titre de souverain pontife, attira aussi ses regards et sa vigilance : des temples magnifiques s'élevèrent sur tous les points de l'empire comme à Rome ; d'autres furent richement restaurés, et les choses saintes remises en honneur. Mais cette recrudescence religieuse, loin d'influer heureusement sur une civilisation déjà vieillie, allait bientôt aboutir à l'apothéose des plus mauvais princes. Du vivant même d'Auguste, des poëtes, et des meilleurs, ne craignent pas de mettre le prince au rang des dieux : *Deus nobis hæc otia fecit*, s'écrie Virgile. *Serus in cœlum redeas*, dit à son tour Horace [1] : croient-ils, par de telles adulations, ramener la foi dans les âmes et chasser des esprits le scepticisme qui les ronge ?

II

DE LA JUSTICE.

D'un autre côté, pour entrer plus avant dans notre sujet, demandons-nous quels devaient être les rapports des institutions nouvelles avec l'administration de la justice, comme avec le développement des lettres.

Nous avons dit qu'Auguste transporta du peuple au sénat la puissance de faire les lois et de juger les crimes publics, tout en laissant aux comices l'élection des magistrats ordinaires. Comment ce privilége devint-il à peu près illusoire ? Auguste, en sa qualité de censeur, eut le droit de réformer le sénat et d'en exclure les membres qui lui déplaisaient, soit pour leurs opinions, soit pour leur conduite trop souvent indigne d'un si haut rang. Les membres restants, pour éviter le même sort, devaient donc généralement penser ou feindre de penser comme

[1] *Od.* 1, 2.

lui ; aussi, la comédie qu'il renouvela tous les dix ans de vouloir déposer le fardeau de l'empire, quoique comprise, reçut toujours le même dénoûment. De plus, comme consul, le prince s'était réservé le droit de proposer à l'assemblée les lois qu'il croirait utiles au bien de la république. Quel sénateur, exposé sans cesse à la haine sans frein du maître de la force et de la richesse publique, eût osé faire une opposition sérieuse ? Il n'en était pas autrement pour les crimes publics, si peu que la personne du prince y fût intéressée. Qu'était-ce donc que cette liberté qui restait au sénat, et comment la pensée aurait-elle pu s'y produire dans un langage digne des anciens jours ? Encore aurons-nous lieu, plus tard, de remarquer qu'Auguste vieillissant se dispensa plus d'une fois de consulter la curie pour décider des choses les plus graves, de la liberté des citoyens, par exemple. Quant au peuple, nous l'avons dit, il conservait ses vaines assemblées et se contentait d'un simulacre d'autorité. Pourvu, du reste, que la forme fût respectée, que lui importait le fond ? N'était-il pas le principal auteur d'un semblable ordre de choses ? La tribune aux harangues était donc aussi muette que la curie prudente et craintive. L'éloquence populaire avait, d'ailleurs, perdu les grands intérêts qui lui servaient autrefois d'aliment. César et Auguste, disciples trop fidèles de Sylla, en s'arrogeant le droit de paix et de guerre, en étouffant les partis sous prétexte d'apaiser les passions, ne pouvaient plus la laisser vivre. Aussi, depuis le commencement des guerres civiles, qu'est-elle devenue chez les démagogues ou chez les ambitieux ? Une cause de troubles et de malheurs. Il va sans dire que nous ne parlons pas ici de Cicéron, honnête homme pour le moins autant qu'orateur incomparable.

La parole était-elle moins enchaînée dans les tribunaux ordinaires, et pouvait-on, comme autrefois, élever une cause privée à la hauteur d'un débat politique ? Des orateurs s'y risquèrent, mais eurent à s'en repentir. Un mot d'explication à ce sujet.

A part les affaires d'État qui passaient tour à tour par les mains du peuple et du sénat, à Rome, sous la république, les affaires privées se vidaient, suivant les circonstances, devant le préteur de la ville, ou devant une série de juges, dont le nombre varia depuis trois cents jusqu'à quatre mille [1], et qui portaient le nom de *judices selecti*. Ces juges étaient pris sur des listes qui n'étaient pas sans ressemblance avec nos listes du jury. Jusque vers la fin de la république, les sénateurs eurent seuls le droit de figurer sur ces listes, que dressait annuellement le préteur urbain. L'an 122 av. J.-C., la loi Sempronia transporta la judicature du sénat aux chevaliers, et, pendant tout le reste du septième siècle de Rome, le droit d'être compris parmi les juges fut disputé entre ces deux ordres, et successivement transféré de l'un à l'autre. Comme les procès se multiplièrent à mesure que la population de Rome s'accrut, comme, d'ailleurs, le Romain fut de tout temps fort ami des contestations, deux tribunaux ne suffirent plus, il en fallut trois : *Infitiationes, quibus trina non sufficiunt fora* [2]. L'an 105, en effet, la loi Aurélia établit trois décuries, composées la première de sénateurs, la deuxième de chevaliers, la troisième des tribuns du trésor. Cette troisième décurie fut spécialement consacrée, d'après Suétone et sous Auguste [3], au tirage au sort des juges, *sortitiones judicum*. Ces *publica judicia* étaient présidés par le préteur de la ville. Venaient ensuite les *privata judicia*, tribunaux inférieurs aux précédents, qui décidaient les questions purement personnelles, et qui n'avaient qu'un juge pour président. Enfin et au-dessous encore se trouvait le tribunal des *centumvirs*, qui jugeait les causes peu im-

---

[1] Plin., XXXIII, 7. — [2] Senec., *De Ira*, II, 9. — [3] *Aug.*, 29.

portantes et les débats des particuliers. Ces magistrats,
établis déjà sous la république, se recrutaient dans les
trente-cinq tribus urbaines, trois par tribu, et, bien qu'ils
fussent au nombre de cent cinq dans l'origine, ils n'en
gardèrent pas moins le nom de centumvirs. Ce tribunal
permanent recevait du préteur la mission de vider les
questions de propriété et d'hérédité, et les questions dites
de statu, où l'on se conformait strictement à l'ancien droit
romain, *jus Quiritium*. Cicéron [1] énumère avec précision,
ce semble, les diverses sortes d'affaires qui lui étaient
déférées : c'étaient les procès de *prescription* (ususcapio),
de *tutèle* (tutela), de *race* (gentilitas), de *parenté* du côté paternel (agnatio), d'*alluvion* (alluvio), d'*atterrissement* (cir-
cumluvio), d'*engagement* (nexum), d'*esclaves* (mancipium),
de *murs* (paries), d'*ouvertures* (lumen), de *gouttières* (stilli-
cidium), de *rupture* ou de *ratification* de testament (testa-
mentum ruptum aut ratum). Une pareille juridiction avait,
comme on le voit, au civil une assez grande importance.
Avant Auguste, c'étaient d'anciens questeurs, d'après
Suétone, qui *hastam centumviralem cogebant*, c'est-à-dire
qui avaient la présidence de ce genre de tribunaux ; Auguste la confia simplement à l'un des centumvirs. Il fallait
qu'il y eût alors abondance de causes pour que, malgré les
deux premières sortes de tribunaux, dont les juges ou jurés
étaient nommés spécialement pour chaque affaire, celui
des centumvirs se divisât encore en quatre sections, *basi-
licas*, suivant Turnèbe. Il y avait des affaires qui se traitaient devant deux de ces conseils ; d'autres devant les
quatre, suivant leur plus ou moins de gravité. Lorsqu'une
cause était portée devant leur tribunal, le tirage du jury
était publiquement fait par le préteur-président, ou en
cas d'empêchement par un délégué qui prenait le titre de

---

[1] *De Orat.*, i, 50.

juge de la question, judex quæstionis. Dans ce premier tirage, *sortitio*, l'accusateur et l'accusé récusaient dans
une certaine mesure les juges qui ne leur convenaient pas.
Un second tirage, *subsortitio*, complétait le nombre des
jurés. Quant aux affaires capitales, celles du moins où la
politique n'avait rien à démêler, elles incombaient d'ordinaire aux *triumviri*, qui avaient en outre la surveillance
des prisons et l'exécution des sentences criminelles ; aussi
leur nom de triumviri était-il d'habitude suivi de *capitales ;*
ils avaient aussi une juridiction particulière qui ne s'étendait qu'aux esclaves fugitifs et aux gens sans aveu. Venaient en dernier lieu les *recuperatores*, choisis par le
préteur sur la liste ordinaire des jurés, et qui formaient
une commission composée de trois ou de cinq membres,
chargée primitivement de juger les procès entre les Romains et les étrangers, et plus tard d'accommoder d'une
manière expéditive les différends des particuliers en ce qui
concernait la propriété et les questions *de statu*. Leur nom
semble indiquer qu'il entrait dans leurs fonctions, non-seulement de statuer sur le débat, mais encore de faire exécuter la décision, en faisant recouvrer au plaignant ce dont il
avait été violemment dépouillé. Remarquons aussi que ces
récupérateurs n'étaient pas nécessairement pris parmi les
judices selecti ; le magistrat pouvait les choisir parmi les
premiers venus. Dans les *judiciis privatis*, comme chez
nous, le juge donnait la parole à l'avocat ; c'était l'huissier,
præco, qui dans les causes plus importantes appelait les
parties en justice, invitait les orateurs à parler, et faisait
connaître la teneur des jugements [1]. « Les audiences se tenaient à des heures réglées. Il y avait les audiences du
matin et celles de l'après-midi. Aux centumvirs les premières s'ouvraient de 6 à 9 heures, selon les saisons [2]. »

[1] Quint., XI, 3. — [2] Grellet-Dumazeau, p. 149.

Toutes ces juridictions s'exerçant ou pouvant s'exercer en même temps, quelquefois à la même heure, l'ancien Forum, qui en était le principal théâtre, devait être singulièrement animé les jours d'audience, qui étaient aussi les jours de marché. Heureusement pour le repos et les oreilles des voisins et des passants, ces diverses basiliques prenaient leurs vacances, d'après Aulu-Gelle, vers le milieu du mois de juillet et pendant tout le mois d'août; sans compter qu'il y avait dans l'année des vacances extraordinaires, à propos de certaines fêtes politiques ou religieuses, à propos des saturnales, par exemple, où Auguste « établit dans ses lois judiciaires que les tribunaux vaqueraient pendant trois jours [1]. » — « Bien qu'Auguste rencontrât de nombreux refus parmi les citoyens, il n'accorda qu'avec peine à chaque décurie tour à tour un congé d'un an, et à toutes ensemble des vacances pendant les mois de novembre et de décembre, époque à laquelle ces sortes d'affaires avaient coutume de se traiter [2]. » Il voulut même que les jeux honoraires, c'est-à-dire les jeux donnés non par l'État, mais par les magistrats, ne fussent plus un obstacle à l'administration régulière de la justice.

N'omettons pas, à ce sujet, qu'Auguste le premier donna l'exemple d'un empereur descendant au rôle de juge, ou même d'avocat, comme il ne craignait pas de se mêler à la tourbe des comices pour appuyer et recommander la candidature de ses amis. « Lui-même, dit Suétone, rendit fréquemment la justice, quelquefois jusqu'à la nuit; quand il était mal portant, il faisait mettre sa litière devant le tribunal, ou bien même faisait comparaître les parties chez lui, devant son lit. » Pour ce qui concerne son rôle d'avocat, voici l'anecdote que nous cite Dion : « Un de ses vieux compagnons d'armes vint un jour lui demander

---

[1] Macrob., *Sat.* i, 10. — [2] Suet., *Aug.*, 39.

l'appui de sa parole ; Auguste commença par le recommander à l'un de ses amis, sous prétexte qu'il était occupé. Pour moi, dit le soldat en colère, toutes les fois que tu as eu besoin de moi, je ne t'ai pas renvoyé à un autre, mais j'ai partout partagé tes périls. Auguste se rendit devant les juges et plaida sa cause [1]. » Cette conduite que l'histoire et la critique anciennes ont louée tour à tour, mérite-t-elle aussi notre approbation ? En supposant à l'empereur une autorité fondée sur l'estime et même sur la vénération, comme c'était le cas pour Auguste, n'y avait-il pas un danger moral à se commettre ainsi avec les passions des plaideurs ? Sans doute, et l'exemple de Claude confirmera bientôt notre opinion à cet égard. De plus, le prince tout-puissant respectait-il les lois de l'équité, quand il consentait à défendre un client, et que d'un signe il pouvait imposer silence à la partie adverse qui, derrière l'avocat, avait à redouter le maître du monde ? L'affaire de Nonius Asprénas, ami d'Auguste, réglera plus loin notre décision à ce sujet. D'après ce qui précède, on voit que les tribunaux n'offraient pas plus d'indépendance que la curie. Et encore faut-il faire deux parts distinctes dans le principat d'Auguste, le principat d'Auguste jeune, hypocrite, mais doux et clément, au moins par politique ; et le principat d'Auguste vieux, abreuvé de soucis malgré sa toute-puissance, échappé à grand'peine à de nombreux complots, et par cela même devenu défiant. Le mot de Sénèque : *Sub divo Augusto nondum hominibus verba sua periculosa erant, jam molesta* [2], n'est vrai que pour la première période du règne, et il est peut-être juste d'en faire honneur à Mécène, dont la flatterie a pu surfaire la réputation, mais qui n'en a pas moins, aux yeux de l'histoire, le mérite incontesté d'avoir contribué pour sa bonne part à faire du

---

[1] Dion, *Aug.*, LV, 4. — [2] *De Benef.*, III, 26.

triumvir Octave l'empereur Auguste. Le parti républicain, aveuglé sur les temps, pouvait lui reprocher le conseil, sage selon nous, donné à Auguste de ne pas abdiquer comme Sylla. Mais ce Mécène, dans lequel on n'a vu le plus souvent que l'aimable protecteur des arts et le délicat et voluptueux épicurien, a été quelque chose de mieux. Sans vouloir en faire le type du ministre honnête, on peut dire que ce fut pour Rome comme pour Octave un heureux et sage conseiller. Ce n'était pas un républicain, à coup sûr : en effet, il inspira à Octave cette trompeuse défé-rence envers Cicéron, dont la paternelle amitié servit si bien l'écolier d'Apollonie. Ce fut lui qui, plus tard, après la bataille de Modène, sut ménager entre les deux rivaux cette réconciliation si fatale à la république, mais à Octave si nécessaire ; lui enfin qui leur fit tomber les armes des mains par le mariage d'Octavie avec Antoine. Auguste ne fut pas ingrat non plus envers un pareil ami : après la victoire d'Actium, il partagea, pour ainsi dire, le gouver-nement de l'empire avec lui ; absent de Rome, il lui lais-sait le sphinx, sceau du pouvoir. De plus, à la guerre, Mécène paya plus d'une fois de sa personne ; et, sans avoir les talents militaires d'Agrippa, rendit à son maître de fort utiles services. Mais c'est surtout comme ministre et comme politique qu'il se recommande à la postérité. Si le monde conquis se taisait devant Auguste, la haine était encore au fond de bien des cœurs. Le principal mérite de Mécène fut de l'en extirper, de l'essayer tout au moins : doué d'une netteté d'esprit et d'un bon sens remarquables, par goût et par nature ami de la douceur et de la modéra-tion, Mécène se fit auprès d'Auguste le champion de la clé-mence et de la conciliation, et par là prévint ou déjoua plus d'un complot. Malheureusement, l'épicurien chez lui faisait tache à l'homme doux et sensé. Par cette mollesse, par le raffinement de ses mœurs et par ses magnificences

inouïes, voulut-il amener une double corruption matérielle et morale? Nous serions tenté de le croire, en son-
geant que cet épicuréisme outré qu'il affichait, mieux que
le régime impérial lui-même, prépara et maintint le servilisme des esprits. Mais n'oublions pas le mot qu'il jeta un
jour à la face d'Auguste s'apprêtant sur son tribunal à
prononcer encore une condamnation capitale : *Surge.
carnifex.* Ce mot excuse bien des faiblesses. Mécène était
mort depuis longtemps quand Auguste, cédant à sa nature
comme à sa haine contre Cassius Sévérus, fit par la bouche
de Tibère passer au sénat sa loi rigoureuse contre les libelles; et l'on peut, avec un critique de nos jours, conjecturer avec assez de vraisemblance que Mécène l'avait
retardée, « en conseillant au prince le dédain et l'oubli. »
Nous verrons, dans un autre chapitre, ce qu'il y a de juste
dans les reproches que Sénèque adresse à ce personnage.
Nous avons approuvé le conseil qu'il donna à Auguste de
ne pas abdiquer comme Sylla. Les circonstances, en effet,
n'étaient pas plus les mêmes que les vues et la conduite de
ces deux hommes funestes. Sous Sylla, Rome était encore
capable de liberté et pouvait se passer d'un chef unique,
parce que les institutions, les mœurs et les idées qui avaient
fait sa force subsistaient encore, en partie du moins. Sous
Auguste, il n'en est plus ainsi : tout ou presque tout a
disparu de la Rome républicaine; la violence a détruit la
force des lois, la pensée n'est plus libre, les mœurs n'ont
plus rien de leur antique pureté. Le corps social est
ébranlé sur sa base et ne peut plus se soutenir que par
l'appui d'un maître. Auguste rentrant dans la vie privée, un
autre ambitieux eût pris sa place, et les choses eussent
suivi probablement le même cours. En outre, comme Sylla.
Auguste n'eût pas trouvé dans le calme d'une vie privée
une sécurité suffisante. Ce conseil de Mécène n'était donc
que sensé.

III

DES LETTRES.

Enfin, pour couronner l'œuvre pacificatrice, je veux dire pour achever d'éteindre les passions ennemies et turbulentes, Auguste porta son attention sur les lettres qui devaient, dans l'avenir, entourer son nom d'une auréole aussi brillante que trompeuse. L'homme privé secondait ici merveilleusement l'homme public. Né l'an 63 avant le Christ, de Caius Octavius, préteur de Macédoine, et d'Accia, fille de Julie, sœur de César, Octave avait à peine quatre ans quand il perdit son père. Par bonheur, Philippe, le nouvel époux de sa mère, lui donna une éducation conforme à sa naissance, et dont il sut profiter. « Dès l'âge le plus tendre, dit Suétone, Octave apporta à l'étude de l'éloquence et des arts libéraux une ardeur, un travail extraordinaire. » A neuf ans, il harangua le peuple ; à douze, il prononça à la tribune l'éloge funèbre de Julie, son aïeule. « Il eut pour maître Apollodore de Pergame, qu'il amena déjà vieux à Apollonie, » pour se perfectionner avec lui dans l'étude de la parole. « Ce rhéteur, au dire de Strabon, se fit un nom tant par les traités qu'il composa sur la rhétorique, que par les disciples qu'il forma et l'école fameuse dont il fut le fondateur. » Quintilien [1] rend hommage à sa juste célébrité. Sur la fin de sa carrière, accusé d'empoisonnement et défendu par Asinius Pollion, il fut condamné et alla professer à Marseille [2]. Outre Apollodore, Octave eut, d'après Vossius, un autre maître de rhétorique, Elpidius qui fut aussi celui d'Antoine. Parti d'Apollonie pour revendiquer à Rome l'héritage de César, Oc-

[1] III, 1. — [2] Senec., *Cont.*, 13.

tave ne commit pas la faute de négliger un art qui, dans
une ville où la parole était encore aussi puissante que
l'épée, lui permettrait de rivaliser avec Antoine et les
meurtriers du dictateur, à la condition toutefois de louvoyer habilement entre les partis. C'est ainsi que « dans la
guerre de Modène, au fort d'une lutte aussi grande, il
passe pour avoir tous les jours fait des lectures, écrit et
déclamé. Dans la suite, soit au sénat, soit au peuple, soit
même aux armées, il ne fit jamais entendre que des discours étudiés et préparés d'avance. Ce n'est pas qu'il fût
incapable d'improvisation. Mais, en défiance de sa mémoire, ou pour ne pas perdre son temps à apprendre par
cœur, il s'imposa la loi de tout lire. Sa voix et son débit
avaient quelque chose de doux et de particulier, qu'il devait à une étude assidue de la déclamation. Son éloquence
était du genre fleuri et tempéré : elle évitait la puérilité,
l'ineptie des sentences, les vieux mots qui exhalent, suivant
son expression (*fœtoribus*), comme une odeur de renfermé.
Mais le soin qui le préoccupa surtout, ce fut de donner à sa
pensée le plus de clarté possible [1]. » Aussi les grammairiens ont-ils noté qu'il faisait un usage fréquent des pré-
positions, qu'il ne craignait pas de redoubler à la manière
de César. Voilà par quelle route il parvint « à cette éloquence facile et abondante, qui convient à un prince, »
suivant Tacite[2], bien que ni l'art ni la nature n'aient jamais
pu faire d'Auguste un grand orateur. Il est fâcheux que le
temps n'ait pas épargné ses nombreux écrits en prose,
multa varii generis prosa oratione composuit [3], notre jugement eût eu des bases plus solides que les appréciations
diverses de la critique ou de l'histoire. Il avait composé, et
le temps a épargné en partie un abrégé de sa vie, une manière de testament politique, qui fut remis au sénat après

---

[1] Suet., *Aug.*, 84. — [2] *Ann.*, XIII, 3. — [3] Suet., *id.*

sa mort et gravé sur des tables de bronze comme il l'avait prescrit, pour être déposé dans son mausolée. Son style, en vers comme en prose, n'était dénué ni d'élégance ni de naturel : sa fameuse épigramme et quelques lettres en font foi. Quoi qu'il en soit, on peut affirmer qu'Auguste, mieux que Louis XIV, était à même par son éducation et par ses connaissances personnelles de comprendre et de diriger l'un des plus beaux siècles de la littérature. Le politique y trouvait son compte, bien entendu, mais c'était au moins un hommage qu'il faut lui savoir gré d'avoir rendu à l'esprit éclairé de son époque : il voulait que la tyrannie, si brutale après lui, loin d'être un affront pour les vieux amis de la liberté, se voilât à leurs yeux de toutes les séductions des lettres et des arts.

Ainsi préparé, que fit Auguste pour doubler l'impulsion donnée aux lettres par le dernier siècle de la république ? C'était une rude tâche pour les écrivains d'alors que de succéder à Lucrèce, à Salluste, mort l'an 36 av. J.-C., à Cicéron. Sans entrer dans l'examen d'une question qui nous est étrangère, nous pouvons avancer que la poésie s'éleva plus haut, et que l'histoire se maintint tout au moins au même niveau. Quant à l'éloquence, il ne nous sera bientôt que trop aisé de constater qu'il lui fut désormais impossible de soutenir, même de loin, la plus faible comparaison avec le siècle précédent. Mécène, dont nous avons déjà vu le rôle en politique, se montre à nous ici dans tout son éclat. Ami d'Octave peut-être depuis Apollonie, l'illustre chevalier d'Arezzo ne se contenta pas d'apaiser les esprits ; il rechercha leur assentiment volontaire au principat. Il prévint, il protégea les plus beaux génies de l'Italie, Horace, Virgile et tant d'autres qu'il s'attacha pour toujours. Malgré l'opinion bien connue de Tite-Live, Mécène lui procura de la part d'Auguste les documents nécessaires à sa grande histoire ; on ajoute même que le grand écrivain fut logé aux frais du prince et sous son toit. Pourvu de la confiance intime du maître, Mécène ne se contenta pas d'encourager les lettres, il les cultiva lui-même avec ce goût exquis, mais trop délicat, que lui reprochait Auguste, avant Sénèque, en blâmant ses *tresses parfumées*, calamistros [1]. Malgré les raffinements de son style, aussi bien que de ses mœurs, ce parfait épicurien conserva une netteté d'esprit et un jugement rares, qui ont fait dire à Sénèque lui-même : *Ingeniosus ille vir fuit, magnum exemplum romanæ eloquentiæ daturus, nisi illum enervasset felicitas, imo castrasset* [2]. Ses jardins merveilleux, ses palais magnifiques, qui ne le préservèrent pas toujours des ennuis de la vie, cette existence orientale, furent encore pour le maître un auxiliaire puissant, qui ne contribua pas faiblement à soumettre les esprits en les éblouissant. Mais, s'il éblouit les esprits, ajoutons avec Sénèque qu'il les corrompit. Le philosophe l'a pris pour exemple de l'influence des mœurs sur la forme et sur l'expression de la pensée. Des métaphores singulières, des alliances de mots bizarres, l'afféterie, en un mot, et la recherche : voilà ce qui distingue le style de Mécène. « Ce style, s'écrie Sénèque [3], n'est-il pas aussi lâche que les plis de sa robe sans ceinture, son expression aussi prétentieuse que sa parure ? son éloquence est celle d'un homme ivre : elle est obscure, désordonnée, pleine de licences. » Sénèque a raison : ces mœurs et cette langue devaient donner le signal de la double décadence morale et littéraire que nous avons à déplorer. Et ce qu'il y a de pis, c'est que probablement Mécène n'agissait et n'écrivait ainsi que de dessein prémédité. Les compliments d'Horace à propos de l'histoire que Mécène médite sur les *combats de César*, sur *ces rois menaçants, traînés la corde au cou par les rues de*

---

[1] *Dial.*, 20. — [2] *A Luc.*, 19. — [3] *Litt.*, 114.

Rome [1], à propos de sa parfaite connaissance des *deux littératures*, témoignent de l'amitié du poëte, mais n'infirment en rien le jugement sévère du philosophe.

Ce n'était, d'ailleurs, pas tout d'accueillir la science : il fallait lui donner aussi les moyens de se répandre ; voici comment Auguste y pourvut.

« César le premier avait résolu d'ouvrir au public des bibliothèques latines et grecques, et avait chargé M. Varron d'en réunir et d'en coordonner les livres [2]. » Marchant sur les traces du dictateur, mais sans avoir l'étendue de son génie, et surtout dans une idée moins désintéressée, Auguste reprit son œuvre. Varron, dont les soldats d'Antoine avaient dispersé les livres, rentra dans la possession de ses biens après la bataille d'Actium, mais non de ses précieux manuscrits, que le vainqueur ne pouvait pas lui rendre. Il seconda le dessein d'Auguste comme celui de César, mais ne survécut pas assez longtemps à la république pour devenir le conservateur des bibliothèques impériales : sa mort est de l'an 26 avant notre ère. Auguste mit Ponponius Macer à sa place [3]. L'Espagnol C. J. Hygin eut la direction de la bibliothèque Palatine [4]. C'était un grammairien, d'abord esclave de J. César, puis affranchi d'Auguste, qui fut ami d'Ovide, et dont les travaux qui lui sont attribués attestent au moins une érudition digne d'une pareille tâche. C. Mélissus de Spolète, autre grammairien, mit en ordre les livres de la bibliothèque qui se trouvait au portique d'Octavie [5]. Nous verrons plus tard Asinius Pollion consacrer une partie des dépouilles de la guerre à construire une superbe galerie adjacente au palais de la Liberté, qu'il remplit de livres et qu'il décora des bustes des écrivains illustres. C'était, à Rome, un fait nouveau que l'État se fît ainsi

---

[1] *Od.*, ɪɪ, 9. — [2] Suet., *Cæs.*, 44. — [3] *Ibid.* — [4] *Ibid.*, *Gram.*, 20. — [5] *Ibid.*, 21.

l'émule des simples citoyens pour la diffusion des lumières ; fait qui dénote une différence profonde entre l'époque
qui nous occupe, et celle où le vieux Caton s'opposait même
à l'introduction de la langue grecque. A mesure qu'elle
vieillit, Rome devient cosmopolite, mais en perdant ses
qualités et ses vertus natives.

Des faits que nous venons de résumer, il est aisé de conclure l'influence délétère, quoique favorable en apparence,
d'Auguste sur cette partie des lettres qui fait l'objet particulier de nos recherches : plus de liberté véritable ni au
sénat, ni au Forum ni même au barreau (Dion [1] raconte
qu'Auguste le premier remit en vigueur la loi Cincia
dont nous aurons à reparler plus tard : un sénatusconsulte
condamna au quadruple l'avocat convaincu d'avoir reçu
de ses clients une rétribution quelconque); la science et
l'instruction en crédit, mais à la seule condition d'être,
comme dit Tacite, *instrumentum regni ;* le droit de l'écrivain toléré d'abord, puis restreint, puis enfin à peu près
étouffé. « L'empereur, dit Suétone [2], ne permettait qu'aux
talents supérieurs de le mettre en scène dans leurs écrits,
et cela pour des choses sérieuses; et il défendait aux préteurs de laisser prostituer son nom dans des concours littéraires. » C'était comme un avant-goût de la loi posté-
rieure contre les libelles, dont nous avons déjà parlé. Le
prince, se rendant aux conseils de Mécène, commence par
éviter les rigueurs, ou, du moins, les soumet à la sanction
du sénat; vieux, il se dispense de cette formalité. « Un ordre
de sa main envoie sans procès un citoyen vieillir au milieu
des glaces de la Scythie [3]. » Ovide [4] ne fait-il pas lui-même
allusion à cette pénalité rigoureuse, en disant que son
livre n'a accusé, n'a *mordu* (mordaci) personne? Que va-t-il
donc se passer sous Tibère?

[1] IV, 18. — [2] *Aug.*, 89. — [3] Egger, *Hist. d'Aug.*, II, p. 70. — [4] *Trist.*, II, 1.

IV

TIBÈRE (14-37 ap. J.-C.).

Appartenant par son père, Tibérius Néron, et par Livie, sa mère, à la *gens* Claudia, Tibère dut à l'adoption de passer dans la *gens* Livia d'abord, puis dans la *gens* Julia. Il commença par errer en exilé à la suite d'un père proscrit. Tibérius Claudius Néron, ancien préteur et ancien pontife, avait été proscrit pour une cause honorable : au dire de Velleius [1], dont il faut, il est vrai, se défier quand il s'agit de Tibère, ce personnage aurait été banni pour avoir hautement pris la défense des propriétaires à qui la guerre civile avait enlevé leurs domaines, et qui pour ce motif avaient pris les armes en Campanie. La révolte une fois apaisée et Tibérius Claudius Néron en fuite, Livie, sa femme, pour échapper aux armes d'Octave, emporta dans ses bras son fils âgé de deux ans par des chemins de traverse, et, accompagnée d'une seule personne, parvint à gagner ainsi avec son mari le rivage de la Sicile. Devenu plus tard beau-fils d'Auguste qui l'adopta, cet enfant eut à lutter contre la famille nombreuse du prince, et fut comme contraint par la suite d'épouser Julie, sa fille, dont les désordres le mirent dans une position encore plus critique [2]. Ces débuts pénibles, de plus, une nature ombrageuse et fière, suffisent pour nous faire comprendre comment il est devenu le type du parfait tyran. Tacite, qu'on a taxé d'exagération à son égard, sait lui rendre justice au besoin, et, s'il condamne la cruauté du prince, il se plaît à reconnaître les rares qualités du politique, de l'administrateur, qui valait encore mieux que son entourage, et qu'il ne

[1] II, 75. — [2] Tac., *Ann.*, VI, 51.

faut pas confondre avec les insensés ou les despotes qui l'ont suivi sur le trône du divin Auguste.

L'éducation de Livie, femme astucieuse entre toutes et que l'histoire a justement flétrie de ses soupçons, ne pouvait guère adoucir son naturel, que les circonstances plus haut mentionnées semblaient devoir aigrir encore. N'oublions pas non plus que les Romains, déjà façonnés à la servitude, n'étaient pas faits pour développer dans le prince les bonnes qualités aux dépens des mauvaises. Cependant la mémoire d'Auguste, chère et vénérée des jeunes générations, mit d'abord un frein aux passions cachées de Tibère, et son immortel historien est le premier à confesser le mérite des neuf premières années de son règne. Tant que vécut Drusus, victime de Séjan, Tibère, soit dans l'intérêt futur de son fils, soit même pour l'éclipser aux yeux de la postérité, se contint, ou, du moins, ne donna point un libre cours à ses haines et à ses défiances. Il laissa même au sénat une ombre de liberté : « les affaires publiques, les affaires les plus importantes des particuliers se traitaient devant l'assemblée, et les sénateurs pouvaient les discuter. Si parfois le prince avait des contestations avec les particuliers, c'est aux tribunaux ordinaires qu'on en référait [1]. » Il supportait avec assez de bonhomie l'injure, la médisance et la diffamation, au dire de l'histoire ; quelquefois même il allait jusqu'à dire que dans un État libre il faut que l'esprit et la parole soient libres également. Il ne faudrait d'ailleurs pas croire que Tibère, en vulgaire despote, cherchât à s'appuyer sur l'avilissement ; qu'on se rappelle le mot que lui prête Tacite : *O homines ad servitutem paratos* [2], » qu'il disait en grec, toutes les fois qu'il sortait du sénat. Mais sa politique ne s'accordait pas avec ses passions. « Il voulait un sénat libre, mais qui satisfît à tous

---

[1] *Ann.*, IV, 5-6. — [2] *Ibid.*, III, 65.

les moments ses craintes et ses haines [1] ; » contradiction évidente, quoique réelle, qui prouve que l'homme n'échappe jamais entièrement à la faiblesse de sa nature. Ajoutons qu'une chose entre toutes occupait Tibère, l'intérêt ; car l'égoïsme est au fond des plus mauvais penchants.

Quels furent les débuts de cet égoïsme ? Une modestie hypocrite comme celle d'Auguste, une défiance profondément voilée, qui se trahit pourtant, si l'on veut y regarder de près. Après avoir, toute sa vie, convoité le pouvoir qu'il a reçu d'Auguste à Nole, ou plutôt de Livie, il renouvelle la comédie de son beau-père, et plus d'un sénateur d'entre les plus habiles s'y laisse prendre, comme Hatérius et Asinius Gallus. Le dénoûment prévu arriva : le sénat le supplia d'accepter le fardeau de l'empire. Il y a bien alors quelques troubles même sérieux dans les armées de Germanie ; mais l'intérieur de Rome surtout nous intéresse. Voilà donc Tibère sur le trône vénéré d'Auguste. Trop intelligent pour accuser tout de suite sa personnalité, il marche en apparence dans la même voie : il ne veut que remplir les volontés et les intentions du défunt ; mais insensiblement il donne un autre tour à sa conduite, parce qu'il compte peu, très-peu sur l'estime et sur l'affection des différentes classes. Auguste, pour ne pas choquer ouvertement de vieilles habitudes, avait, nous l'avons vu, laissé au peuple un simulacre d'élections. Tibère, qui craint des assemblées si nombreuses, « transporte les comices du Champ de Mars à la curie [2], » c'est-à-dire qu'il s'en adjuge à lui-même la direction. « Les plaintes du peuple s'exhalèrent en un vain bruit, » suivant l'expression de Tacite. Ne savons-nous pas, d'ailleurs, à quoi nous en tenir sur cette multitude confuse, hétérogène et famélique, qui peuple les rues étroites

[1] Montesq., *Grand.* 14. — [2] *Ann.*, I, 15.

de la ville éternelle? Tibère, qui la connaît, n'a aucun courage à la dépouiller de ce dernier privilége. Le voilà donc déjà de nom et de fait plus absolu qu'Auguste : revêtu comme lui du commandement des armées par son titre d'*imperator*, comme lui tribun, censeur, consul, grand pontife, où s'arrêtera-t-il? A sa seule volonté. Va-t-il, au moins, en raison de sa toute-puissance, donner un peu d'air autour de lui? Nullement : sa nature soupçonneuse le pousse à rétrécir encore la lourde atmosphère où s'étiole le vieil esprit romain. Les grands talents, les nobles cœurs n'ont pas tous succombé à Philippes; Tibère veut les étouffer, d'une manière sûre et à peu près inconnue jusqu'à lui, sous le voile du bien public, derrière lequel les ambitions se sont de tout temps retranchées.

Il y avait, sous la république, une loi de majesté, *lex majestatis*, qui le servit à merveille; voici, d'après Tacite [1], la teneur de cette loi, nécessaire à l'ancienne constitution : « Si quelqu'un poussait l'armée à la trahison, ou le peuple à la révolte, si enfin il portait dans la gestion des affaires publiques une intention criminelle, » il subissait la peine capitale dans toute sa rigueur. Mais, ajoute l'historien, « les actes seuls étaient en cause, les paroles restaient impunies. » Pour être juste, il faut ajouter que la loi sur les libelles, de l'invention d'Auguste, était un acheminement naturel à la loi de majesté. Tibère s'abrita derrière ce grand nom, et d'une façon adroite, presque bénigne et méritoire : « Le préteur Pomponius Macer (le même sans doute qu'Auguste avait mis à la tête des bibliothèques impériales) lui demanda si, comme par le passé, l'on exécuterait la loi de majesté. Il faut que les lois aient leur cours, répondit Tibère [2]. » Réponse digne d'éloges dans la bouche d'un prince humain et bien intentionné, dont l'intérèt

---

[1] *Ann.*, 1, 72. — [2] *Ibid.*

de l'État est le seul ou principal mobile; réponse grosse
de menaces dans la bouche de Tibère, qui ne voulait par
là que se mettre à couvert des haines qu'il inspirait, ou
assouvir les siennes. En effet, l'aspect des choses change
aussitôt : depuis l'exil de Cassius Sévérus et d'Ovide, le
silence s'est fait autour d'Auguste vieillissant; mais, tout
en se précipitant dans la servitude, les différents ordres
ont conservé un certain respect d'eux-mêmes. Lorsque
Tibère eut révélé ses tendances par la nouvelle législation,
« ce fut, au dire de Sénèque [1], une rage presque publique
de s'accuser les uns les autres, rage qui, au sein de la paix,
fit plus de mal à Rome que toutes les guerres civiles. On
relevait les paroles de l'ivresse, le laisser aller de la plaisanterie. » Des lâches, pour arriver à la fortune par la faveur impériale, quelquefois aussi pour sauver leur tête,
ne craignirent pas d'exposer celle des meilleurs citoyens.
Si encore, comme sous la république, l'on se fût contenté,
pour arriver à la gloire ou aux charges publiques, de
s'attaquer aux hommes en place, à ces grands spoliateurs
officiels, qui firent bénir dans les provinces le régime que
nous blâmons ici, ce n'eût été qu'un faible mal, occasion
fréquente de grandes illustrations oratoires. Mais aujour-
d'hui ce n'est pas la jeunesse qui se charge de ce rôle
toujours plus ou moins odieux : « les premiers du sénat
descendent aux plus basses délations, les uns ouvertement, en plein jour, la plupart dans les ténèbres; vous ne
distingueriez pas un parent d'un étranger, un inconnu
d'un ami; que le fait soit récent, ou qu'il se perde dans
la nuit des temps, peu importe : au Forum, à table, parlez
de quoi que ce soit, vous êtes accusé; pour échapper à une
délation, il faut la prévenir; c'est un moyen de salut pour
quelques-uns, une maladie contagieuse pour le plus grand

---

[1] De Ben., iii, 26.

nombre [1]. » Tacite, on le voit, ne fait que développer avec plus d'indignation encore le passage que nous avons cité des *Bienfaits*. Les deux moralistes sont également dans le vrai : ils se prononcent *de visu*, l'un sous Néron, l'autre après la mort de Domitien. Comme Tibère, Néron et Domitien voulaient, avant tout, passer le niveau du despotisme sur toutes les têtes grandes ou petites, dangereuses ou inoffensives ; ils voulaient, de plus, remplir leur trésor, *fiscus*, vidé sans cesse par leurs folles prodigalités. Or, où trouver de l'argent, si ce n'est dans ces vieilles familles patriciennes ou équestres qu'avait enrichies le gouvernement des provinces ou l'administration des deniers publics ? La plèbe n'avait rien à craindre de ces orages quotidiens ; que pouvait lui ravir la foudre impériale ? Pour le riche, c'était autre chose : condamné, ses biens tombaient dans la gueule toujours béante du trésor privé. Puis, Tibère avait eu soin de « faire décréter de grandes récompenses aux accusateurs, quelquefois même aux témoins ; et l'on se serait bien gardé de ne pas en croire un délateur [2]. » Il faut cependant rendre à Tibère la justice que lui rend Tacite lui-même : c'est que longtemps il contint plus qu'il n'encouragea le zèle des délateurs, et qu'il se refusa d'abord à prendre sa part de ces dépouilles sanglantes. Mais, l'habitude une fois contractée, l'empereur trouvait à la délation trop d'avantages personnels pour y mettre des entraves. Ainsi, profit pour le prince obéré, profit pour l'intrigant affamé, dont la fortune scandaleuse cacha plus d'une fois l'ignominie ; quel moyen pour l'accusé d'échapper à son sort ? s'il ne voulait pas ruiner entièrement sa famille éplorée, il n'avait qu'à se donner la mort ; « son corps, au moins, était enseveli, son testament respecté ; cela valait la peine de se hâter,

---

[1] Tac., *Ann.*, VI, 7. — [2] Suet., *Tib.*, 61.

pretium festinandi [1]. » Ce fut là, sous l'empire, l'une des
causes les plus efficaces de cette manie du suicide, dont
on a trop accusé le stoïcisme. La délation devint un métier lucratif entre des mains habiles, et Montesquieu nous
explique en partie pourquoi les grands eux-mêmes l'em-
brassèrent parfois avec fureur. « Les sénateurs, dit-il, n'a-
vaient plus ces clients qui les comblaient de biens; on ne
pouvait guère rien prendre dans les provinces que pour
César [2]. » La source des richesses taries pour le patriciat,
comment pourvoiera-t-il à ces dépenses énormes dont
fait foi toute la littérature d'alors? Par la faveur impériale.
Aussi, voyez dans les *Annales* [3] comme sont vains les nobles mais rares efforts de quelques braves magistrats, en
face de ce luxe asiatique né de la conquête du monde,
et que les guerres civiles n'ont pas étouffé. Quelques pères
conscrits, en souvenir de leurs ancêtres, auraient voulu
appuyer la proposition des édiles; mais le servilisme est
tel dans la curie, que pas un sénateur n'ose prendre sur
lui la responsabilité d'une telle mesure; d'autant plus que
la cité s'alarme au seul bruit d'une semblable intention,
et redoute un prince d'une « économie antique. » Tibère,
absent déjà de Rome, est consulté; sa réponse ambiguë
laisse bien entrevoir que lui aussi partage l'avis des édiles;
mais il ne veut pas risquer ce qu'il croit sa popularité.
« Il n'ambitionne point la gloire de se faire des ennemis. »
L'intention des édiles reste impuissante devant le mauvais
vouloir du prince comme devant le luxe, dont le flot monte
sans cesse. La mollesse des mœurs est telle cependant,
qu'il faut bien, bon gré, mal gré, que l'on y songe; la
riche matrone, qui faisait l'honneur et l'éclat de la vieille
Rome, n'est le plus souvent qu'une coquette capricieuse,
quand elle n'est pas une courtisane éhontée. Non-seule-

---

[1] Tac., *Ann.*, vi. — [2] *Grand.*, 14. — [3] iii, 52.

ment elle ne garde plus les lares domestiques en filant
de la laine : en dépit de la loi, elle a pris le pas sur le
mari, qu'elle suit dans les provinces, jusque dans les
camps; grave danger pour les provinces : l'épouse du gouverneur y portera ses petites passions, qui, venant s'ajouter à celles de l'époux, rendront la condition des provin-
ciaux plus intolérable. Un sénateur clairvoyant, Cécina,
propose d'interdire aux femmes d'accompagner leurs maris dans les gouvernements; dans un discours peu con-
vaincant, le fils de Messala Corvinus s'y oppose, et la proposition est rejetée [1]. Plus d'une fois pourtant le sénat
est obligé de sévir contre l'immoralité : *Gravibus senatus
decretis libido fœminarum coercita* [2]. Tibère se contenta
d'appliquer à l'adultère la loi Julia, portée par Auguste [3].
Cette loi, qui date de l'an 17 av. J.-C., prévoyait non-
seulement l'adultère, mais aussi le crime de ceux qui
se livrent à d'infâmes débauches. Elle portait la confiscation d'une partie des biens et la relégation dans
une île. Elle atteignait, en outre, la séduction, *stupri
flagitium*, lorsqu'elle était exercée sans violence. La peine
était alors pour les coupables d'une condition élevée
la confiscation de la moitié des biens, et pour ceux de
basse condition une peine corporelle avec la relégation.
Mais, tout violent qu'il était, le remède resta sans effet;
consultez Juvénal. Aussi la dépopulation croissait-elle
dans des proportions effrayantes : le mariage était souvent stérile; on ne se mariait même presque plus. Auguste, dans sa vieillesse, s'en était aperçu déjà, comme
l'atteste la loi Papia Poppæa contre le célibat, si funeste
à l'accroissement de la population et à l'intérêt du trésor
public [4]. Mais, chose singulière et caractéristique du
temps, les consuls Papius et Poppæus, auteurs de la loi,

---

[1] *Ann.*, III, 34. — [2] *Ibid.*, II, 85. — [3] *Ibid.*, II, 50. — [4] *Ibid.*, III, 25.

n'étaient, au rapport de Dion, mariés ni l'un ni l'autre! Qu'y avait-il donc, dans un pareil état de choses, qui pût relever les âmes et les ramener aux nobles élans de la liberté? Où trouver un point d'appui pour régénérer un pareil monde? Les belles âmes désespérèrent! Nous voyons dans Tacite un courageux exemple de ce désespoir : « L. Pison, en haine des brigues du Forum, de la corruption des juges, de la cruauté des orateurs qui n'avaient que la menace à la bouche, jura qu'il se retirerait de Rome pour aller vivre caché dans une campagne lointaine [1]. » Notez que le fait est de l'an 16, c'est-à-dire deux ans après la mort d'Auguste! Qu'eût dit ce fier rejeton d'une ancienne famille, s'il eût vu les jours de Séjan et de Caprée?

Si, malgré sa mauvaise nature, Tibère n'eût, du moins, écouté que son intelligence aussi profonde que celle de son prédécesseur! il n'en fut rien, nous l'avons montré : l'égoïsme fut le mobile unique de ce sombre tyran, dont le cœur s'était desséché bien avant d'arriver au trône. Quoique ses débuts dans le principat aient forcé Tacite même à lui rendre justice, sa défiance native perça de bonne heure : « Quelqu'un commençait à lui dire : Tu te « souviens. Pour couper court à d'autres marques de fa- « miliarité : Je ne me souviens pas, reprit Tibère, de ce « que j'ai été. » Ces paroles, tirées de Sénèque [2], doivent avoir suivi de près la mort d'Auguste. Car le nouveau maître du monde se souciait peu de ses anciens amis; il voulait qu'on ne considérât en lui que l'état présent, et les intimes de son passé n'étaient, à ses yeux, que des témoins suspects. Que nous sommes loin déjà de la simplicité d'Auguste, qui allait familièrement visiter ses amis et partager leur repas! Le despotisme a fait un pas de plus : tout petit qu'il est dans le particulier, Tibère se ca-

---

[1] *Ann.*, II, 34. — [2] *De Ben.*, V, 25.

che dans le sanctuaire; le dieu doit rester inaccessible
aux profanes. Comme c'est un dieu jaloux, avec tous les
pouvoirs il lui faut toutes les gloires, celle de l'éloquence
comme les autres.

Ainsi que tous les Romains des grandes familles, Tibère
avait reçu une éducation soignée; la littérature grecque
lui fut aussi familière que la littérature latine. Il entendit
plaider et plaida lui-même nombre de procès en grec [1].
Cependant il n'employa pas le grec en toute rencontre;
au sénat surtout, il ne l'employa jamais; ç'eût été contraire
à la majesté de la curie, dont Tibère se fit plus d'une fois
le gardien. Ce respect des convenances était tel, qu'ayant
à parler devant les pères conscrits de *monopole*, terme d'o-
rigine grecque, il se crut obligé de demander grâce pour
ce mot étranger. Ses progrès dans la langue latine furent
rapides et précoces, s'il faut en croire Suétone [2], puisque
à neuf ans il prononça, à la tribune, l'éloge funèbre de
son père. Mais il eut beau se proposer pour modèle Messala Corvinus, dont il cultiva l'amitié dans sa jeunesse [3];
soit nature, soit habitude, son expression garda toujours
quelque chose de vague et d'obscur, qui servit, du reste,
merveilleusement sa politique. Suétone, plus explicite à
ce sujet que Tacite, prétend que les ténèbres de son style
étaient volontaires, et nous nous rangeons à son avis.
Aussi, quand il improvisait, ce qui n'arrivait presque jamais, n'ayant pas le loisir de combiner son style à son gré,
Tibère était-il plus heureux qu'après une longue préparation [4]. L'éloquence ne fut pas l'unique objet de ses études : la poésie eut une partie de ses loisirs; il composa
même des poëmes grecs dans le genre d'Euphorien, je
veux dire des tragédies. Ce poëte avec deux autres moins
connus dont Suétone nous a conservé le nom, Rhianus et

[1] Dion, *Tib.*, LVII, 15. — [2] *Ibid.*, 0. — [3] Suet., *Ibid.*, 79. — [5] *Tib.*, 70.

Parthénius, faisaient les délices du prince, qui consacra leurs écrits et leur portrait dans les bibliothèques publi-. ques parmi les auteurs illustres de l'antiquité [1]. Ces études le menèrent-elles à l'éloquence ? Tacite, malgré le passage cité plus haut, semblerait en être convaincu, quand il le compare à Néron comme orateur. « Tibère, dit-il, possédait à fond l'art d'apprécier les termes à leur juste valeur, avait de la force dans la pensée, et, s'il était obscur, c'était à bon escient [2]. » Les lettres, en effet, ou les discours qu'il lui prête, dont le fond tout au moins est authentique, offrent bien ce caractère de mesure et de force qu'il devait peut-être à l'influence de Messala. Tel n'était pourtant pas l'avis d'Auguste : « Que je plains, dit-il à son lit de mort, le peuple romain d'avoir bientôt affaire à d'aussi lourdes mâchoires [3]. » Mais Auguste, qui n'avait qu'une médiocre sympathie pour celui qui devait être son successeur, exagère évidemment, comme on peut s'en convaincre par la lecture attentive des critiques du temps. Avec moins d'autorité que Tacite, mais avec autant de justice, Dion rend hommage aux soins que Tibère mettait à bien parler [4]. Philon, qui avait pu l'entendre, est bien plus explicite encore : « Parmi les orateurs qui florissaient alors, y en avait-il de supérieurs à ce prince pour l'éloquence comme pour la raison [5] ? » Tibère était donc, tout au moins, un orateur de mérite, qui savait manier la parole avec art et sans en faire parade : « Le sénat, dit Montaigne [6], ordonna le prix d'éloquence à Tibère; il le refusa, n'estimant pas que, d'un jugement si peu libre, quand bien il eût été véritable, il s'en pût ressentir. » Caligula et Néron y mirent plus tard moins de façons. La parole, du reste, avait été de tout temps, à Rome, un moyen

[1] *Tib.*, 71. — [2] *Ann.*, XIII, 3. — [3] Suet., *Tib.*, 21. — [4] *Tib.*, LVII, 17, — [5] *De Legatione*. — [6] III, 7.

d'arriver à la puissance, et les empereurs n'auraient pas
commis la faute de le négliger; seulement ils voulurent
l'accaparer, et en cela ils tuèrent l'éloquence autour d'eux,
sans pouvoir eux-mêmes lui conserver la vie. Sous
Tibère, en effet, les Romains, contraints à la dissimulation, s'accoutumèrent à déguiser leurs sentiments :
les discours ambigus devinrent à la mode, et la langue
perdit de cette limpidité qui fait le charme des grands
siècles. On courut après les jeux de mots, après les pointes, après les obscurités et les énigmes. A l'exemple d'Auguste, Tibère, non content des séances orageuses du sénat,
était l'auditeur assidu des tribunaux, où il s'asseyait dans
un coin pour ne pas faire descendre le préteur de sa chaise
curule. Bien des arrêts contre les brigues et les sollicitations des grands furent rendus en sa présence et à son
instigation [1]. Suétone vient encore ici confirmer le témoignage de Tacite. « Le prince se faisait d'ordinaire le
conseiller des juges; il siégeait à côté d'eux ou en face,
sur le premier rang. Un accusé devait-il son salut à son
crédit; à l'instant même il se levait et, de sa place ou de
la tribune du questeur, il rappelait les juges à l'observation des lois et de leur religion, aux devoirs de la cause
pendante [2]. » Quelle conclusion tirer de tous ces détails
autre que celle de Tacite : « En veillant ainsi aux intérêts
de la vérité, on ruinait la liberté de la parole? » Et cette
phrase suffit à expliquer la stérilité en orateurs, en écrivains même de tout genre de ce règne de 23 ans.

<hr />

[1] Tac., *Ann.*, 1, 75. — [2] *Tib.*, 23.

V

CALIGULA (37-41 ap. J.-C.).

Fils de Germanicus et de la première Agrippine, Caius, que par affection les soldats de son père avaient surnommé Caligula, vint, en vertu du testament de Tibère, se présenter aux suffrages du sénat et du peuple, à l'âge de vingt-cinq ans. Corps disgracieux et contrefait, âme basse et féroce, qui avait pu assister d'un œil sec au meurtre de sa mère et de ses frères, Caius débuta pourtant comme les bons princes, pour légitimer, au moins en apparence, le choix intéressé du défunt empereur. A Rome, son premier acte fut de prononcer en public l'éloge funèbre de son père adoptif ; mais il s'étendit de préférence sur les mérites d'Auguste, de Germanicus, sur les siens propres. « La vivacité d'une douleur trop récente ne lui permettait pas, disait-il, de s'étendre sur l'éloge de Tibère. » Était-ce haine ou remords? L'un et l'autre peut-être. Quelques jours après, pour remercier le sénat, le peuple et l'armée de leur empressement à le reconnaître, il leva la défense de lire les ouvrages de Labiénus, de Crématius Cordus et de Cassius Sévérus. La liberté va refleurir peut-être, et la tribune, depuis longtemps muette, retentir encore une fois de nobles accents ! d'autant plus que les comices, abolis par Tibère, sont rétablis et l'élection des magistrats rendue au peuple. En outre, la plaie du règne précédent, la loi de lèse-majesté, va disparaître ;... de nom ; car, au lieu de dépendre du sénat, l'accusé sera jugé, exécuté militairement ; la délation ira son train ; mais l'ancien épouvantail aura du moins disparu momentanément. Par malheur, la scène change tout à coup : le tigre, qui par les mains de Macron a tué le dernier empereur, montre les griffes. Le

sang coule à flots : amis, femmes, parents, rien de sacré
pour Caius ; il ne veut pas de remontrances, il est maître,
il est dieu ; ou plutôt il est fou, fou de nature ou d'accident, peu importe. De plus il est avide d'argent, depuis
qu'il a dépensé dans des orgies invraisemblables les sages
économies de Tibère. Mais la dernière de ses nombreuses
femmes, Césonie, celle dont les filtres avaient, dit-on, al-
téré la raison du César, échappa au sort commun en faisant étrangler le monstre par Cassius Chéréa.

Eh bien ! ce monstre, dont l'œil hagard et enfoncé, dont
la tête massive trahit de reste la folie, n'était pas tout
à fait sans valeur littéraire. Quoique élevé dans les camps,
à la suite de son père, son éducation ne fut pas négligée,
et peut-être ne doit-on pas s'en rapporter à Suétone, quand
il dit que, « de tous les arts libéraux, c'est à l'instruction
littéraire, à l'éloquence qu'il apporta le moins de soin [1]. »
Ces mots sont en contradiction avec la suite du passage : *facundus et promptus;* surtout quand il fallait parler
contre quelqu'un. Dans la colère, les mots, les pensées lui
arrivaient en foule ; sa voix elle-même réfléchissait alors
le sentiment qui l'animait : elle montait haut et se faisait
entendre de loin. « Il allait dégainer le glaive de ses veilles,
disait-il sous forme de menace, lorsqu'il allait prendre la
parole. » Autre preuve d'un apprenti orateur, qui ne devait
pas tout à l'improvisation : « Il s'était fait une habitude de
répondre aux discours qui avaient réussi, de préparer chez
lui l'attaque et la défense des accusés célèbres qui devaient
être traduits devant le sénat ; quand leur cause était appelée, il les chargeait ou leur venait en aide, suivant que
sa veine avait été plus heureuse d'un côté que de l'autre [2]. » La Curie n'était pas un assez grand théâtre pour
ses exploits oratoires : « Un édit invita l'ordre équestre

[1] *Calig.*, 53. — [2] *Ibid.*

lui-même à jouir de son éloquence [1]. » Caius, pour en arriver là, ne pouvait donc être novice ; nous le voyons d'ailleurs fort jeune, puisque son père vivait encore, prononcer avec applaudissements l'éloge funèbre de Livie, son aïeule. Mais Suétone a raison de douter de son instruction, puisqu'il avait le goût détestable ; il est vrai que le goût ne s'allie guère avec une intelligence dérangée, avec un cœur sec jusqu'à la férocité : « Il songea à anéantir les poésies d'Homère. Pourquoi ne se permettrait-il pas, en effet, disait-il, ce que s'était permis Platon, qui l'avait banni de sa république ? Ce sont ses propres paroles. Peu s'en fallut aussi qu'il n'enlevât de toutes les bibliothèques les écrits et les portraits de Virgile et de Tite-Live ; de Virgile, pour n'avoir ni science ni génie ; de Tite-Live, pour n'être qu'un historien verbeux et négligent [2]. » Les jurisconsultes, cette gloire la plus originale de Rome, ne devaient pas être mieux traités ; c'était une science dont Caius voulait abolir l'usage : « Par Hercule ! disait-il souvent, personne autre que moi ne pourra répondre sur le droit [3]. » Ce n'est pas que le réformateur fût contraire à la judicature ; loin de là : « pour alléger la charge des *judices selecti*, il leur adjoignit une cinquième décurie [4]. » Bien plus, afin de leur être agréable, il remit en honneur une ancienne coutume qu'Auguste avait respectée, mais que Tibère avait détruite, celle de permettre aux juges, au plus fort de l'été, de rendre la justice *sans chaussure*, ἀνυποδήτους [5]. Mais il jalousait toutes les gloires, et celle des légistes devait survivre à l'empire lui-même. En revanche, il réservait toutes ses faveurs pour l'art objet de son étude de prédilection ; il le favorisait encore à sa manière ; qu'on en juge. Après son troisième consulat, entre autres jeux, il fonda cette

[1] *Calig.*, 53. — [2] Suet., *Calig.*, 34. — [3] *Ibid.* — [4] Suet., *Calig.*, 16. — [5] Dion, LIX, 7.

fameuse académie, *Athenæum*, qui se réunissait devant
l'autel d'Auguste, à Lyon. « Là fut établi un concours d'é-
loquence grecque et latine ; le vainqueur recevait la récompense des mains du vaincu, qui était même contraint
de faire son éloge. Quant à l'infortuné dont la parole avait
par trop déplu, il lui fallait effacer sa harangue avec une
éponge, voire même avec sa langue, s'il n'aimait mieux être
battu de verges ou plongé plusieurs fois dans le fleuve voisin [1]. » Quel heureux moyen d'encourager un art qui vit
de liberté ! Il ne fallait pas, du reste, qu'un talent, qu'un
orateur de vieille date entrât en lutte avec un pareil athlète :
sa mort eût été le sûr garant de sa défaite. Deux anecdo-
tes, relatives l'une à Sénèque le philosophe, l'autre à Domitius Afer, nous convaincront plus tard de la bénignité
de ce parleur couronné. En attendant, résumons-nous sur
son compte au jugement de Tacite : « L'éloquence ne reçut
aucune atteinte de l'esprit égaré de Caius [2]. » Josèphe nous
paraît plus suspect d'exagération, quand il dit de ce prince
qu'il était *fort éloquent, fort instruit dans les lettres grecques et romaines* [3]. L'exagération est évidente, quand il
ajoute : « C'était un esprit excellent qui s'était toujours
exercé à manier la parole, pour ne pas rester au-dessous
de Germanicus et de Tibère. » Nous connaissons l'*esprit
excellent* de Caius ; quant à sa jalousie, elle est historique,
et nous y souscrivons. Quoi qu'il en soit, un pareil Mécène
n'était guère propre à susciter des génies autour de lui,
et, de fait, les génies furent peu nombreux sous son règne.

---

[1] Suet., *Calig.*, 20. — [2] *Ann.*, XIII, 3. — [3] *Ant.*, XIX, 2.

VI

CLAUDE (41-55).

A un prince furieux succède, grâce au hasard et à la corruption exercée pour la première fois sur l'armée, un prince faible, que l'histoire s'est peut-être trop hâtée de qualifier d'*imbécile*. Montaigne [1], avec cette humeur gauloise qui le distingue, le traite sans façon d'*animal* et de *bête*, pour sa conduite envers Messaline, il est vrai. L'oncle de Caius, Claude, était fils du premier Drusus et d'Antonia, tenant ainsi tout à la fois à la maison d'Auguste et à celle d'Antoine. Il avait reçu de la nature un corps d'une taille avantageuse et bien proportionnée ; mais de longues et fréquentes maladies affligèrent son enfance, au point d'altérer profondément sa constitution physique et intellectuelle ; c'était, d'après sa mère, l'ouvrage bizarre de la nature en délire. Objet de mépris pour sa famille comme pour son entourage, Claude passa son enfance et une partie de sa jeunesse confiné à la campagne, où il contracta la passion du vin et du jeu. Son éducation ne fut cependant pas aussi négligée qu'on l'a dit. Mais, les maladies d'un côté, les mauvais traitements de l'autre lui infligèrent de bonne heure cette faiblesse et cette timidité, qui, jointes à l'ivresse, firent plus tard son malheur et celui de l'empire. La faiblesse ne saurait être une excuse, sans doute ; mais, sans vouloir réhabiliter Claude, peut-être doit-on plutôt le plaindre que le haïr, et l'*Apocolocynthosis* témoigne plutôt de la verve et de l'esprit de Sénèque que de sa droiture et de sa philosophie.

Claude, en effet, avait, quoi qu'on en ait dit, un esprit

[1] III, 6.

propre aux sciences et même aux affaires, et, s'il avait eu le
bonheur d'être mieux entouré, il n'est pas impossible qu'il
eût laissé un grand nom. Par malheur, et c'est là son crime
aux yeux de la morale et de la postérité, il fut toute sa vie
l'esclave des affranchis, classe dès lors funeste et qui ne
devait s'éteindre qu'avec l'empire lui-même ; quand on a
nommé Calixte, Narcisse, Pallas, Vitellius, on a nommé
la bassesse, l'audace et la scélératesse mêmes. Le hasard ne
servit pas mieux Claude du côté des femmes ; sans parler
des trois premières, que dire de Messaline après Juvénal,
d'Agrippine après Tacite ? Femmes perverses toutes deux
autant qu'impudiques, qui commirent, de connivence avec
les affranchis, les forfaits qui pèsent sur la mémoire de
Claude, et qui périrent victimes de leurs propres excès.
Les deux règnes précédents peuvent seuls faire comprendre qu'un peuple ait pu supporter un tel régime ; et Cassius Chéréa voulait ramener et la république et la liberté !
Noble folie, qui aura quelques imitateurs encore ; mais qui
ne montre pas dans ses auteurs une vue nette des choses
d'alors. Comme sous Tibère, comme sous Caligula, d'ailleurs, le peuple, la *plebs*, fut ménagé, gorgé de jeux et de
pain : la tyrannie ne frappa jamais qu'en haut lieu, et, il
faut le répéter, presque toujours à l'insu du prince. Claude,
en effet, malgré les vices que nous lui reconnaissons, avait
un cœur noble, généreux, bien intentionné tout au moins :
plus d'une de ses réformes atteste une pensée juste, humaine quelquefois. C'est lui qui abolit en Gaule les sacrifices druidiques ; lui qui épura le sénat sans le corrompre
ou l'opprimer. Fidèle à la loi, il ne décida que par
elle, et n'usa de son pouvoir que pour mitiger les peines
et les amendes. Le premier depuis Auguste, il permit la
gloire et le mérite à ses lieutenants. Sur le trône il conserva
la simplicité de sa vie privée, et souvent fit honte à la bassesse, en refusant les honneurs qu'on lui déférait.

Pour ce qui concerne la justice et l'éloquence, objet plus
spécial de ces recherches, son rôle ne fut pas non plus indifférent. Mais, pour mieux l'apprécier à ce point de vue,
laissons l'empereur, qui dut la mort, en l'an 55, à un plat
de champignons servi par sa femme, *plat après lequel il ne
mangea plus rien*, dit Juvénal [1], ou à la plume empoisonnée
du médecin Xénophon, et remontons à la vie du prince,
avant qu'un prétorien ne l'eût tiré d'un coin obscur du
palais pour en faire le maître du monde.

Nous l'avons dit ; pour se consoler de ses disgrâces domestiques, le jeune Claudius eut recours à l'étude. Là, du
moins, on ne peut guère taxer son esprit d'imbécillité :
Suétone, dans la biographie qu'il nous en a donnée, Tacite et
Dion, dans les discours qu'ils lui prêtent, les Tables de Lyon
enfin nous montrent, sinon un orateur, certainement un
érudit, un lettré de mérite. « Que je meure, ma chère
Livie, écrivait Auguste à sa femme, si je ne suis pas étonné
que ton petit-fils Tibérius puisse me plaire quand il déclame ! Je ne vois pas comment celui qui parle, *loquatur*,
si peu distinctement, sait dire, *dicere*, si clairement ce
qu'il doit dire [2]. » Auguste fait ici allusion à un bégayement
de naissance, que Sénèque n'a pas laissé passer inaperçu,
mais que l'étude modifia plus tard, puisque Claude prit
souvent la parole en public, au sénat comme au barreau ;
un pareil jugement dans la bouche d'Auguste prouve de
reste des études oratoires assez avancées. Dans le chapitre
précédent, Suétone avait dit déjà que, dès l'enfance, Claude
s'était adonné avec grand soin à l'étude des arts libéraux,
et que même il écrivit dans tous les genres qu'il étudia.
C'est ainsi que, sur les conseils de Tite-Live, qu'il semble
avoir pris pour l'un de ses maîtres, il publia quarante-trois
livres sur l'histoire romaine. Qu'Auguste ait chargé Tite-

---

[1] v, 149. — [2] Suet , *Claude,* 4.

Live de diriger l'éducation du petit-fils de Livie, ce que l'on admet assez généralement, ou que l'illustre historien n'ait été que son ami ; toujours est-il que Tite-Live fit de Claude un homme instruit et lui donna le goût des lettres. Se promenant, un jour, dans son palais, le prince entend des cris, en demande la cause ; c'était une lecture que faisait Nonianus ; il s'y rendit aussitôt. La littérature grecque lui était aussi familière que la littérature latine. « Plus d'une fois, au sénat, il répondit en grec aux ambassadeurs étrangers. Souvent même, au tribunal, il cita des vers d'Homère [1]. » Les tribunaux étaient, du reste, l'objet de ses faveurs ; à l'exemple d'Auguste et de Tibère, il aimait à y passer de longues heures comme témoin, plus souvent comme juge ; mais il ne sut pas, comme eux, y faire respecter sa dignité. Le grand malheur de Claude est d'être ridicule : il est long, se tient mal ; sa figure, affadie par les excès de la table ou de l'ivresse, est toujours somnolente ; sa lèvre inférieure est pendante et distille une salive perpétuelle [2], et ses yeux sont éteints. De plus il est débonnaire, bon enfant, si je puis ainsi dire, et les avocats en abusent. « Quelquefois il s'endort sur son siége de juge, et c'est à peine si les cris prémédités des orateurs parviennent à le réveiller [3]. » Suétone nous a transmis un détail plus caractéristique encore. « J'ai appris de nos anciens, dit-il, que les avocats abusaient de la patience du prince, au point de le rappeler quand il descendait du tribunal, et de le retenir par le pan de sa toge, voire même quelquefois de le prendre par le pied [4]. » Bien que le fait ne soit pas donné comme authentique et qu'il puisse être exagéré, il n'en est pas moins une preuve de plus de ce manque de dignité, de cette faiblesse coupable que nous avons déplorée plus haut. Mais cette

---

[1] Suet., *Claude*, 42. — [2] Juv., *Sat.*, VI, 623. — [3] Suet., *Claude*, 23. — [4] *Ibid.*, 15.

faiblesse, si ridicule qu'elle fût, partait si peu d'un cœur mauvais ou d'une intelligence épaisse, que Sénèque avoue lui-même qu'à son convoi quelques avocats le pleurèrent du fond de l'âme. Les citoyens honnêtes, qui avaient pu surprendre quelques paroles de regret, quelques pleurs même sur le malheureux Britannicus dans les yeux de ce pauvre vieillard en tutèle, firent sans doute comme ces avocats. Claude, en effet, n'était pas resté spectateur impassible des abus qui s'étaient introduits dans l'exercice de la parole; abus qui n'avaient paru qu'à la suite du régime impérial, lorsque l'éloquence ne fut plus l'arme glorieuse du droit et de la justice, mais une arme à deux tranchants, contre le bien comme contre le mal, un simple gagne-pain enfin. Sous cette cour de Claude, où l'argent faisait mouvoir tous les ressorts, l'avocat, payé pour accuser, payé pour défendre, se met à l'enchère; acheté par l'un, se fait racheter par l'autre, se donne, en un mot, au plus offrant. Le mal demandait un prompt remède: le sénat évoqua l'affaire; la loi Cincia fut rappelée.

Quelle était cette loi, terreur des avocats sous l'empire et dont il ne nous reste que la rubrique: *De donis et muneribus?* C'était une loi portée, l'an 600 de Rome, par le tribun du peuple M. Cincius Alimentus, qui défendait à l'orateur de rien recevoir pour un plaidoyer, non-seulement comme honoraires, mais encore comme présent; il est à remarquer que la même défense était faite au juge; tant toute espèce de fonction salariée répugnait aux vieux Romains! Cette loi, bonne sous la république où l'éloquence était la plus sûre voie pour arriver aux honneurs, devint inutile, excessive sous les empereurs, qui seuls dispensaient la puissance et les charges publiques. Or, à moins de se consacrer aux armes ou de mendier les faveurs du prince, quel moyen avaient les fils de famille de suffire à leurs dépenses obligées, aux nécessités mêmes de la vie, si leur parole ne devait rien leur rapporter ? L'État, d'ailleurs, quelle qu'en soit la constitution, a-t-il le droit d'imposer gratuitement un travail pénible, difficile, ardu, qui force à des études préalables fort longues, fort coûteuses ? Aujourd'hui ce ne serait plus une question ; c'en était une, à Rome, sous la république d'abord, sous l'empire ensuite, et chaque prince tenta de la résoudre à sa manière. « Bien qu'il n'eût qu'une fortune médiocre, suffisante toutefois pour ses dépenses, Cicéron ne retirait de ses plaidoieries ni solde, ni présents, et faisait ainsi l'admiration générale, » dit Plutarque [1]; la loi n'était donc pas mieux observée sous la république qu'elle ne le fut plus tard. Auguste ordonna que les avocats plaidassent sans se faire payer, s'ils ne voulaient s'exposer à une amende quadruple de ce qu'ils auraient reçu [2]. Tibère et Caligula laissèrent les choses aller leur train. Claude essaya d'un terme moyen, assez en harmonie avec les habitudes prises. Mais laissons la parole à Tacite, qui reproduit avec sa couleur ordinaire les raisons pour et contre cet usage.

« Rien de plus vénal que la perfidie des avocats : un noble habitant de Samos, chevalier romain, donne à Suilius 400,000 sesterces, et, apprenant qu'il en est trahi, se perce chez lui de son épée. » Les partisans de la rigueur alléguant ce fait avec quelques autres semblables, l'affaire fut naturellement soumise au sénat. C'est ici que l'historien développe avec feu les deux côtés de la question, en mettant au grand jour les contradictions manifestes du misérable Suilius. « Aux murmures des sénateurs menacés de cet affront, Suilius, en désaccord avec lui-même, répond avec force par l'exemple des anciens orateurs, qui trouvaient dans la gloire qu'ils laissaient après eux le plus beau prix de leur éloquence. De plus, le premier des

---

[1] *Vita Cic.*, 2. — [2] Dion, LIV, 18.

beaux-arts serait ainsi ravalé à un métier sordide ; l'honneur lui-même ne saurait rester intact, si l'on avait égard à l'importance des honoraires. Que les procès ne rapportent rien aux avocats, et le nombre en diminuera ; tandis qu'aujourd'hui on ne fomente les inimitiés, les accusations, les haines et les injustices, que pour que cette plaie du barreau soit aussi lucrative aux avocats, que les maladies aux médecins. Souvenons-nous, s'écriait Suilius, d'Asinius Pollion, de Messala, après eux d'Arruntius et d'Æserninus, qui s'élevèrent aux plus grands honneurs, sans faire tache à leur vie ni à leur éloquence. Ces paroles du consul désigné recevant l'approbation générale, on allait passer à un décret qui appliquerait la loi de concussion aux avocats qui se feraient payer. Voilà que Suilius, Cossutianus et tous ceux qui se voyaient exposés, non pas à un jugement, le délit était avéré, mais à une peine, circonviennent l'empereur, et le prient de révoquer ce qui vient de se passer. L'empereur consent, et nos orateurs de dire : Quel est l'homme assez orgueilleux pour prétendre d'avance à une éternité de gloire? Si l'on paye la parole, c'est pour empêcher l'indigence de l'avocat de faire triompher l'influence du riche. L'éloquence, d'ailleurs, ne s'acquiert pas gratuitement : il faut négliger ses propres affaires pour s'occuper des affaires d'autrui. Beaucoup vivent du métier des armes ; certains de l'agriculture ; on ne recherche point une profession, sans en avoir en vue l'utilité. Oui, Pollion et Messala, comblés par Antoine et par Auguste de récompenses militaires, les Æserninus et les Arruntius, héritiers de riches familles, ont pu montrer un facile désintéressement ; nous savons, du reste, de quel prix P. Clodius et C. Curion se faisaient payer leurs discours. Pour nous, simples sénateurs, qui vivons dans un état tranquille, nous ne recherchons que les avantages de la paix. Supprimez le prix des études oratoires, c'en est

fait de ces études [1]. » Claude, juge de la question, prit une
détermination sage en bornant à dix sesterces, c'est-à-dire
à 2,600 francs, d'après un critique de nos jours, le prix
d'une plaidoierie. Au delà de ce tarif, l'avocat était poursuivi comme concussionnaire. Ce sénatus-consulte n'arrêta pas le mal, sans doute ; mais il témoigna des lumières
et du bon vouloir du prince.

De ce qui précède, il résulte qu'au point de vue, tout au
moins, où nous nous sommes placés, le frère de Germanicus ne joua pas un rôle indifférent, et l'on ne s'étonnera plus du souvenir qu'il laissa dans l'esprit des parleurs
de l'époque. Tacite lui-même, juge sévère du principat,
rend hommage à l'instruction de Claude : « Toutes les fois,
dit-il, qu'il préparait un discours, il atteignait à l'élégance,
nec elegantiam requireres [2]. » Nous l'avons vu plus haut
courir à une lecture de Nonianus. Favoriser les lectures
était, il est vrai, l'habitude des princes depuis Auguste,
un usage dans lequel ils voyaient une source sûre de popularité. Mais l'empressement de Claude à protéger les institutions littéraires venait surtout de son goût personnel :
c'était un lettré de profession que Claude, un auteur véritable et qui n'était ni sans mérite ni sans titres. Cette histoire romaine en quarante-trois livres, à laquelle il consacra
ses loisirs de jeunesse, commençait à la mort de Jules César,
mais restait muette sur les jours assombris du second triumvirat : Octave, depuis le divin Auguste, y eût été trop mal-
traité. Claude, sentant que sous Tibère il y avait péril à dire
la vérité sur cette époque désastreuse, blâmé d'ailleurs par
sa mère et par Livie elle-même d'avoir abordé un sujet
pareil, ne fit reprendre son récit qu'à la bataille d'Actium, c'est-à-dire à la période glorieuse pour Auguste.
Que n'avons-nous encore cette œuvre d'un auteur cou-

---

[1] *Ann.*, xi, 5, 6, 7, l'an 47. — [2] *Ann.*, xiii, 3.

ronné sur des hommes et sur des choses qu'il avait vus !
Bien des questions, aujourd'hui confuses, auraient été sans
doute éclaircies, et nous saurions peut-être à quoi nous en
tenir sur ce prince que l'on décore trop aisément, selon
nous, du titre d'*imbécile*. Ce n'était pas assurément un
homme sans goût qui aurait fait, comme Claude, une réponse savante au pamphlet ridicule d'Asinius Gallus contre
Cicéron. Quelle fut l'opinion des contemporains sur une
histoire d'Étrurie en vingt livres et de Carthage en huit,
que Claude écrivit en grec? Nous l'ignorons. Nous savons
seulement qu'à propos de ces deux ouvrages, il fit bâtir,
à Alexandrie, un second musée sur le modèle et à proxi-
mité de l'ancien qu'il appela de son nom, et dans lequel,
à certains jours de l'année, se faisait une lecture complète
de l'une et de l'autre histoire. Joueur effréné, il fit un livre
sur le jeu. Plusieurs de ses harangues virent aussi le jour
de la publicité. Avant Érasme, l'oncle de Caligula composa
l'éloge de la folie, Μωρῶν ἀνάστασις. Enfin et pour clore la
liste de ses œuvres, il laissa huit livres de mémoires, où il
y avait, d'après Suétone, qui ne le flatte guère, autant d'élégance que d'ineptie. Si le temps a fait justice de tout ce
bagage littéraire, faut-il admettre sans contrôle les appréciations sévèrement exagérées de l'histoire littéraire sur
un esprit si fécond, sinon étendu? Nous ne le pensons pas :
il serait temps que le mot *imbecillus*, qui va si bien à son
caractère indécis et faible, ne fût pas appliqué à son intelligence.

VII

NÉRON (55-69).

Néron, fils de Domitius OEnobarbus, premier mari d'A-
grippine, implanté par la ruse et le crime dans la maison

des César, va-t-il montrer plus de bon sens ou plus d'énergie que Claude, arrêter la décadence et donner à la parole plus de liberté? Qu'on en juge. Comme Caius, le nouveau prince, à peine adolescent, s'annonce sous d'heureux auspices. Appuyé sur la vertu de Burrhus et sur l'éloquence de Sénèque, il déclare au sénat « qu'il ne veut pas se faire l'arbitre de toutes les affaires, pour que quelques personnages puissants décident seuls, dans une maison particulière, du sort des accusés et des accusateurs [1]. » La conduite des empereurs précédents, du dernier surtout, est ainsi répudiée. En outre, le sénat rentrera dans ses premières attributions, et de fait nombre d'affaires furent soumises à l'arbitrage de l'auguste assemblée ; la loi Cincia, qui venait de faire tant de bruit sous Claude, est remise en vigueur, et le vieil esprit romain est satisfait [2]. Il faut bien se faire pardonner les forfaits d'Agrippine et sacrifier quelque chose à l'opinion. Mais, quand le trône aura une base solide dans l'amour de la multitude et dans l'intérêt des affranchis de jour en jour plus influents, on jettera le masque. La loi de majesté, dont Claude n'avait pas voulu faire usage, reprendra son cours, et les délateurs auront plus beau jeu que jamais. Le prince, que les médailles nous représentent avec tous les signes des basses passions, avec un cou gros, un front déprimé, un œil injecté de sang et une face rubiconde, voudra régner sans contrôle et satisfaire ses penchants. Le crime et la débauche, une avidité sans bornes, le porteront à tout oser. Le fer, le poison et le feu mèneront le gouvernail de l'État, et Locuste se fera le ministre de la toute-puissance en délire. Qu'est-il besoin de détailler ce règne de boue et de sang? La mort de Britannicus empoisonné dans une orgie, le meurtre d'Agrippine avec les détails qui se lisent dans Tacite, en

Ann., XIII, 4. — [2] Ibid., 5.

disent assez : Rome n'a pas encore vu de tels jours. Mais
Néron plaît au peuple ; il lui plaira longtemps après sa
mort, et les faux Nérons abonderont de toutes parts. Ce
n'est pas que, pour faire pardonner ses crimes, il ait eu les
mérites d'un administrateur, d'un politique à longue vue,
comme Tibère.

Non, il est artiste ou, du moins, se donne pour tel : il
joue de la lyre, il chante sur les théâtres de Rome et des
provinces ; il se montre aux courses d'Olympie; peu s'en
faut qu'il ne descende dans l'arène sous le costume du
gladiateur. Il a, de plus, toutes les passions vulgaires : la
nuit, à la faveur d'un déguisement, et suivi d'une troupe
de jeunes débauchés comme lui, il court les tavernes, les
mauvais lieux, se bat avec le guet, insulte les passants au
risque de recevoir des coups ; ce qui lui arrive plus d'une
fois. Tout cela charme la plèbe, la vile multitude, qu'il ras-
sasie, du reste, de pain et de spectacles. Mais les patriciens,
les chevaliers, les quelques citoyens qui se respectent,
malheur à eux ! Il lui faut leur vie pour atteindre leur
bourse. De liberté, pas l'ombre ; de parole, il n'y en a que
pour lui : le César n'est-il pas poëte, orateur, comme il est
musicien ? Ne faut-il pas, selon la belle expression de Racine, qu'il *se donne* pour tout *en spectacle aux Romains?* Si, du
moins, à l'instar d'Auguste, de Tibère, de Claude même et
de Caligula, c'était un prince instruit, bien élevé, formé
comme eux à l'art de bien dire ? Suétone et Tacite vont
nous édifier sur ce point. « Les vieux citoyens remar-
quaient que de tous ceux qui s'étaient élevés à l'empire,
Néron seul avait eu besoin de l'éloquence d'autrui [1]. »
Tacite fait allusion au discours que prononça le nouvel
empereur aux funérailles de Claude, discours sorti de la
plume de Sénèque, et nous verrons plus tard si le style du

---

[1] *Ann.*, XIII, 3.

4

maître a fait ou non du tort, en cette circonstance, au caractère du philosophe. Néanmoins, comme tous les jeunes
Romains, l'*heureux Domitius* avait reçu l'enseignement
alors en vogue des écoles publiques. Mais cette éducation
péchait par la base et n'avait rien de sérieux. Sa mère lui
interdit l'étude de la philosophie comme nuisible à ceux
qui doivent un jour exercer le pouvoir; Tacite nous fait
assez comprendre pour quelles raisons Agrippine n'avait
pas, là-dessus, les idées de Marc-Aurèle. Sénèque, de son
côté, soit goût particulier, soit plutôt, faut-il le dire!
intérêt personnel et jalousie, ne donna au jeune prince
aucune connaissance des anciens orateurs : ce qui explique
la faiblesse de ses discours où Sénèque était toujours obligé
de mettre la main. Plus heureux dans la satire, Néron,
dans ce genre seul, se montra presque débonnaire : les
calomnies, les injures, les bons mots, il pardonnait tout,
parce qu'il s'estimait capable d'y répondre victorieuse-
ment. En effet, Perse et Turnus ne furent point proscrits
comme Lucain ou comme Thraséas. Mais ce que Néron
ambitionnait ardemment, c'était le renom d'orateur et de
poëte : il parla ou versifia toute sa vie. Sous Claude, nous
le voyons « prendre la parole, devant l'empereur, en
latin pour les habitants de Bologne, en grec pour ceux de
de Rhodes et d'Ilion [1]. » Plus tard, « il déclama souvent
en public; il lut même des vers non-seulement au palais,
mais sur le théâtre, à la grande joie des spectateurs, qui
firent décréter des prières pour sa lecture, et dédier en
lettres d'or son poëme à Jupiter Capitolin [2]. » Pour ajouter à sa couronne le laurier du poëte et de l'orateur,
plutôt que dans l'intérêt de la poésie et de l'éloquence, il
établit un concours public où la jeunesse studieuse aurait le droit de disputer aux talents déjà formés les prix

---

[1] Suet., *Ner*., 7. — [2] *Ibid.*, 10.

d'éloquence et de poésie. Ce concours, fondé l'an 60, sous le quatrième consulat de Néron, était quinquennal. D'après Tacite [1], c'était en apparence pour encourager les orateurs et les poëtes, en réalité pour faire descendre sur la scène les plus grands noms de Rome. D'une commune voix, les concurrents lui décernèrent la double couronne, qu'il reçut avec bonheur [2]. Bien en prit, d'ailleurs, à ses émules : Lucain, qui ne devait pas toujours être d'aussi bonne composition qu'il le fut dans cette circonstance, prouva plus tard par sa mort le danger d'avoir et de montrer plus de mérite que le candidat empereur. Pour ce qui concerne la justice et le barreau, Néron se vit obligé, malgré ses promesses, d'en revenir à la sage mesure de Claude : les plaidoieries eurent une récompense légale et déterminée. Mais il ne s'en tint pas là : en vue sans doute d'affaiblir la puissance des orateurs, peut-être aussi pour les éclipser plus à son aise, il supprima la plaidoierie continue, et voulut que toutes les causes se discutassent en manière d'altercation ; innovation funeste qui, par bonheur, ne lui survécut pas. Chose nouvelle même ! puisque Suétone la remarque, les plaideurs, d'après le même décret, n'eurent plus rien à payer pour les bancs et les siéges du tribunal, qui restaient ainsi à la charge du trésor public [3]. Ce détail mérite d'être relevé, parce qu'il montre quels progrès vers la centralisation l'État avait faits depuis la république. Autre fait plus important à noter : le sénat, c'est-à-dire l'empereur, reçut dès lors tous les appels [4]. Cette loi mettait le comble à la puissance déjà si effrayante du César, et, loin d'être comme jadis les soutiens de la liberté, les légistes, de tout temps influents à Rome, lui donnèrent par là le coup de grâce. Jusqu'alors, en effet, les causes qui

[1] *Ann.*, XIV, 20, 21. — [2] Suet., *Ner.*, 12. — [3] Suet., *Ner.*, 17. — [4] Suet., *ibid.*

n'étaient pas instruites devant le maître semblaient au moins laisser un peu de libre allure à ceux qui les plaidaient. Plus d'issue désormais à la franchise de l'orateur : il faudra qu'il se fasse délateur ou valet du prince, s'il veut ouvrir la bouche en public ; autrement il aura le sort de Thraséas. Cependant, comme parfois l'excès des maux engendre l'excès de l'audace dans les cœurs, la presse, qu'on nous passe le mot, ne reste pas muette durant les quinze années du règne de Néron : les satires en vers et en prose, les bons mots, les libelles pleuvent de tous côtés, et Néron, tout Néron qu'il est, empêche maintes fois de les poursuivre, quand ils sont dirigés contre sa personne ; il se contente, ainsi qu'Auguste, d'en condamner les auteurs au bannissement, comme le stoïcien Cornutus, et à la confiscation des biens, lorsqu'ils vont trop loin, à la façon du préteur Antistius.

A tout prendre, ce règne est encore moins favorable que le précédent au développement spontané de la parole et de la pensée : la décadence a fait un pas de plus, et bientôt va sonner l'heure où le fade panégyrique et la ridicule déclamation vont remplir uniquement la scène oratoire. Le danger frappa les esprits clairvoyants : on se plaignit dès lors, 61 ans après Jésus-Christ, que la jeunesse eût dégénéré en s'adonnant aux études, ou plutôt aux exercices étrangers, *externis studiis*, en fréquentant les gymnases [1]. Il semblait de la sorte que la jeunesse renonçât à cet idéal dans les arts, à cette philosophie platonicienne, dans laquelle Cicéron, après Aristote, avait placé la source de la pure éloquence.

[1] Tac., *Ann.*, XIV, 20.

VIII

GALBA, OTHON, VITELLIUS (68-69).

Néron, haï des grands et méprisé des armées, avait amené la révolte de Vindex et de Galba. Rome alors devient le jouet de toutes les ambitions et d'une soldatesque indisciplinée, chez laquelle les gratifications de Claude et les prodigalités de son successeur avaient éteint le sentiment du devoir et de l'obéissance. Nous passerions volontiers sur une pareille époque, où l'éloquence n'a rien à voir, si ce n'était Galba, dont le nom, tout au moins, mérite une mention spéciale. C'est celui d'une famille d'orateurs qui remonte aux beaux jours de la république.

Le premier et le plus fameux de ces orateurs, Servius ou Sergius Galba, vécut à l'époque des Scipion, dans le courant du second siècle avant Jésus-Christ. L'éclat de son nom ou plutôt de son éloquence lui valut la préture de la Lusitanie, vers l'an 161 et le consulat vers l'an 144. Vaincu dans un grand combat par les Lusitaniens révoltés, il perdit, d'après Paul Orose [1], tout son corps d'armée, et s'échappa de ce désastre presque seul. A quelque temps de là, les vainqueurs, d'eux-mêmes ou grâce aux menées de Galba, offrirent de se soumettre, au nombre de 30,000, s'il faut en croire l'estimation sans doute exagérée de l'histoire. Galba feignit d'accueillir leurs offres, et, sous prétexte de traiter avec eux, les fit tous cerner et massacrer par ses soldats. Ce massacre fit naturellement grand bruit à Rome : le sénat s'en émut, et Caton, le représentant rigide mais honnête du vieil esprit romain, parla contre l'assassin avec sa vigueur accoutumée. L'affaire fut portée devant le peuple

---

[1] IV, 21.

irrité. Galba, pour se défendre, eut recours à ses armes
ordinaires, l'émotion et le pathétique. Nous ne savons pas
s'il parvint à se laver de son crime, et nous aurions peine à
le croire, malgré la dureté native de ce tribunal de conqué-
rants. Ce que nous savons par le *Brutus* de Cicéron, c'est
qu'il se mit à fondre en larmes et que, pour mieux atten-
drir ses juges, il prit entre ses bras ses enfants en bas âge,
et le fils orphelin de son parent C. Sulpicius Gallus, dont
le souvenir glorieux fit impression sur l'assistance. Il se
plaça lui et ses fils sous la protection du peuple qu'il institua
sur-le-champ le tuteur de ses enfants, comme si la sentence
eût été déjà rendue contre lui. « Voilà, dit ailleurs Cicéron [1]
par quels mouvements sublimes, *tragœdiis*, Galba échappa
au ressentiment et à la haine du peuple. » Cicéron, qui nous
donne les détails de ce procès, les avait lus dans une œuvre aujourd'hui perdue de l'accusateur lui-même, de Caton,
scriptum reliquit Cato [2]. Le fait n'admet donc pas le
moindre doute. Ce n'est d'ailleurs pas le seul qui témoigne
chez Servius Galba d'une éloquence irrésistible. Laissons,
à ce propos, la parole à Scévola ou plutôt à Cicéron au même
endroit : « Je me souviens d'avoir, à Smyrne, entendu raconter à P. Rutilius Rufus que, dans sa jeunesse, un décret du sénat avait attiré l'attention des consuls sur un
crime abominable. Dans un de ses bois il s'était commis un
meurtre, où des personnes de distinction avaient été tuées ;
les esclaves de ces personnes, voire même quelques-uns de
leurs enfants en étaient soupçonnés. Le sénat chargea les
consuls de l'affaire. Lélius plaida pour les accusés devant
les chevaliers avec son soin et son élégance habituels. Les
consuls renvoyèrent le jugement à un autre jour. La seconde fois Lélius mit encore plus de soin et d'éloquence
dans sa plaidoierie ; mais les consuls renvoyèrent la sen-

[1] *De Orat.*, 1. — [2] *Brutus.*

tence de nouveau. Lélius alors de faire charger de la cause
Servius Galba, dont la parole plus élégante et plus forte
aurait plus de poids et d'autorité pour la défense. Les chevaliers se rendirent à son avis et donnèrent la cause à
Galba, qui n'eut qu'un jour pour l'étudier. Au milieu d'une
grande attente et d'un nombreux auditoire, en présence de
Lélius lui-même, Galba plaida avec tant d'élévation et de
véhémence, qu'il n'y eut peut-être pas un seul passage de
son discours qui ne fût applaudi. Aussi l'émotion et le
pathétique de l'orateur firent-ils, à la satisfaction générale,
absoudre les accusés. » Ces deux triomphes montrent
dans Servius Galba le premier orateur de son temps ; les
Gracques, il est vrai, n'avaient pas encore paru. Toutefois,
remarquons-le, cet *orateur divin*, comme le proclame
Scévola, n'avait qu'une connaissance médiocre des lois,
ignarum legum, n'était même pas très-versé dans le droit
coutumier, *hæsitantem in majorum institutis*, et n'entendait
rien au droit civil, *rudem in jure civili* [1]. La nature d'abord,
puis l'atmosphère de liberté qu'il respirait, suffirent am-
plement à son éducation oratoire.

Son fils, Caïus Galba, dont nous trouvons également
l'éloge dans le *Brutus*, formé à l'école de son père, fit ses
débuts à une époque déjà plus littéraire, après les deux
Gracques, dont il est inutile de rappeler l'éloquence aussi
populaire que savante. Son talent, inférieur, croyons-nous,
au talent de Servius, puisait sa principale force dans une
certaine sensibilité naturelle, *naturalis quidam dolor*, qui
donnait la flamme à sa parole, l'élévation, le mouvement
et la véhémence à son discours. « Mais, ajoute Cicéron [2],
lorsque dans ses loisirs il venait à prendre le stylet et que
le souffle de la passion avait disparu, sa langue devenait
flasque et terne. » Caïus n'en jouissait pas moins de l'es-

---

[1] *De Orat.*, 1, 10. — [2] *Brutus*, 52.

time générale ; le nom de son père et son propre mérite en
firent un personnage, auquel le grand orateur Publius
Crassus ne craignit pas de donner sa fille. Mais sa course
ne fut pas longue : soupçonné d'avoir prêté l'oreille aux
sourdes menées de Jugurtha, il fut obligé de se défendre et
succomba. Les discours écrits qu'il laissa et que nous
n'avons plus, malgré la critique probablement fondée que
Cicéron fait de son style, restèrent longtemps en si haute
estime, qu'on en citait, comme modèle aux jeunes gens,
pour les former à l'éloquence, une péroraison.

César [1] parle d'un Servius Galba, petit-fils probablement
de ce dernier, qu'il envoya vers l'an 58 ou 59 avec la
douzième légion et une partie de sa cavalerie à Sion dans
le Chablais et sur les bords du Léman, pour s'ouvrir un
passage à travers les Alpes. Galba eut mission d'hiverner
dans ces parages ; il livra plusieurs combats heureux, s'em-
para de plus d'une forte position, et reçut des députés et des
otages des peuplades d'alentour. Mais, quand il voulut
s'établir pour l'hiver à Martigny et se pourvoir des vivres
nécessaires, les Helvètes n'y consentirent point et vinrent
l'assiéger dans son camp, d'où il ne sortit qu'avec peine
pour se retirer chez les Allobroges après avoir, selon l'u-
sage, tout brûlé autour de lui. C'est probablement le même
que Suétone nous dit avoir été complice de Brutus, et qui
serait alors l'aïeul de l'empereur. « Il se distinguait plutôt
par ses études que par ses dignités, puisqu'il ne s'éleva
pas au-dessus de la préture ; il publia une histoire volu-
mineuse, et qui ne manque pas de soin, ajoute le bio-
graphe [2]. » Il est assez curieux de voir cette histoire, que
le temps n'a pas plus épargnée que bien d'autres, relatée
au cinquième siècle par Paul Orose : « Galba écrit, dit-il [3],
que, dans la guerre contre Sertorius, Pompée commandait

[1] Comm., III, 1-6. — [2] Galba, 3. — [3] V, 23.

à 30,000 fantassins et à 1,000 cavaliers. » Quant au père
même de celui qui plus tard devait succéder à Néron, l'histoire et la critique nous le font mieux connaître encore.
« Il fut consul, et, bien que de petite taille, bossu même, et
d'un médiocre talent oratoire, ce fut l'un des avocats les
plus occupés de son temps[1]. » Cet orateur, ainsi disgracié
de la nature, fut et devait être en butte aux quolibets des
juges et des auditeurs. « Il plaidait un jour devant Auguste
et ne cessait de répéter : Redresse-moi, prince, si tu me
trouves dans l'erreur. Je puis t'avertir, dit Auguste ; mais
te redresser, impossible[2]. » Macrobe, à qui nous devons ce
détail, n'est pas de l'avis de Suétone ; selon lui, ce Galba ne
manquait pas d'éloquence, *eloquentia clarum*. Mais Suétone
nous semble plus digne de foi comme meilleur juge en cette
matière, bien que Sénèque le père, lui aussi, cite Galba
parmi les orateurs distingués de son temps. « On répétait
le mot de M. Lollius : le génie de Galba est mal logé. La plaisanterie du grammairien Orbilius a quelque chose de plus
amer. Orbilius était appelé en témoignage ; pour le troubler, Galba feint d'ignorer sa profession, et lui demande
quel est son métier : De frotter les bosses au soleil, répond
Orbilius. » C'est de cet orateur difforme que naquit l'empereur Galba. Outre le talent de la parole, la famille à laquelle il appartenait était d'une ancienne noblesse, puisqu'elle tenait à la maison de Livie d'assez près pour que
Livie laissât au jeune Sergius un legs considérable, que
Tibère refusa d'acquitter[3]. La fortune des Serviens était
grande, au dire de Tacite, et pouvait se passer de legs
étrangers. Noble donc et riche tout à la fois, versé, de
plus, dans la jurisprudence et dans la science de la guerre,
Galba fit naître des espérances qu'il ne justifia point :
« C'était une de ces âmes ordinaires, sans vices plutôt

[1] Suet., *Galb.*, 3. — [2] *Satur.*, II, 4. — [3] Plut., *Galba*.

que vertueuses, qui tenait à la gloire, mais sans ostentation, respectant le bien d'autrui, économe du sien et avare du bien public [1]; » un de ces hommes nés pour briller au second rang, mais incapables du premier. Son début fut loin d'être heureux : empereur, il conserva sans doute la simplicité primitive de ses mœurs ; mais, la défiance aigrissant son caractère, le vieux soldat manqua d'habileté, de coup d'œil, alla même jusqu'à la cruauté, puisqu'il fit mourir sans jugement deux ou trois personnages, dont l'un était innocent et les deux autres inoffensifs. L'économie chez lui devint de l'avarice, et la belle parole qu'on lui prête fait honneur à son caractère, mais non à sa perspicacité. L'armée, égoïste et avide depuis Auguste, corrompue par ses successeurs, essaya pour la première fois de sa force : « Deux simples soldats entreprirent de transférer l'empire, » et Othon fut proclamé sur le cadavre d'un vieillard de soixante-treize ans. L'esprit de réforme de ce vieillard ne s'était pas montré seulement à l'égard de l'armée ; la judicature s'en ressentit également : « on lui demandait d'ajouter une sixième chambre aux cinq déjà existantes des *judices selecti ;* Galba n'y consentit point, refusa de plus les congés de l'hiver et du commencement de l'année, privilége que Claude avait accordé à ce corps [2]. » Cette sévérité intempestive fut un motif nouveau d'impopularité. Mais ce vieillard avait mérité des lettres en amenant à Rome un critique éminent, un maître aimable, Quintilien enfin, dont la gloire éclaire encore les derniers jours de l'éloquence romaine.

Othon, l'ami complaisant et débauché de Néron, ne retira pas grand profit de son crime ; Vitellius, de mœurs et d'habitudes plus basses, plus décriées encore, venait d'être proclamé par les légions de Germanie. La bataille de Bé-

---

[1] Tac., *Hist.*, i, 49. — [2] Suet., *Gal.*, 14.

driac eut bientôt décidé qui des deux aurait l'empire :
Othon vaincu finit noblement, et Vitellius n'eut qu'un moment pour assouvir sa passion favorite, la gourmandise !
Quel titre pour un successeur d'Auguste, pour un maître
du monde ! Par bonheur, les armées d'Orient vont agir à
leur tour, et la scène aura, du moins, des acteurs moins
ignobles.

IX

LES FLAVIENS (69-96).

Les Flaviens, dont il nous reste à parler, ne furent pas sans
influence sur la littérature en général, sur l'art de la parole en particulier : ils n'arrêtèrent pas le mal causé par
les Césars, mais introduisirent quelques réformes, dont un
temps plus éclairé aurait pu tirer profit. Laissant de côté,
suivant notre plan, les affaires extérieures déjà fort com-
pliquées à la mort de Vitellius, nous ne relaterons de Vespasien que ce qui a trait directement à notre sujet. Fils
d'un publicain de Réate, Flavius Vespasien ne ressemble
déjà plus aux premiers empereurs, dont l'éducation fut
presque toujours sérieusement littéraire ; ce qui ne l'empêcha pas d'arriver aux honneurs sous Claude et sous Néron,
et de parler plus tard comme empereur. Il avait, d'ailleurs,
ce fonds d'instruction qui se remarquait alors chez tous les
citoyens un peu marquants : le grec ne lui était pas inconnu, et souvent il montra l'art de citer à propos des vers
écrits dans cette langue. Fidèle à la tradition impériale,
« plus d'une fois, au rapport de Dion, il fit l'office de juge
sur la place publique [1]. » Doux, humain de nature, « il
supporta fort bien la franchise de ses amis, les traits,

[1] Dion, LXV, 10.

figuras, des avocats, l'insolence des philosophes. Dans la défense d'un riche accusé, Salvius Libéralis avait osé dire : Que l'empereur a-t-il à voir à ce qu'Hipparque ait un million de sesterces? Vespasien fut de son avis [1]. » Cette insolence des philosophes, c'est-à-dire des stoïciens, dont Suétone est frappé et dont nous verrons ailleurs un exemple éclatant dans Démétrius le Cynique, ne prouverait-elle pas un retour vers la liberté? Tout porte à le croire, et, n'était une avarice coupable, ces dix ans de règne (70-79) auraient plus d'un rapport avec les temps heureux d'Auguste. Mais cette passion de l'argent, que l'histoire a flétrie dans un prince de mérite, d'ailleurs, allait jusqu'à lui faire vendre l'acquittement des accusés, coupables ou non [2]. Oublions, s'il se peut, un pareil vice, pour rendre hommage à son amour éclairé des arts, à la protection qu'il accorda au génie; n'omettons pas surtout que le premier des empereurs il institua sur le fisc aux rhéteurs latins et grecs un salaire de 100,000 sesterces par an, c'est-à-dire d'après l'estimation la plus rapprochée de 19,000 à 20,000 francs [3]. C'étaient, on le voit, de magnifiques honoraires, bien capables de tenter les maîtres habiles; n'était-ce pas aussi un moyen efficace de régulariser un peu la marche des études oratoires, abandonnées jusqu'alors au caprice des différentes écoles? Les professeurs publics étaient, en outre, exempts de toute charge civile ; ce qui, réduisant leurs dépenses, augmentait d'autant leurs revenus. Mais le fait avait son mauvais côté peut-être, en ce qu'il gênait la liberté de l'enseignement et manifestait un progrès de plus vers cette centralisation excessive qui devait ruiner peu à peu le colosse romain. Quoi qu'il en soit, le premier des Flaviens prouva par là l'intérêt qu'il portait à des études, qui faisaient encore l'une des gloires de son temps. Son règne,

[1] Suet., *Vesp.*, 13. — [2] *Ibid.*, 16. — [3] *Ibid.*, 18.

d'ailleurs, n'est pas stérile en écrivains, moins irréprochables, à coup sûr, que ceux qui entouraient la majesté d'Auguste, mais dignes encore de notre admiration : Quintilien, Suétone, Tacite, Plutarque, Juvénal, forment encore un cycle glorieux, qui, par malheur, sera le dernier dont les lettre latines puissent se vanter.

Successeur et fils aîné de Vespasien, Titus, dont l'histoire ne célèbre guère que la bonté, marcha sur les traces de son père. Mieux que son père, du reste, il pouvait favoriser autour de lui l'instruction, l'éloquence spécialement. Élevé à la cour de Néron avec Britannicus, il eut les mêmes maîtres que le fils infortuné de Claude. Comme la nature lui avait prodigué les dons de l'esprit et les grâces du corps, Titus fit de rapides progrès dans la langue de Démosthène aussi bien que dans celle de Cicéron. « Fallait-il faire un discours en grec ou en latin, composer un poëme, il était servi par une intelligence prompte et facile jusqu'à l'improvisation [1]. » Quand il eut fait un suffisant apprentissage de la guerre, à l'exemple des vieux Romains, il se consacra au barreau, où il se distingua par ses talents comme par son intégrité. Aussi, lorsqu'il prit en mains les rênes de l'État, pour effacer de tristes débuts sous son père, n'eut-il rien de plus pressé que de purger Rome de la plaie sans cesse renaissante de la délation : les misérables qui en faisaient métier furent poursuivis, chassés avec ignominie [2], et l'empire comme l'éloquence pouvaient s'attendre au retour des lois et de la liberté, lorsque le prince, *délices du genre humain*, mourut peut-être empoisonné par son frère Domitien, après deux années d'un règne glorieux.

Les jours sombres allaient reparaître. Domitien, second fils de Vespasien, n'avait aucune des qualités de son père ni de son frère, et l'éducation qu'il avait reçue, n'é-

---

[1] Suet., *Tit.*, 3. — [2] Dion, LXVI, 13.

tait pas faite pour corriger les défauts de la nature. Son
enfance et sa jeunesse furent peu cultivées ; on cite cependant parmi ses maîtres le père de Stace, qui professa la
rhétorique et la poésie, à Rome, vers la fin du règne de
Néron. Quoi qu'il en soit, les mauvais penchants seuls
s'étaient développés dans ce caractère ingrat et dur. « Au
début de son règne, il se retirait tous les jours, pendant
quelques heures, dans son cabinet, et son unique occupa-
tion était d'attraper des mouches et de les percer avec un
stylet fort aigu [1] ; » ce qui fournit à Vibius Crispus la matière d'un joli mot que nous ferons connaître à propos
de ce personnage. Les médailles nous le représentent,
avec une forte tête comme celle de Vespasien, mais
avec un front plus déprimé, un regard enfoncé et défiant,
qui ne se trouve nullement dans la figure de Vespasien.
Sombre, vindicatif, sanguinaire, connaissant le bien, pré-
férant le mal, le nouveau prince, pour masquer sa jalouse
ambition, avait, sous les deux règnes précédents, joué l'a-
mour des lettres jusqu'à devenir auteur. « C'est pour la
poésie surtout qu'il feignit un grand amour, la poésie qu'il
avait si peu pratiquée jusque-là, et qu'il méprisa tant dans
la suite. Il était allé jusqu'à lire des vers en public [2] ; »
mais, comme il n'avait aucunement le feu sacré, il achetait
les productions des poëtes faméliques, qu'il récitait comme
ses propres ouvrages. Cette passion devint inutile, une fois
qu'il eut gravi les marches du trône. « Aussi laissa-t-il
vite de côté les études libérales, bien qu'il fît réparer à
grand frais les bibliothèques publiques dévorées par un
incendie, rechercher partout des manuscrits, même à
Alexandrie, où il envoya des gens pour les transcrire et
pour les corriger. Il ne donna jamais le moindre soin à la
connaissance de l'histoire ou de la poésie, pour laquelle il

[1] Suet., *Domit.*, 3. — [2] *Ibid.*, 2.

affectait une passion des plus vives ; il ne s'occupa même
pas de ce qu'il devait écrire, puisqu'il empruntait une
main étrangère pour rédiger ses lettres, ses discours et ses
édits. Ses lectures se résumaient aux commentaires et aux
actes de Tibère. Son style, néanmoins, ne manquait pas
d'une certaine élégance, voire même de mots heureux [1]. »
Comme ceux de Tibère, de Caligula, de Néron, c'est-à-dire
des plus mauvais princes que Rome eût eus, ses commence-
ments furent supportables. La justice fut rendue avec autant
de désintéressement que de sagesse : Domitien, à l'exemple
de ses prédécesseurs, remplit avec zèle les fonctions de
juge, d'habitude, au tribunal, sur le Forum, mais dans les
cas extraordinaires seulement. Il cassa les jugements des
centumvirs, quand ils furent entachés de brigue, *ambitiosos*.
De temps en temps il avertit les *recuperatores* de ne pas se
prêter aux chicanes qui s'élevaient relativement à la propriété des esclaves. Il nota d'infamie les juges mercenaires.
Les libelles diffamatoires qui attaquaient les premières familles de l'État furent brûlés et leurs auteurs flétris [2]. Ce
respect dont il voulut entourer la justice, et que nous attestent les détails précédents, nous prouve que le frère de
Titus avait assez de lumières pour l'imiter, si, chez lui, la
mauvaise nature ne l'eût pas emporté, dès qu'il se vit tout-
puissant, presque Dieu. Les lettres lui sont encore redevables de quelques efforts pour les tirer de leur léthargie. « Il
établit sur le mont Albain un concours de poésie et d'éloquence, qui devait se tenir pendant les panathénées [3]. »
Mais, quoi qu'il fit, la grande poésie se mourait ; le public,
incapable désormais d'aimer le beau dégagé de l'utile, se
rejetait vers l'éloquence, si l'on peut appeler de ce nom
l'emphase et le bavardage alors en vogue. « Le riche avare
a appris à n'admirer, à ne louer que les hommes diserts [4], »

[1] Suet., *Domit.*, 20. — [2] *Ibid.*, 8. — [3] Dion, LXVII, 1. — [4] Juvénal,
VII, 31.

que Juvénal compare, non sans esprit, à l'*oiseau de Junon*,
c'est-à-dire à l'emblème de la sottise et de la prétention.

Mais ces encouragements donnés aux poëtes comme aux
orateurs, ces luttes littéraires établies par Domitien, n'allèrent pas jusqu'à donner aux arts la liberté qui leur est nécessaire : solidement assis sur le trône des Césars, le prince
ne dissimula plus : le monstre reparut avec ses instincts.
Malgré les relations incestueuses qu'il eut avec sa nièce
Julie, dont Juvénal [1] stigmatise les nombreux avortements
volontaires, il eut le front de renouveler contre l'adultère
les lois sévères d'Auguste ; contradiction qui s'explique par
la profonde hypocrisie qui caractérise cette sombre et per-
verse nature. Outre Juvénal, dont les hyperboles ne sont
guère, hélas! que de l'histoire, nous avons encore l'écrivain
que Racine appelait *le plus grand peintre de l'antiquité*, Tacite,
dont la plume a jugé, dans le passage suivant, les dernières
années de Domitien : « Nous avons vu faire un crime capital à Arulénus Rusticus d'avoir loué Thraséas, à Sénécion
d'avoir loué Helvidius Priscus ; nous avons vu sévir non-
seulement contre ces deux historiens, mais contre leurs
ouvrages, et les triumvirs chargés de brûler, au Forum et
sur le lieu des comices, les monuments des plus illustres
génies. On croyait étouffer dans ce feu la voix du peuple
romain, la liberté du sénat et la conscience du genre humain. On a chassé, de plus, les maîtres de philosophie, et
proscrit toute profession libérale, pour que l'honneur ne se
trouvât plus nulle part [2]. » Cet appel à la conscience humaine, à l'opinion du monde, est significatif : Rome seule
n'est plus appelée à tout décider, et bien heureusement ;
car, cette *voix du peuple romain*, cette *liberté du sénat*, dont
parle le gendre d'Agricola, était bien peu de chose même
sous le règne glorieux de Trajan. Au sort d'Arulénus Rus-

[1] II, 33. — [2] Tac., *Agr.*, 2.

ticus et de Sénécion, il faut ajouter le sort de Diogène de Tarse, que le tyran fit périr pour quelques figures, *figuras*, qu'il avait hasardées dans son histoire, dont les copistes mêmes furent mis en croix [1]. Qu'est-il besoin, après cela, de parler du silence imposé au barreau, la seule tribune d'où l'on pût encore entendre un mot généreux ? La liberté venait de recevoir le dernier coup, et les rares bons princes que le malheur des temps, les dangers d'une situation de plus en plus critique vont susciter encore, auront assez de se défendre contre les barbares, dont le cercle va se rétrécissant de plus en plus autour de l'empire : les réformes intérieures leur deviendront à peu près impossibles.

Voilà donc où nous en sommes arrivés après 127 ans de principat : au dehors, des nations soumises ou vaincues, mais frémissantes et prêtes à fondre sur l'empire ; au dedans, le pouvoir tout entier dans les mains d'un maître, auquel la toute-puissance fait le plus souvent tourner la tête ; une administration forte, mais qui tue toute institution locale ; en sorte que, du Rhin à l'Atlas, des montagnes d'Écosse à l'Euphrate, un pays immense va bientôt fonctionner comme un automate, dont le moindre choc extérieur démontera à jamais le rouage impuissant ; une tribune muette, un sénat esclave et des caractères abâtardis, désormais incapables de mettre un frein aux folies des Césars ! Donc, plus de liberté nulle part, et, partant, plus d'éloquence, plus de forte et saine littérature : à la place, un verbiage creux et sonore qui va nous mener bientôt aux abréviateurs et aux panégyristes.

[1] Suet., *Domit.*, 10.

DEUXIÈME PARTIE

GRAMMAIRE.

I

Les écoles, du moins, vont-elles réagir contre cette influence délétère des institutions politiques? Et le pourront-elles? C'est ce qu'il s'agit maintenant d'examiner. Un mot d'abord sur l'éducation romaine avant Auguste.

Jusqu'à ses relations avec la Grèce, c'est-à-dire jusqu'au deuxième siècle environ avant Jésus-Christ, Rome, toute à ses guerres du dehors et à ses dissensions du dedans, n'a pu ni voulu s'occuper de l'éducation littéraire; elle s'est reposée de ce soin sur la sollicitude des parents, du père en particulier, auquel elle a laissé une autorité illimitée, excessive sur ses enfants. Le père, de son côté, soldat et laboureur tour à tour, magistrat civil ou religieux par circonstance, a borné pendant longtemps l'instruction de ses fils à des notions pratiques d'agriculture et d'art militaire, à la connaissance des cérémonies du culte public et des pratiques du culte domestique. Derrière le père l'État se montre, mais rarement, avec discrétion : ainsi, quand la loi des Douze Tables fut écrite, les enfants durent la lire sur des poteaux de bois placés dans le Forum, l'apprendre par cœur et la chanter. A défaut du père, c'était un oncle, un tuteur réputé pour sa gravité, qui présidait à ces premiers exercices de l'enfance. Ce n'est pas qu'il n'y eût, même alors, absolument aucune école publique à Rome : le juste châtiment, infligé par Camille à ce maître d'école qui lui avait livré les enfants des nobles de Faléries, prouverait le contraire. Mais elles étaient ou peu nombreuses ou de peu d'importance : on ne devait y apprendre que les *éléments*, c'est-à-dire la lecture et l'écriture, ainsi que les principes généraux et tout à fait rudimentaires d'agriculture, de religion et d'art militaire, dont nous avons parlé. Vers le deuxième siècle avant notre ère, les choses changent de face. Les maîtres abondent et les matières de l'enseignement se multiplient : ces beaux parleurs, venus presque tous de la Grèce, esclaves pour la plupart, donnent des leçons de grammaire, de rhétorique, de philosophie, de mathématiques, et fondent ce que nous appellerions l'enseignement secondaire. Les études qui couronnaient l'éducation, se faisaient dans des écoles d'un ordre supérieur, où l'on professait la jurisprudence, la médecine, les arts du dessin, l'astronomie, les sciences, l'histoire et les antiquités, la haute philosophie et la théologie, si le mot n'était pas trop moderne. Mais ce n'était guère qu'à Rome, à Syracuse, à Byzance, à Rhodes, à Alexandrie, à Autun, à Marseille, à Carthage et principalement à Athènes que se donnait ce haut enseignement. Toutefois, les villes un peu considérables de l'Empire avaient, en revanche, des écoles de grammaire, de rhétorique et de philosophie, qui n'étaient ni sans importance ni sans utilité. Puis, lorsque le jeune homme avait parcouru le cercle de ces différentes écoles, s'il appartenait à une maison bien posée, riche, noble surtout et patricienne, il allait terminer ses études en Grèce presque toujours, à Marseille quelquefois, vers l'époque d'Auguste. De quelque nature et de quelque ordre que fussent ces écoles, ne l'oublions pas, elles tendaient toutes à préparer le jeune homme à la politique et à la guerre ; on voit, par les noms

mêmes que les Romains donnaient aux études importées
de la Grèce, qu'ils les regardaient, non sans dédain, comme
des jeux et des bagatelles. Étudier était pour eux *nugari*,
ludere, *græcari*, tandis qu'ils décoraient la politique ou la
guerre du nom plus relevé de *artes romanæ*. Mais cette
observation ne s'applique qu'à la Rome républicaine :
l'Empire modifia cette idée, et les empereurs donnèrent
eux-mêmes, nous l'avons vu, l'exemple de ces études tant
dédaignées avant eux.

Si, vers le deuxième siècle avant notre ère, la Grèce vaincue ou près de l'être, imposa, pour ainsi dire, ses usages,
ses mœurs et jusqu'à sa manière de voir à Rome victorieuse
et conquérante, n'y aurait-il pas profit pour notre sujet
à rechercher comment s'opéra cette singulière révolution ?

Le sac d'Orope, petite ville assise sur les confins de l'Attique et de la Béotie, força les Athéniens d'envoyer à Rome,
pour se justifier, trois de leurs concitoyens éminents, le
néoplatonicien Carnéades, le stoïcien Diogène et le péripatéticien Critolaüs. Comme les délibérations du Sénat
étaient alors souveraines, elles étaient longues, et les trois
députés, pour employer utilement leurs loisirs, ne trouvèrent rien de mieux que de donner des leçons publiques de
philosophie. Leur principal but étant de briller, de se faire
connaître, *ostentandi gratiâ* [1]; ils charmèrent par leur parole élégante et facile, plus encore que par leurs principes
philosophiques, cette jeunesse romaine habituée jusqu'a-
lors à la sévère éducation de la famille et à la dure école
de la guerre. Carnéades surtout se distingua par l'aisance
avec laquelle il soutenait tour à tour le pour et le contre
dans une même question, plaidant aujourd'hui pour la
justice, demain contre. C'était la sophistique grecque,
et non la grande et saine philosophie d'Aristote ou de

---

[1] Aulu-Gelle, VII, 14.

Platon, qui s'implantait ainsi la première à Rome; implantation dangereuse, qui devait plus tard porter ses fruits et qu'entrevirent de bonne heure le sens droit et la sagacité du vieux Caton, ennemi né de toute nouveauté. Caton fut d'avis qu'on chassât au plus vite de pareils corrupteurs. Mais le coup était porté : la mode exigea des écoles sur le modèle des écoles grecques. Or, nous savons par Platon et par Aristote, que, déjà du temps de Périclès, Gorgias de Léontium, en Sicile, passa pour un prodige aux yeux des Athéniens éblouis, et que le bagage pompeux de son charlatanisme lui mérita une statue d'or dans le temple de Delphes. Philostrate l'appelle πατέρα τῆς τῶν σοφιστῶν τεχνῆς. Socrate eut beau déverser sur lui, comme sur Hippias d'Élée, ce dédain, cette ironie qu'il maniait à merveille ; Hippias et Gorgias eurent des imitateurs, et bientôt la Grèce retentit du bruit des écoles. Aristote, dans une œuvre célèbre, posa philosophiquement les lois d'un art qu'on apprit dès lors par principes; mais tous les maîtres n'étaient faits ni pour comprendre ces principes, ni pour les appliquer. Quand l'école d'Isocrate eut donné le jour à Démosthène et à la brillante pléïade de ses émules, l'éloquence suivit en Grèce le sort de la liberté : elle s'éteignit avec elle, et, au lieu d'orateurs, on n'eut plus que des parleurs à gages ou des sophistes sans pudeur, comme ce Carnéades que nous venons de rappeler. Voilà comment la Grèce vaincue subjugua ses vainqueurs, mais à une époque de décadence pour elle ; et c'est, en partie, ce qui explique pourquoi Rome n'eut jamais en poésie, en philosophie, en éloquence, de véritable originalité. Si Platon, Aristote, Démosthène ou Sophocle eussent été ses maîtres ordinaires, on peut conjecturer qu'il n'en eût pas été de même. Malgré son beau génie, Cicéron, lui aussi, eut à subir l'influence des maîtres secondaires de la Grèce, de Rhodes ou d'Alexandrie, qui avaient eu jusqu'à lui le monopole de l'enseignement oratoire. Aussi, n'est-il vraiment grand, vraiment original que lorsque, à l'instar de Platon, il s'élève à la contemplation de la beauté idéale, particulièrement dans son *De Oratore*, qui lui fait plus d'honneur, à nos yeux, que tous ses autres traités de rhétorique ensemble, bien que ces traités se distinguent tous par un éclat, par une profondeur de style et de pensée singulièrement remarquable.

Jusqu'à l'ambassade de Carnéades, il n'y avait à Rome, avons-nous dit, que ce que nous appellerions des *écoles primaires*, où l'on n'enseignait aux enfants que la lecture et l'écriture, et que surveillaient sans doute le préteur, ainsi que les autres magistrats de la ville ; car nous n'avons pas des données précises sur cette question, jusque vers l'année 160 avant Jésus-Christ. Ces écoles ne recevaient point les enfants des familles riches et patriciennes, qui les confiaient à des esclaves instruits, *litteratores*. Mais, après l'ambassade athénienne, Rome se remplit peu à peu d'écoles de grammaire, de rhétorique et de philosophie. Laissant de côté l'enseignement de la philosophie, qui n'a pas trait à notre sujet, disons un mot, d'abord, des écoles de grammaire.

II

« *Grammatica plus habet in recessu quam in fronte promittit*, » a dit Quintilien [1]. Quelle était, en effet, chez les Romains comme chez les Grecs, la fonction du grammairien ? se renfermait-il, comme chez nous, dans l'étude exclusive et minutieuse des règles de la langue ? Les anciens appelaient de ce nom non-seulement un homme versé dans ce que nous nommons aujourd'hui la grammaire proprement dite, mais un homme qui n'était étranger ni

[1] I, 4.

à la géométrie, ni à la philosophie, ni à l'histoire ; qui s'occupait de connaître, d'interpréter et de commenter les
poëtes et les orateurs. C'étaient, comme chez nous, au
siècle passé, les gens de lettres, *litteratores ;* ce seraient
plutôt nos philologues, nos critiques d'aujourd'hui. Sénèque nous donne quelque part [1] une juste idée du grammairien d'alors : « Il s'occupe de la langue, et de l'histoire, s'il
veut agrandir son domaine, de la poésie enfin, s'il veut l'é-
tendre à sa dernière limite. » On peut même ajouter, d'après
saint Augustin [2], que l'enseignement de l'histoire lui était
exclusivement réservé, *historiæ custodiam profitetur.* La
grammaire embrassait donc un vaste cercle de connaissances, qui en faisaient une science compliquée, difficile, et
qui cependant ne fut d'abord l'apanage que des esclaves. De
là sans doute le discrédit où elle resta si longtemps : « *Dignitatem docere non habet, si quasi in ludo,* » a dit Cicéron [3], qui ne
partageait pourtant pas sur ce point les préjugés du vulgaire. Toutefois, comme cette science exigeait de longues
études, du goût et de l'esprit, elle se payait cher dans un
esclave : Quintus Catulus acheta le grammairien Lutatius
Daphnis 200,000 sesterces, environ 38 ou 40,000 francs [4].
Un riche chevalier romain paya un certain L. Appéléius
jusqu'à 40,000 sesterces par an. Caton l'Ancien, opiniâtre défenseur des vieilles coutumes, eut beau s'élever
en plein sénat contre les Grecs et contre leur science
jusqu'alors inconnue à Rome : le progrès suivit et devait
suivre son cours ; l'enfance, la jeunesse accoururent à
la voix de ces maîtres nouveaux, et, chose singulière ! Caton
lui-même apprit le grec à près de quatre-vingts ans ! Les
écoles se multiplièrent en fort peu de temps : il y en eut
jusqu'à vingt de fréquentées et de célèbres [5]. La prospé-

---

[1] *Let. à Luc.*, 88. — [2] *De Musicâ*, ii, 1. — [3] *Orat.*, 42. — [4] Suet., *Gramm.*
— [5] *Ibid.*

rité de ces établissements alla croissant de jour en jour.
Pourtant, ils furent dès le principe abandonnés à leurs
seules ressources : les maîtres ouvraient leurs cours et donnaient leurs leçons à leurs risques et périls, comme ils
l'entendaient, sans autre surveillance que celle du préteur
et de l'opinion représentée par les pères de famille. César
le premier, pour favoriser les beaux-arts, et surtout pour
en attirer les professeurs à Rome, leur donna le droit de
cité, quand ils furent d'une condition libre [1]. Les grammairiens furent appréciés et compris du Dictateur, si remarquable grammairien lui-même, qui, dans son traité de
l'Analogie, faisait une guerre acharnée aux locutions vi-
cieuses, aux mots détournés de leur acception, et dont le
livre ne fut peut-être pas sans une heureuse influence sur
le siècle d'Auguste. La surveillance du préteur était presque illusoire : pour l'éveiller, il fallait un scandale, et les
maîtres avaient intérêt à ne pas en donner. Mais les pères de
famille qui sentaient le prix de l'éducation, avaient les yeux
fixés sur les écoles : souvent ils y accompagnaient leurs
fils, et menaient avec eux des amis ou des parents [2]. A
défaut du père, c'était le précepteur, *pædagogus*, *custos* ou
pappas, comme l'appelle Juvénal [3], qui menait l'enfant aux
écoles et assistait à ses exercices. Plus tard, sous l'Empire,
quand la mollesse se fut glissée dans l'éducation comme
partout, l'enfant ne porta plus ses livres lui-même ; ce fut
un esclave, le *capsarius*, qui attendait à la porte [4]. Malgré
ce contrôle, faible, il est vrai, de la part de l'État, mais sérieux de la part des parents, les grammairiens, moins que
les rhéteurs sans doute, mais trop encore, parlaient souvent à leurs élèves de gladiateurs, de chevaux ; ils tenaient
à plaire plus qu'à instruire, afin de conserver leur clientèle : les saluts empressés, les flatteries adroites les ser-

---

[1] Suet., *César*, 42. — [2] *Perse*, IV, 47. — [3] VI, 634. — [4] Suet., *Néron*, 36.

vaient à souhait [1], et ce n'est pas sans raison que les critiques du Principat les accusèrent en partie de la décadence littéraire. Sans parler de Quintilien qui ne les flatte pas, Pline le Jeune fait d'eux une amère censure, lorsque, s'adressant à la femme de l'un de ses amis qui lui demandait conseil sur l'éducation de son fils, il lui répond : « Il est temps de chercher un rhéteur, dont la tenue, la pudeur, la chasteté surtout, *imprimis castitas*, soient certaines [2]. Il est à présumer que les grammairiens n'étaient pas, plus que leurs confrères, à l'abri du reproche. Aussi vit-on plus d'une fois le maître peu considéré, battu même par les disciples :

> Sed Ruffum atque alios cædit sua quemque juventus,
> Ruffum, qui toties Ciceronem Allobroga dixit [3].

Le professeur de grammaire, à l'exemple du rhéteur, se trouvant surchargé de besogne, se faisait aider par des sous-maîtres, des répétiteurs, que Pétrone désigne sous le nom de *antescholani*, et Ausone sous celui de *proscholi*. Nos établissements d'instruction primaire et secondaire, on le voit, ont beaucoup emprunté à ceux de l'antiquité. Heureusement pour eux et pour l'éducation nationale, l'opinion publique a bien changé depuis l'antiquité, et l'enseignement est, à bon droit, considéré de nos jours comme un véritable sacerdoce. Il n'en fut pas ainsi chez les Romains, et la preuve en est dans les termes mêmes dont ils désignaient les premières études de l'enfance, et que nous avons déjà cités. Une preuve aussi de leur peu d'estime pour les professeurs de grammaire, c'était le sans-façon avec lequel les parents les faisaient payer par leurs enfants, tous les mois, le huitième jour des ides :

> Ibant octonis referentes idibus æra [4].

1 Dial., 29. — 2 III, 3. — 3 Juv., VII, 214. — 4 Hor., *Sat.*, I, 6.

Cette somme ne devait pas être considérable, si l'on s'en rapporte à Juvénal : '

> Quis gremio Enceladi doctique Palemonis affert
> Quantum grammaticus meruit labor [1] ?

Dans la même satire, il avait déjà dit que deux sesterces suffisaient et au delà à payer Quintilien, qu'il cite comme une exception ; il veut parler probablement du grand sesterce, auquel on peut donner la valeur approximative de 187 francs ; ce qui portait, pour l'année scolaire, les honoraires du grammairien à 374 francs ; somme modique aux yeux du poëte moraliste, témoin attristé du luxe oriental de son époque, mais que nous trouverions excessive, attendu que les écoles anciennes n'étaient que des externats. Il est même à croire, et Suétone nous montre par des exemples, que, sous Auguste, au temps où la grammaire brillait de son plus vif éclat, les honoraires étaient plus élevés. En outre, aux fêtes de Minerve, qui se célébraient du 19 au 23 mars, et qui étaient la fête des écoliers, les enfants avaient coutume de donner à leurs maîtres, grammairiens ou rhéteurs, une gratification plus ou moins forte, appelée *Minerval*, parce qu'elle se faisait le jour prétendu de la naissance de la déesse. Mais, après Auguste, le luxe devenu menaçant, « rien ne coûta moins à un père que l'éducation d'un fils [2] ; » ce qui n'empêchait pas un simple grammairien, Rhemnius Palémon, de se faire tous les ans avec son école 400,000 sesterces, de 76 à 80,000 francs environ [3] ; nos modernes professeurs se contenteraient à moins ! Et il n'était pas rare encore que le précepteur prélevât une partie de la somme destinée au professeur :

---

[1] VII, 212. — [2] Juv., VIII, 183. — [3] Suet., *Gramm.*, 23.

Et tamen ex hoc,
Quodcunque est (minus est autem quam rhetoris æra),
Discipuli custos præmordet [1].

Cette manière dont les pères s'acquittaient envers les maîtres de leurs fils se régularisa, lorsque Vespasien et les empereurs qui suivirent, fondèrent des écoles publiques surveillées et salariées par l'État, ou plutôt par le trésor du prince. La mesure gênait la liberté, sans doute, mais remédiait aussi aux inconvénients de la concurrence : la confusion des méthodes diminua, la morale des maîtres fut moins relâchée, et la conduite scandaleuse d'un Rhemnius devint au moins plus difficile. Les règlements de l'État sont faibles, il est vrai, contre les mœurs générales, quand ces mœurs sont mauvaises, et l'on ne s'en aperçut que trop par les désordres qui s'introduisirent dans les écoles impériales. Mais l'idée de Vespasien était bonne, et le christianisme a bien su la mettre à profit.

III

Ces détails étaient nécessaires pour nous faire mieux apprécier le rôle des grammairiens à Rome, et leur influence immédiate sur l'art de la parole ; influence qui ressortira mieux encore, si nous jetons un coup d'œil sur les exercices qu'ils donnaient à leurs élèves. Ici, du moins, nos ressources seront un peu plus grandes, et nous pourrons nous faire une idée plus exacte de ce qu'était une école de grammaire, à partir d'Auguste ou même de Cicéron.

On sait que les Romains, dans leur vie glorieuse de lutte contre leurs voisins d'Italie ou d'ailleurs, n'avaient qu'une estime médiocre pour tout ce qui ne tenait ni à

[1] Juv., VII.

l'agriculture, ni aux lois, ni à la guerre, qu'ils appelaient à
juste titre, *artes romanæ*. Ce ne fut que dans les derniers
temps de la République et sous l'Empire que l'on sentit, à
Rome, le prix des lettres et des arts de la paix. Avec l'Empire, la littérature devint une véritable profession pour les
grammairiens comme pour les rhéteurs et pour les poètes.
Alors on étudia sérieusement les langues et la grammaire,
les éléments de la morale, de la musique et des beaux-arts.
Ces études préliminaires se faisaient à la maison paternelle
par les soins des parents, ou, sous leurs yeux, par les soins
d'affranchis et de maîtres particuliers, lorsque l'enfant
sortait des mains des femmes, vers l'âge de sept ans, et
avaient une durée commune de trois ou quatre ans ; car
les enfants ne quittaient guère la famille avant l'âge de
onze ou douze. Ce noviciat était indispensable pour aborder
les difficultés qui les attendaient à l'école du grammairien.
Outre la lecture attentive des poètes et des prosateurs grecs
et latins, outre une étude suivie de l'histoire nationale ou
étrangère et de la mythologie, le grammairien initiait l'enfance à de certains exercices, désignés sous l'appellation
générale de προγυμνάσματα, qui préparaient à l'éloquence ;
car l'éloquence était le but principal de l'éducation littéraire ; la poésie restait à l'état d'agréable passe-temps,
avant d'être, comme pour Martial, un métier peu lucratif.
D'après la plupart des rhéteurs, ces *progymnasmata* étaient
au nombre de quatorze : fable, chrie, récit, sentence, confirmation, réfutation, lieu commun, éloge, blâme, comparaison, éthopée, description, thèse et proposition de loi.
Telle est, du moins, la classification d'Aphthonius, qui développa sous Marc-Aurèle en quatorze livres les douze de
son devancier Hermogène. Il y avait bien quelques diver-
gences d'opinion parmi les maîtres ; mais elles étaient de
peu d'importance. Hermogène veut que l'on commence
par la *fable*, μῦθος, comme moyen commode de former au

bien l'âme de la jeunesse ; le maître en donnait le sujet, qu'il tirait des poëtes lus en classe, et l'élève devait, en le développant, en extraire un principe de morale accessible à son intelligence. De là peut-être notre coutume de mettre aux mains des commençants les fables de Florian ou de La Fontaine, coutume qui veut être sagement pratiquée pour n'être pas stérile. Venait ensuite la *chrie*, Χρεία, qui consistait à rappeler un mot, un trait remarquable pour l'appliquer adroitement, εὐστόχως, à un personnage déterminé ; le mot devait être court, σύντομον [1], pour mieux paraître en relief et forcer la jeune intelligence à plus d'efforts et de développements. Une espèce particulière de la chrie, c'était l'*éthologie* ou ἠθοποία, comme dit Aphthonius, qui retraçait les mœurs et le caractère d'un personnage, un véritable portrait, à la façon de Salluste et de La Bruyère, s'il est permis de citer de pareils noms à propos des progymnasmata. Prise dans ce sens, la *chrie* n'a pas disparu des études modernes : « Personne ne me surpassait, dit Gœthe, dans les exercices de rhétorique, les chries et autres, et mon père en était si content qu'il me faisait à cette occasion des cadeaux d'argent considérables [2]. » Cela ne doit point étonner, si l'on songe que la *chrie* formait non-seulement au style, mais aux bonnes mœurs, à la beauté de l'âme, χρηστόν τι ἦθος, comme parle Théon. La fable, la chrie, l'éthologie étaient un acheminement logique à la sentence, *sententia*, maxime, pensée philosophique, matière d'amplification assez facile pour un élève, mais dangereuse, en ce qu'elle habituait l'esprit ignorant encore à rechercher les idées générales, sans avoir approfondi les idées particulières qui leur servent de base ; c'était un défaut de méthode, qui de l'antiquité a passé au moyen âge et qui n'a guère disparu que dans ces

---

[1] *Aphthonius*. — [2] *Mem.*, i, 32.

derniers temps, où l'on a placé enfin l'analyse avant la synthèse. Le *lieu commun*, dans le sens moderne, se rapproche de la sentence, au point de se confondre avec elle ; mais les grammairiens ou les rhéteurs anciens le distinguent de la sentence, chacun à sa façon ; car, nous l'avons remarqué déjà, chaque maître avait sa manière, ses idées à lui ; ce qui rend un classement difficile dans ces divers exercices. Aphthonius définit le lieu commun λόγος αὐξητικός τῶν προσόντων τινὶ κακῶν ; pourquoi l'amplification ne porterait-elle pas aussi bien sur les bonnes que sur les mauvaises qualités, sur les biens comme sur les maux ? Le manuel d'Aphthonius, qui n'est, comme la plupart des traités de ce genre, qu'un cahier de classe fort court, fort aride, n'en dit pas davantage. Remarquons, au surplus, que tous ces exercices, ont un côté commun : c'est toujours une pensée générale appliquée à un cas particulier, qui en fait le fond ; défaut capital dans cet enseignement de l'école, que l'apprenti orateur apportera plus tard à la tribune, ou l'écrivain dans ses ouvrages, s'il n'a qu'un talent ordinaire. Les idées générales sont la source la plus habituelle de la grande éloquence, mais à la condition que l'orateur saura les adapter à son sujet, de manière qu'elles ne fassent qu'un tout homogène avec ce sujet, et qu'il y aura de graves intérêts en jeu. En dehors du talent qui trouve le moyen de tout s'approprier, ou de ces intérêts généraux dont nous venons de parler, il n'y a guère de place que pour les banalités ; les rhéteurs auraient dû le comprendre. Il aurait mieux valu pour l'enfance faire une étude attentive des auteurs anciens, fouiller l'antiquité jusque dans ses profondeurs, apprendre à connaître les hommes et les choses, que de perdre son temps à de pareilles minuties [1] ; l'écrivain ou l'orateur y aurait gagné. Mais, non content de

[1] Dial., 29.

donner à l'élève une sentence, un lieu commun comme
sujet d'exercice, le maître lui en donnait de tout développés à apprendre par cœur, et Sénèque, à qui nous emprun-
tons ce détail, le trouve bon : « Ces sentences, dit-il, sont
à la portée des enfants, dont l'esprit ne comporte pas
encore une nourriture plus saine [1]. » Nous préférons,
quant à nous, la méthode actuelle qui ne fait apprendre à
la jeunesse que les morceaux choisis des écrivains consacrés. L'esprit, encore tendre, se façonne ainsi aux belles
formes de la pensée et se meuble de nobles idées, dont
plus tard il fera son profit.

A la fable, à la chrie, à l'éthologie, à la sentence, au
lieu commun, en un mot, se bornaient, d'habitude, les
exercices des élèves de grammaire. Mais comme cet enseignement, pas plus que les autres, n'avait de marche régulière et suivie, il n'était pas rare que le grammairien em-
piétât sur le rhéteur. Plus d'une fois, au reste, le même
homme cumulait les deux fonctions, au dire de Suétone.
Aussi, pour les préparer à l'éloquence, donnait-il à ses
élèves des *problemata*, questions à résoudre, que nous ren-
contrerons sous le nom de θέσεις, quand il s'agira des écoles de rhétorique ; des *paraphrases* ou amplifications comme
celles dont nous avons parlé ; voire même des *allocutions* [2].
« Les grammairiens se glissaient jusqu'aux *prosopopées* et
jusqu'aux *suasoriæ* [3]. » Les limites de la grammaire et de
la rhétorique n'étaient donc pas bien certaines, au moins
à l'époque de leur mutuelle splendeur.

« Je me souviens, dit Suétone, que dans ma jeunesse un
certain Leprince déclamait et dissertait tour à tour. J'ai
aussi entendu dire que, du temps de nos pères, quelques
jeunes gens passaient sans transition de l'école d'un grammairien au barreau et se mettaient de prime-abord au

---

[1] Sén. à Luc., 33. — [2] Suet, *Gram.*, 4. — [3] Quint., ii, 1.

nombre des meilleurs avocats. Mais la paresse ou l'ignorance de quelques grammairiens a fait tomber cet usage
en désuétude [1]. » La plainte est encore plus vive dans la
bouche des auteurs qui sont venus après Suétone ; nous le
verrons à propos des rhéteurs. Les grammairiens tom-
bèrent donc bientôt en défaveur, comme il est aisé de s'en
apercevoir çà et là dans Perse et dans Juvénal, comme
nous le montre Pétrone, contemporain de Néron, en disant, à propos d'un jeune homme studieux et qui promet :
*Jam Græculis calcem impingit, et latinas cœpit non male
appetere, etiamsi magister ejus sibi placens sit* [2]. » Du temps
d'Auguste, au contraire, les grammairiens avaient de l'influence sur l'opinion comme professeurs et comme critiques, dans le sens moderne du mot. Horace vient de dire
que chaque particulier lit ses vers chez lui, mais qu'on les
censure en public, « parce qu'il n'a pas daigné, ajoute-t-il,
courir les écoles et les chaires des grammairiens pour leur
faire sa cour [3]. » D'après ce passage, il semblerait même
qu'à cette époque, les grammairiens auraient rempli dans
la littérature le rôle de la presse actuelle ; et par là se trouverait justifiée la définition que nous avons donnée plus haut
du *grammaticus* chez les anciens. Mais, à mesure que nous
nous éloignons de l'âge d'or de la littérature romaine, pour
employer une vieille expression, le discrédit général où
étaient les choses de la pensée, le malheur des temps et les
progrès de la décadence enlevèrent à ces maîtres utiles leur
prestige primitif, et la grammaire s'éteignit dans des recherches futiles, sinon dans une épaisse ignorance. Elle ne
s'occupa guère plus que de mots et de syllabes, de métri-
que et de questions plus oiseuses encore, comme de savoir
quelle était la patrie de Simonide, la mère de Priam, laquelle des deux mains de Vénus avait blessée Diomède, de

[1] Suet., *Gramm.*, 4. — [2] *Satyr.* — [3] *Ep.*, I, 19.

quel pied boitait Philippe de Macédoine, pourquoi la lettre
A était la première de l'alphabet. « L'élève était taxé d'i-
gnorance, quand il ne savait pas le nom de la mère d'Eu-
ryale [1]. » Tibère, qui n'était pourtant pas l'ennemi des
grammairiens, s'amusait, pour les embarrasser, à leur
poser des questions de ce genre, aussi frivoles qu'inso-
lubles. Juvénal, qu'il ne faut jamais perdre de vue pour
l'époque qui nous occupe, nous fournit encore là-dessus
d'autres précieux renseignements :

> Dicat
> Nutricem Anchisæ, nomen patriamque novorcæ
> Anchemori, dicat quot Acestes vixerit annos,
> Quot Siculus Phrygibus vini donaverit urnas [2].

La grammaire se matérialisa, pour ainsi dire, et, loin de
servir l'éloquence, elle hâta sa mort, en ne révélant plus
à la jeunesse les trésors de la saine antiquité. D'honorables travaux surnageront encore çà et là, à la surface
du monde romain; mais ce sera l'œuvre de quelques
particuliers érudits; la jeunesse n'en recevra pas même
un reflet.

Il n'est pas maintenant hors de propos, pour compléter
nos idées sur la grammaire et sur son influence, de tracer
ici un portrait rapide de quelques-uns de ceux qui la pro-
fessèrent avec le plus d'éclat et de profit pour eux. Les
trois que nous allons mettre en scène appartiennent à
l'époque où nous nous sommes renfermés, et pourraient,
du reste, sous plus d'un rapport, prendre place parmi
les rhéteurs et les déclamateurs dont nous parlerons plus
tard.

---

[1] S. Aug., *De Ord.*, II., 12. — [2] VII, 233.

IV

VERRIUS FLACCUS.

Le premier qui se présente, c'est Verrius Flaccus, fils d'un père affranchi, *libertinus;* nous ne sommes pas, encore bien loin de la condition primitive des grammairiens. Cet affranchi s'appelait, comme son fils, Verrius Flaccus; c'était un jurisconsulte distingué, de plus un ami de Cicéron. Choisi par Auguste pour être le précepteur de ses petits-fils, Caïus et Lucius Agrippa, quand déjà sa réputation de maître était faite, notre Verrius vint s'établir dans la maison de l'empereur sur le Palatin, *Palatium,* avec toute son école, la plus renommée du temps. Mais le prince lui imposa la condition de ne plus prendre d'élèves à l'avenir. Son cours se donnait dans l'atrium de la maison de Catilina, qui faisait alors partie du palais, et lui rapportait 100,000 sesterces, somme égale à celle que Quintilien reçut plus tard de l'avare Vespasien. Il mourut sous Tibère dans un âge fort avancé, laissant après lui la réputation d'un érudit de premier ordre, réputation qu'il devait à de nombreux ouvrages. Le plus digne d'être cité parmi ces ouvrages, celui qui a pour titre *De verborum significatione,* son dictionnaire enfin, « représente à peu près le dernier effort de la critique romaine dans cette branche de la grammaire [1]. » Sans prétendre à une monographie complète sur ce philologue, nous pouvons ajouter que son lexique, en grande partie mutilé ou même disparu, a été abrégé au troisième siècle par le grammairien Festus, et plusieurs fois réimprimé avec des fragments d'un autre traité de Verrius, dont Suétone fait mention. « Verrius,

[1] Egger, *Rel.*, 1.

dit-il, a une statue à Préneste, au bas du Forum, en face de
l'Hémicycle, où il avait exposé les Fastes, mis en ordre par
lui et gravés sur une muraille de marbre [1]. C'est sans
doute pour avoir été publié à Préneste que ce traité a conservé le titre de *Fastes Prénestins*. Ce calendrier, fort précieux pour nous, vit encore dans quelques fragments, dé-
couverts au siècle dernier et publiés par Faggini [2], neuf
ans après leur découverte. Pline et Macrobe, dans plusieurs
passages, nous peignent cet auteur comme un antiquaire
distingué, et naguère un critique éminent avançait, d'après
ces deux autorités et d'autres encore, que ses livres et ceux
de Varron, comme généralement ceux des grammairiens
voisins ou contemporains d'Auguste, étaient indispensables à l'intelligence des antiquités romaines, laissées dans
l'ombre ou légèrement abordées par les grands historiens
de Rome. Ce n'est, en effet, ni à Salluste ni à Tite-Live qu'il
faut demander des renseignements sur la vieille langue latine, sur ses transformations successives, sur ses rapports
d'emprunt ou de parenté avec le grec ; ils ne nous font pas
pénétrer davantage dans la vie privée des Romains. Ce sera
l'un des mérites des érudits, de Verrius en particulier, qui
paraît s'être beaucoup occupé de ces matières. Macrobe, qui
le cite pour sa connaissance du droit pontifical, *juris ponti-
ficii peritissimum*, mentionne de lui un troisième traité, intitulé *Saturne* [3] ; et Pline, qui semble en avoir fait une étude
approfondie, témoigne en deux endroits [4] qu'il a fouillé dans
les vieilles coutumes de Rome, en nous rapportant, comme
de lui, que Tarquin l'Ancien avait à son triomphe une
tunique dorée, et qu'au sien Camille avait le corps enduit
de vermillon. Là ne se bornent pas les œuvres qu'on attribue à Verrius : Aulu-Gelle [5] parle de Saturnales et de

---

[1] *Gramm.*, 17. — [2] Rome 1771. — [3] *Saturn.*, i, 4, 16. — [4] xxxiii, 3, 7.
— [5] iv, 5.

lettres, Macrobe d'Obscurités de Caton, Servius de poésies
qu'il aurait composées. On trouve dans le savant recueil de
Putsch des fragments assez considérables de Verrius sur les
voyelles, sur les cas, sur le pronom, le verbe, le participe,
l'adverbe et la préposition. Le style de cet essai de grammaire est pur dans sa nudité simple, et sent son siècle d'Auguste. Enfin, dans la courte biographie qu'il nous en a
laissée, Suétone rapporte que, « pour exercer le talent de
ses élèves, Verrius avait coutume de les faire composer,
inter se committere, et leur proposait non-seulement un
sujet à traiter, mais aussi une récompense pour le vainqueur, *præmio quod victor auferret* [1]. » Outre l'intérêt qu'il
peut avoir pour nous, pour nos écoles, un tel détail indique, chez Verrius, un maître habile, qui connaissait l'esprit de la jeunesse, sur laquelle l'émulation a tant de puissance. Il est à croire que des grammairiens comme Verrius,
s'ils s'étaient perpétués jusqu'à Trajan, auraient pu retarder
la décadence, en rappelant les esprits aux bonnes études du
siècle de Cicéron. Mais il ne devait pas en être ainsi, et,
dans les deux qu'il nous reste à faire connaître, nous aurons un charlatan et un débauché.

V

APION.

Le charlatan, c'est un étranger, un Grec d'Alexandrie ;
car, depuis Carnéade, les Grecs n'ont plus lâché leur proie.
A défaut de Suétone, qui n'en parle point, nous avons Pline
l'Ancien, Sénèque et Josèphe pour apprécier Apion. Cet
Apion, déjà fort goûté en Égypte, vint à Rome sous Caligula, à l'occasion suivante : « Une querelle était survenue

---

[1] *Gramm.*, 17.

à Alexandrie entre les Juifs qui y résident et les Grecs; chaque parti choisit trois députés qui furent envoyés à Caïus. Apion, l'un des trois députés alexandrins, accumula les calomnies sur les Juifs, disant, entre autres choses, qu'ils négligeaient de rendre à César les honneurs qui lui étaient dus [1]. » Inutile de peser ici le témoignage de Josèphe; ce qu'il nous importe de savoir, c'est qu'Apion se produisit alors pour la première fois sur la scène de Rome, la seule qui consacrât les gloires provinciales. Il y ouvrit une école et les élèves affluèrent, grâce à la réputation du maître, ou, du moins, au bruit qu'il avait su faire autour de son nom. Car Apion n'est, à vrai dire, que le premier de ces grammairiens charlatans qui mettaient au service des grands et de la foule une érudition superficielle et souvent menteuse. C'était, de plus, un de ces déclamateurs ambulants, *circulatores sophistæ*, comme les appelle Sénèque, qui abondaient en Grèce et qui commençaient à prendre racine à Rome. Les Grecs leur avaient déjà donné le nom de περιοδευταί, et, plus tard, Ausone qualifiera leur métier de *vagantem operam*. Quoi qu'il en soit, Apion jeta, qu'on nous passe le mot, de la poudre aux yeux, amassa de la fortune et eut la chance d'avoir dans son école l'un des premiers savants de la Rome impériale, Pline l'Ancien, qui le cite dans son *Histoire naturelle*. Il reçut de ses compatriotes le surnom de *Plistonices*, probablement à cause des nombreuses victoires qu'il remporta dans les vaines joutes oratoires ou savantes de l'époque [2]. Sous Caïus, il voyagea, *circulatus est*, dans la Grèce entière, et toutes les villes l'adoptèrent en l'honneur d'Homère, sur lequel Apion semble avoir fait de singulières recherches. Il prétend que le poëte, après avoir terminé l'*Illiade* et l'*Odyssée*, mit en tête de son œuvre un préambule où il embrassait toute la guerre de Troie; et la preuve,

---

[1] Josèph., *Ant.*, xviii, 10. — [2] Pline., xxxvii, 5.

c'est qu'Homère avait à dessein, selon lui, placé dans son premier vers deux lettres qui indiquaient le nombre de ses livres [1]. Dans un travail sur l'Égypte, ou plutôt dans une histoire naturelle qu'il paraît avoir composée, mais dont le temps a fait justice, le charlatan se montre plus audacieux encore dans ses affirmations : d'après lui, « l'herbe appelée tête-de-chien, l'osirite des Égyptiens, avait une vertu prophétique et était souveraine contre les sortiléges ; mais l'homme qui l'arrachait mourait à l'instant même. C'est avec cette herbe qu'il disait avoir évoqué les ombres pour interroger Homère sur ses parents et sur sa patrie ; il n'osa pourtant pas, ajoute malicieusement Pline, déclarer la réponse qu'il avait obtenue [2]. » Pline cependant le cite trop souvent pour ne pas l'avoir en une certaine estime ; il a beau l'appeler un *tambourin*, comme Tibère l'appelait un tambour, *cymbalum*, il accueille volontiers ses assertions, toutes hasardées qu'elles lui semblent. Il dit même quelque part un mot flatteur pour lui, en traitant ses recherches de soigneuses, *curiosâ interpretatione* [3]. On sent, en un mot, que le philosophe naturaliste avait conservé pour le maître de ses jeunes années un respect que le siècle partageait du reste. Tibère seul devina l'homme sous le masque, et par cette appellation de *tambour* il peignit avec justesse cette science pompeuse, emphatique et fausse, la seule qui plaise aux époques malades et usées.

VI

RHEMNIUS PALÉMON.

Après le grammairien thaumaturge s'offre le grammairien débauché, mais excellent homme d'affaires, qui ma-

---

[1] Sén., *ad Luc.*, 88. — [2] xxx, 2. — [3] xxx, 11.

nie la parole et la plume de manière à se faire pardonner
ses vices. Rhemnius Fannius Palémon, de Vicence, né esclave dans la maison d'une femme, apprit d'abord le métier
de tisserand, s'il faut en croire un bruit rapporté par Suétone [1]; il apprit ensuite les lettres en accompagnant aux
écoles le fils de son maître. Affranchi depuis, il vint professer à Rome, et se plaça au premier rang des grammairiens, bien que perdu de mœurs; Tibère et Claude, après
lui, disaient publiquement que personne ne méritait moins
d'instruire l'enfance ou la jeunesse. Mais, si ce mépris atteste les vices dont il était infecté, il n'atteste pas moins le
talent qui les faisait oublier. Palémon captivait son auditoire par une rare facilité de parole et par une mémoire
prodigieuse; il avait même le don d'improviser en poésie :
c'était un versificateur habile qui s'exerçait à peu près
dans tous les genres, *variis metris*. Il poussait l'arrogance
et la prétention jusqu'à traiter Varron de *pourceau*, et jusqu'à dire que les lettres étaient nées et mourraient avec lui ;
par *lettres*, Palémon entendait la grammaire, dont il s'occupait plus spécialement. Il laissa, mais le temps a détruit,
une grammaire qui ne passa pas inaperçue sous les premiers Césars, et que les femmes mêmes, d'après Juvénal,
lisaient et feuilletaient sans cesse :

Odi
Hanc ego, quæ repetit volvitque Palæmonis artem [2].

On lui attribue, de plus, mais à tort, dit Funck [3], un poëme
sur les poids et les mesures, écrit en hexamètres, que l'on
accorde plus généralement à Priscien, et qui fut imprimé à
Leyde, en 1587. Si Palémon avait une vertu, ce n'était assurément pas la modestie. « Un jour, disait-il, des brigands
m'ont laissé la vie à cause de ma célébrité, et ce n'est pas

---

[1] *Gramm.*, 23. — [2] vi, 453. — [3] v, 17.

au hasard que Virgile a placé mon nom dans ses *Bucoli-
ques :* il présageait que je serais un jour le juge de tous les
poëmes. » Mais, si quelque chose pouvait égaler sa prétention, c'étaient sa mollesse et sa magnificence : il prenait
plusieurs bains par jour, et ne pouvait suffire à ses dépenses, bien que son école lui rapportât 400,000 sesterces,
80,000 francs environ, et qu'il ne retirât guère moins de
ses affaires privées, dont il avait le plus grand soin. Les
loisirs que sa classe lui laissait étaient consacrés à tenir une
boutique d'habits ou de papier à vendre. C'était, vraiment,
un singulier artiste que Rhemnius! Mais Pline, qui est à
l'affût de toutes les inventions, vante l'adresse de cet industriel, *sagax*, qui mit en cours une nouvelle sorte de papier,
auquel il donna son nom ; c'était comme un mélange du
papier commun, *amphitheatrica*, avec le papier de première qualité, *principalis*, que Fannius rendit ainsi accessible à toutes les bourses [1]. Aux yeux du Naturaliste,
c'était un service rendu à la société que son histoire
était tenue de relater. Palémon n'était pas seulement un
grammairien, un industriel, c'était encore un cultivateur,
ou plutôt un viticulteur de mérite. Sous le règne de Claude,
probablement, il avait acheté pour 600 000 sesterces
une campagne près de Nomentum, à 10 milles de la
ville. « On sait, dit Pline, combien peu valent les vignes
dans tous les faubourgs ; celle de Palémon, que l'ancien
propriétaire avait tout à fait négligée, valait encore moins
que les autres, bien qu'elle ne fût pas dans les plus mauvaises de ce territoire pittoresque. La vanité bien connue
du grammairien la lui fit cultiver et défoncer à la houe par
les soins de son affranchi Sthénélus. Le succès tient du prodige : en moins de huit ans il vendit sur pied la vendange
400,000 sesterces [2], » et il y eut, au rapport de Suétone,

[1] *Hist. nat.*, XIII, 12. — [2] *Ibid.*, XIV, 4.

365 pièces de vin [1]. Mais toutes ces précieuses et lucratives
qualités le cédaient à la passion désordonnée qu'il avait pour
les femmes. Suétone entre à ce sujet dans des détails que
notre langue, par pudeur, se refuse à traduire, *usque ad
infamiam oris*. Hé bien! ces mœurs infâmes ne l'empêchèrent pas d'avoir un nombreux auditoire et de se faire des
revenus énormes; tant l'opinion publique d'alors était encore favorable à ces sortes de maîtres! tant surtout le foyer
domestique lui-même était souillé par les excès que nous a
décrits Pétrone! Il est vrai que Rhemnius possédait une habileté singulière et un savoir-faire étonnant; aussi, malgré
ses débauches, malgré les ennemis qu'il se fit dans son
propre métier [2], il parvint à éclipser tous ses rivaux soit
par son talent, soit par le nombre et la qualité de ses élèves,
parmi lesquels il faut compter le satyrique Perse [3], Lucain [4] et peut-être Quintilien lui-même. Juvénal, si bien instruit des choses du temps, n'a garde de le passer sous
silence :

> Quis gremio Enceladi doctique Palæmonis affert
> Quantum grammaticus meruit labor [5]?

VII

L'esquisse des trois grammairiens que nous venons de
nommer suffit pour nous fournir une idée nette du
rôle que jouaient, à Rome, sous les premiers empereurs,
et la grammaire et ceux qui la professaient. On a vu
que la faveur publique ne leur a pas manqué, tant que
cet art et ses adeptes se sont respectés eux-mêmes et ont
tenu leurs promesses. Mais, à mesure que nous nous écar-

---

[1] *Gramm.*, 23. — [2] *Chron. Eus., Olym.* 201. — [3] Funck, III, 21. —
[4] Nisard, *Poët.*, II, 9. — [5] VII, 215.

tons d'Auguste et que l'atmosphère environnante s'altère de plus en plus, comme les autres exercices de la pensée, la grammaire perd du terrain, les maîtres deviennent moins sérieux, et leur influence oratoire et littéraire s'amoindrit.

TROISIÈME PARTIE

RHÉTORIQUE

I

La grammaire menait droit à la rhétorique, et s'en passait même quelquefois, nous l'avons vu : ces deux arts
cependant se prêtaient un mutuel secours, et il est difficile de les bien connaître l'un sans l'autre ; ce qui nous
a décidé à jeter les yeux sur le premier avant d'aborder le
second, qui nous intéresse d'une manière plus directe. Pour
la rhétorique les documents sont plus nombreux, les sources plus abondantes encore ; il nous sera donc permis de
nous étendre un peu plus sur un sujet aussi vaste.

« Comme la grammaire, la rhétorique fut acceptée tard
dans notre pays, dit Suétone [1], et un peu plus difficilement
que la grammaire, puisqu'il est certain que l'exercice en a
quelquefois été interdit. » Sans nul doute, il n'y eut pas
d'école de rhétorique à Rome avant le milieu du second
siècle qui a précédé notre ère : en effet, le sénatus-consulte
que Suétone va rapporter, et que nous retrouvons dans
Aulu-Gelle, est de l'année 161 avant Jésus-Christ [2]. Le
voici tel qu'il nous a été conservé :

« C. Fannio Strabone, M. Valerio Messala coss., senatus-
consultum de philosophis et de rhetoribus latinis factum
est : M. Pomponius prætor senatum consuluit. Quod verba
facta sunt de philosophis et de rhetoribus, de ea re ita cen-

---

[1] *Rhet.*, I. — [2] Egger, *Rel.*, 256.

suerunt : uti **M.** Pomponius prætor animadverteret cura-
retque uti ei e republica fideque sua videretur, uti Romæ
ne essent. »

Cette mesure fut prise contre les rhéteurs et contre les
philosophes, parce que, dans ces temps reculés, le même
maître professait d'ordinaire les deux sciences à la fois.
Carnéade, en effet, et les deux députés qui l'accompagnaient, philosophaient et discouraient tour à tour, et probablement les rhéteurs qui les suivirent immédiatement
marchèrent sur leurs traces; c'étaient des Grecs, et les
σοφισταί, que le mot *rhetor* traduit assez imparfaitement,
avaient l'habitude d'enseigner la rhétorique en même
temps que la philosophie. Il ne sera peut-être pas hors de
propos de donner ici la nomenclature des appellations diverses qu'ils reçurent dans l'antiquité. Platon, dans son
Phèdre, les appelle λογοδαίδαλοι ; Thémistius, Philostrate et
Libanius, ῥητορικοὶ διδάσκαλοι; Julius Pollux φροντισταὶ,
τεχνίται λόγων, παιδευταί ou σοφισταί. Les Latins disaient *pro-*
fessores, declamandi magistri, declamatores, præceptores elo-
quentiæ, dicendi præceptores, scholastici. Lorsque l'État,
sous Vespasien et depuis, s'immisça dans les écoles pour
les réglementer ou les payer, la loi ne réserva, d'après
Ulpien, le nom de *professores* qu'aux maîtres des arts libéraux, à la tête desquels l'estime publique plaçait les rhéteurs. Quant aux maîtres de philosophie, dont le métier ne
devait pas, dès le principe, être lucratif, les légistes leur
refusèrent ce titre, seulement ils oubliaient que les maîtres
de philosophie vivaient, eux aussi, communément du produit de leurs écoles. Enfin, à l'époque de Sénèque et de
Quintilien, lorsque la rhétorique eut perdu de son éclat
primitif, le nom de *scholastici* prévalut, et témoigna du discrédit dans lequel était tombé le métier.

Pour en revenir au sénatus-consulte précité, Aulu-Gelle
a tort d'ajouter au mot *rhetoribus* celui de *latinis*, puisqu'ils

étaient Grecs d'origine. Il paraît que cette défense
resta sans effet et que les écoles continuèrent de recevoir
des élèves, puisque, quelque temps après, les censeurs
Cnéus Domitius OEnobarbus et L. Licinius Crassus, le célèbre orateur si vanté par Cicéron et qui se justifie de sa
sévérité dans le *De Oratare*[1], prirent, au sujet des philosophes et des rhéteurs, la mesure suivante :

« Renuntiatum est nobis esse homines qui novum genus
disciplinæ instituerint, ad quos juventus in ludum con-
veniat ; eos sibi nomen imposuisse *latinos rhetoras ;* ibi
homines adolescentulos dies totos desidere. Majores nostri,
quæ liberos suos discere et quos in ludos itare vellent, ins-
tituerunt. Hæc nova quæ præter consuetudinem ac morem
majorum fiunt, neque placent neque recta videntur. Qua-
propter et iis qui eos ludos habent, et iis qui eò venire con-
sueverunt, visum est faciundum ut ostenderemus nostram
sententiam, nobis non placere. »

Pourquoi ces maîtres déplaisaient-ils à Crassus ? Parce
que, suivant Cicéron tout au moins, Crassus avait comme
entrevu les tristes résultats de l'enseignement oratoire tel
que les rhéteurs l'entendirent après lui : « Je voulais bien,
dit-il, que l'on *aiguisât* l'esprit de la jeunesse, mais non qu'on
l'émoussât (obtundi), pour développer son *impudence*. Ces
nouveaux maîtres ne pouvaient enseigner que *l'audace*[2]. »
N'y a-t-il pas dans ces paroles le germe des critiques adressées plus tard et non sans motif aux maîtres d'éloquence ?
Crassus, d'ailleurs, c'est-à-dire Cicéron, avait une haute et
juste idée des devoirs du rhéteur, qui doit, à son avis, « parler
de la justice, de la morale, de la fondation et du gouvernement des États, en un mot, de tout le système de la nature. » Mais sa voix ne fut point entendue. D'après Cicéron,
cité par Suétone[3], Plautius Gallus est le premier qui ait

---

[1] Cap. xxiv. — [2] *De Orat.*, iii. — [3] *De Rhet.*, 2.

professé à Rome en latin, et c'était un contemporain de
Marius. L'arrêt des censeurs eut le même sort que le sénatus-consulte : cet enseignement répondait trop aux besoins
de l'époque et du pays pour ne pas prospérer. « Aussi la
rhétorique parut-elle peu à peu utile et honorable, et beaucoup la recherchèrent comme moyen de défense et comme
source de gloire [1]. » Suétone aurait pu ajouter : comme
source de fortune; car c'était par le talent de la parole,
aussi bien que par la carrière des armes, qu'on obtenait
alors le gouvernement des provinces, et c'était ce gouvernement qui procurait la richesse. « Quand ce goût se fut
répandu, il y eut une multitude de professeurs et de maîtres, qui se distinguèrent au point de s'élever de la plus
basse condition au rang de sénateur et aux grands honneurs [2]. » Ce fait se rencontra sous l'empire comme sous
la république : on connaît les vers suivants de Juvénal :

> Si fortuna volet, fies de rhetore consul ;
> Si volet hæc eadem, fies de consule rhetor [3].

Pline le Jeune cite [4] un certain Valérius Licinianus, qui du
sénat fut envoyé en exil, et de préteur devint rhéteur ; ce
qui lui fit dire, le jour même qu'il ouvrit son cours en
Sicile : *Quos tibi, Fortuna, ludos facis ! Facis enim ex pro-
fessoribus senatores, ex senatoribus professores.* La rhétorique était donc plus en honneur que la grammaire, et, si
peu à peu elle baissa dans l'opinion publique, la faute en
est au temps, aux mœurs et aux rhéteurs eux-mêmes, qui,
pour plaire, abandonnèrent insensiblement les lois du goût
et du bon sens, pour courir après une fausse couleur, un
éclat de mauvais aloi, quelque chose de vide et de faux,
qui charme les époques stériles.

---

[1] Suét., *De Rhet.*, 1. — [2] *Ibid*. — [3] vii. — [4] iv, 11.

II

« Quant au mode d'enseignement usité dans leurs écoles, tous les maîtres n'eurent pas le même, et chacun en eut plus d'un [1]. » Ainsi parle Suétone, qui nous révèle par là un des côtés faibles de cet enseignement, l'absence d'une méthode sûre et régulière, fondée sur l'expérience et sur le jugement. Il est rare, en effet, que les auteurs de traités sur la matière s'accordent soit sur la marche à suivre, soit même sur la nature des exercices ; nous l'avons dit à propos de la grammaire, tous ne classent pas les *progymnasmata* d'une manière uniforme. Aussi vit-on sous Auguste, par exemple, deux écoles rivales et contraires prospérer et fleurir simultanément et au même degré : pour valoir quelque chose, il fallait être disciple d'Apollodore, à l'instar d'Auguste, ou de Théodore de Gadarée, à l'instar de Tibère ; deux maîtres dont la réputation vécut jusqu'à saint Augustin, c'est-à-dire jusqu'au cinquième siècle [2]. Comme s'il pouvait y avoir deux éloquences et deux façons de l'enseigner ! L'État, de son côté, ne payant pas encore les professeurs, n'avait sur eux qu'une surveillance apparente ; et l'opinion publique n'était guère capable d'imprimer aux esprits une direction fixe et commune ; en sorte que chaque professeur, n'ayant à compter avec personne, suivait la méthode qui lui convenait. Voilà pourquoi le classement des exercices que nous allons citer ne saurait être plus approximatif que celui des exercices de grammaire.

« Les maîtres, dit Suétone, habituaient leurs élèves à développer *de* ᵖ*eaux mots* de toutes les manières, par toutes les figures, dans toutes les circonstances, ainsi que

---

Suét., *De Rhet.*, 1. — S. Aug., *De Rhetoricd.*

des *fables*, et à exposer un *récit* tantôt dans un style bref
et serré, tantôt dans un style large et abondant ; quelquefois à *traduire* du grec, à *louer* et à *blâmer* des hommes
illustres ; à montrer l'utilité et la nécessité, ou le mal et
l'inutilité de certaines institutions sociales ; souvent à prouver la vérité des fables ou la fausseté des histoires. C'est ce
genre d'exercices que les Grecs appellent θέσεις, ἀνασκευὰς,
et κατασκευὰς [1]. » Notons, avant de passer outre, que
plusieurs de ces exercices, les *beaux mots* ou la *chrie*,
les *fables*, les *lieux communs*, par exemple, appartenaient
également aux écoles de grammaire et de rhétorique ;
ce qui nous dispensera d'en répéter la définition. Il est
à regretter que Suétone ne nous ait point transmis des
renseignements plus précis à la fois et plus complets ;
heureusement nous avons d'autres sources, où nous pui-
serons une idée plus exacte de cet enseignement. Le rhéteur Théon, qui vivait probablement sous les Antonins,
dit expressément que l'on commencera par la *lecture*,
ἀνάγνωσις, et par l'*audition* ou lecture explicative faite par le
professeur ἀκρόασις [2]. Quintilien est de son avis : « Le
rhéteur fera lire à ses disciples l'histoire et surtout les discours [3] ; » c'est bien l'ἀνάγνωσις de Théon. Au même chapitre, voici comment il parle de l'ἀκρόασις, qu'il appelle
prælectio : « Demonstrare virtutes, vel, si quando ita inci-
dat, vitia, id professionis ejus atque promissi maxime pro-
prium est. » Faire lire aux jeunes gens les historiens et les
orateurs, leur expliquer de vive voix les passages qui peuvent avoir trait à la morale : tel était le premier devoir du
rhéteur. Cet usage se retrouve aujourd'hui dans les
leçons commentées d'avance que le professeur fait apprendre aux élèves de nos classes d'humanités. Malgré Théon,
remarquons néanmoins que l'ἀκρόασις avait un sens plus

---

[1] Suét., *De Rhet.*, 1. — [2] Théon, 1. — [3] ii, 5.

général et désignait, en Grèce comme à Rome, une discussion publique de quelque nature qu'elle fût, morale, philosophique, politique ou du genre judiciaire ; ce que Suétone et les rhéteurs de son temps entendaient par *declamatio*.

Puis venait la *paraphrase*, qui, comme son nom l'indique, n'était le plus souvent que le développement d'un fait ou d'une pensée morale [1]. Lorsque la lecture des auteurs et les commentaires du maître avaient pourvu d'idées ou, tout au moins, de mots la tête des auditeurs, et que la paraphrase leur avait appris à développer une pensée, à la produire sous toutes ses faces, on passait au *récit*, à la narration mentionnée par Suétone, c'est-à-dire, d'après Hermogène [2], à l'exposition d'un fait accompli ou censé tel. Comme Suétone, Quintilien reconnaît deux sortes de récits, celui qu'il appelle proprement *narratio*, qui doit être court, à son avis, et l'ἐπιδιήγησις ou *repetita narratio*, qui doit traiter le sujet avec plus d'ampleur et plus d'ornement (*fusior* et *ornatior*). Cette dernière sorte de récit, ajoute-t-il, convient plus à l'école qu'au barreau [3]. » Il veut même que l'apprenti orateur, une fois hors de la grammaire, débute par ce récit, qui doit avoir, selon lui, d'autant plus de force, qu'il repose davantage sur la vérité, *tanto robustior quanto verior*. Concuremment avec cet exercice avait lieu la *traduction*, ou, pour parler comme de nos jours, la *version*, que ne mentionnent ni Théon ni Aphthonius parmi les progymnasmata. S'il était besoin de faire ressortir les avantages d'un semblable travail, nous renverrions à une lettre de Pline [4], où nous lisons : « Quo genere exercitationis proprietas splendorque verborum, copia figurarum, vis explicandi, præterea imitatione optimorum similia inveniendi facultas paratur. » Suétone

---

[1] Théon. — [2] *Prog.*, ii. — [3] Quint., iv, 2. — [4] vii, 9.

garde le silence sur la *description*, que ses nombreux rapports avec la narration devaient faire placer immédiatement après. Théon la cite dans son Manuel, après Cicéron et Quintilien. Pour ce qui concerne l'*éloge* et le *blâme*, le *parallèle* ou comparaison, ils étaient compris dans ce que les anciens rhéteurs entendaient par ἀνασκευαὶ et κατασκευαὶ. Théon prétend avoir introduit le premier l'*éloge* dans les écoles ; il s'exprime là-dessus assez clairement dans son premier chapitre, où il déclare ne vouloir *publier et avancer que des choses inconnues avant lui*. Mais ce n'est, croyons-nous, qu'une prétention mal fondée. L'ἀνασκευὴ, d'après Aphthonius, était la réfutation d'une idée proposée, et la κατασκευὴ en était la confirmation. Fallait-il louer ou blâmer un homme illustre, attaquer ou défendre une institution, un usage ? Les élèves aussitôt se partageaient la besogne, et chacun se faisait, à son choix ou d'après le professeur, le défenseur ou l'ennemi du personnage, de l'institution. Venait enfin la θέσις que Suétone, selon nous, a le tort de confondre avec les deux exercices précédents. Quintilien définit les θέσεις « *quæstiones infinitas*, quæ in utramque partem probabiliter tractantur* [1]. » Aphthonius dit à peu près la même chose : la *thèse*, c'est l'examen logique d'une question à résoudre, θεωρουμένου, d'une manière spéculative et générale, et le mot grec, en ce sens, correspond assez bien au mot *infinitus* de Quintilien. D'ordinaire, ce genre de sujets étaient empruntés à la philosophie morale, plus rarement au droit ou à l'histoire. C'étaient, au résumé, des lieux communs tirés de la philosophie sur les vertus, sur les vices, sur la pauvreté, sur l'exil, par exemple, lieux communs que Philostrate appelle θετικὰς ὑποθέσεις. La *thèse* et l'*hypothèse* étaient simplement des questions, la première générale, *infinita*, la seconde particulière, *finita*.

---

[1] II, 1.

Cicéron ne définit pas la thèse autrement : « θέσις, dit-il, quærit sine designatione personarum, temporum ac loco-rum [1]. » Cet exercice, comme tous les autres, d'origine grecque, remonte à Aristote : « Theses dicere exercitatio-nis gratia fere est a peripateticis institutum [2]. » Il ne fau-drait pas le confondre avec le *thema*, qui n'était que l'ap-pellation générale de tous les sujets qui se donnaient dans les écoles. La thèse se maintint dans les écoles romaines jusqu'à la fin de l'empire : saint Augustin [3] ne l'interprète pas autrement à cette époque que Cicéron et Quintilien.

Tels étaient, peu s'en faut, les devoirs préparatoires, les *progymnasmata*. C'est dans cet enseignement, on peut le dire, que nos modernes universités ont puisé en grande partie leur mode d'instruction classique, et, sans parler d'une louable curiosité, qu'il y a profit à satisfaire, ce se-rait pour nous un motif suffisant de nous attacher à cette antiquité latine, décriée si mal à propos de nos jours, mal-gré tous les services qu'elle nous a rendus.

D'après Suétone, l'usage de ces exercices tomba peu à peu, et l'on en vint à la *controverse* [4]. Nous pensons, quant à nous, que ces paroles sont au moins exagérées, et la preuve, c'est que du temps de Suétone et longtemps après lui, les manuels des rhéteurs sont pleins de détails sur les *progymnasmata*. Ce qu'il y a de vrai, c'est que la contro-verse était l'étude et comme le but suprême des écoles, sous l'empire surtout. Dans la critique d'alors, voire même dans la littérature générale, la controverse tient un rang considérable, et cela nous oblige à nous étendre sur cet exercice, couronnement des études oratoires.

[1] *De Orat.*, 1. — [2] Quint., xii, 2. — [3] *De Rhet.*, 3. — [4] *De Rhet.*

III

Les anciennes *controverses* étaient tirées ou de l'histoire, comme nous en avons encore quelques-unes, ou de la réalité actuelle et d'une affaire récente. Elles portaient alors le nom de *lieux communs;* c'est, du moins, sous ce titre qu'on les a recueillies et publiées. Cicéron, dans le *Brutus*, paraît attribuer l'origine et le nom de ces exercices au sophiste Protagoras; ils furent primitivement appelés συνθέσεις; ce qui montre, une fois de plus, que Rome devait à la Grèce, sinon toute sa littérature, assurément son éducation littéraire. Enfin on les appela *controverses* ou feintes ou judiciaires [1]. Suétone, comme à son ordinaire, ne fixe pas l'époque où la controverse fut définitivement admise dans les écoles. Nicolas Fabre, dans ses commentaires sur Sénèque le père, avance que cette préparation oratoire ne remonte pas au delà de Plotius Gallus, maître de Cicéron, c'est-à-dire au delà de l'an 100 avant Jésus-Christ. Sénèque, de son côté, dit expressément : « Hoc autem genus materiæ quo nos exercemur, adeo novum est, ut nomen quoque ejus novum sit. Studium ipsum nuper celebrari cœpit; adeo facile est mihi ab incunabulis nosse rem post me natam [2]. » Cicéron, ajoute-t-il, ne s'exerçait ni dans ce que nous appelons aujourd'hui *controverse*, ni dans ce qu'on appelait avant lui θέσεις; nos controverses étaient des *causes* pour lui. Cette deuxième appellation (θέσις) est d'origine grecque; mais, traduite en latin, elle pourrait se nommer *controverse de l'école* [3]. Hé bien, se livrer comme étude à la controverse, c'est-à-dire au débat judiciaire feint ou réel, c'est proprement ce qu'on appela .sous Auguste *déclamer*. « Avant Cicéron et Calvus, dit Sé-

---

[1] Séut., *De Rhet.* — [2] *Cont.*, 1. — [3] Sén., *id.*

nèque au même endroit, aucun orateur ne connut la déclamation ; Cicéron lui-même écrit quelque part : *Declamare
est jam non mediocriter dicere.* » Ne craignons donc pas d'a-
vancer que le nom de déclamation dans le sens que nous
lui donnons, n'a cours à Rome qu'à partir du second
triumvirat environ, tandis que la chose remonte au commencement du premier siècle avant Jésus-Christ. Il est certain, au contraire, d'après Quintilien tout au moins, que
ces exercices s'introduisirent dans les écoles grecques à
l'époque de Démétrius de Phalère, vers le commencement du troisième siècle avant Jésus-Christ [1]. L'histoire
littéraire autorise une date plus ancienne encore : elle a cru
pouvoir conclure d'un passage de Cicéron que cette invention est due à l'orateur Démocharès ou à Eschine, lorsque,
exilé d'Athènes, il alla fonder à Rhodes une école fameuse
d'éloquence. Nous avons vu plus haut que le passage du
Brutus est plus explicite, et recule de beaucoup la naissance
de ces études en Grèce. Photius, dans sa *Bibliothèque*, écrit
en propres termes : « Eschine passe pour avoir composé
le premier, dans son école de Rhodes, τὰ πλάσματα καὶ τὰς
λεγομένας μελέτας, » autrement dit, des déclamations. Mais
que l'invention appartienne à Protagoras, à Démétrius de
Phalère, à Démocharès ou à Eschine, qu'importe ? Elle remonte, au moins, chez les Grecs, au troisième siècle avant
Jésus-Christ, si ce n'est au quatrième ou au cinquième,
et c'est ce que nous voulions constater. Répétons ici ce
que nous avons dit au sujet de la grammaire, à savoir que
la Rome littéraire ne se forma sur la Grèce éclairée que
lorsque cet heureux pays passa sous le joug macédonien
pour entrer dans une décadence qui ne s'arrêta plus ; le
centre des lumières et du goût, Athènes, déchue de son
antique splendeur, allait céder le pas à Alexandrie, qui

---

[1] Quint., II, 4.

devait raffiner, subtiliser en toutes choses, et par là faire
un tort irréparable à cet art merveilleux de la Grèce, où
la grandeur s'allie si bien à la simplicité.

Quoi qu'il en soit, l'introduction de la controverse ne fut
pas sans une heureuse influence, tant qu'elle fut main-
tenue dans de sages limites, et que les maîtres furent
assez instruits, eurent assez de jugement et de bon sens
pour ne pas donner dans les écarts qu'on leur a depuis re-
prochés avec raison. « De tous les exercices, dit Quintilien,
le plus utile comme le plus nouveau, c'est la *déclamation :*
elle offre le mérite de tous les autres et se rapproche plus
de la réalité ; aussi a-t-elle été vantée au point de faire
croire à quelques auteurs qu'elle peut seule former à l'é-
loquence. C'est qu'on ne trouve dans le discours aucune
qualité qui ne lui soit commune avec cette étude oratoire [1]. » Le maître éminent ajoute ailleurs : « Les déclamations, telles qu'elles se prononcent dans les écoles des
rhéteurs, quand elles restent dans les limites du vrai et
qu'elles ressemblent aux oraisons, sont de la plus grande
utilité pour préparer à l'invention et à la disposition tout
ensemble, et cela non-seulement quand le disciple est en
voie de progrès, mais encore quand il a fini le cours de ses
études et qu'il s'est déjà fait un nom au barreau. Cette
nourriture plus abondante entretient l'éloquence, lui donne
de l'éclat, et la délasse des luttes âpres et fatigantes de la
tribune [2]. » Mais Quintilien esquisse là le portrait des anciennes déclamations, de celles qui étaient au discours ce
que l'escrime inoffensive (*præpilatis*) est au combat [3]. Depuis longtemps déjà elles ne présentaient plus le caractère
de la réalité : écrites uniquement pour le vain plaisir de l'o-
reille, elles manquaient de nerf, à peu près, ajoute Quintilien, comme ces esclaves auxquels les marchands enlèvent

[1] Inst., *Or.,* ii, 10. — [2] *Id.,* x, 5. — [3] v, 12.

les marques de la virilité pour les faire paraître plus beaux.
Il est difficile de mieux spécifier les services que la controverse aurait pu rendre, et les travers dans lesquels elle
tomba par la faute des maîtres et des temps.

IV

Qu'était-ce donc que cette déclamation, dont le nom est
devenu de nos jours synonyme d'éloquence vaine, pompeuse et vide, bien que nos écoles de rhétorique lui soient
redevables de ce qu'elles appellent le *discours* ? C'était,
avons-nous dit, un discours fictif, dont le sujet était emprunté à l'histoire ou à une question de morale ou de droit,
et que l'élève devait traiter suivant les règles de la rhétorique. Il y en avait de deux sortes, les unes comprises
dans le genre délibératif ou démonstratif, les autres dans le
genre judiciaire ; les premières s'intitulaient *suosoriæ*, dont
le nom seul explique la nature ; les secondes *controverses*,
c'est-à-dire débats, ressemblant d'assez près aux plaidoyers, dans lesquels il s'agit de soutenir ou d'infirmer un
fait de droit ou de morale. Distinguons d'abord ce que les
« suasoriæ » avaient de commun avec les controverses. Toutes deux étaient ou *tractatæ* ou *coloratæ* ; les dernières se
nomment chez Quntilien *figuratæ*, et chez Philostrate [1]
ἐσχηματισμέναι ; ce qui est la même chose. Qu'entendait-on
par *tractatio* dans les écoles ? C'était l'exposition et le développement d'un principe de droit ou de morale avéré,
reconnu, d'un lieu commun, en un mot. Il est à noter
aussi que les déclamations *traitées* étaient celles dont le
rhéteur donnait la matière et les principales dispositions ;
tandis que les *colorées* devaient être, matière et plan, de
l'invention des écoliers [2]. Pour comprendre ce que les an-

---

[1] *Vie de Polémon.* — [2] Nisard.

ciens entendaient par déclamations *coloratæ*, il est nécessaire d'expliquer au préalable ce qu'ils entendaient par
quæstio. Ce mot avait des sens divers : il désignait, entre
autres, le contraire de la *troctatio*, c'est-à-dire l'exposition
d'un principe de droit ou de morale non avéré, comme il
s'en rencontre tant dans les codes ou dans les livres des ca-
suistes. C'était, en outre, une partie de la controverse, ce
qu'on appellerait la *proposition*, la chose à débattre ; mais
nous ne devons nous attacher qu'à la première signification.
tion. Le sujet reposant sur des principes contestés, il fallait,
pour défendre ces principes, avoir recours à des subterfuges, à des sophismes, à des prétextes, qui pussent faire
accepter un fait en soi peu acceptable ; ces subterfuges, ces
sophismes, ces prétextes constituaient les *couleurs* (colo-
res), qui étaient également une partie de la controverse.
Ces déclamations figurées sont dues, s'il faut en croire Plutarque, à l'orateur Isée, le maître de Démosthène.

Après Plutarque, Photius a dit : « Isée le premier, πρῶτος,
s'est exercé dans le style figuré, ἐσχημάτιζε. » Ainsi, que la
déclamation fût traitée ou colorée, c'était ou un lieu commun ou un principe dangereux, qu'il fallait soutenir avec
les armes de la sophistique. De là sans doute l'extravagance
de la plupart de ces compositions que le temps a épargnés, et, par suite, l'inutilité pour le futur orateur de pareilles études, quand le maître n'avait pas la prudence, en
défendant la morale, de veiller à la pureté de la langue,
comme au bon goût de ses disciples. Lorsque la matière
était donnée, l'élève commençait par un exorde particulier
au genre, la *præfatio*, qui n'avait pas trait à la déclamation, une manière d'avant-propos où l'auteur se mettait en
scène, comme dans toutes les préfaces. Le maître non plus,
quand il déclamait lui-même, ne se passait pas de la préface : monté dans sa chaire, *pulpitum*, il débitait assis un
morceau préparé d'avance pour se concilier, pour charmer

l'esprit de son auditoire. Outre les parties constitutives du discours généralement reconnues depuis Aristote, le rhéteur recommandait la *division*, et Sénèque, dans ses *Controverses*, n'oublie presque jamais de s'étendre sur ce membre de l'oraison. Cette division était précédée d'une *exposition*, partie constitutive de la controverse que le déclamateur n'avait garde d'omettre. Puis venait l'*altercatio* ou débat, qui appartenait plus au barreau qu'à l'école, mais que les déclamateurs traitaient encore avec beaucoup de soin. Il va sans dire que la *péroraison* avait sa place là comme dans le véritable plaidoyer. Mais, que la déclamation fût colorée ou non, les figures de tout genre y étaient répandues à profusion, et l'élève se donnait bien de garde de négliger une pareille source d'effet. L'effet ne devint-il pas avec le temps le but unique de cet enseignement? Il fallait bien aussi, puisqu'on faisait tant que de s'écarter des sources pures, que l'éloquence des écoles se ressentît du mauvais goût de l'époque. Avec cet abus des figures apparut bientôt *sententia*, la sentence, le trait, cette petite pensée commune, banale, mais qui séduisait les auditeurs, et que, du reste, nous retrouvons dans les plus beaux génies de l'époque. « L'usage des sentences, dit Quintilien, peu fréquent chez les anciens, est excessif aujourd'hui [1]. » Ne fallait-il pas innover quand même, se distinguer des classiques, puisqu'on n'avait plus assez de souffle pour suivre leur essor? Nous voyons donc déjà, par la seule trame de la déclamation, qu'elle devait nuire au naturel de l'éloquence, en supposant même que les maîtres restassent fidèles aux vieilles traditions.

Mais il n'en fut rien, et, à quelques rares exceptions près, « la plupart des rhéteurs se mêlèrent de parler et d'enseigner sans rien avoir des connaissances ordinaires, telles

[1] VIII, 5.

que la grammaire, la rhétorique, la logique, τῶν ἐγκυκλίων
μαθημάτων, » comme dit Théon; ce qui justifie le mot de
la Harpe sur les déclamateurs, qu'il traite de *pédagogues
vulgaires* [1]. Les anciens rhéteurs, au contraire, ceux qui,
d'après Théon [2], avaient brillé le plus, οἱ εὐδοκιμηκότες,
n'avaient pas cru devoir se passer d'une certaine dose de
philosophie, et en cela ils étaient restés attachés aux principes d'Aristote et de Cicéron. Si les nouveaux ne surent
pas former un orateur, et s'il ne sortit d'entre leurs mains
que des jeunes gens à la parole abondante, mais creuse, à
l'esprit impuissant et vide, c'est qu'insensiblement à la
simplicité grecque on préféra ce que nous appelons la
phrase, et que toute cette érudition superficielle, dont on
faisait montre dans les écoles, était incapable de s'élever
jusqu'au plus petit mouvement oratoire de Cicéron ou de
Démosthène. Mais, avant d'expliquer en quoi une pareille
éducation devait, au lieu de l'arrêter, précipiter la décadence, entrons encore dans quelques détails nécessaires.

V

Nous avons établi, d'après Quintilien, que ces exercices
oratoires se rapportaient ou au genre démonstratif ou au
genre judiciaire. Au genre démonstratif appartenaient surtout les suasoriæ, par où débutaient les jeunes gens, trop
inexpérimentés pour se tirer à leur avantage des difficultés de la controverse. Ces apprentis orateurs n'avaient
guère, en effet, plus de quinze ans, lorsqu'ils échangeaient
leurs précepteurs, *custodes*, contre des accompagnateurs,
qu'on nous passe le mot, *comites*, qui les suivaient chez le
rhéteur, lorsqu'ils abordaient les écoles d'éloquence. Il leur
fallait un sujet facile, un conseil à donner, par exemple :

[1] *Ex. de Quint'.* — [2] I.

Alexandre s'arrêtera-t-il aux bords de l'océan Indien, ou poursuivra-t-il ses conquêtes au delà ? Annibal, après la bataille de Cannes, marchera-t-il sur Rome, ou s'abstiendra-t-il d'entrer dans la Ville Éternelle ? Sylla, après les horreurs de sa dictature, fera-t-il bien ou non de rentrer dans la vie privée ? On connaît les vers de Juvénal :

> Sævas curre per Alpes,
> Ut pueris placeas et declamatio fias [1].
> Consilium dedimus Sullæ, privatus ut altum
> Dormiret [2].

Telle était la nature de ces *suasoriæ*, pour lesquelles, d'ailleurs, nous renvoyons au recueil de Sénèque le père. De la *suasoria* l'écolier passait à la controverse, à celle d'abord dont le maître dictait le sujet et les principales dispositions, à peu près comme nos professeurs de rhétorique donnent, au commencement de l'année scolaire, des matières plus étendues, où les points importants sont au moins indiqués. Puis, il abordait la controverse colorée, celle où le sujet comme le plan était de lui, pour laquelle par conséquent il fallait et plus de force et plus d'expérience. Ces exercices auraient eu sans doute leur utilité, si les rhéteurs avaient tenu moins à plaire, à se faire un nom et une fortune, qu'à former de bonne foi les jeunes esprits à l'art si difficile de l'éloquence. Mais, pour un maître éminent et honnête, que de faquins ! et cela, du temps même d'Épicure, qui infligeait déjà à la rhétorique de son temps l'épithète injurieuse de κακοτεχνίαν. Non moins sévère fut plus tard l'opinion des Pères de l'Église : à leurs yeux une chaire de rhétorique n'était « qu'un marché de paroles et de bavardage, de folie et de mensonge [3]. » Peu importait le succès véritable, celui qui ne s'acquiert que par un labeur assidu, par un apprentissage long et pénible.

---

[1] x, 167. — [2] 1, 15. — [3] S. Aug., *Confes.*, IX, 2 et 5.

Pour avoir une nombreuse clientèle et se faire de beaux revenus, on voulait avant tout captiver l'esprit du père, du parent, de l'ami qui accompagnait le disciple aux écoles. Afin de donner plus de retentissement à leurs déclamations, qui n'étaient le plus souvent qu'une parade, ἐπιδεῖξις, *ostentatio declamatoria*, pour parler comme Quintilien, les rhéteurs ne se contentèrent bientôt plus de l'étroite enceinte de leur école : il fallut à leur vanité un plus vaste théâtre. Avant Adrien, qui bâtit l'Athénée pour cet usage, quand ils avaient pâli sur une de leurs rapsodies, ils louaient ou se faisaient construire une salle exprès, avec des sièges au milieu et des bancs tout autour. L'estrade, *orchestra*, où s'élevait la chaire du maître, renfermait en outre des sièges d'honneur pour les auditeurs de choix ; mais ces sièges étaient bien inférieurs à la chaire, à ce *thrône*, comme disaient les Grecs, d'où le rhéteur dominait l'assemblée. Au jour fixé d'avance, d'habitude il déclamait assis, à moins d'un de ces passages à effet qui le forçaient à se lever pour se livrer plus à son aise au feu de son enthousiasme. Mais cette dignité, ce sérieux qui siéent aux gens d'étude, s'accommodaient mieux de la première position. Une fois établis dans leur chaire, les maîtres saluaient tout d'abord, et avant de prendre la parole, le personnage le plus considéré de l'assistance. Ensuite le rhéteur, drapé dans un manteau de pourpre, orné de ses plus beaux habits, de sa voix la plus harmonieuse, se présentait avec une déclamation de son cru, bien préparée, bien apprise, surtout émaillée d'antithèses, de petites pensées brillantes et faites pour la circonstance. Le père était ravi. Venait après le tour de son fils qui débitait, en enchérissant sur les défauts du maître, une déclamation dictée d'avance et apprise par cœur. Le moyen pour un père de ne pas admirer un pareil prodige, surtout s'il arrivait que le discours fût l'œuvre de son fils, comme cela se voyait vers la fin des études ?

Si parfois le discours n'était ni du maître ni de lui, mais d'un camarade complaisant, que lui importait, pourvu que les applaudissements fussent unanimes[1]? Le rhéteur, s'il savait bien son métier, était sûr de s'enrichir, quelque minime que fût la rétribution scolaire; et nous avons vu, au chapitre de la grammaire, que certaines écoles, celle entre autres de Rhemnius Palémon, rapportait 400,000 sesterces, et la grammaire coûtait moins que la rhétorique. Pour nous faire une idée plus exacte des honoraires de ces rhéteurs, reprenons la question de plus haut, et demandons-nous ce que gagnaient les maîtres grecs, sur lesquels, on le sait, se modelèrent les maîtres latins. « Protagoras, dit Philostrate, fut le premier qui se fit payer ses leçons. » Or, quelle était à peu près cette rétribution? Elle était considérable en Grèce, puisqu'elle s'éleva jusqu'à 10,000 drachmes ou 100 mines attiques, 9,600 francs environ. Elle le fut moins dans la suite et descendit à 1,000 drachmes ou 960 francs; ce qu'Isocrate prenait à ses disciples. La plupart des maîtres allèrent même jusqu'à percevoir la moitié seulement de cette somme, 500 drachmes ou 480 francs. Il n'était pas rare, d'un autre côté, que la somme fût bien plus forte : ainsi le riche Timothée paya un talent ou 5,760 francs à ce même Isocrate qui se contentait pour l'ordinaire de 960 francs. Rien de fixe donc, de déterminé dans les honoraires des maîtres grecs. Les honoraires des maîtres romains n'étaient pas plus fixes, et furent bien moins élevés. Il pouvait même advenir qu'ils fussent nuls, lorsque les jeunes gens s'entendaient, *conspirabant*, pour prendre un nouveau professeur, afin de ne pas s'acquitter envers l'ancien[2]. Aussi plus d'un sophiste se faisait-il payer chaque leçon, chaque déclamation à part, au cachet, si le mot n'était pas trop moderne. Les écoliers, il est vrai, leur

---

[1] S. Aug., *De Ord.*, I, 10. — [2] S. Aug., *Confes.*, v. 12.

cours d'études achevé, témoignaient au rhéteur leur reconnaissance par une gratification plus ou moins grande,
chacun suivant ses ressources. Aussi de la part du maître
quelles attentions délicates pour l'écolier! comme il le
salue à point, quand il le rencontre! avec quel art il le
flatte! comme il lui parle des choses qui l'amusent, des
gladiateurs, des courses du cirque, des naumachies!

Pourtant les sujets de controverse attiraient par eux-
mêmes la curiosité de l'écolier, s'ils ne le préparaient pas
aux rudes épreuves du barreau. Aulu-Gelle [1] rapporte une
matière tirée du livre de Pline l'Ancien, que nous avons
perdu et qui nous aurait, à coup sûr, fourni des détails
précieux, le *Studiosus :* « Que le brave reçoive la récompense de son choix. Un homme qui s'était conduit avec
courage demande en mariage la femme d'un citoyen, et
l'obtient. L'ancien époux se montre valeureux à son tour,
et redemande sa femme. » Ce sujet de controverse ne se-
rait-il pas emprunté à Platon? « Τοῖς ἀγαθοῖς γέ που τῶν νέων
ἐν πολέμῳ ἢ ἄλλοθί που, γέρα δοτέον καὶ ἆθλα ἄλλατε καὶ ἀφθονέσ-
τερα ἡ ἐξουσία τῆς τῶν γυναικῶν συγκοιμήσεως, ἵνα · καὶ ἅμα μετὰ
προφάσεως ὡς πλεῖστοι τῶν παιδῶν ἐκ τῶν τοιούτων σπείρωνται [2]. »
César et Auguste avaient eu beau rappeler les lois sévères
de la république sur le mariage, les écoles n'en tenaient
compte. Platon, du moins, qui prêche la communauté des
femmes dans l'ouvrage précité, ne s'adressait pas à des
enfants ; c'était un rêve, d'ailleurs, qu'il proposait, et ce
rêve avait encore un semblant de prétexte. Mais les rhéteurs, quel besoin avaient-ils d'attaquer ainsi les lois établies? Il fallait être bizarre et plaire à tout prix. Autre
sujet bien fait également pour créer, non des orateurs,
mais des sophistes. « Un été, des jeunes gens de Rome
vinrent à Ostie et se rendirent sur le port. Là ils trouvèrent

___
[1] ix, 16. — [2] *Rep.*, v.

des pêcheurs qui traînaient un filet et firent prix avec eux
du coup qu'ils allaient jeter, en le payant d'avance; ils at-
tendirent longtemps; enfin, le filet retiré de l'eau, point de
poisson, mais un panier rempli d'or. Les acheteurs alors
de revendiquer le coup; les pêcheurs de le refuser. » A qui
devait revenir la trouvaille[1]? Suétone nous fournit un autre sujet taillé sur le même patron. « Des marchands avaient
débarqué à Brindes avec une cargaison d'esclaves; par
crainte des employés préposés à la douane, ils mirent la
bulle et la prétexte, insignes d'une naissance libre, à un bel
et jeune esclave d'un grand prix, et l'introduisirent ainsi
facilement. Arrivés à Rome, la ruse se dévoile; on réclame
la liberté de l'esclave, comme affranchi du libre consentement de son maître. » C'était sur de telles puérilités que
les déclamateurs exerçaient deux ou trois ans la jeunesse;
il faudrait, pour trouver de pareils exercices, remonter aux
sophistes de la Grèce poursuivis par Socrate, ou descendre
à nos scholastiques du Moyen Age, dont le bon sens moderne n'a pas eu raison sans peine. On ne doit, d'ailleurs,
pas croire que les rhéteurs de l'empire aient eu le monopole de semblables inventions. Cicéron suppose déjà des
lois bizarres, qu'il n'a sans doute pas inventées : « Que la
courtisane ne porte pas de couronne d'or; si elle en porte,
qu'elle tombe dans le domaine public, *publica esto*[2]. » Cinq
siècles après, saint Augustin, dont la jeunesse fut consacrée au métier de rhéteur, atteste que de semblables matières n'étaient pas encore dédaignées de son temps :
« Deux jeunes voisins, dit-il, avaient chacun une jolie
femme; une nuit ils se rencontrent tous deux et s'accu-
sent réciproquement d'adultère[3]. » Ces sujets et d'autres
semblables défrayent les écoles d'éloquence, presque à
leur apparition dans Rome; ce qui nous explique la sé-

[1] Suét., *De Rhet.*, 1. — [2] Cic., *De Inv.*, II, 40. — [3] *De Rhet.*, 8.

8

vérité du sénat et des censeurs dans les deux actes que nous avons rapportés. Nous pourrions multiplier les exemples ; les controverses de Sénèque et celles qui sont mises sous le nom de Quintilien, nous en fourniraient en abondance de la même nature. Toutes les matières n'étaient sans doute pas aussi ridicules, aussi peu conformes à la morale que l'éducation surtout doit respecter. Ainsi, dans toutes les écoles, les élèves s'exerçaient quelquefois les uns à défendre la *loi écrite*, les autres l'*équité* ou la loi naturelle [1] ; ce qui nécessitait une certaine connaissance des hautes idées philosophiques. Mais il suffit que la plupart des matières fussent telles que nous venons de les mentionner, pour qu'elles justifient notre réprobation.

VI

Le mal était d'autant plus redoutable, qu'il était général, ainsi que nous avons essayé de le prouver, avant comme après la période qui nous occupe. A Rome, en effet, sans compter les rhéteurs, qui ne déclamait pas ? » Cicéron déclama en grec jusqu'à sa préture, et en latin dans sa vieillesse et même avec les consuls Hirtius et Pansa, qu'il appelait du nom de disciples, de grands enfants, *grandes prætextatos*. « Je déclamais, comme l'on dit aujourd'hui, souvent avec M. Pison et Q. Pompée, et tous les jours avec quelqu'un, fréquemment en latin, plus fréquemment encore en grec [2]. » Le grand orateur n'a cependant en grande estime ni les déclamateurs ni les maîtres de rhétorique : « Dignitatem docere non habet certe, si *quasi in ludo* [3]. » D'après quelques historiens, rapporte Suétone, Cnéus Pompée, à la veille de la guerre civile, pour mieux résister à Curion dont la parole était éloquente et facile et

[1] Cic., *De Orat.*, 1. — [2] *Brutus.* — [3] *Orat.*, 29.

qui soutenait la cause de César, se remit à la déclamation.
Marc-Antoine et Auguste n'y manquèrent pas même durant la guerre de Modène[1]. » Dans la première partie de
ce travail nous avons vu que presque tous les empereurs
jusqu'à Nerva n'ont pas craint de descendre dans cette
arène de l'école. Tibère lui-même, le sérieux et défiant
Tibère, qui trembla toujours de compromettre sa dignité,
dans son exil de Rhodes, fut assidu aux cours des professeurs; et un jour qu'une dispute grave s'était élevée parmi
les sophistes en rivalité, plus d'un l'accabla d'injures pour
être intervenu dans la querelle et avoir pris parti[2]. Sous
Tibère cependant la fureur se calma, mais pour reparaître
avec plus d'énergie sous Néron. « Quelle controverse as-tu
déclamée aujourd'hui, Agamemnon[3]? Trimalcion fait cette
question à son convive, comme nous demanderions aujourd'hui : Quelle est la nouveauté du jour? Que disent les
journaux? Il fallait même entrer dans les détails, citer le
sujet, etc. Les auteurs du temps ne tarissent pas là-dessus,
les satyriques surtout. La contagion, de plus, a gagné l'I-
talie, les provinces. Marseille a des écoles fameuses : du
temps de Strabon, contemporain d'Auguste et de Tibère,
l'éloquence et la philosophie y sont à la mode; les fils de
famille de Rome, quand ils désirent s'instruire, φιλομαθεῖς
ὄντας, ne vont plus à Athènes, mais à Marseille. Les autres
villes de la Gaule ont des maîtres qu'elles payent quelquefois sur leurs revenus, κοινῇ μισθούμεναι, devançant en cela
Rome elle-même. On connaît aussi les vers de Juvénal :

> Gallia causidicos docuit facunda Britannos;
> De conducendo loquitur jam rhetore Thulé[4].

Aussi bien qu'Athènes et que Marseille, Carthage a des
écoles de rhétorique nombreuses et pleines : « Nous trou-

---

[1] Suét., *De Rhet*, 1. — [2] Suét , *Tib.*, 11. — [3] Pétrone. — [4] xv, 112.

vons à Carthage, dit Salvien [1], les écoles de tous les arts
libéraux et celles des philosophes, les gymnases où l'on
apprend les langues, où l'on polit l'esprit ». Ainsi l'on
déclame à Carthage, comme partout avec fureur, au retour d'une lecture publique ou d'une représentation du
cirque. Dans la suite, aux époques de complète centralisation, il ne fut pas rare de voir d'autres villes de province demander au préfet de Rome des rhéteurs qu'elles
payaient, bien entendu, de leurs propres deniers [2].

L'Empire donc déclame dans toute son étendue; et, chose
singulière, la déclamation a partout des ennemis ! « Si,
laissant de côté les études les plus saines comme les plus
honorables, celles qui mènent à la raison et à la morale,
l'on consacre tout son temps aux exercices de la parole,
l'on n'est qu'un citoyen inutile à soi-même et nuisible à son
pays [3]. » Ce n'est pas que Cicéron condamne ce que l'on
appela depuis la déclamation : « J'approuve, dit Crassus,
que vous traitiez un sujet semblable à ceux du barreau en
vous rapprochant de la vérité le plus que vous pouvez » [4].
Mais, au même endroit, il signale déjà les écarts que nous
blâmons ici : « D'ordinaire, ajoute-t-il, dans ces sujets on
n'exerce que la voix et encore maladroitement, et la force
des poumons, on ne recherche que l'abondance des paroles. » Cicéron, au moins, était fidèle à ses principes, et,
s'il fut le premier orateur de Rome, il en fut aussi l'un des
citoyens les plus honnêtes et les plus actifs. Trimalcion fait
naître les rhéteurs sous la constellation des Poissons, de
compagnie avec les cuisiniers. Il n'est, du reste, pas de fa-
cétie qu'il ne leur prodigue : « Ne parlez point par figures,
ne suez point, ne crachez point, *Sifinius*, » c'est-à-dire
n'ayez rien de commun avec les déclamateurs, « et vous

---

[1] Cic., *De Inv.*, 1, 1. — [2] Salv., *De Gub. Dei.* — [3] S. Aug., *Conf.*, v,
13. — [3] *De Orat.*, 1, 39.

serez un véritable attique ». L'épicurien débauché, mais
d'un esprit droit, d'un goût sain, a raison ; la plaie s'est
envenimée depuis Cicéron ; elle ne laisse presque plus d'espoir. « Avec l'emphase de leurs pensées, le vain cliquetis
de leurs sentences, qu'ils se présentent au barreau, ces fameux déclamateurs, ils se croient transportés sous d'autres
cieux. Voilà pourquoi les jeunes gens ne remportent des
écoles qu'un peu plus de sottise, parce qu'ils n'y entendent,
n'y voient rien de ce qui se passe dans la pratique de la vie.
Des esprits ainsi nourris ne peuvent pas plus avoir du sens
qu'un cuisinier exhaler une odeur agréable. Permettez-moi
donc de vous le dire, Messieurs les rhéteurs : vous avez été
les premiers à perdre l'éloquence. » Ainsi parle Pétrone,
avec un peu d'exagération certes, mais, au fond, non sans
motif. Nous verrons plus loin comme plusieurs de ses critiques tombent juste sur l'un des coryphés de la déclamation.
Quintilien, qui doit faire autorité, pense à peu près de
même : « A quoi bon, dit-il, consacrer tant d'années aux
déclamations de l'école [1] ? » Ce n'est pas l'exercice en lui-
même qu'il blâme, c'est l'abus, c'est surtout la méthode en
vogue de son temps. « Ce qui nuit au progrès, continue-t-il,
c'est le grand nombre des élèves, l'habitude de faire déclamer chaque classe à un jour fixé, un peu aussi l'opinion des
pères, qui comptent les déclamations, bien plus qu'ils ne
les apprécient [2]. » En outre, les déclamateurs avaient l'ambition ridicule de parler aussitôt que la controverse avait
été posée ; bien plus, ils poussaient la comédie jusqu'à demander le mot par lequel ils devaient débuter [3]. C'est Gorgias de Léontium qui mit cet usage à la mode : d'un âge
déjà fort avancé, il ne craignait pas de prier son auditoire
de lui faire la première question venue [4]. Mais l'éloquence
pouvait-elle s'accommoder d'une telle outrecuidance ?

---

[1] XII, 11. — [2] X, 5. — [3] Quint., X, 7. — [4] Quint., XII, 11.

L'improvisation n'a jamais été qu'un tour de force, qui peut flatter la vanité, mais qui est condamné à l'impuissance, à moins d'être fécondé par un travail sérieux et continu.

L'auteur, quel qu'il soit, du Dialogue des orateurs est plus sévère encore : Messala, le partisan des anciens, celui dont l'opinion représente le mieux celle de cet auteur inconnu, développe les causes de la décadence qu'il déplore. Après s'être étendu sur les études profondes, variées, consciencieuses qui menaient autrefois à l'éloquence, il ajoute : « Pour en arriver là, les anciens comprenaient qu'ils n'avaient pas besoin de déclamer dans les écoles des rhéteurs, ni de n'exercer que leur langue et leur voix dans ces controverses qui ne reproduisent en rien la réalité [1]. » Puis, il montre, dans une page éloquente, inspirée de Platon et de Cicéron, en quoi l'étude du beau, de l'honnête, de l'utile, je veux dire de la morale, jointe à l'étude du droit regardée jadis comme nécessaire, donnait aux anciens orateurs cette supériorité de vues, cette ampleur de principes, qui a fait leur gloire. « Ces études sont si négligées par nos orateurs, qu'on découvre dans leurs discours jusqu'à la bassesse, *fex*, du langage quotidien, jusqu'au défaut impardonnable d'ignorer les lois, de n'avoir aucune connaissance des sénatus-consultes, de tourner eux-mêmes en ridicule le droit civil ; bien plus, ils redoutent l'étude de la sagesse et les préceptes de l'expérience ; bannissant en quelque sorte l'éloquence de son domaine, ils la ravalent à l'exposé d'un petit nombre de pensées, de sentences étroites et sans portée ; voilà, suivant moi, la première, la principale cause de la déchéance si déplorable de cet art, qui dominait autrefois tous les autres, et qui n'est presque plus aujourd'hui qu'un métier [2]. » Passant ensuite aux écoles mêmes, aux exercices qui s'y pratiquent, Messala insiste : « On entre dans ces écoles sans

1 *Dial.*, 31. — 2 *Dial.*, 32.

le moindre respect : l'ignorance seule y pénètre. Quel progrès attendre des auditeurs ? Ce sont des enfants, des adolescents qui parlent ou s'écoutent avec la même sécurité. Les jeunes écoliers s'y exercent aux *suasoriæ* comme plus faciles, comme exigeant moins de lumières ; les écoliers plus avancés, aux controverses ; et quelles controverses, grands Dieux ! des sujets inconnus ou presque inconnus au barreau : Faut-il récompenser le meurtrier d'un tyran, choisir comme vestale une vierge qui a été violée ? Comment remédier à la peste ou punir l'inceste d'une mère [1] ? » Plus tard les sujets devinrent encore plus absurdes : Phavorinus, sous Adrien, mit en œuvre toutes les recettes, eut recours à toutes les séductions de la rhétorique pour vanter, quoi ? la fièvre quarte ! Cassius Sévérus, difficile, il est vrai, pour tout le monde, n'épargne pas les rhéteurs davantage : ils lui paraissent des *voleurs* qui ne font que *changer les anses des vases qu'ils ont dérobés*. C'est qu'en effet beaucoup d'entre eux croyaient s'être assimilé les pensées d'autrui, quand ils en avaient enlevé ou changé un mot. Le même reproche leur est adressé par Sénèque le père : « Ils présentent comme leurs, affirme-t-il quelque part, les idées des plus éloquents orateurs ; tant est grande leur paresse ! et, ne pouvant atteindre au plus sacré des arts, ils ne cessent de l'altérer [2]. »

La critique est donc fondée, tout amère qu'elle est. Il ne faudrait pourtant pas rejeter la faute uniquement sur les rhéteurs ; Pétrone, qui ne les flatte guère, dit en propres termes : « L'extravagance de ces exercices est imputable bien moins aux maîtres, qui sont obligés de partager la folie commune, qu'aux parents qui ne veulent pas devoir le progrès de leurs enfants à une discipline sévère. » Les professeurs, à coup sûr, auraient dû s'opposer au torrent,

[1] *Dial.*, 35. — [2] *Cont.*, ɪ, préf.

plutôt que d'y céder ; mais, si l'on songe à leur position
précaire, à la concurrence qui les appauvrissait pour la plupart, aux faibles revenus qu'ils tiraient de leurs leçons ; d'un
autre côté, à l'impuissance réelle où ils étaient de réveiller
l'éloquence dans un pays qui ne la comportait plus, peut-
être aura-t-on pour eux plus d'indulgence que Messala. Remarquons, en effet, que, même sous Néron, à une époque
cependant où la ville entière retentissait de lectures et
de déclamations, les écoles étaient déjà dans la détresse.
« Toute étude tombe; les maîtres, sans élèves, professent
dans des salles désertes. La solitude règne dans les écoles
de rhétorique et de philosophie ; mais aussi comme les
cuisines sont fréquentées [1] ! » En ce cas, plût aux dieux,
pour ces pauvres rhéteurs, qu'ils fussent nés, comme le dit
Trimalcion, sous la constellation des cuisiniers ! Nous ne
lirions pas dans Juvénal :

> Pœnituit multos vanæ sterilisque cathedræ,
> Sicut Trasimachi probat exitus, atque secundi
> Carinatis; et hunc inopem vidistis, Athenæ [2].

Ne faut-il pas aussi tenir grand compte des désordres
qui s'introduisirent peu à peu, surtout dans les écoles provinciales ? « A Carthage, lisons-nous dans saint Augustin [3],
la licence des étudiants passe toutes les bornes ; ils se précipitent dans les classes avec impudence, et mettent presque de la fureur à troubler l'ordre que le maître a établi
pour le progrès de ses disciples. » A Rome, il est vrai, le
mal était moindre, la discipline mieux faite et le professeur mieux rétribué ; mais notre observation n'en sub-
siste pas moins.

Enfin, outre la pitié que pouvait inspirer le sort des professeurs vers la fin de l'époque dont il s'agit, il faut bien

---

[1] Sén. à Luc., 95. — [2] VII, 203. — [3] S. Aug., *Conf.*, V. 8.

leur savoir gré d'un mérite que n'ont pas mis en lumière les différents critiques dont nous venons de rapporter les jugements. Si l'on avait le courage de lire les recueils de déclamations qui nous restent, on trouverait çà et là des sujets qui étonnent, non par la bizarrerie, mais par une louable nouveauté. N'y voit-on pas bien souvent le pauvre mis en face du riche qui l'opprime, l'esclave lui-même revendiquant devant son maître les droits violés de la nature ? Ne serait-ce pas au milieu des *cris de l'école* que Juvénal aurait trouvé ces deux vers :

> Animas servorum et corpora nostra
> Materiâ constare paribusque elementis [1].

C'est qu'à mesure qu'on s'éloigne d'Auguste, les questions philosophiques et sociales prennent une tournure inattendue ; qu'il faille en faire honneur au Stoïcisme ou à la foi qui venait de se lever sur le monde, la morale s'épure, les vieilles maximes perdent du terrain, et des problèmes jusqu'alors inconnus se posent dans les esprits. Les écoles elles-mêmes en reçoivent comme un lointain écho, écho trop faible sans doute pour les ramener de leurs égarements, mais qui néanmoins va bientôt porter ses fruits dans une littérature différente.

VII

Il resterait maintenant à savoir si Vespasien, en établissant des écoles salariées par l'État, rendit service à l'enseignement de l'éloquence ; question grave, vivement controversée de nos jours, et qui n'a pas reçu de solution définitive encore. Les professeurs illustres trouvèrent dans la rémunération publique une juste récompense de

[1] XIV, 16-17.

leurs talents ; leur sort fut désormais plus assuré, et l'ambition qu'il excita, put amener de louables efforts. On
peut même affirmer que l'enseignement dut à cette mesure d'être moins capricieuse et partant plus méthodique.
Mais nous avons déjà vu et nous verrons mieux par la
suite, lorsque nous passerons les rhéteurs en revue,
qu'à Rome, malgré la dureté des temps, les hommes de
mérite d'eux-mêmes arrivèrent plus d'une fois non-seulement à la gloire, mais à la fortune. Dégagés de toute reconnaissance comme de toute attache, ils relevaient sans
doute du préteur, mais d'assez loin pour ne point être gênés
dans leur allure ; tandis que désormais, et Quintilien en
est une triste preuve, ils sont tenus à de basses flatteries
envers le pouvoir, quel qu'il soit. Ne vit-on pas l'honnête
auteur des Institutions Oratoires mettre Domitien au rang
des plus grands princes et des plus grands orateurs ? L'État,
d'ailleurs, constitué comme il l'était sous les Flaviens,
malgré sa bonne volonté, ne pouvait rien pour rendre la
vie à l'éloquence ; il aurait dû commencer par se trans-
former lui-même, et, dans ce cas, sa subvention eût été
inutile aux lettres, qui aiment mieux dépendre de l'opinion publique quand elle est éclairée, que du pouvoir le
mieux intentionné. Que faut-il à l'éloquence pour grandir
et prospérer ? Deux choses qui lui manquèrent depuis
Auguste, la liberté politique et la liberté morale, celle
qu'on peut se donner sous tous les régimes. Les 100,000 sesterces accordés par an même à un Quintilien, ne pouvaient la rappeler à la vie. On réglemente certaines professions d'un intérêt public et social ; on ne réglemente pas
les arts, et la rhétorique bien comprise en est un et des
premiers. La mesure de Vespasien fait donc honneur à ce
protecteur éclairé des gens de lettres, mais fut impuissante contre le mal dont se mourait l'art de Cicéron.
Ces 100,000 sesterces, d'ailleurs, ne furent l'apanage que

du rhéteur choisi par le prince pour diriger l'école offi-
cielle de Rome ; dans les provinces la somme allouée,
quand on daignait en allouer une, était et devait être bien
inférieure. Si donc Quintilien opéra une révolution, ren-
dons-en grâce à son mérite éminent, à son bon sens surtout, à son goût infaillible, mais non à sa position publique. Au reste, lorsque ses élèves, les Tacite, les Pline furent
avec Trajan descendus dans la tombe, son œuvre disparut
avec eux, et l'éloquence fit définitivement place au panégyrique, c'est-à-dire s'éteignit pour ne se rallumer qu'avec
les Pères de l'Église.

Avant de clore ce chapitre, nous estimons utile d'appeler
l'attention sur les quelques rhéteurs de talent, dont l'histoire et la critique nous ont conservé ou les œuvres ou les
noms. Le tableau de l'enseignement oratoire sera, de
la sorte, plus complet. Nous n'entrerons toutefois pas
dans l'analyse technique des ouvrages que le temps a
épargnés : il nous suffira d'en mettre la valeur et l'influence en relief ; ce n'est pas une histoire littéraire, mais
la peinture générale de l'éloquence impériale que nous nous
sommes proposée.

Nourri de Platon et d'Aristote, en outre, le plus grand
orateur que Rome ait enfanté, Cicéron, par son génie et
par son importance politique, était le plus à même de tracer les règles de l'éloquence : il les a tracées dans des ouvrages dignes de lui, et les rhéteurs qui vont suivre, ne
feront que donner des détails sur une science dont il
a seul embrassé l'ensemble. Sans aborder l'examen des
beaux traités qu'il nous a légués, nous nous contenterons
de remarquer que pour lui l'orateur n'est pas seulement un avocat, comme quelques critiques l'ont avancé
et comme il va l'être pour les rhéteurs de l'Empire ;
mais le *vir bonus dicendi peritus* de Caton, l'homme capable de diriger les conseils de la Cité, aussi bien que de

défendre ou d'attaquer un simple particulier ; qu'après lui
l'orateur politique n'existe plus pour les ouvrages de rhétorique, et que, si Quintilien le mentionne, c'est à titre
de souvenir, parce que dans la constitution d'Auguste il
n'y a plus de place que pour l'avocat. Cicéron laissa des
disciples, mais qui n'eurent jamais son souffle, et qui
durent, d'ailleurs, céder aux circonstances.

VIII

QUINTUS CORNIFICIUS.

L'un d'eux, Q. Cornificius, était fils de ce Q. Cornificius
qui fut le compétiteur de Cicéron au consulat, sénateur
d'une probité et d'une énergie si reconnues que le sénat
lui confia la garde de Céthégus, complice de Catilina [1].
Ce ne fut pas là le seul acte de vigueur de cet homme,
plus ami cependant des nouveautés que des vieilles institutions : poussé par sa haine contre Clodius, il déféra au
sénat la violation des mystères de la Bonne Déesse. Et, plus
tard, il eut le courage d'élever le premier la voix en plein
sénat contre les déportements d'Antoine [2]. Il avait été l'un
des juges de Verrès, l'an 68 avant Jésus-Christ, tribun l'année suivante et ensuite prêteur. Malgré sa noble conduite
dans la conjuration de Catilina, Cornificius, son fils, épousa
de bonne heure Orestilla, la propre fille du conspirateur [3].
Pour se conformer aux habitudes de son temps, il débuta
de bonne heure au barreau, mais, vu son âge, ne put aborder les affaires publiques qu'à la guerre civile qui devait
mettre fin à la République. Il fut collègue de Cicéron dans
les fonctions d'augure et questeur de César, qui l'envoya

[1] Sall., *Cat.*, 17. — [2] Cic. à Atticus, I, 13. — [3] Cælius à Cic , VIII, 7.

comme propréteur en Illyrie avec deux légions [1]. On a voulu le confondre avec un C. ou L. Cornificius, partisan et ami du dictateur, qui accusa et fit condamner par contumace Brutus, son meurtrier. C'est ce même Cornificius qui fut après l'ami d'Octave, dont il servit la cause avec courage dans la guerre de Sicile, et qui parvint au consulat avec Sextus Pompée, quatre ans avant la bataille d'Actium. Était-il fils de Quintus, comme on l'affirme ? Il nous semblerait plutôt son neveu. Poëte, ainsi que sa sœur Cornificia, il pourrait bien être un de ces nombreux ennemis de Virgile aussi célèbres par leurs méchants vers que par leur plate jalousie. En tout cas, il vécut dans l'intimité de Catulle, au dire des biographes du poëte élégiaque. Les fonctions que notre Quintus accepta de César, ne nuisirent en rien à l'amitié que Cicéron avait pour lui ; nous en trouvons la preuve dans les lettres que lui adressa le vieil orateur, et où il ne cesse d'en faire l'éloge. Tantôt il le qualifie de savant, *doctum hominem*, en ayant soin d'ajouter : Ton grand génie, *de summo ingenio*, Tes excellentes études, *de optimis studiis* [2]. Tantôt il le range parmi les grands orateurs, *magnos oratores*, et dans sa bouche un pareil langage a son prix. Dans une autre lettre [3] : « Tu m'apprends, lui dit-il, que César t'a confié la guerre de Syrie et le gouvernement de cette province ; je désire te voir réussir dans ce nouvel emploi, et je l'espère, si j'en juge par ton activité et par tes lumières. »

A l'époque où Cicéron lui écrivait ces paroles flatteuses, Cornificius était gouverneur de l'Afrique. Le meurtre du Dictateur et d'autres obstacles l'empêchèrent de se rendre à son nouveau poste et de marcher à la rencontre de Cécilius Bassus qui s'était soulevé contre César. Ce Bassus était un ancien lieutenant de Pompée, qui, longtemps caché à

---

[1] De Bell., *Alex.*, iv. — [2] *Lett.* xii, 17. — [3] xii, 19.

Tyr, avait profité de l'éloignement du dictateur et des
fausses nouvelles arrivées d'Espagne ou d'Afrique, pour se
former un parti, soulever les gens du gouverneur Sextus
Julius et le faire égorger afin de prendre et son titre et sa
place. Dans tous ses emplois Cornificius se montra con-
stamment homme de bien, administrateur habile, et, par-
dessus tout, citoyen dévoué à sa patrie. C'est encore le témoignage que lui rend Cicéron : « Tu me fais plaisir de
renouveler avec moi la ligue que ton père et moi avions
formée ensemble, de veiller au salut de la République[1]. »
Plus tard, lorsque Octave vint revendiquer à Rome l'héritage de son père adoptif, le sénat, dans la crainte que ce
jeune ambitieux ne s'unît à Antoine, rappela d'Afrique
deux des trois légions qu'y commandait Sextius, et ordonna
à ce dernier de livrer la troisième à Cornificius qui tenait
pour le parti du sénat, τὰ τῆς βουλῆς φρονοῦντι[2] ou pour Cassius, *Cassianarum partium ducem*[3]. On ignore si Sextius,
gouverneur de Numidie, obtempéra à cet ordre ; car, un
peu après, sous le second triumvirat, il prit les armes
contre Cornificius, qui fut vaincu et tué dans la défaite.
Cette mort, mentionnée par Tite-Live, doit être de l'année
42 ou 41, s'il faut en croire la chronique d'Eusèbe, qui la
place sous le consulat d'Hirtius et de Pansa. Tels sont à
peu près les détails que l'histoire nous a transmis sur Cornificius comme personnage politique. Comme rhéteur, il
n'est pas moins connu, et la critique en a fait plus d'une
mention. D'après Macrobe, il aurait aussi laissé des travaux sur la grammaire, entre autres, un traité sur l'Éty-
mologie : « *Cicero, inquit Cornificius, non Sanum sed Eanum
nominat ab eundo*[4]. » Le compilateur cite encore Cornificius, probablement d'après le même ouvrage : « *Jovis ap-*

---

[1] xii, 28. — [2] Appren, *De Bell. Civ,,* iii. — [3] Tite-Live, 123. — [4] *Sat.*,
i, 10.

pellatione solem intelligi scribit, cui unda Oceani velut dapes ministrat [1], » passage qui, pour le dire en passant, prouve, entre mille autres, que déjà, sous Auguste, bien des lettrés n'apercevaient dans le polythéisme qu'un symbole poétique de la nature. Mais ce sont ses travaux sur la rhétorique surtout qui ont valu à Cornificius une petite place dans l'histoire littéraire. Nous avons vu plus haut l'estime que Cicéron faisait de son talent ; il n'est pas non plus invraisemblable, bien que le grand orateur ne le dise nulle part expressément, qu'il ne l'ait guidé dans ses études oratoires. Quoi qu'il en soit, il est constant que Cornificius a écrit sur la rhétorique : Quintilien [2] parle d'un ouvrage sur les figures qu'il cite souvent dans le cours de ses Institutions.

Cornificius est-il ou non l'auteur de la Rhétorique à Hérennius, que l'on édite d'ordinaire avec les œuvres de Cicéron ? C'est une question depuis longtemps controversée, qui n'a pourtant pas une haute importance, mais qui a divisé et qui divise encore le camp des érudits. Avant de nous prononcer nous-même, disons un mot de la querelle. Quintilien cite tous les ouvrages de Cicéron, tant ses traités de rhétorique que ses discours, et n'invoque jamais le témoignage du traité dédié à Hérennius. Voilà déjà une prévention qui n'est pas sans valeur aux yeux de ceux qui revendiquent cette œuvre pour Cornificius. D'après Schütz, le savant éditeur de Cicéron, tous les passages que Quintilien rapporte comme de Cornificius, se retrouvent dans la Rhétorique à Hérennius ; c'est aussi l'avis de Spalding, à qui nous devons d'estimables commentaires sur les Institutions Oratoires, et de Riccoboni. J. N. Funck, dont l'opinion a bien quelque poids, dit en propres termes que Cornificius est *sans aucun doute* (procul dubio) l'auteur du livre contesté [3]. Seulement il ne sait

---

[1] *Sat.*, I, 23. — [2] IX, 3. — [3] Sén., VI, 10.

au juste auquel des Cornificius déjà mentionnés il doit
en faire honneur; ce qui le décide, c'est le style de cette
rhétorique, bien différent à ses yeux, comme aux nôtres,
du style de Cicéron. Vossius le père partage et son opinion et son doute. Fabricius, à l'instar des critiques pru-
dents, n'ose se prononcer ouvertement : ce traité pourrait bien être, d'après lui, du fils de Cicéron ou d'un certain Lauréa, affranchi de l'orateur, qui portait aussi le nom
de Cicéron, ou même de Tiron que Pline et Suétone citent
parmi les rhéteurs ; à moins, ajoute-t-il, qu'il ne soit de
Gallion le père [1]. Qu'est-il besoin de recourir encore au
témoignage de Schurtzfleisch, le savant critique de Vittem-
berg, à qui nous devons une dissertation sur cette matière ?
D'autres philologues, sans se prononcer aussi clairement,
se contentent de croire que l'ouvrage en question n'a pas
le même auteur que le *Brutus* ou le *De oratore*, et ne vont
pas jusqu'à l'attribuer à Cornificius, ou même, comme
Schütz, à Antonius Gniphon. Schœll, dans son livre qui
tient plus du catalogue que de l'histoire littéraire, garde
la neutralité. Mais l'un des derniers éditeurs de Cicéron,
juge compétent, n'a pas craint de contredire les opinions
que nous venons de rapporter, et de se déclarer formellement en faveur de Cicéron. Qu'il nous permette de lui
soumettre les observations suivantes qui nous empêchent
de nous ranger à son avis.

1° On trouve dans la Rhétorique à Hérennius [2] cette
singulière définition de l'histoire : « *Historia est res gesta,
sed ab ætatis nostræ memoriâ remota,* » qui ne s'accorde nullement avec la définition si juste et si connue qu'en donne
Cicéron dans le *De inventione*.

2° On prétend, pour expliquer la nature et la qualité du
style, que cette rhétorique est l'œuvre de Cicéron encore

---

[1] I, 95. — [2] I, 8.

jeune ; comment accorder cette opinion avec la phrase suivante : *Tullius hæres meus, Terentiæ, uxori meæ, xxx pondo
vasorum argenteorum dato quæ volet* [1] ? Le traité n'est pas
de Cicéron, ou, s'il en est, Cicéron n'était plus jeune quand
il le composa ; comment expliquer alors la sécheresse et la
pâleur du style?

3° Il est une figure appelée *traductio*, qui consiste à répéter un mot plusieurs fois, en lui faisant subir quelques
légers changements : *Cornificius hanc traductionem vo-
cat*, dit Quintilien, et l'auteur de la Rhétorique interprète,
en effet, le mot dans le même sens.

A moins d'admettre, ce qui nous semble difficile, que
cette rhétorique à Hérennius était comme un cahier de
classe que Cicéron aurait rédigé sur les bancs de l'école,
nous ne pouvons donc pas y reconnaître la main qui a
produit tant de belles œuvres en ce genre. Cornificius, au
contraire, que nous avons déjà vu pénétrer dans les détails
de la grammaire, a bien pu s'appliquer à des recherches
semblables sur la rhétorique. Quoi qu'il en soit, l'œuvre
est médiocre : c'est un de ces mille manuels, de ces ἐγχειρι-
δίων, comme chaque rhéteur en rédigeait probablement
pour son usage, et, si nous nous sommes étendu sur un livre
aussi secondaire, c'est qu'il caractérise déjà l'enseignement dont nous avons parlé, enseignement minutieux,
terre à terre, qu'on nous passe l'expression, qui va bientôt
ravaler au métier un art qui avait été l'une des gloires de
la république. Mais Cornificius se distingue des rhéteurs
que nous allons examiner, en ce que, du moins, il est
resté homme d'action, comme Cicéron, comme les lettrés
d'autrefois, pour lesquels les études n'étaient encore qu'un
noble passe-temps, et non une profession.

[1] i, 12.

IX

CAIUS ALBUTIUS.

Cornificius, qui appartient encore à la République, nous
sert de transition naturelle pour arriver aux vrais rhéteurs
de l'Empire. Ici les rôles changent : les professeurs conser-
vent bien quelques rapports avec la vie publique ; ils plaident parfois en descendant de leur chaire ; mais ils plaident
rarement, le moins possible ; la vie civile et les affaires ne
sont pas leur fait ; l'ombre de l'école leur est trop chère.

Caïus Albutius de Novare inaugure donc une ère nouvelle, quoiqu'il soit resté plus fidèle que ses successeurs
aux anciennes coutumes. Ainsi, nous le voyons remplir les
fonctions d'édile dans sa patrie, où il fit ses débuts. Mais,
comme c'était un homme d'une haute probité, qui ne
savait ni commettre ni souffrir une injustice [1], il n'était
pas né pour obtenir un long succès à une pareille époque.
Il ne fut d'ailleurs pas heureux, comme on peut en juger,
ou, du moins, il n'eut pas la souplesse nécessaire pour maîtriser les circonstances. « A Novare, il était un jour occupé
à rendre la justice comme édile, lorsque les plaideurs contre lesquels il prononçait le tirèrent de son tribunal par
les pieds. Indigné de cet affront, il se dirigea aussitôt vers
la porte et gagna Rome. Reçu dans l'amitié de Plancus
qui, avant de déclamer, avait l'habitude de faire d'abord
parler quelqu'un, Albutius se chargea de ce rôle, et s'en
acquitta si bien, qu'il imposa silence à l'orateur [2]. » Ce
succès l'engagea à ouvrir lui-même une école, et aussi à
composer sur la rhétorique ; deux choses qui lui valurent
une certaine réputation, au dire de Quintilien, qui le qua-

---

1 Sén., *Cont.*, iii, préf. — 2 Suét., *De Rhet.*, 6.

lifie de *non obscurus professor atque auctor*. Dans deux passages de ses *Institutions* il cite son ouvrage, qui devait existor encore de son temps, mais pour le contredire : dans le premier [1] il blâme la définition même qu'Albutius donne de la rhétorique : *Scientiam bene dicendi esse consentit*, dit-il, *sed exceptionibus peccat, adjiciendo circa civiles quœstiones et credibiliter*. Quintilien a raison : l'éloquence ne se renferme pas toute dans des questions de droit; mais pouvait-elle aborder le champ de la politique sous Auguste, et Quintilien lui-même forme-t-il autre chose que des avocats? Albutius s'est encore une fois attiré son blâme dans sa division de la rhétorique, dont il excluait la mémoire et l'action, comme choses provenant de la nature et non de l'art [2]. Son livre n'ayant pu lui survivre, nous avons cru devoir emprunter à Quintilien ces deux citations non pour leur importance, mais pour laisser entrevoir au moins dans quel esprit était conçu l'ouvrage. A n'en pas douter, s'il a péri, c'est que c'était encore un de ces arides manuels comme nous en a laissé l'empire.

Outre la mésaventure que nous avons racontée, Albutius, dans sa carrière d'avocat, en eut deux autres à subir, dont l'une faillit être funeste à sa liberté, et dont l'autre le fit renoncer au barreau. « Dans une accusation de meurtre, à Milan, devant le proconsul L. Pison, il défendait l'accusé ; le licteur arrêtant les louanges excessives de ses admirateurs, Albutius entra dans une telle fureur, que, déplorant l'état de l'Italie, comme si elle eût été de nouveau réduite en province romaine, il invoqua M. Brutus, dont il avait la statue en face de lui, le père et le vengeur des lois et de la liberté, et fut sur le point d'être puni [3]. » Par bonheur, il parlait sous Auguste; que fût-il devenu sous Tibère? Cette sortie, du reste, pouvait faire honneur à ses opinions

---

[1] II, 15. — [2] Quint., III, 3. — [3] Suét., *De Rhet.*, 6.

républicaines, nullement à ce tact déjà devenu nécessaire pour vivre en paix avec la puissance. Sa dernière mésaventure enfin prouve encore moins de sens et de présence d'esprit. Laissons la parole à Sénèque, qui rapporte le fait avec plus de détails que Suétone. « Dans un procès devant les Centumvirs : Veux-tu, dit Albutius à son adversaire, en finir par le serment? Je vais t'en donner la formule : Jure par les cendres de tes parents restés sans sépulture, jure par la mémoire de ton père, et ainsi de suite jusqu'à la fin de la formule; puis il se leva. Mais son adversaire, qu'il accusait d'impiété à l'égard de son père et de sa mère, répondit par la bouche de son avocat Arruntius : J'accepte la condition, je vais faire ce serment. — Je n'ai pas déféré le serment, s'écria Albutius; je n'ai que voulu faire une figure. Arruntius d'insister et les juges de préparer leur verdict. — C'en est donc fait des figures? dit Albutius. — Oui, reprit Arruntius, nous pourrons nous en passer. Les Centumvirs déclarèrent alors qu'ils rendraient un jugement favorable à l'adversaire d'Albutius, s'il consentait au serment; l'adversaire y consentit. Albutius ne put endurer une telle déconvenue; la colère lui imposa silence pour toujours : il ne reparut plus au barreau. — Pourquoi parlerais-je au barreau, disait-il, lorsque j'ai plus d'auditeurs dans mon école que n'importe quel avocat au tribunal? Je parle lorsque je veux, autant que je veux et pour qui je veux. — Albutius plaida, du reste, rarement, parce qu'il ne cherchait que les causes les plus importantes, et dans toute cause il ne s'attachait qu'à la péroraison [1]. » S'il renonça au barreau, n'allons pas croire que ce soit par pure honte : la crainte y était pour quelque chose, surtout depuis la loi sur les libelles, loi renouvelée de Sylla, qui le premier rangea les discours diffamatoires parmi les crimes

---

[1] Sén., *Cont.* III, préf.

de lèse-majesté. Et puis, l'ombre de l'école convenait
mieux à son esprit mécontent, chagrin et n'ayant pas
assez de dextérité naturelle pour sortir sain et sauf et
avec succès des ambages du droit et de la lutte réelle.
« Dans les déclamations il pouvait sans danger, croyait-il,
aborder toutes les figures. Il n'en fut rien. Dans une
controverse Albutius avait dit : Pourquoi une coupe se
brise-t-elle en tombant, tandis qu'il n'en est pas de même
pour une éponge? — Allez le trouver, dit alors Cestius,
homme mordant s'il en fut, il vous expliquera dans sa déclamation de demain pourquoi la courge ne vole pas comme
la grive [1]. » Malgré les railleries de Cestius, l'habitant de
Novare n'en poursuivit pas moins avec éclat sa carrière de
rhéteur. Il y a bien à critiquer dans son talent, mais beaucoup à louer dans son caractère : sans aucun doute, il
conserva dans le cœur un culte profond pour l'ancien
état des choses, et ne s'avilit jamais jusqu'à l'hypocrisie
pour se le faire pardonner. Sa fin a quelque chose de triste,
presque de touchant. « Déjà sur l'âge, un abcès dont il
souffrait le ramena à Novare : là, convoquant le peuple,
il lui développe longuement et en orateur les raisons qu'il
a de mourir, et met ensuite un terme à ses jours en s'abstenant de nourriture [2]. » C'était mettre en pratique les
maximes stoïciennes, puisées dans les leçons du philosophe Fabianus qu'il suivait avec la plus grande assiduité,
bien que Fabianus fût à peu près de son âge [3]. Sa mort,
dont la date est incertaine, ne doit pas être éloignée de
celle d'Auguste.

Suétone, que nous avons beaucoup mis à contribution
sur ce rhéteur, est à son endroit sec et froid, comme dans
la plupart de ses notices : il se contente de quelques faits
saillants et laisse conclure le lecteur. Heureusement,

[1] Sén., *Cont.*, III, préf. — [2] Suét., *De Rhet.*, 6. — [3] Sén., *loc. cit.*

outre le mot de Quintilien, nous avons une longue page de Sénèque le père qui pourra servir de jugement sur Albutius. « Je n'ai pas souvent entendu Albutius, dit-il, puisque dans toute une année il ne parlait que cinq ou six fois en public, et que peu de personnes étaient admises à ses exercices, faveur dont elles avaient même à se repentir. Il commençait à parler assis; puis, s'abandonnant au feu de l'enthousiasme, il se levait. Alors sa philosophie déplacée divaguait sans mesure et sans fin; rarement il allait jusqu'au bout de la controverse. Parlait-il en public, il ne s'arrêtait plus : souvent la trompette qui retentissait à l'entrée de la nuit se fit entendre jusqu'à trois fois durant sa déclamation. Son argumentation avait plus de force que d'habileté : il accumulait, en effet, preuve sur preuve, et, comme si rien n'eût eu assez de solidité, il appuyait toutes ses preuves sur d'autres preuves encore; en sorte qu'il proposait une controverse et en déclamait plusieurs. Son style était aussi brillant que celui peut-être d'aucun autre. Ses discours étaient étendus et rapides, mais préparés; ce n'est pourtant pas qu'il fût incapable d'improvisation; mais, quand il improvisait, il passait pour se manquer à lui-même. Ses pensées étaient simples, claires, sans rien de caché, d'imprévu, mais éclatantes et sonores. » Le style simple, ce que Sénèque [1] appelle *idiotismus*, qui demande tant de mesure et d'à-propos, lui réussit tantôt plus, tantôt moins, parce que son goût n'était peut-être pas assez sûr pour pratiquer en toute circonstance une qualité si voisine d'un écueil. « Mais Albutius remuait puissamment les passions; ses figures surtout étaient remarquables, ses préparations calculées, et il traitait le lieu commun avec bonheur. On ne pouvait accuser la langue latine d'indigence, quand on l'entendait; tant sa parole offrait d'élégance et de fleurs. Rien de tourmenté

---

[1] *Cont.*, III, 31.

dans sa diction, et ses développements étaient des plus riches. Mais ce qui frappait en lui, c'était son inégalité : son style était ici rempli d'éclat, là vulgaire et commun. Il ne reculait jamais devant les choses les plus basses, et employait, sans se gêner, les mots *acetum*, *puleium*, *laternas*, *philerotem* et *spongias*. » C'était, on le voit, un ancêtre de nos romantiques, ou plutôt de nos *réalistes* actuels. « Tous ses défauts lui venaient de son goût inconstant : le maître qu'il avait entendu le dernier avait-il bien parlé, c'était désormais son modèle. Je me souviens que, saisi d'admiration pour Hermagoras, il brûlait de marcher sur ses traces. L'âge ne lui profitait donc pas, puisqu'il changeait toujours d'étude. C'était, en un mot, un déclamateur inquiet et chagrin, qui craignait pour son style, même quand il avait parlé. » Au dire de Sénèque, Albutius était donc un homme de talent, à la parole pathétique et facile, mais d'un goût suspect, un esprit prompt mais sans mesure. Sénèque n'a voulu voir en lui que le déclamateur ; l'homme, le citoyen surtout lui a échappé ; cette inquiétude, cette inconstance qu'il lui reproche à juste titre, il aurait dû en voir la cause dans ses opinions, et se rappeler qu'à Milan il s'en était peu fallu qu'il ne payât de son repos la franchise de sa parole. Il aurait dû surtout, dans le jugement sévère qu'il en porte, se rappeler ces belles paroles sur l'esclavage, que son fils et Pétrone reproduiront après lui, mais qui peuvent étonner sous Auguste : « On ne vient au monde ni libre ni esclave, dit Albutius ; c'est la fortune qui plus tard donne à chacun de pareils noms[1]. »

[1] Sén., *Cont.* iii, 31.

X

HERMAGORAS.

« Je me souviens, a dit Sénèque, d'avoir vu Albutius frappé d'admiration pour Hermagoras, qu'il brûlait d'imiter. » Connaissant le disciple, un mot sur le maître. Commençons par ne pas le confondre avec un autre Hermagoras antérieur à Cicéron, qui le cite souvent; ce premier Hermagoras professa en grec probablement à l'époque où les rhéteurs n'étaient pas encore bien vus à Rome, par conséquent, avant Auguste. Isidore le cite après Gorgias et Aristote comme l'un des inventeurs de la rhétorique. Cicéron, toutefois, dit de lui : « Hermagoras semble ne pas faire attention à ce qu'il dit, ne pas comprendre la portée de ses paroles, quand il renferme l'œuvre de l'orateur dans le développement d'une cause et d'une question [1]. » Plus loin, il dit encore : « C'est un de ces hommes qu'il serait tout aussi facile de rayer du nombre des rhéteurs que difficile de ranger parmi les philosophes. » Ce premier Hermagoras publia une rhétorique que Cicéron devait avoir entre les mains, puisqu'il en parle maintes fois, et qui n'était pas tout à fait sans mérite, *non mendosissime scripta;* c'était un abrégé des rhétoriques antérieures où l'intelligence (*ingenioso*) et le soin (*diligenter*) ne faisaient point défaut, où, de plus, l'auteur donnait plus d'une preuve d'originalité (*non nihil ipse quoque novi protulisse*) [2].

Cicéron a beau ne professer pour ce rhéteur qu'une estime médiocre, il est juste à son égard et lui fait parfois

[1] *De Inv.,* 1, 6. — [2] *De Inv.,* i, 10.

encore la part assez belle : il lui fait honneur, par exemple,
de ce qu'on appelait dans l'école *constitutio translativa* (cause
de récusation) à laquelle les anciens avocats avaient, à coup
sûr, fréquemment recouru, mais que les faiseurs de manuels n'avaient point avant lui mentionnée. Ailleurs et
plus tard, dans un traité plus mûr [1], il parle de cet ouvrage
en termes plus élogieux encore : « Ce livre, dit-il, est peu
propre à donner de l'ornement au style de l'orateur, mais
très-propre, au contraire, à développer en lui l'invention. Il
offre des principes et des méthodes sûres, qui, sous une
forme simple et même sèche, ne laissent point égarer l'o-
rateur. » D'après Isidore, comme d'après Cicéron, le vieil
Hermagoras n'était donc pas sans mérite, et, quoiqu'il
eût mieux figuré dans une école de l'Empire que sur
une chaire de la République; quoiqu'il ne fût qu'un sophiste, il avait droit à une mention tout au moins. Son ho-
monyme vaudra-t-il mieux ?

Né, d'après Strabon, dans la petite ville de Temnos, en
Éolie, et surnommé Carion, il fréquenta de bonne heure
l'école de Théodore, le maître renommé de Tibère, et, devenu professeur à son tour, il composa sur la rhétorique
un traité en quatre livres, dont Suidas nous a conservé les
titres : Περὶ ἐξεργασίας, Περὶ πρέποντος, Περὶ φράσεως, Περὶ σχη-
μάτων. Il tint école à Rome, sous Auguste, avec Cécilius et
mourut dans un âge fort avancé. Il faut qu'il ait atteint
une vieillesse reculée pour que Quintilien affirme qu'il y
avait encore de son temps des gens qui l'avaient entendu [2].
Quoi qu'il en soit, son enseignement a laissé un assez large
souvenir dans la critique du temps : outre l'admiration
d'Albutius, Hermagoras a reçu plus d'une mention honorable dans Sénèque le père et dans Quintilien, les deux juges les plus compétents de la période césarienne. Nous le

---

[1] *Brutus*, c. CXXI. — [2] III, 1.

trouvons encore cité avec honneur dans une épigramme
attribuée à Martial :

Prædicat Hermagoras non omnibus esse placendum [1].

principe qui prouve, du moins, un goût assez épuré dans
celui qui l'a posé. Son œuvre, aujourd'hui perdue, vivait
encore au cinquième siècle : « Addidit Hermagoras finem
esse oratoris officii persuadere, quatenus conditio rerum
personarumque patitur [2]. »—« Hermagoras se plaisait parfois à développer longuement une figure, parfois à l'effleurer, mais avec force. Ses sentences étaient rares, mais fines,
en sorte qu'elles pénétraient l'auditoire, s'il était attentif,
et lui échappaient, s'il était ou froid ou distrait [3]. » Voilà
pour le déclamateur, et ce jugement de Sénèque s'accorde
bien avec cette délicatesse un peu exclusive que lui prête
Martial. Comme auteur, c'était un esprit fin, admirable sous
plusieurs rapports, mais d'une sévérité excessive, même à
l'égard du mérite [4] ; son ouvrage entrait jusque dans les
plus petits détails sur les lois de l'éloquence. C'est peut-être
pour ses divisions surabondantes et quelquefois singulières
que l'auteur du *Dialogue des Orateurs* l'accuse d'*aridité*,
comme celui d'Apollodore [5]. Ce sont pourtant deux maîtres fameux, bien que le temps n'ait rien épargné d'eux ;
mais, comme toute chose ici-bas, le temps est sujet à
l'erreur, et probablement ce qui nous reste de Rutilius
Lupus, par exemple, ne vaut pas mieux que ce que nous
avons perdu d'Hermagoras.

[1] xi, 1. — [2] S. Aug., *De Rhet.*, 2. — [3] Sén., *Cont.* ii, 11, 14. — [4] Quint.,
iii, 1. — [5] *Dial.*, 19.

XI

CESTIUS PIUS.

Albutius nous a déjà conduit à parler d'Hermagoras, l'un de ses maîtres; il va nous servir également d'introducteur auprès de Cestius Pius, l'un de ses détracteurs. Cestius Pius était de Smyrne; sous Auguste, et même auparavant, les Grecs, sans emploi dans une patrie déchue de sa splendeur, commencèrent à émigrer à Rome, où nous ne les voyons jouer un rôle important que sous l'Empire. Ces hommes, avec la souplesse et la subtilité qui les caractérisent, se glissent dans toutes les familles, encombrent les petites fonctions; ne faut-il pas qu'ils fassent leur fortune et apaisent leur faim proverbiale? D'autres sont médecins, magiciens, musiciens, artistes en tout genre; Cestius prend l'enseigne de rhéteur et ouvre une école sous Auguste, vers la cent quatre-vingt-onzième olympiade, l'an 10 ou 12 avant Jésus-Christ [1]. Ne le connaissant guère que par Sénèque le père, nous allons emprunter à son livre le peu de détails qui le concernent. Bien que ce soit un parleur sans mérite, *nullius ingenii*, nous lui faisons ici une petite place, parce que l'un des premiers il a réagi contre Cicéron et contre sa manière. « Il n'aimait pas Cicéron; mais ce ne fut pas impunément. La province d'Asie était gouvernée par le fils de l'Orateur, homme qui n'avait de son père que l'urbanité. Il avait un jour Cestius à dîner; la nature ne lui avait accordé qu'une mémoire ingrate, et l'ivresse lui enlevait le peu qu'il possédait. Il demandait de temps à autre comment s'appelait le convive qui était au bas de la table. Il avait plusieurs fois oublié le

[1] Eusèbe.

nom de Cestius qu'on lui avait cité, lorsqu'enfin un esclave, pour mieux graver ce nom dans la tête de son maître, lui dit : C'est ce Cestius qui prétend que ton père
était un homme illettré. Le gouverneur fit aussitôt apporter des verges, et vengea comme il faut Cicéron sur le dos,
de corio, de Cestius [1]. » C'était une manière neuve de répondre aux critiques d'un sot, mais que justifiait, peu s'en
faut, une telle impudence. Plus tard, quand Cestius fut
venu professer à Rome, où il fit fureur parmi la jeunesse, il
trouva des juges aussi sévères, mais d'une autre façon.
Laissons la parole à Sénèque ou plutôt à Cassius Sévérus.

« Les jeunes gens préféreraient leur Cestius à Cicéron
lui-même, s'ils ne craignaient d'être lapidés. Ils le préfè-
rent cependant de la seule manière qui leur soit permise : ils apprennent par cœur ses déclamations, tandis
qu'ils ne lisent de Cicéron que les discours auxquels Cestius a répondu. J'entrai, je m'en souviens, dans son école ;
Cestius allait lire une harangue contre Milon, et, en admiration de lui-même, suivant son habitude, devant ses auditeurs il disait : Si j'étais gladiateur, je serais un Fusius ;
si j'étais pantomime, un Bathylle. Je ne pus contenir ma
bile et je m'écriai : Et si tu étais un cloaque, tu serais le
plus grand de tous. Rire immense dans l'auditoire ; les
écoliers de me regarder et de se demander qui pouvait
avoir une tête aussi épaisse. Cestius, qui allait prendre la
parole contre Cicéron, ne trouva rien à me répondre et
dit qu'il ne parlerait pas, si je ne sortais de la salle. Je ré-
pliquai que je ne sortirais d'un bain public qu'après m'être
baigné. Puis, je résolus de venger au barreau Cicéron de
Cestius. Le rencontrant à quelque temps de là, je l'appelle
devant le préteur ; et, après m'être répandu à mon gré en
plaisanteries, j'exigeai du préteur qu'il prît son nom

----

[1] Sén., *Suas.*, VII.

comme faussaire. Tel fut le trouble de Cestius qu'il demanda un avocat. Ensuite, je le traduisis devant un autre préteur et l'accusai d'ingratitude. Depuis, devant le préteur de la ville, je demandai pour lui un curateur. Comme ses amis, qui étaient accourus en foule à ce spectacle, intervinrent et me prièrent pour lui, je répondis que je me désisterais, s'il jurait que Cicéron était plus éloquent que lui ; il vint à bout de ne pas le faire, ou de le faire trop tard [1]. » Cestius avait donc d'assez étranges prétentions, et pourtant, dans cette aventure avec Cassius Sévérus, il ne trouva pas un mot pour se défendre ! Il faut dire, à sa décharge, qu'aux yeux de Sénèque, il ne maniait que médiocrement l'idiome romain : « Il était pauvre en expressions latines, et, toutes les fois qu'il entreprit une description un peu longue, il resta court [1]. » Le rhéteur cependant lui accorde, au même endroit, une certaine richesse de pensées, et, par le fait, il lui fallait bien quelque mérite pour charmer à ce point la jeunesse romaine. Afin de montrer son goût et son genre dans la déclamation, citons une des nombreuses pensées que Sénèque lui attribue. « Ayant à parler de l'homme qui mit son frère, condamné pour parricide, dans un navire désemparé, voici comment Cestius exposa la controverse : Un homme chargé de punir son frère, que son père, sur l'accusation d'une marâtre, avait condamné de son autorité privée, le jeta dans un sac de bois, *culeum ligneum*, pour le faire aborder, je ne sais où, *ut perveniret nescio quo terrarum* [2]. » Voilà le style qui, déjà sous Auguste, faisait les délices de la jeunesse ! Encore si la langue eût été respectée par Cestius ! *Ecce navem divinitas armat* [3]. Ne nous étonnons plus qu'il s'acharnât ainsi après la langue de Cicéron. L'homme et le penseur ne va-

---

[1] Sén., III, préf. *Excerpta*. — [1] Sén., *Cont.* III, 16. — [2] *Cont.* III, préf. — [3] *Cont.* III, 16.

laient pas mieux que le maître de rhétorique : malgré son surnom de *Pius*, c'était un franc épicurien, qui niait, au dire de Sénèque [1], l'intervention divine dans les choses humaines. Il eut pour disciple et pour imitateur Argentarius, qui, comme lui, improvisait et mêlait à ses discours beaucoup d'injures [2]. Cestius, toutefois, ne voyait pas de bon œil que son disciple lui ravît ainsi toutes ses pensées ; aussi l'appellait-il *son singe*, ὁ πίθηκός μου. Argentarius, de son côté, ne restait pas en arrière, et ne jurait jamais que par les mânes de Cestius, bien que Cestius fût plein de vie. Lorsqu'ils avaient tous les deux déclamé en latin, ils dépouillaient la toge, prenaient le *pallium*, et, comme s'ils avaient changé de rôle, ils se mettaient à déclamer en grec [3]. Outre Argentarius, Cestius eut encore un disciple remarquable dans Alfius Flavus, qui, tout jeune encore, donna les plus belles espérances. Cestius faisait grand cas de son talent, et la preuve, c'est qu'il le redoutait. « Un talent aussi précoce, disait-il, ne pouvait pas vivre. » Mais ses déclamations attiraient tant de foule, que Cestius se risquait rarement à prendre la parole après lui. Cet Alfius, qui, d'après Pline [4], paraît avoir écrit, avait beau ne pas savoir se ménager : il y avait en lui une puissance oratoire capable de résister à de longues années passées dans la paresse ou consacrées à faire des vers.

Les détails dans lesquels nous venons d'entrer montrent qu'avec peu de mérite, Cestius sut se faire un grand nom et par la nouveauté de ses doctrines et par le nombre et l'éclat de ses disciples. C'est déjà un type assez curieux de déclamateur, pour que nous ayons dû relever son impudence et son charlatanisme ; il occupe, d'ailleurs, beaucoup de place dans les *Controverses* de Sénèque.

---

[1] *Suas.*, 3. — [2] Sén., *Cont.* IV, 26. — [3] Sén., IV, 25. — [4] IX, 8.

XII

RUTILIUS LUPUS ET AQUILA ROMANUS.

Voici deux rhéteurs qui ont joui de leur vivant comme après leur mort d'une grande réputation. Bien qu'il nous répugne de souscrire à cette réputation peu méritée, à celle surtout de Rutilius Lupus, nous en parlerons tout d'abord parce qu'ils ont laissé chacun un manuel de rhétorique fort mince, à la vérité, fort incomplet même, mais que nous possédons encore. Il suffira du plus rapide examen pour se faire une idée de ce que devenait de plus en plus et communément l'enseignement de la parole après Cicéron.

S'il faut en croire Rhunkenius, le premier de ces deux rhéteurs, Rutilius Lupus [1], d'origine latine comme son nom l'indique, « aurait vu dans sa jeunesse Cicéron déjà vieux, » c'est-à-dire serait né entre l'an 60 et l'an 50 avant Jésus-Christ ; il semble difficile de rien préciser à cet égard ; même incertitude, plus grande peut-être encore, sur l'époque de sa mort que l'on pourrait fixer, mais sans preuves, au règne de Tibère. Qu'il nous suffise de savoir que Rutilius appartient à la période qui nous occupe.

Il a laissé un *Traité des Figures* en deux livres, emprunté à un rhéteur grec du temps, un certain Gorgias qui professait à Rome sous Auguste, et qu'il ne faut pas confondre avec le fameux Gorgias de Léontium qui figure dans un dialogue de Platon. C'était, au reste, un maître d'assez peu de valeur, si l'on en juge par les quelques passages où Sénèque le père le met en scène : « Gorgias *inepto colore sed dulci* [2], » pour ne citer que celui-là. Les deux livres de Ru-

[1] i, p. 27. — [2] *Cont.* iv.

tilius ne parlent absolument que des figures d'élocution et
de pensée, telles qu'il les concevait ; les voici dans l'ordre
qu'il les développe et avec les titres qu'il leur donne.

« *Prosapodosis, synathroismus, paronomasia, paradiastole,
anaclasis, epibole, epiphora, cœnotes, polyptotum, epanale-
psis, diophora, epiploce, polysyntheton, dialysis, metanoia, pa-
renthesis, merismus, paromologia, anancœon, ethologia, me-
tabasis, alloœsis, dicœologia, prolepsis, horismos, prosopopœia,
characterismus, brachyepia, suscenasis, aporia, parasiopœsis,
paromœon, homœoptoton, isocolon, antitheton, epitrope, par-
rhesia, œtiologia, taxis.* » Outre la forme toute grecque
de ces figures, les exemples qu'en cite Rutilius sont
uniquement empruntés aux auteurs grecs ; preuve suffisante, s'il ne l'avouait pas lui-même, que son livre n'est
qu'une traduction abrégée de Gorgias ; à propos de la
figure παρόμοιον : *Multo diligentius*, dit-il, en effet, *ex
grœco Gorgiœ libro, ubi pluribus uniuscujusque ratio reddi-
tur* [1]. » Il est fâcheux qu'il n'ait pas reproduit simplement
le manuel qu'il avait pris pour modèle, peut-être aurions-
nous alors trouvé dans son œuvre ce qu'on y chercherait
en vain, une vue d'ensemble, un effort tout au moins vers
la recherche de l'art, sinon de l'idéal. Quintilien, bon juge
en pareille matière cependant, n'est pas aussi sévère que
nous : « Un homme de notre siècle, dit-il [2], a écrit sur la
rhétorique avec assez de soin, *non nihil accurate.* » Gaspard de Barth, au dix-septième siècle, a reproduit en d'autres termes la phrase de Quintilien : « Au nombre des
rhéteurs se trouve un écrivain qui n'est pas à dédaigner,
Rutilius Lupus, qui nous a ouvert en quelques pages le
trésor de toutes les figures [3]. » De Barth, à coup sûr, n'é-
tait pas difficile. Des critiques de nos jours, sans avoir
peut-être lu l'auteur en question, ne craignent pas de le

---

[1] II. — [2] III, 1. — [3] *Adv.*, p. 726.

placer parmi les *trois* ou *quatre* rhéteurs qui ont laissé un nom. De ce qu'on n'écrit que pour les écoles, s'ensuit-il qu'il ne faille pas reculer devant les jugements les plus hasardés ? Tel n'est pas notre avis : Albutius, Porcius Latro, Sénèque le Père, pour ne parler que de ceux-là, sont d'autres hommes que Rutilius Lupus. Toutefois et malgré nos réserves, sachons gré à Rhunkénius d'avoir édité pour la première fois un livre aussi pauvre, où nous pouvons toucher du doigt la faiblesse générale des théoriciens d'alors.

A côté de Rutilius Lupus il faut placer Aquila Romanus, dont les œuvres s'éditent d'ordinaire ensemble, et que ne citent presque jamais les historiens littéraires, quoique bien supérieur, à notre avis. Il serait malaisé de donner la date précise de sa naissance et de sa mort ; mais il appartient évidemment au règne si fécond d'Auguste.

Il nous reste de lui un traité sur les figures qui vaut mieux que celui de Rutilius, bien qu'il ne nous paraisse pas fort précieux non plus ; on y voit la définition de quarante figures, au lieu de trente-neuf, mais quelquefois avec d'autres noms : ainsi la première du recueil, la *prodiorthosis*, qui consiste à présenter d'abord sous une couleur favorable une chose qui pourrait être mal prise, ne se trouve point dans la nomenclature de Rutilius. La Renaissance s'est occupée de ce livre, puisque Pierre Pithou critiqua comme incomplète la définition de cette dernière figure : « *Deest hic quippiam.* » L'auteur avait une érudition plutôt latine que grecque, mais plus étendue, ce semble, que celle de Rutilius ; il cite Hermagoras à propos de la *métastase*, et, quand il en vient à la *répétition*, il invoque l'autorité d'Aristote, dont l'œuvre oratoire était si peu connue, si peu suivie du moins, dans les écoles de son temps. Outre son érudition, son goût aussi n'était pas sans rectitude. Les préceptes qu'il donne sur le style, ne

10

manquent pas d'une certaine justesse et sont accompagnés
de réflexions généralement sensées. Il prétend que les
grands orateurs n'ont pas besoin de l'école pour trouver et
pour employer à propos les figures de pensée : *Omnia
fere*, dit-il, *quæ præceptis continentur, ab ingeniosis hominibus et in dicendo se exercentibus fiunt, sed casu quodam
magis quàm scientiâ.* C'est faire la part un peu trop
belle à la nature ; mais c'est prouver que l'on a, tout au
moins, envisagé les grandes questions. Il a raison, lorsque, dans un autre passage, il dit : « La période continue
fatigue et l'auditeur et l'orateur. » Il blâme en passant les
imitateurs maladroits d'Isocrate, qui ne s'exprimaient pas
d'autre manière : *Optimam*, ajoute-t-il, *et efficacissimam
prædixerimus orationem futuram, si et hos ambitus habuerit
et nonnunquam cæsis interrupta fuerit.* Pourquoi l'école de
l'Empire n'a-t-elle pas observé ce principe ! Sans reproduire la phrase, un peu longue parfois, de Cicéron,
elle ne serait pas tombée dans les incises et les ha-
chures de Sénèque. C'est dans le même esprit de mesure et
de sobriété que Romanus recommande l'emploi sage et
modéré des figures, dont il attribue l'invention à Gorgias de
Léontium, oubliant que les figures étaient en usage bien
avant les rhétoriques. En résumé, l'ouvrage, quoique
médiocre, de Romanus n'est pas sans portée : on y trouve
comme un sentiment de l'art, une certaine originalité, qui ne se traîne pas à la remorque des Grecs, et ne
craint pas de recourir presque toujours à des citations la-
tines ; on y trouve, enfin, autant d'impartialité que d'indépendance, puisque Démosthène y est mis au-dessus de
Cicéron : *Demosthenis phrasim M. Tullius, nedum copiam,
imitatur.*

XIII

PORCIUS LATRO.

Nous voici en présence d'un autre homme, du type du déclamateur, de Porcius Latro ; c'est un talent défectueux, à coup sûr, mais original et plein de verve. Espagnol d'origine comme Sénèque le Père, dont il fut le condisciple et l'ami, il passa sa première jeunesse dans son pays, où il fit ses débuts d'avocat. Mais comme c'était, avons-nous dit, le type du déclamateur, le barreau ne lui réussit point, et voici à quel propos : « Plaidant un jour pour son parent Porcius Rusticus, il se troubla au point de débuter par un solécisme ; demandant alors un toit et des murs, il ne put se remettre qu'après avoir obtenu de faire transférer le tribunal du Forum dans une basilique [1]. » Quintilien, qui rapporte le même fait, ajoute qu'il jouissait déjà de la plus haute réputation dans les écoles [2]. Sénèque, de qui probablement il s'est inspiré, profite de la circonstance pour nous montrer, dans une page excellente, combien peu ces études faites à l'ombre pouvaient mener à la véritable éloquence. « Les esprits, dit-il, reçoivent aux écoles une éducation si molle et si efféminée, qu'ils ne savent endurer ni les cris, ni le silence, ni les rires, ni le plein air enfin. Or, l'exercice n'est profitable que lorsqu'il se rapproche le plus de l'objet qu'il se propose ; aussi, d'ordinaire, est-il plus difficile que la lutte. C'est le contraire qui a lieu dans les déclamations de l'école : tout y est plus mou, plus relâché ; au barreau, les orateurs reçoivent leur rôle ; à l'école, ils le choisissent ; là ils flattent le juge, ici ils en sont les esclaves ; là il faut diriger son esprit à travers le bruit et

---

[1] Sen., *Cont.* IV, préf. — [2] x, 5.

les frémissements de la foule, il faut porter sa voix à l'oreille des juges; ici c'est au visage de l'orateur que s'attachent tous les regards. Aussi, en sortant d'un lieu plein d'ombre et d'obscurité, est-on ébloui par l'éclat et la clarté de la lumière. Quand les jeunes gens passent de l'école au barreau, tout y est nouveau, extraordinaire pour eux, et ils ne deviennent de solides orateurs qu'après avoir essuyé mille déconvenues, qu'après avoir endurci à un travail réel leur jeune esprit, qu'avait allangui la délicatesse de l'école [1]. » Reconnaissons ici l'une des causes de décadence que nous trouvons si bien développée plus tard dans le *Dialogue des Orateurs.*

Après cette mésaventure, Latro ne dut pas tarder à prendre le chemin de Rome, le vrai théâtre de la gloire et de la fortune. Là, dans la compagnie de son compatriote Sénèque, il suivit les leçons de Marillius, rhéteur assez pauvre d'idées, mais d'un goût peu vulgaire. Lorsque Marillius attribuait l'exiguïté de son discours au sujet de la controverse, en disant qu'il faut marcher le pied levé dans les endroits épineux : « Par Hercule, reprenait Latro, les épines ne sont pas sous tes pieds, mais à tes pieds; » et aussitôt il développait les idées qui pouvaient le mieux cadrer avec les déclamations du maître. Il avait aussi la singulière habitude, un jour de ne traiter que des épichérèmes, un autre jour que des enthymèmes, un autre jour enfin que des lieux communs sur la fortune, sur la cruauté, sur le siècle, sur les richesses, par exemple. C'était, à ses yeux, le bagage, *supellex*, de l'éloquence. Bien souvent aussi Latro s'exerçait à développer les figures qui pouvaient aller à la controverse en question. On faisait à tort à son style le reproche de n'avoir pas assez de figures : les figures y abondaient au contraire, mais le goût n'y trouvait rien

---

[1] *Cont.* IV, préf.

à redire. Du reste, il tenait peu aux métaphores, et ne les employait que lorsqu'il en reconnaissait la nécessité, ou tout au moins l'utilité. A son avis, les figures n'avaient été inventées que comme ressources, comme des biais nécessaires pour faire accepter de l'oreille des choses qui l'auraient blessée, exprimées directement [1]. Telles étaient ses doctrines littéraires, quand il n'était encore que le tout jeune, *admodum juvenis*, disciple de Marillius, et le goût le plus sévère devrait, à notre sens, en être satisfait. Au même endroit, Sénèque nous donne également un aperçu de sa manière de travailler. Il ne savait ni interrompre ni reprendre ses études. Écrivait-il, les jours et les nuits se succédaient sans relâche ; il ne s'arrêtait que quand il ne pouvait plus aller ; quittait-il son cabinet, toutes les distractions lui étaient bonnes : sur les montagnes, dans les bois, il défiait à la fatigue et à la chasse les paysans eux-mêmes, et prenait tant de goût à cette sorte d'existence, qu'il ne revenait qu'avec peine à son premier genre de vie. Mais s'il parvenait, à force de ménagements envers lui-même, à rentrer en possession de sa personne, il mettait tant de fougue au travail, qu'il semblait n'avoir rien perdu, avoir même beaucoup acquis dans ces délassements excessifs. Personne n'était jamais mieux servi par le repos. Quand il reprenait ainsi la parole après un certain laps de temps, ses discours n'en avaient que plus de verve et de vigueur. Ses forces une fois rétablies et comme renouvelées, il bondissait en quelque sorte et tirait de lui tout ce qu'il voulait. Mais il ne savait pas se régler ; aussi, après s'être livré de la sorte à une contention continuelle et suivie, sentait-il son talent faiblir de lassitude. Sa voix, naturellement forte, mais ternie par les veilles et voilée faute de soins, s'élevait cependant, grâce à sa robuste constitution,

[1] Sen., *Cont.* I, préf.

à mesure que le discours tendait à sa fin. Latro ne fit jamais
rien pour l'exercer : il ne pouvait pas dépouiller le ton épais,
un peu inculte des Espagnols, et ne prenait pas la précau-
tion de le conduire peu à peu de la note la plus basse à la
plus haute, et réciproquement. Jamais, selon l'usage des
autres déclamateurs, il ne se frottait d'huile pour chasser
la sueur dont il était inondé ; jamais, non plus, il n'avait recours à la promenade pour se remettre de ses fatigues.
Plus d'une fois, après avoir travaillé toute une nuit, il passait sans transition du dîner à la déclamation, et du souper
à l'étude. Aussi sa vue ne tarda-t-elle pas à s'obscurcir, sa
figure à se couvrir de pâleur. Par bonheur, il était doué
d'une mémoire peu commune : il ne relisait jamais, pour
l'apprendre, le discours qu'il allait prononcer : il l'appre-
nait en l'écrivant ; et, chose étonnante, sa plume courait
avec autant d'impétuosité que sa parole, et son débit n'a-
vait ni embarras ni lenteur. Là, du moins, il secondait les
heureuses dispositions qu'il tenait de la nature : il mettait
le plus grand soin à apprendre et à retenir ce dont il voulait conserver la mémoire; c'était au point de se rappeler
toutes les déclamations qu'il avait prononcées. Aussi, point
de notes : « J'écris dans ma tête, » disait-il, et jamais il ne
se trompait d'une syllabe[1]. On peut assurément blâmer
une telle méthode ; mais il est difficile de ne pas admirer
une aussi riche nature, et l'on comprend sans peine pourquoi Quintilien le proclame le premier professeur qui se
soit fait un grand nom, *primus clari nominis professor*[2].

Au sortir des leçons de Marillius, il ouvrit, en effet, une
école qui éclipsa bientôt toutes les autres. Tout en lui d'ailleurs
attirait le succès : nous venons de voir l'énergie extrême qu'il apportait au travail, les dons heureux qu'il avait
reçus de la nature, le talent incontestable et le goût assez

---

[1] Sen., *Contr.* i, préf. — [2] x, 5.

épuré pour un Espagnol dont il était orné. Sénèque, dont
il fut l'ami depuis son enfance jusqu'à son dernier jour,
nous en fait le plus bel éloge comme homme : « Rien, dit-
il, de plus sérieux, de plus aimable à la fois que Latro ;
rien de plus digne que son éloquence [1]. » Ce n'était pas un
de ces charlatans de la parole, comme nous en avons déjà
tant rencontré : il aimait son art et ne le ravalait pas au
gagne-pain ; aussi, chez lui, pas la moindre parade : « Il
n'aimait pas à discourir dans un festin, bien qu'il se laissât
quelquefois aller à l'improvisation, et que sa confiance le
tirât des pas redoutables et dangereux pour d'autres. Il n'aimait pas davantage ces cris, ces applaudissements ridicules dont les écoliers honoraient d'ordinaire les déclamations
de leurs maîtres ; souvent même il s'emporta contre son
auditoire à ce sujet [2]. » Voilà pourquoi il exerçait sur ses
juges un ascendant extraordinaire, et enlevait, en quelque
sorte, leur admiration. Si les esprits délicats donnaient la
palme à Gallion, son rival, la foule le proclamait tout d'une
voix le prince de l'école, et l'on portait aux nues tout ce
qui sortait de sa bouche. Latro néanmoins n'avait pas le
goût vulgaire, comme nous avons pu nous en convaincre :
il ne craignait même pas d'aller contre les idées du jour en
dédaignant les Grecs, si en vogue sous Auguste, et qu'il ne
se donnait pas la peine d'étudier [3]. D'un autre côté, l'empire qu'il exerçait sur ses élèves, était extrême ; jamais il ne
consentait à entendre leurs déclamations, lui seul ayant le
droit de déclamer : « Je ne suis pas un professeur, mais un
modèle, » disait-il. Il fut le seul à Rome, comme Nicétas
en Grèce, dont les disciples se contentassent d'écouter les
leçons. Aussi les disciples de Latro furent-ils les premiers
à porter par dérision le nom d'auditeurs, *auditores*, mot
qui fut depuis en usage et devint synonyme de *discipulus*.

---

[1] Sen., *Contr.* i, préf. — [2] Sen., *Cont.* v, préf. — [3] *Ibid.*, 33.

C'était, d'après la remarque de Sénèque, se faire payer non
sa patience, mais son éloquence[1]. Sans doute ; mais, pour
en arriver là, il fallait le talent de Latro. Ce n'était pas, au
reste, pour les élèves de ce maître, la seule manière de se
distinguer : pour imiter la pâleur que l'on contracte dans
les veilles et dans les études, ils se couvraient la figure de
cumin, au dire de Pline, qui atteste, lui aussi, la célébrité
de Latro[2]. Latro, de plus, n'était pas un professeur comme
les autres : c'était un véritable orateur, à qui il n'avait
manqué que de vivre sous la République. C'était, en tout
cas, un parleur qui n'avait pas le culte de la phrase : il se
resserrait toujours, et tout ce qu'il pouvait omettre sans
danger, il l'omettait ; aussi restreignait-il le nombre de
ces questions si détaillées, si minutieuses dans les divers recueils de déclamations qui nous restent. Il recommandait à
son auditoire de traiter certains points à la façon du préteur, c'est-à-dire avec concision, pour abréger la cause[3].
Le courage, non plus, ne lui manquait pas au besoin.
Auguste, qui ne dédaignait pas les écoles, comme nous l'a-
vons vu, se rendit un jour avec Agrippa, son gendre, à
l'une de ses déclamations, dont le sujet était : Le petit-fils
né d'une courtisane. Agrippa, le père de Caius et de Lucius qu'Auguste semblait alors devoir adopter, était d'une
naissance obscure et ne devait son élévation qu'à lui-
même. Latro, plaidant pour le jeune homme et parlant de
son adoption, se mit à dire à propos des jeunes princes :
« Eux aussi ne doivent leur noblesse qu'à l'adoption[2]. » C'é-
tait faire à Agrippa un reproche direct de sa basse extraction, et montrer en même temps une certaine indépendance, bien que l'on fût encore sous un pouvoir modéré ;
mais Auguste vieillissait, et la loi contre les libelles allait probablement paraître. Aussi l'audacieux rhéteur

[1] *Cont.* iv, 25. — [2] *Hist. nat.*, xx, 14. — [3] Sen., *Cont*, iii, 22. —
[4] Sen., *Cont.*, ii, 12.

expia-t-il dans une longue disgrâce le malheur d'avoir blessé l'illustre héritier du nom obscur des Vipsanius [1]. L'histoire ne dit cependant pas qu'il eut à souffrir, soit dans ses biens, soit dans sa liberté ; Eusèbe affirme qu'il se donna la mort vers la 194e olympiade, c'est-à-dire vers l'ère chrétienne, pour échapper à une double fièvre quarte, emportant avec lui le renom d'un homme de bien, d'un orateur incomplet, mais remarquable encore, et d'un rhéteur éminent, qui forma plus d'un élève distingué. Gaspard de Barth, savant philologue allemand du dix-septième siècle, prétend qu'il reste de Latro une harangue contre Catilina, qu'il analyse même en grammairien, au point de vue du style principalement. Mais nous n'avons guère de lui que ce que Sénèque nous en a conservé, et cela suffit pour nous le faire apprécier à sa valeur.

XIV

SÉNÈQUE LE PÈRE.

De Latro, le sceptre de l'école échut à Sénèque le Père, qu'on a longtemps, mais à tort, confondu avec Sénèque le philosophe. Espagnol d'origine, et né à Cordoue à une époque qu'il est difficile de préciser, mais qui ne remonte pas, à coup sûr, au delà de l'an 55 avant J. C., Sénèque passa son enfance et sa jeunesse dans sa ville natale. Il le dit expressément : « Mon âge m'aurait permis d'entendre Cicéron ; mais la fureur des guerres civiles qui ravageaient alors l'univers entier, me retint à Cordoue. Dans cet atrium où déclamaient Hirtius et Pansa, *duo grandes prætextati*, j'aurais pu connaître ce génie, qui n'eut d'égal à Rome que l'étendue même de l'empire ; j'aurais pu enten-

---

[1] Egger, *Hist. d'Aug.*, II.

dre sa propre voix, *vivam vocem audire* [1]. » Son origine
n'était pas obscure, puisqu'il appartenait à l'ordre des chevaliers, ainsi que nous le voyons dans le discours que le
Philosophe adressa plus tard à Néron pour lui rendre les
biens immenses qu'il en avait reçus, *equestri et provinciali
loco ortus*. Il est probable, bien que le livre des *Controverses* n'en dise rien de précis, qu'il ouvrit une école de rhétorique et plaida comme avocat au barreau de Cordoue.
Jamais, du reste, il n'ambitionna d'emploi politique, comme
nous le témoigne Juste-Lipse, et comme on peut l'entrevoir çà et là dans ses préfaces. Après les guerres civiles,
quand Auguste eut fermé le temple de Janus, Sénèque af-
fronta le voyage de Rome, où il resta de longues années.
Il y exerça, non sans éclat, la profession de rhéteur, après
avoir, comme Latro, suivi les leçons de Marillius ; car on
avait beau venir de la province avec un nom déjà fait : il
fallait, pour réussir, recommencer ses études au sein même
du goût, ou tout au moins de la réputation, surtout quand on
venait de Cordoue, de cette ville où les poëtes, au dire de Cicéron, comme les orateurs avaient l'accent un peu épais et
provincial. Ses progrès comme disciple, ses succès comme
maître durent être rapides, puisqu'il amassa en peu d'années
une grande fortune, et nous avons vu combien peu coûtait
à un père l'éducation même oratoire de son fils. Après avoir
professé la rhétorique jusqu'à l'âge de cinquante-deux ans [2],
il retourna dans sa patrie, et s'y maria avec Helvia. Le Philosophe nous fournit quelques détails sur sa mère, qu'il nous
représente avec l'attrait d'une femme de mérite. « Tu per-
dis ta mère aussitôt après ta naissance, que dis-je ? en naissant. Tu as grandi sous l'aile d'une marâtre. Tu as perdu le
meilleur des oncles, le modèle des maris et des hommes de
cœur, lorsque tu attendais son arrivée [3]. » Pour la conso-

---

[1] *Cont.* I, préf. — [2] Schœll., II, p. 396. — [3] *Cons. à Helvia*, 2.

ler des malheurs qui la frappent : « Où est, continue le Philosophe, le fruit de ces études que tu suivais avec moi avec
plus d'ardeur que les femmes n'ont coutume d'y en mettre ?
Si tu n'as pas approfondi tous les beaux arts, tu les as du
moins effleurés tous [1]. » Helvia se montra toujours la digne
femme de son mari, de cet homme d'une sévérité antique,
antiquus rigor, comme le dit son fils ; nulle part on ne sur-
prend le moindre blâme sur son compte. Elle donna trois
fils à son mari : Marcus Annæus Novatus, plus connu sous
le nom de Gallion, Lucius Annæus Sénèque, le Philosophe,
et Annæus Méla, le père de Lucain. Ces enfants naquirent-
ils tous trois à Cordoue ? Le doute n'est possible que pour le
dernier, qui naquit probablement à Rome ; mais il ne saurait exister pour les deux autres, attendu que le Philosophe,
qui était le second, déclare qu'il fut porté à Rome dans les
bras d'une sœur de sa mère, femme d'une vertu primitive,
que l'on ne vit jamais en public pendant les seize ans que
son mari fut gouverneur d'Égypte [2]. Juste-Lipse conjecture que le fait eut lieu environ quinze ans avant la mort
d'Auguste, époque où Sénèque serait venu se fixer à
Rome pour toujours. Une fois de retour dans la capitale
de l'empire, le Rhéteur, désormais retiré de l'enseignement, se lia avec Cassius Sévérus, Claudius Turrinus, Montanus, avec les hommes les plus éclairés du temps,
dont il nous a laissé la peinture vivante dans ses précieuses *Controverses*. Les critiques ne sont pas plus d'accord
sur la date de sa mort que sur celle de sa naissance : Schott
la recule jusqu'au règne de Claude, sans rien affirmer pourtant de positif à cet égard. Juste-Lipse, en cela d'accord
avec Fabricius et non sans vraisemblance, prétend qu'il vécut jusqu'à la fin du règne de Tibère, parce qu'il a cru entrevoir dans son livre des allusions à la conspiration de Sé-

[1] *Cons. à Helvia*, 15. — [2] Sen., *Cons. à Helvia*, 17.

jan. On peut se ranger à ce dernier avis. Quoi qu'il en soit de cette question, assez mince d'ailleurs, il est certain que Sénèque le Père atteignit un âge fort avancé : il nous retrace lui-même quelque part les ravages que la vieillesse a faits sur lui : « La vieillesse, dit-il, m'a fait perdre bien des avantages, m'a affaibli la vue, m'a rendu l'oreille dure, a détendu la vigueur naturelle de mes muscles [1]. » On comprend alors qu'il ait suffi d'une maladie de trente jours pour l'enlever à sa femme et à ses enfants [2].

L'œuvre qui le recommande à la postérité, consiste en un ensemble de controverses et de *suasoriæ* qu'il recueillit pour l'usage de ses trois fils, lorsque la fortune d'un côté, l'âge et la fatigue de l'autre l'engagèrent à quitter son école, c'est-à-dire à l'époque où il vint s'établir à Rome ; car il est probable qu'il prit sa retraite vers l'ère chrétienne, s'il est vrai, comme Schoell l'assure, qu'il ne professa que jusqu'à cinquante-deux ans. Longtemps on l'a confondu avec son fils, le Philosophe, et il a fallu la Renaissance pour lui restituer l'ouvrage qui lui revient de droit. Un érudit du quinzième siècle, Raphael de Volterre (1452-1522), est le premier qui attribue les *Controverses* à Sénèque le Rhéteur. Après lui, le fameux Alciat, grand jurisconsulte et savant remarquable tout ensemble (1492-1550), vient à l'appui de cette opinion dans un ouvrage peu connu, le Παρέργων [3]. Aujourd'hui la question n'est plus douteuse, et la critique reconnaît dans Sénèque le Père l'auteur des *Controverses*, le maître illustre qui lutta toute sa vie contre le mauvais goût naissant.

Il ne faudrait pas, en effet, le mettre dans la catégorie des petits rhéteurs dont il parle lui-même, gens à courte haleine, qui, ne comprenant rien à l'éloquence, la réduisaient aux mesquines proportions d'un métier lucratif.

[1] *Cont.* 1. — [2] *Cons. à Helvia,* 2. — [3] IV, 14.

Sénèque, comme il le déclare lui-même [1], a vu tous les
grands orateurs de la république mourante, et, s'il n'a pas
eu le bonheur d'entendre Cicéron, il a pu tout au moins
s'inspirer de son ombre et de sa méthode, que la décadence
n'avait pas encore détrônée. Ce n'est pas qu'il ait voulu, à
l'exemple de tant d'autres, tracer les règles d'un art dont
Aristote et Platon avaient déjà délimité l'empire et comme
fixé les lois. « Quand la parole, dit Gronovius, chassée de
la tribune, se réfugia dans les écoles, Sénèque, jeune encore, entendit et retint les meilleurs passages des déclamations de son temps ; plus tard, déjà sur l'âge, comme il
n'avait pris aucune note, il les transcrivit de mémoire, à
la prière de ses fils, en les rendant à leurs auteurs [2]. » On
peut regretter que Sénèque, dont la mémoire était prodigieuse, puisqu'il pouvait répéter jusqu'à deux mille mots
dans l'ordre où il les avait entendus, n'ait pas mis plus
de choix dans ses extraits. Mais il est loin de les donner
tous comme excellents, et d'épargner le blâme à qui de
droit. Il ne dit pas qu'il ait trouvé cent vrais orateurs
dans un siècle qui n'en a guère accrédité que cinq ou
six ; il se contente de transmettre à ses fils comme la
nomenclature des rhéteurs et des avocats qui ont fait du
bruit autour de lui. Et, loin de lui en faire un reproche,
ne vaudrait-il pas mieux lui en savoir gré, puisqu'il complète ainsi pour nous les détails épars qui se trouvent
dans les critiques et dans les historiens, et nous permet
de mieux juger le siècle d'Auguste ? Qu'on n'oublie pas,
d'ailleurs, que Sénèque n'a pas été seulement un compilateur : outre les réflexions qu'il sème çà et là dans ses
déclamations, il a mis en tête de chaque livre des préfaces d'un goût irréprochable, éloquentes parfois, et qui
s'élèvent souvent à la hauteur du *Dialogue des Orateurs*.

---

[1] *Cont.* 1. — [2] Préf. du *Sén. Elz.*

Par malheur, des dix livres de controverses qu'il avait transcrits, le temps n'en a guère épargné que cinq ; encore ces cinq livres ne sont-ils pas intacts, et renferment-ils des lacunes regrettables. Nous n'avons plus que le premier, le second, le septième, le huitième et le dixième, mutilés tous les cinq et nullement complets. Quelques extraits, dont une bonne préface : voilà ce qui nous reste des cinq autres ! C'est une suite de déclamations sur des questions fictives et judiciaires. Nonobstant de pareilles mutilations, cet ouvrage est encore pour nous l'histoire et le tableau le plus fidèle de la déclamation à Rome, depuis la bataille d'Actium jusqu'à la mort de Tibère, c'est-à-dire au temps qu'on peut appeler son âge d'or. Ses préfaces renferment, en outre, les conseils les plus utiles, les principes les plus sains pour arriver à cette éloquence, que l'orateur Antoine disait n'avoir jamais rencontrée. Aussi, quel concert de louanges chez tous les érudits du seizième siècle ! Schott, un de ses nombreux commentateurs, reconnaît à Sénèque le rhéteur un grand talent, *magnum ingenium*, un goût épuré, *limatum judicium*. « Rien de plus pur, de plus élégant, dit-il, que son style, si l'on excepte le style de Cicéron et de Quintilien. » Louis de Valois approuve, en particulier, dans sa diction d'heureuses métaphores, qui peuvent, d'après lui, *multum alere facundiam*. Juste-Lipse, l'enthousiaste admirateur du Philosophe, répète, à propos du père, un éloge que Tacite fait du fils : « Son esprit, dit-il, est plein de grâce et de charme. » Erasme regarde à juste titre la découverte des *Controverses* comme d'une haute importance pour ces bonnes et fortes études que l'on faisait de son temps ; c'est, d'après lui, une voie sûre pour arriver à l'invention et au goût. Au dix-huitième siècle, quoique peu étudié et peu connu, Sénèque trouve encore des partisans : les Mémoires de Trévoux [1]

---

[1] Avril 1717.

le comptent au nombre des *orateurs*, l'estiment *savant* et lui accordent de la *force dans l'expression*.

Que conclure de ces jugements, que nous avons rapportés pour mieux faire apprécier un auteur peu populaire ? Faut-il tout admirer dans le style de Sénèque et recommencer les dithyrambes de ses annotateurs ? Non, sans doute : Sénèque n'était pas un esprit du premier ordre ; il aurait pu tirer un meilleur parti de son sujet ; sa langue même, toute riche, toute pure, tout élégante qu'elle est, n'en présente pas moins quelques signes d'une prochaine décadence ; les mots n'y sont pas toujours pris dans leur véritable et primitive acception : *Videri volui laboriosior*, *plus laborieux* [1] ! Mais Sénèque ne sort pas des bonnes traditions : il est du parti des *anciens* que le faux goût commence à dénigrer ; pour lui Cicéron est le plus grand écrivain de Rome ; Salluste, que rabaisse son contemporain Tite-Live, reste à ses yeux le rival de Thucydide. De plus, avant Pétrone, avant Quintilien, avant le *Dialogue des Orateurs*, il a vu clair dans l'avenir de l'éloquence, dont il déplore maintes fois avec tristesse et courage l'éclipse future. A l'exemple de son ami Porcius Latro, il ne s'entiche pas des Grecs, et reste le défenseur de l'idiome national, auquel il prête autant de puissance qu'à l'idiome grec : *Cogitetis latinam linguam facultatis non minus habere* [2]. On trouve bien chez lui, comme dans toute l'école espagnole, la pompe et l'emphase de la province ; mais son style savant a de la force, de l'ampleur, et vaut mieux, nous ne craignons pas de l'avancer, que celui du Philosophe. Avec le Philosophe il a provoqué, jusqu'à un certain point, le mouvement intellectuel qui a régénéré et fécondé le second siècle de la littérature latine. En un mot, Sénèque le Rhéteur est un homme de sens, un

---

[1] *Cont.*, v., 31. — [2] *Cont.*, v, 33.

critique qui né manque ni d'esprit ni de finesse, et, de plus,
ce qui n'était pas commun de son temps, un excellent et
courageux citoyen ; nous nous en convaincrons au sujet de
Labiénus et de Cassius Sévérus.

XV

QUINTILIEN.

Du temps de Sénèque déjà, mais surtout après lui, sous
Claude et sous Néron, deux partis s'étaient formés dans la
littérature et par suite dans l'éloquence, le parti des Anciens
et le parti des Modernes. C'est une vieille question qui
s'agite depuis l'origine du monde, de savoir si nos pères
valaient mieux que nous, ou si, par la force des choses,
nous devons à la longue l'emporter sur eux ; de savoir, en
un mot, s'il y a ou non progrès continu dans la marche de
la civilisation. Sans revenir sur un sujet qui a produit tant
de volumes, nous sommes obligé d'en dire quelque chose
pour mieux faire comprendre le rôle que va jouer Quintilien dans le domaine si restreint de l'éloquence impériale.

Le premier à Rome, Horace [1] pose le problème d'une
manière précise, mais le résout à sa manière : « La foule,
dit-il, n'aime et ne recherche que ce qui est éloigné de
son temps et de son pays. » C'est là sans doute une exagération, un défaut de jugement qui n'est toutefois pas sans
cause. Qui peut, mieux que le temps, consacrer les œuvres
du génie ? Mais Horace est-il bien venu à mettre ses contemporains au-dessus des Grecs ?

> Pingimus atque
> Psallimus et luctamur Achivis doctius unctis.

La chose est au moins douteuse : jamais l'esprit latin

[1] *Epist.* II.

n'atteignit à la pureté, à la grâce native de l'esprit grec.
Horace le savait bien ; mais il fallait flatter Auguste et lui
faire croire que son siècle était le plus brillant de tous,
comme il était lui-même le premier des grands hommes
de la Grèce et de Rome. Après des raisons assez faibles que
nous allons retrouver dans le *Dialogue des Orateurs*, le
poëte revient à son goût habituel et conclut avec la raison.
« Si le public, dit-il, loue, admire les vieux poëtes au
point de ne leur rien préférer, de ne leur rien comparer, il
se trompe. S'il reconnaît, au contraire, que leur style est
trop vieux, communément dur et souvent lâche, il est dans
le vrai, et je partage son jugement équitable. » A l'exception de Lucrèce, de Plaute et de Térence, les vieux poëtes de
Rome sont évidemment inférieurs aux poëtes d'Auguste.
Bien qu'Horace ne parle dans ce passage que des poëtes,
on peut deviner ce qu'il pensait des orateurs. Ici, toutefois,
la question n'est plus entièrement la même : que faut-il au
poëte pour s'épanouir ? Une imagination jeune et riche, un
cœur ardent, de grandes choses autour de lui, les biens et
les loisirs de la paix ; le siècle d'Auguste offrait tous ces
avantages à la fois. Mais l'orateur vivra-t-il, grandira-t-il
dans une atmosphère semblable ? Nullement : il n'est chez
lui qu'au milieu des orages de la liberté, ou bien lorsque
la loi, seule souveraine, permet à tous les talents de se
produire à leur guise. Auguste avait tout *pacifié*. Les orateurs *modernes* ne pouvaient donc plus s'élever aux accents
de Démosthène ou de Cicéron. Horace, lui, n'en veut
qu'aux partisans exclusifs des *anciens ;* il plaide avec esprit
et grâce la cause de ses contemporains, et, malgré quelques aperçus plus fins que justes, il constate implicitement
la loi générale qui veut que les arts, les mœurs et la vie
d'un peuple obéissent aux révolutions du temps. Après
Horace, cette loi a été clairement formulée par Aper, dans
le *Dialogue des Orateurs : Mutari cum temporibus formas*

quoque et genera dicendi [1]. La même pensée se retrouve
plus loin en d'autres termes : *Non esse unum eloquentiæ
vultum*. N'en doutons point, Aper a raison quand il se
renferme dans cette pensée générale. Mais, lorsqu'il passe
aux applications particulières et qu'il donne la préférence
aux hommes et aux choses de son temps, il tombe dans
une erreur qu'il est trop aisé de constater. Aper commence par répéter un argument d'Horace. A qui revient le
nom d'*ancien*? « Pour moi, dit-il, lorsque j'entends prononcer ce mot, je me représente Ulysse ou Nestor [2]. » Puis,
par un argument aussi peu sérieux que celui d'Horace, il es-
saye de prouver qu'Hypéride et Démosthène, que Cicéron,
Asinius Pollion et Messala Corvinus peuvent être considérés comme modernes et même comme contemporains, s'il
faut en croire la définition de l'année qui se trouve dans
l'*Hortensius* de Cicéron : *Incipit Demosthenes vester non
solum eodem anno quo nos, sed fere eodem mense exstitisse* [3].
Argumentation plaisante, en vérité, et qui tient de l'esprit
sophistique, dont était plus ou moins imprégnée la critique
de l'époque. Aper donne plus bas un tour plus précis à
son opinion, en faisant à Calvus, à Cœlius, à Cicéron lui-
même le reproche d'avoir imité de trop près Sergius Galba
et Carbon ; comme si Cicéron, en particulier, n'était pas
l'orateur de tous les âges ! Sans aucun doute, les formes
de l'éloquence changent avec le temps ; sans aucun
doute, il est dans la nature humaine de louer le passé et
de dénigrer le présent. Mais il est des époques où l'on est
obligé de reconnaître une déchéance, soit dans les arts,
soit dans l'esprit qui les inspire, et, quoi qu'en pense Aper,
c'était ici le cas. « Mes adversaires, dit-il, fixent à Cassius
Sévérus le terme de l'antiquité, en prétendant que le premier il s'est écarté de la vieille et simple méthode. Ils ou-

---

[1] Cap. XVIII. — [2] *Dial.* 16. — [3] *Id.*

blient qu'il faut aujourd'hui à l'orateur des voies nouvelles et savantes, *exquisitis*, pour contenter nos oreilles
délicates [1]. » Nous avons vu et nous verrons encore quelles
étaient ces *voies savantes*, qui distinguaient les nouveaux orateurs. Suivent une critique rapide des noms qui vont bientôt nous occuper, les seuls pourtant qui aient soutenu l'héritage si lourd de Cicéron, et un éloge brillant de Sécundus et
de Messala, c'est-à-dire du siècle de Néron et de Vespasien [2].
Messala, qui représente dans le *Dialogue* le parti des *anciens*,
fait les mêmes réserves que nous, et caractérise de main
de maître les orateurs attaqués par son contradicteur.
Ensuite il lui ferme la bouche par cette réponse qui peint
à merveille l'époque que nous étudions. « Je préfère, dit-il,
l'impétuosité de C. Gracchus ou la maturité de L. Crassus
aux boucles parfumées de Mécène, à la sonorité de Gallion ; tant il est vrai qu'il vaut mieux pour l'orateur une
toge grossière que les vêtements et le fard d'une courtisane [3]. » Ces deux mots en disent assez sur l'éloquence
du temps, sur la différence qui séparait alors les *anciens* des
modernes. Nous reviendrons, dans un autre chapitre, sur les
raisons qu'en apporte Messala, comme aussi sur l'influence
fâcheuse qu'exerça sur les esprits Sénèque le Philosophe
avec ses premières doctrines littéraires. N'omettons pas non
plus que Martial, par son vers aussi correct, aussi simple
que ses tableaux étaient impurs et obscènes, venait de donner, sans y penser, le signal de la réaction classique.

XVI

Tel était l'état de la littérature et de l'éloquence, quand
apparut Quintilien. La première question à résoudre, au

[1] *Dial.* 19. — [2] *Dial.* 25. — [3] *Dial.* 25.

sujet de ce maître éminent, est de savoir s'il était Romain
ou Espagnol. « Quintilien, dit la chronique d'Eusèbe, était
de Calahorra, en Espagne, et fut amené à Rome par Galba. »
Turnèbe, au seizième siècle, s'éleva contre l'assertion de
saint Jérôme et prétendit que Quintilien était d'origine romaine. Il se fondait probablement sur l'auteur inconnu de
la vie de ce rhéteur, qui cite les raisons suivantes à
l'appui de cette assertion. — 1° Martial, qui insère dans ses
Épigrammes le nom de tous les Espagnols illustres, ne fait
en cet endroit aucune mention de Quintilien, tandis qu'il
le nomme maintes fois avec respect dans d'autres pièces.
— 2° Quintilien dit lui-même que dans sa première jeunesse il connut Domitius Afer et Sénèque, qui moururent
tous deux sous Néron. — 3° Sénèque le Père, au livre V de
ses *Controverses*, parle du déclamateur Quintilien, qui doit
être l'aïeul du Rhéteur, et qui professa lui-même la rhétorique à Rome pendant de longues années avec éclat.
— 4° Enfin, l'auteur des *Institutions oratoires* fait à son tour
mention de son père, qui fut l'avocat de l'empereur. Peut-
on arguer sérieusement du silence de Martial pour enlever Quintilien à la veine espagnole? Ami de l'illustre
rhéteur, dont il a mille fois vanté la science et le mérite,
était-il obligé de le placer dans le catalogue de ses compatriotes pour en faire un Espagnol? La deuxième objection
est moins sérieuse encore, et Quintilien, comme Latro,
comme Sénèque le Père, a pu venir à Rome assez jeune
pour entendre Domitius Afer et Sénèque le Philosophe,
sans être nécessairement Romain. Le mot de saint Jérôme,
produxit, n'indique d'ailleurs pas que Quintilien ne fût pas
venu à Rome avant le règne de Galba. Quant à la raison
tirée des ancêtres de Quintilien, il est vrai que nous lisons
dans les *Institutions*[1] : « Pater meus contra eum qui se lega-

[1] ix, 3.

« tioni immoriturum dixerat, deinde, vix paucis diebus
« insumptis, re infectâ, redierat : non exigo uti immoriaris
« legationi, immorare. » Le père de Quintilien était donc
bien un déclamateur connu. Pourquoi, du reste, ne serait-
il pas celui même dont parle Sénèque ? Si Schott et Vossius
le regardent comme l'aïeul et non comme le père du Rhéteur, qu'importe ? Ne peut-il pas y avoir eu trois Quintilien, comme il y a eu quatre Sénèque, fameux dans l'enseignement oratoire ? Est-on en droit d'en conclure pour
cela qu'ils n'appartiennent pas à l'Espagne ? Contentons-
nous donc du témoignage de saint Jérôme, et ne ravissons
pas à la petite ville de Calahorra, sur le Cidacos, l'honneur
d'avoir donné le jour à l'héritier consciencieux d'Aristote
et de Cicéron.

Si la patrie de Quintilien semble incertaine, sa naissance
est assez généralement fixée à l'an 42 après Jésus-Christ.
On conjecture qu'il se rendit très-jeune à Rome sous le
patronage de Galba, et qu'il y suivit les leçons de Domitius
Afer et de Servilius Nonianus. Il raconte lui-même qu'il fit
la connaissance du premier déjà vieux, et qu'il s'attacha à
lui au double titre de disciple et d'ami. Il étudia avec le
plus grand soin non-seulement ses discours, mais jusqu'à
ses entretiens familiers ; Domitius n'était-il pas alors à la
tête des orateurs ? N'avait-il pas dans l'esprit un charme,
une grâce étonnante ? On a dit, mais sans preuve, que le
commentateur fameux de Cicéron , Asconius Pédianus,
avait aussi contribué par ses conseils à former Quintilien,
qui ne le cite pas une fois dans ses douze livres, lui si reconnaissant envers ses maîtres avérés. A l'âge de dix-huit
ans, son éducation finie, Quintilien repartit avec Galba à
qui Néron avait confié le gouvernement de l'Espagne, et
fit ainsi dans son pays un séjour de huit ans. C'est sans
doute à son retour à Rome, vers l'an 68 de notre ère,
lorsque Galba eut succédé à Néron, qu'il dut à la bienveil-

lance du nouvel empereur une chaire publique d'éloquence,
mais sans émoluments payés par l'État. Suétone [1] dit posi-
tivement que Vespasien fut le premier à constituer sur le
fisc aux rhéteurs grecs et latins une somme annuelle de
100,000 sesterces (19,000 à 20,000 francs). Ce que l'on peut
affirmer, c'est que la faveur et la renommée de Quintilien
firent prendre cette mesure générale, et que lui-même est
le premier qui ait parlé du *publicus præceptor* [2]. Il est probable aussi que la gloire du jeune avocat ne contribua pas
médiocrement au succès du rhéteur. Jusqu'ici les notices,
les préfaces, les notes de tout genre n'ont guère insisté que
sur le maître d'éloquence : l'orateur a été laissé dans l'ombre et comme au second plan. Cependant un caractère
éprouvé, un talent incontestable, une étude assidue mirent
Quintilien, à l'âge de vingt-six ans, au nombre des plus
vantés avocats. Son mérite et sa probité lui valurent en
peu de temps une telle réputation, que non-seulement on
lui confiait les causes les plus importantes, mais que,
d'habitude, les jeunes orateurs louaient des scribes pour
prendre note de ses plaidoiries. Plaidait-il avec d'autres
avocats, comme c'était l'usage, ses collègues, d'un consentement unanime, lui déféraient l'honneur de parler le premier pour poser l'état de la question. Il nous a conservé
lui-même le souvenir de la première cause qu'il eut à défendre : c'était le procès d'un certain Nævius Aprunianus,
dont la femme s'était tuée en tombant d'une fenêtre; il
s'agissait de savoir si elle était tombée volontairement ou
poussée par son mari. Quintilien eut encore la bonne fortune, mais beaucoup plus tard, sous le règne de Titus, de
parler devant la reine Bérénice pour les intérêts de cette
princesse même, dont Racine nous a si tendrement chanté
l'amour touchant et désintéressé. Juvénal, dont la jeunesse

[1] *Vesp.*, 18. — [2] Quint , 1, 2.

avait vu les beaux jours de Quintilien, le cite maintes fois
comme le type de l'avocat habile :

> Sed jacet in servi complexibus aut equitis, dic,
> Dic aliquem, sodes, dic, Quintiliane, colorem [1].

Dans une autre satire [2], il ne craint pas de lui décerner
le titre de grand orateur, *orator maximus*. Après de si longs
et si nombreux succès au barreau, succès qui lui valurent avec la richesse le droit de cité et tous les priviléges de
la noblesse, Quintilien, déjà moins jeune, se réserva tout
entier pour sa chaire d'éloquence.

Il était là sur son vrai théâtre, et les vingt années
qu'il y passa, de l'an 68 à l'an 88, ont été comme l'in-
cubation lente mais féconde du livre qui devait le recommander à la postérité. C'était, en effet, le premier professeur
de rhétorique de son siècle, si fertile en maîtres de tout
genre : une nature forte et fine, un goût presque à l'abri de
la corruption environnante, une érudition profonde, une
mémoire heureuse au point de lui permettre de répéter
mot à mot jusqu'à ses improvisations, devaient faire de son
cours une école comme celle d'Isocrate, avec lequel il avait
plus d'une ressemblance. Comme Isocrate aussi, Quintilien forma des élèves fameux, et ce n'est pas sans raison
que les érudits de la Renaissance ont comparé sa classe
au Cheval de Troie : *Multi ex ejus ludo quasi ex equo
Trojano litteratorum proceres exstiterunt* [3]. En première
ligne il faut citer Pline le Jeune qui reconnaît avec orgueil
avoir beaucoup profité des leçons d'un tel maître [4]. Dans
une autre lettre [5], il parle d'un Julius Nason, qu'il appelle
son compagnon d'études et qui fréquenta, comme lui,
l'école de Quintilien et celle de Nicétès. L'auteur anonyme
de la vie de notre rhéteur fait aussi mention d'un Caïus

---

[1] VI, 279. — [2] VII. — [3] Politien, préf. de Quint. — [4] *Lett.* II, 14. —
[5] VI, 6.

Cœlius, qui tint avec Pline le sceptre de l'éloquence. A ces noms plus ou moins connus ne faut-il pas ajouter celui de Tacite, qui les efface tous comme orateur et comme historien? Le fait est probable, sinon avéré, et son intimité célèbre avec Pline le Jeune qui resta toujours l'ami de Quintilien, le donne suffisamment à penser. Quoi qu'il en soit, il est constant que c'est à Quintilien surtout qu'est due l'espèce de renaissance qui se remarque dans les lettres latines vers la fin du premier siècle. Outre les œuvres de Pline, si riches en renseignements littéraires sur cette époque, nous avons les *Satires* de Juvénal qui nous représentent Quintilien comme le modèle et le type des maîtres excellents. De plus, Martial n'a-t-il pas dit :

> Quintiliane, vagæ moderator, summe, juventæ,
> Gloria Romanæ, Quintiliane, togæ [1]?

On ne saurait donc contester aujourd'hui que les leçons de Quintilien n'aient entretenu pendant vingt ans le goût des études solides, et retardé d'autant la décadence de l'art oratoire et des lettres, commencée dès le temps d'Auguste.

Vers l'an 88 de notre ère, quand l'âge et la fatigue l'engagèrent à quitter et l'école et le barreau, Domitien lui confia le soin de ses petits-neveux, fils d'une nièce mariée à Flavius Clémens, au moment où le maître émérite commençait à rédiger pour son fils et pour le fils de son ami, Marcellus Victor, ces immortelles *Institutions* qu'il lui dédie. C'est probablement à la recommandation du père de ses jeunes élèves qu'il dut d'être nommé consul subrogé. Mais Ausone [2] suppose avec assez de vraisemblance que Quintilien, en obtenant les ornements consulaires, eut le nom plutôt que le pouvoir effectif d'un consul. Il n'en porta pas

----

[1] i, 90. — [2] *Act. de grâce à Gratien.*

moins les emblèmes et la robe de sénateur. Ainsi, comblé
de gloire et de faveurs, riche de ses émoluments de rhéteur et de ses honoraires d'avocat, Quintilien méritait le
bonheur du foyer domestique. Né, nous l'avons vu, d'un
père avocat et déclamateur, il épousa, jeune encore, une
femme de naissance, fille d'un ancien préteur, qu'il perdit
âgée de dix-neuf ans à peine, après en avoir eu deux fils,
désormais son unique consolation. Le plus jeune, dont il
nous vante lui-même [1] la grâce, le charme et l'esprit,
mourut à l'âge de cinq ans. Le second qui portait le nom
de son père, orné de toutes les qualités physiques et morales que comporte l'enfance, qu'un personnage consulaire
venait d'adopter, qu'un préteur, son oncle maternel, se
destinait pour gendre, qui pouvait enfin prétendre aux
honneurs comme à l'éloquence, après une maladie de huit
mois, suivit son frère dans la tombe. Frappé de cette triple
perte, Quintilien, qui ne rédigeait son ouvrage qu'en vue
de ce dernier enfant, l'interrompit quelque temps pour être
entièrement à sa douleur. Bientôt cependant, cherchant
un soulagement à cette douleur même, il reprit la plume,
mais cette fois pour sa gloire et pour le bien de la postérité.
Il ne tarda pas non plus à choisir pour seconde femme la
fille d'un chevalier romain, de Tutilius, dont il eut une
fille distinguée tout ensemble et par sa vertu et par sa
beauté. Cette fille épousa dans la suite un homme dans
les honneurs, Nonius Céler, gouverneur d'Espagne. On
trouve, à ce propos, dans Pline le Jeune, une lettre que
l'abbé Gédoyn, traducteur estimé des *Institutions*, prétend
ne pas être adressée à notre rhéteur, proposant de lire, au
lieu de : *Plinius Quintiliano*, que donnent les éditions
connues, *Plinius Quintiano*, Pline à Quintianus, dont
Pline parle dans une autre lettre. Il semble, en outre, con-

---

[1] *Inst.* VI, *proem.*

tester l'existence de cette fille, en se fondant sur ce passage
de Quintilien : « Tel est mon malheur, que mes biens, mes
écrits, le fruit d'une vie longue et pénible, tout sera pour
des étrangers. » Ce passage ne doit pas être un embarras
pour la critique, si l'on se rappelle que le célèbre professeur avait mis la main à son ouvrage avant même la mort
de son dernier enfant, et qu'il a pu, par conséquent, avoir
écrit avant son deuxième mariage cette phrase qu'il n'aura
point ensuite effacée. De plus, et le savant traducteur
n'aurait pas dû l'oublier, Quintilien appelle quelque part
cette fille *neptem Tutilii* ; ce qui détruit la conjecture de
l'abbé Gédoyn. Mais le rhéteur était riche, comme nous
l'attestent Suétone, qui lui donne l'épithète de *ditissimus* [1],
et Juvénal qui nous dit :

> Unde igitur tot
> Quintilianus habet saltus [2] ?

et l'on ne voit pas alors pourquoi Pline le Jeune lui aurait
offert 50,000 sesterces pour l'établissement de sa fille.
Pline se charge de lever ce nouveau doute : « Les emplois et les charges de Nonius Céler lui imposent une
certaine nécessité de vivre dans l'éclat, et il faut que ta
fille règle son train et sa mise sur le rang de son mari. »
Il ajoute, il est vrai, que le père est *modicus facultatibus ;*
ce qui ne contredit pas l'affirmation de Suétone, si l'on
songe que la richesse est relative et que Quintilien, quoique aisé, pouvait paraître pauvre à Pline comblé par
Trajan de biens et d'honneurs, riche d'ailleurs du côté de
sa femme et de son oncle le Naturaliste qui l'avait adopté,
et, de plus, sans enfants. Faut-il alors s'étonner qu'il ait
voulu donner à son vieux maître une preuve de sa mu-
nificence et de son attachement ? Quant à la mort de

---

[1] Suét., *Domit.* — [2] VII, 188.

Quintilien, nous sommes obligés, vu le silence de l'histoire,
de rester dans le doute. Ce qu'il y a de certain, c'est qu'il
atteignit un âge fort avancé, et qu'il ne mourut guère
que sur la fin du règne de Trajan. L'anonyme qui nous
a laissé sa biographie, recule sa mort jusqu'à l'an 120
après Jésus-Christ, le troisième du règne d'Adrien ; mais,
comme il ne fait pas autorité, nous nous en tiendrons à
notre conjecture.

Quelles sont, maintenant, les œuvres véritables de Quintilien ? Ici encore la division est au camp des critiques.
Personne ne lui conteste le livre qui a fait sa gloire, l'*Institution de l'orateur*, qu'il prend au berceau, accompagne aux écoles, au barreau, voire même dans la retraite.
Outre que l'œuvre est trop connue, il n'entre point dans
notre plan de l'analyser. Nous aurons seulement à parler
de l'influence qu'elle put exercer sur les contemporains et
du rôle que l'auteur joua dans la littérature impériale.
Mais Quintilien a-t-il composé le recueil de *Déclamations*,
qui s'édite d'ordinaire avec l'*Institution de l'orateur*, et qui
en renferme 163, 19 grandes et 144 petites ? Il dit lui-
même : « Je n'ai publié jusqu'ici que mon plaidoyer pour
Nævius Aprunianus, poussé que j'étais par une puérile
ambition de gloire. Pour les autres compositions qui cou-
rent sous mon nom et que la négligence et l'avidité des copistes ont falsifiées, je n'y suis presque pour rien [1]. » Ainsi,
non-seulement les 19 premières déclamations, quoique les
moins insipides, mais les 144 autres ne sont pas, ne peuvent pas être de Quintilien, qui en récuse la paternité, sous
la forme tout au moins qu'elles avaient déjà de son vivant.
Qu'elles soient du père ou des élèves de Quintilien, d'un
Calpurnius Flaccus, d'un Marcus Florus, d'un Posthumius
le Jeune ou de tout autre aussi mince rhéteur, que nous im-

[1] II, 2.

porte ? Aussi bien, elles n'étaient pas dignes d'exercer à ce
point la sagacité des commentateurs. Ces deux séries de
déclamations, précieuses toutefois pour l'histoire littéraire
à cause des éclaircissements qu'elles fournissent sur l'enseignement des écoles, et qui ne sont ni l'une ni l'autre de
Quintilien, n'appartiennent pas évidemment au même auteur. S'il fallait en croire un compilateur du Bas-Empire,
Trébellius Pollion, qui vécut à l'époque de Constantin, les
19 grandes déclamations seraient l'œuvre de Posthumius,
l'un des trente tyrans : « Posthumius, dit-il, et c'est le seul
côté par où il mérite d'être cité, était un déclamateur si
disert, que ses controverses passent pour avoir été mises
sous le nom de Quintilien. » Le style de ces déclamations
pourrait être, en effet, plus mauvais. Quoi qu'il en soit, la
tradition ou plutôt l'habitude les a mises jusqu'ici sous le
nom de Quintilien, et nous voyons Montaigne lui-même,
qui ne manquait certes pas d'érudition classique, en citer
le passage suivant : *Quidquid principes faciunt, præcipere
videntur* [1].

Mais il existe dans l'histoire littéraire un second point
litigieux, qu'il serait autrement utile de vider, si la chose
n'était pas à peu près impossible : nous faisons allusion au
Dialogue des Orateurs, qu'on a l'usage d'imprimer avec les
œuvres de Tacite. Quintilien [2], à propos de l'hyperbole, dit
en propres termes : *Sed de hoc satis, quia eumdem locum
plenius in eo libro, quo causas corruptæ eloquentiæ reddeba-
mus, tractavimus.* Or, dans l'ouvrage qui nous reste, il
n'est pas plus question de l'hyperbole que de toute autre
figure ; mais nous ne l'avons pas en entier, tant s'en faut,
et ce ne serait pas une raison suffisante pour en dénier
la paternité à Quintilien. Bon nombre de savants, d'ailleurs, Schott, Ryckius, éditeur de Tacite, Spalding, Juste-

---

Ess. i, 43. — [2] viii, 6.

Lipse, Ménage, Grævius, Julien Pichon, Fabricius, entre
autres, ont estimé que l'œuvre était de Quintilien. Il est
vrai que des savants aussi recommandables, Pierre Pithou, Girault, Henry Dodwell, par exemple, en ont fait
hommage à Tacite. M. Burnouf lui-même, dont le témoignage est d'un grand poids à nos yeux, penche pour la
dernière opinion, sans qu'il veuille rien affirmer du reste.
Certains esprits ont cru même reconnaître derrière Messala, Pline le Jeune; d'autres enfin, comme Funck et Gaspard de Barth, se sont abstenus, et peut-être est-ce là le
parti le plus sage. Toujours est-il qu'une saine critique se
refuse à reconnaître l'auteur de ce *Dialogue*, soit dans
Tacite, soit dans Quintilien, soit même dans Pline le Jeune,
bien que le style de ce dernier se rapproche davantage,
mais par la forme seulement, de la diction partout élégante, colorée, poétique du traité en question. Le *Dialogue*
entre Maternus, Aper, Julius Secundus et Messala se tenait, au dire même de l'auteur, la sixième année du règne
de Vespasien, vers l'an 76 après Jésus-Christ : *Sexta jam fe-
licis hujus principatûs statio quâ Vespasianus rempublicam
fovet* [1]. L'auteur, en outre, il le dit encore lui-même,
était dans la première jeunesse : *Juvenis admodum au-
divi* [2]. Cette époque cadrerait assez bien avec l'âge de
Tacite, né probablement vers les dernières années de
Claude, ou, tout au moins, vers le commencement du
règne de Néron. Ceux qui ont cru le découvrir sous le
masque d'Aper, mettent en avant les honneurs auxquels il
était parvenu, la questure, le tribunat, la préture et le
rang de sénateur dont il fait mention au chapitre VII, et
dont Tacite fut en effet revêtu. Ces circonstances, en quelque sorte extérieures, sembleraient donc devoir nous ranger à leur avis; mais là se bornent leurs raisons. S'il faut

---

[1] *Dial.* 17. — [2] *Dial.* 2.

reconnaître Tacite dans Aper, l'ennemi des *anciens*, celui
des interlocuteurs dont le style différerait le moins du style
de l'historien, comment expliquer alors la phrase suivante
qui est réellement de Tacite : *Postquam bellatum apud Actium, magna ingenia cessère* [1]. De plus, ne suffit-il pas
d'une lecture attentive pour se convaincre que la langue
du *Dialogue* est tout autre que celle des *Annales* et des
Histoires? Tacite aurait eu beau n'avoir que vingt-qua-
tre ou vingt-cinq ans, il n'était ni dans son goût ni dans
la tournure de son esprit de s'exprimer avec des périodes qui, toutes vives et toutes belles qu'elles sont,
n'en sentent pas moins l'école ou le genre cicéronien.
Chez lui la phrase est brève, concise, sévère quoique
poétique, surtout faiblement enchaînée par des conjonc-
tions ; tout pour la force ; rien ou presque rien pour la
grâce. Dans le *Dialogue*, c'est le contraire : phrase ar-
rondie, ornée, lente dans son développement, tournée
dans la manière du grand siècle, bien qu'on distingue çà
et là quelques néologismes. Il nous est donc impossible de
retrouver là le peintre de Tibère et de Néron ; et les raisons
données récemment [2] en faveur de Tacite dans un travail
sérieux sur le *Dialogue des Orateurs*, quoique diamétrale-
ment opposées aux nôtres, n'ont pu nous faire changer
d'avis.

Faut-il, pour cela, mettre cet ouvrage sur le compte de
Quintilien ? Nous ne le pensons pas davantage. Quintilien,
à l'époque de cette piquante conversation, avait trente-cinq
ans environ, et n'était donc pas *tout à fait jeune*. Il respire,
en outre, dans tout le dialogue, dans le langage de Maternus et de Messala particulièrement, un certain regret de
l'ancien état des choses, que voilent bien légèrement quelques concessions au régime du jour. Ouvrez les douze

[1] *Hist.* i, 1. — [2] Widal, Paris, 1851.

livres de l'*Institution oratoire;* vous n'y trouverez pas une ligne où ce regret puisse même être soupçonné. Ne connaît-on pas les flatteries indignes que Quintilien a prodiguées à Domitien ? flatteries que le modeste et vertueux Rollin, malgré l'admiration la plus vive, lui reproche si amèrement : « Un écrivain, dit-il, capable de porter l'excès de la flatterie jusqu'à reconnaître pour dieu un empereur tel que Domitien, était digne de blasphémer contre Jésus-Christ et contre son Église ; » flatteries enfin que n'excuse pas suffisamment la position secondaire et salariée du rhéteur. En outre, il y a dans le *Dialogue* comme un souffle d'éloquence et de poésie qu'on chercherait en vain dans l'*Institution oratoire*. Nous devons ajouter, toutefois, que le style de cet opuscule ressemble plus au style de Quintilien qu'à celui de Tacite. Mais ce ne doit pas être un motif souverain pour se prononcer dans une question que de plus savants n'ont pu résoudre. D'ailleurs, si le *Dialogue* était de Quintilien, on devrait y retrouver à chaque ligne ses idées, ses opinions sur les hommes et sur les choses, tout au moins une certaine conformité de doctrines avec l'*Institution oratoire*. Il n'en est rien. Ainsi, pour le vrai Quintilien, Cicéron est un dieu ; qu'est-il pour le prétendu Quintilien ? Un orateur au-dessous de Messala Corvinus pour la *maturité* (mitior), pour la *douceur* (dulcior) et pour le *soin du style* (in verbis magis elaboratus). Malgré son estime pour Corvinus, Quintilien ne l'a jamais mis en parallèle avec l'auteur des *Philippiques* ou des *Catilinaires*. Aper va plus loin encore : rapportant les diverses critiques adressées à Cicéron par ses détracteurs, qui lui reprochaient de l'*enflure* (inflatus), de l'*emphase* (tumens), de la *prolixité* (nec satis pressus), de la *surabondance* (superfluens), et je ne sais quel *manque d'atticisme* (parum Atticus); par Calvus qui l'accusait de *manquer de nerf et de vie* (solutum et enervem); par Brutus enfin aux yeux duquel il pa-

raissait également *sans vigueur et sans force* (fractum atque
elumbem) ; il ajoute qu'il donne les mains à toutes ces critiques [1]. D'un autre côté, Quintilien est le panégyriste, modéré toutefois, de la déclamation ; l'auteur du *Dialogue* en
est l'adversaire convaincu. Le *Dialogue* n'est donc pas, ne
peut donc pas être de Quintilien. Il est inutile d'ajouter que
Pline le Jeune, ce partisan déclaré des *modernes*, cet homme
charmé du présent parce que le présent est heureux pour
lui, n'était pas de taille, avec son bel esprit, à s'élever au
ton du *Dialogue*. Résignons-nous donc à admirer ces quelques pages d'excellente critique littéraire, sans nous inquiéter de la main inconnue qui les traça.

Aussi bien, la part de Quintilien est encore assez belle, et
son *Institution oratoire* seule a suffi pour le maintenir au
rang des instituteurs de la jeunesse. Après vingt ans de pro-
fessorat, durée qui devint après lui nécessaire pour parvenir
à la retraite, il consacra un peu plus de deux ans, *paulo
plus quam biennium,* à résumer ses doctrines littéraires et
les fruits de sa longue expérience. Outre l'instruction de
son fils et du fils de son ami, Quintilien avait aussi pour
but de réagir contre l'esprit nouveau qui, s'attachant à dénigrer la vieille école des Cicéron et des Hortensius, com-
promettait de plus en plus un art qui se mourait déjà, faute
d'air et d'espace. Martial, avons-nous dit, avait, sans y
penser, donné le signal d'une réaction contre l'influence et
la première manière de Sénèque ; Quintilien seconda bientôt les efforts de son ami par une guerre systématique et
savante contre le faux goût et la fausse éloquence. Il prit à
tâche, dans ses leçons comme dans ses écrits, de remettre
les grands modèles en honneur, de replacer Cicéron et
Virgile au rang qu'avaient usurpé Sénèque et Lucain. Nous
apprécierons plus tard le jugement sévère qu'il a porté sur

[1] *Dial.* 18.

le Philosophe. Le *Dialogue des orateurs*, qui pourrait, s'il n'est pas de lui, s'être inspiré, quoi qu'on en pense, de son esprit, lui prêta main-forte par la bouche de Messala. L'*Institution oratoire*, en effet, et le *Dialogue*, s'écartant de la routine des manuels en vogue, remontaient aux sources et rappelaient parfois avec bonheur les principes d'Aristote et de Cicéron. Les deux livres s'inquiètent, chacun à sa façon, du mal dont souffre la parole contemporaine et des remèdes qui peuvent le guérir. Mais aucun n'en indique, selon nous, la plus forte raison, qui est l'absence de toute liberté sous le régime impérial, l'absence aussi de toute philosophie capable d'agir sur les masses. Quelques mots du *Dialogue* laissent bien entrevoir un soupçon de cette idée ; mais Maternus et Messala eux-mêmes sont trop timides ou trop peu clairvoyants, puisqu'ils confondent la liberté avec la licence, l'équité et la stabilité des lois avec les mouvements et les séditions révolutionnaires de l'antique Forum. Quintilien se fait une idée moins nette encore de la cause du mal : il développe les meilleures recettes oratoires ; mais son livre n'est guère que l'institution de l'avocat, et l'éloquence politique semble ne pas exister pour lui. Enfin, parmi ses recettes, il oublie la meilleure, la liberté, que nous ne croyons pas incompatible avec l'ordre.

La tribune était muette, et nul n'était capable de lui rendre la parole ; d'accord ; mais il y a une tribune à l'abri de toutes les attaques, la tribune du cœur et de la conscience, de laquelle les orateurs chrétiens vont bientôt se faire entendre, et qui a permis à Sénèque d'être éloquent après Cicéron et Démosthènes, et par une voie nouvelle. Quintilien, de plus, n'a jamais devant les yeux cet idéal qui est la règle intérieure du beau, idéal que le premier dans l'antiquité Platon avait clairement entrevu. Pris un à un, ses préceptes sont la justesse et le goût mêmes ; considérés dans leur ensemble, ils n'offrent aucune de ces vues géné-

12

rales et profondes, qui raniment et rajeunissent un art
même sur son déclin. Aussi a-t-il plutôt signalé la décadence qu'il ne l'a véritablement arrêtée ; il y a même cédé
à son insu : son style, vif et incisif sous sa forme cicéro-
nienne, son expression figurée, rappellent bien un peu l'é-
cole qu'il veut combattre, et, pour un œil exercé, sa langue n'est guère plus à l'abri de la critique que celle de
Tacite ou même de Sénèque. Toutes fondées que nous
semblent ces observations, quels n'ont pas été les éloges
qu'il a de tout temps obtenus! Quels admirateurs n'a-t-il
pas eus et quelle école n'a retenti de ces préceptes ? Cela
devait être; et, de nos jours, certains critiques ont eu la
singulière idée de ne voir dans Quintilien qu'un *compilateur*, un *metteur en œuvre*, dont la renaissance et les temps
modernes ont surfait le mérite. Quintilien est et restera
Quintilien, nous voulons dire un artiste de premier ordre,
inférieur à Platon, à Aristote et à Cicéron, à coup sûr, mais
grand et majestueux encore parmi les artistes de l'antiquité.
Faisons abstraction de son époque, et Quintilien sera toujours le meilleur maître à suivre ; il excelle à former
l'esprit, le goût et le caractère de la jeunesse, à la portée
de laquelle il sait mieux se mettre que l'auteur même du
De Oratore. Il a le rare don d'échapper à l'aridité des préceptes et des détails par le charme et l'agrément de son
exposition, toujours intéressante et claire, tandis qu'il faut
une certaine pénétration, une certaine maturité de jugement pour estimer Cicéron à sa valeur. Bien plus : il y a
tel livre dans l'*Institution oratoire*, le dixième, par exemple, qui est un modèle d'histoire littéraire comme de fine
et sûre critique, et qui soutient la comparaison avec le
Brutus. On peut réviser quelques-uns de ses jugements;
mais la plupart ont reçu la sanction et du goût et du temps.
L'érudition aussi n'a-t-elle pas à remercier Quintilien de
l'avoir initiée à la nature comme à la tenue des écoles ro-

maines? Et la France, qui doit tant à la civilisation latine, a-t-elle tort d'accorder comme un culte domestique
à l'auteur qui a servi de type à ses propres rhéteurs? Même
au point de vue où nous sommes placés, Quintilien aura
toujours le mérite d'avoir réagi contre le ton déclamatoire
de son siècle, contre la mollesse de l'éducation d'alors,
contre l'ignorance des maîtres, en posant le code d'une
bonne discipline, d'une simple et saine éloquence. Sa parole fut pas entendue; mais à qui la faute, si ce n'est au
temps, aux mœurs, à l'affadissement universel des âmes?

QUATRIÈME PARTIE

LECTURES PUBLIQUES.

Nous avons constaté que le régime d'Auguste avait été funeste à l'art de la parole, et que l'enseignement de la grammaire et de la rhétorique, malgré quelques louables et puissants efforts, n'avait pu le maintenir à son ancien niveau. L'invention des lectures publiques aura-t-elle des résultats plus heureux ?

Asinius Pollion, dont le rôle fut si grand à cette époque, eut le premier l'idée de les organiser à Rome. L'idée n'était pas de tout point originale, si l'on songe aux lectures, bien différentes, il est vrai, qui se faisaient jadis en Grèce, à Olympie, aux panathénées, par exemple. Jusqu'à Pollion, les auteurs s'étaient contentés de demander à leurs amis éclairés des avis utiles et sincères. Mais, lorsque les ombrages du Pouvoir eurent enlevé aux beaux esprits la tribune comme source de gloire ou de publicité, il fallut chercher à la vanité un théâtre moins périlleux. Pollion réunit donc parmi ses connaissances celles dont le savoir et l'amitié garantissaient à ses productions un succès assuré. La voix, la physionomie, tous les signes extérieurs étaient bons pour traduire au lecteur l'opinion de son public sur les divers passages dont il lui faisait part. Cette innovation fit un chemin rapide à Rome : la mode s'en mêlant, tous les esprits, à peu d'exceptions près, voulurent user de ce moyen, et bientôt les divers quartiers de la ville eurent leurs salles de lecture. Horace qui devina les

inconvénients d'un pareil usage, témoigne plusieurs fois
de ses progrès. « Je ne lis, dit-il, mes vers qu'à des amis,
et cela, quand j'y suis forcé ; encore n'est-ce pas en tout
lieu et devant toute sorte de gens. Mais il y a mille auteurs
qui font leur lecture en plein Forum, voire même dans les
bains publics; leur voix résonne plus agréablement dans
un endroit fermé [1]. » Ailleurs il compte les lectures parmi
les occupations qui font de la ville un séjour désagréable.
« L'un réclame votre caution, un autre *vos oreilles ;* il faut
tout abandonner pour eux [2]. » Pollion crut avoir trouvé
une mine féconde, et, par le fait, un cénacle de bons
juges ne peut jamais qu'être utile. Mais, lorsque les lectures furent devenues une des passions de la foule, la
vanité se mettant de la partie, les avantages disparurent.
On entendit un ouvrage par plaisir quelquefois, plus souvent
par nécessité, comme un devoir ; alors adieu la franchise
et la libre censure ! « Un débiteur, dit encore Horace, qui
ne trouvait pas le moyen de s'acquitter aux kalendes,
était forcé d'écouter, le cou tendu, les œuvres amères de
son créancier [3]. » Tous les esprits, il est vrai, ne partageaient pas une telle manière de voir. Ovide qui, pour
être un poëte aimable, n'en donne pas moins le signal de
la décadence, a dit :

> Excitat auditor studium, laudataque virtus
> Crescit, et immensum gloria calcar habet [4].

Ovide oublie trop que la solitude est mère des grandes
pensées. Auguste, qui s'inquiétait de son repos plus
que des intérêts de l'art, n'eut garde de négliger un aussi
puissant moyen de distraire les ambitions encore mal
éteintes. En outre, les lectures réduisaient en quelque
sorte le public en poussière et formaient de ses débris des

[1] *Sat.* 1, 4. — [2] *Épit.* 11, 2. — [3] *Sat.* 1, 3. — [4] *Pont.*, IV, 2.

publics de détail, que l'autorité souveraine pouvait aisément surveiller. Les faveurs d'Auguste étaient donc
acquises d'avance à l'institution nouvelle. Il lut lui-même
quelques-uns de ses écrits dans un cercle de familiers, et
plus tard, fatigué par l'âge, il se reposa de ce soin sur
Tibère [1]. Le prince, du reste, avait bien aussi sa petite gloriole d'auteur, qu'il n'était pas fâché de satisfaire. Tibère
avait le caractère trop sombre, le goût peut-être trop sévère pour marcher sur ses traces ; il avait eu, d'ailleurs,
le temps et maintes fois l'occasion de voir de ses propres
yeux le vide et le néant de pareilles réunions ; il ne lut
pas. Caligula était en proie à bien d'autres folies qu'il n'eut
pas le temps d'assouvir, sans tomber dans celle-là. Pour
Claude, c'est autre chose : tout ce qui touche aux lettres,
aux gens de lettres, ne lui est pas indifférent. Il lut dans sa
jeunesse l'histoire qu'il avait composée à l'instigation de
Tite-Live. Parvenu au principat, il lut aussi, mais plus
souvent il fit lire par un autre ses élucubrations; et, telle
était sa bonhommie, qu'un jour, au milieu de sa lecture,
un homme ayant brisé plusieurs bancs sous son obésité,
l'auditoire ne craignit pas de s'abandonner à des rires
malséants, qu'il eut soin d'entretenir lui-même en faisant
dans le reste de sa lecture plus d'une allusion à cette chute
plaisante. Quant à Néron, il avait une vraie passion pour
tout ce qui tenait à la parade : son règne est aussi l'âge
d'or de la lecture comme de la déclamation. Galba, Othon
et Vitellius n'eurent pas, pour lire, assez de loisirs, et Vespasien aimait mieux refaire le trésor public et privé que
de se donner ainsi en spectacle, d'autant plus que ce n'é-
tait pas précisément un lettré. Mais Domitien, qui se posa
en émule de Néron, lut comme lui, pour feindre tout
au moins le goût de la poésie. Après, cette fureur se

_____

[1] Suét., *Aug.*, 85.

calma sensiblement. « On est lent à se réunir, dit Pline.
D'habitude on reste sur les places, l'on passe en conversa-
tions le temps de la lecture, et l'on se fait annoncer de
temps en temps si le lecteur est entré dans la salle, s'il a
dit la préface, ou bien s'il a presque fini de dérouler son
volume ; alors seulement on se donne la peine d'entrer,
lentement encore et en hésitant. On ne reste pas jusqu'au
bout et l'on se retire avant la fin, les uns à la dérobée, les
autres franchement et sans se gêner. Le plus oisif des auditeurs, que l'on a invité depuis longtemps, auquel on a eu
soin de réitérer plusieurs fois l'invitation, ou ne vient pas,
ou, s'il vient, se plaint d'avoir perdu sa journée [1]. » Pline,
on le sent, s'afflige d'une telle tiédeur, lui, le chaleureux
partisan de tous ces petits spectacles de la littérature. La
chose pourtant n'en valait pas la peine, et Sénèque, comme
Horace, n'épargna pas plus ses censures au lecteur qu'à
l'auditoire ; consultez la cinquante-deuxième lettre à Lucilius. « Un lecteur, dit-il dans la quatre-vingt-quinzième,
en parlant d'un certain personnage, apporte une histoire
immense, écrite en fort petits caractères et mise en plis
très-serrés ; quand il l'a lue à haute voix d'un bout à
l'autre : Je vais m'arrêter, si vous voulez, dit-il au public.
Lisez, lisez, lui crie l'auditoire qui désirerait son silence
immédiat. » Autre part, il formule encore mieux son opinion sur ce genre d'exercice : « Que le désir de te faire
connaître, dit-il à Lucilius [2], ne te pousse ni aux discussions ni aux lectures publiques ; je te les permettrais, si ton
esprit était fait pour la multitude. »

Pourquoi donc le bon sens d'Horace et la sagesse du
stoïcien déjà vieux sont-ils ainsi unanimes sur ce point ?
Les lectures étaient donc un mal plutôt qu'un remède, et
l'intention de Pollion n'était donc pas suivie ? Dans l'ori-

---

[1] *Lett.* I, 13. — [2] *Lett.* VIII.

gine, on ne lisait guère que des vers, de l'histoire, quelquefois aussi des discours et des dialogues, cette forme si
chère aux anciens. Malgré les raisons de Vossius, nous
sommes porté à croire, contrairement à son avis, que les
avocats et les déclamateurs ne se faisaient pas faute de lire
en public leurs plaidoyers ou leurs controverses ; on en
trouverait plus d'une preuve dans les lettres de Pline.
Mais, que la lecture roulât sur des vers ou sur de la prose,
sur de l'histoire ou sur des discours, l'appareil, la dépense,
étaient les mêmes. « Il faut prier, supplier, dit Aper, pour
qu'on daigne vous entendre ; et, si l'on y consent, ce n'est
pas gratis. Il faut emprunter une maison, meubler une
salle, louer des bancs, répandre des copies [1]. » Le lecteur
s'adressait d'abord à ses amis, puis à ses partisans, à ceux
enfin dont il avait été lui-même l'auditeur; c'était alors
une dette dont il réclamait le payement.

Ces premières difficultés une fois vaincues, au mois
d'août plus spécialement,

Augusto recitantes mense poetas [2],

l'auteur commençait par un avant-propos, une sorte de préface, où il parlait de ses idées, où il se recommandait, lui
et son livre, à la bienveillance de l'auditoire. Ensuite il dé-
pliait le manuscrit et le lisait en entier, ou se contentait
d'en lire des extraits, soit pour mieux réussir, soit aussi
pour ne pas fatiguer les oreilles de ses amis. Afin de se montrer sous un plus beau jour, il avait soin de se peigner la
barbe et les cheveux, d'avoir un manteau neuf ou, s'il était
à Rome, une toge blanche, avec une bague surmontée
d'une pierre précieuse, d'un onyx généralement [3]. Pour
avoir le teint plus frais, les membres plus dispos, un bain

---

[1] *Dial*. 9. — [2] Juvén., III, 9. — [3] Perse, I.

était nécessaire la veille ou le jour même de la lecture. Il
fallait bien aussi ne pas être mal assis dans sa chaire; comment alors se passer d'un coussin ? Ce n'était pas tout encore, et le sage lecteur devait prévoir le cas où ses amis
pourraient ne pas admirer les produits de sa muse ou de
sa verve : il louait des auditeurs, qu'on appela du nom
grec σοφόκλεις, parce que c'étaient sans doute d'habiles claqueurs, ou *laudicenos* [1], par allusion à la ville de Laodicée,
où peut-être avaient pris naissance ces auditeurs à gages;
à moins qu'on ne préfère voir dans *laudiceni* l'idée d'un
repas que les claqueurs payés auraient consommé sur place,
avant ou après la lecture. Juvénal les désigne quelque part
sous le titre de *comites*. Nous les retrouverons au barreau
comme au théâtre, quand Néron *se donnera en spectacle aux
Romains*. En outre, quels soins il fallait prendre de sa voix
pour la rendre meilleure, plus claire et plus séduisante ! Les
gargarismes, les emplâtres n'y étaient point épargnés; ne
s'agissait-il pas avant tout de charmer l'auditoire ? Aviez-
vous la voix faible, le ton rauque ou simplement malade et
fatigué ; vous passiez le rouleau à un affranchi, comme
faisait Pline, et vous aviez les yeux fixés sur lui; et vous sui-
viez son débit du regard et du geste [2]. Votre oreille, en ce
cas, n'était pas le seul juge de la pensée de la salle ; vous
promeniez vos yeux autour de vous pour surprendre dans
un regard, dans un mot, dans un signe de tête, dans le
silence même de l'auditoire, l'opinion réelle qu'il avait
de votre ouvrage. C'étaient d'ordinaire des cris immenses,
qui s'entendaient dans tout le quartier. « Beau ! parfait !
admirable ! » s'écriait l'un; l'autre applaudissait; un
autre sautait sur son banc, frappait la terre du pied,
agitait les plis de sa toge: c'était à qui donnerait la preuve
la plus excentrique d'un excentrique enthousiasme. Puis,

[1] Jouvénal VII, 43. — [2] Pline, IX, 34.

la lecture terminée, on embrassait le lecteur, on le suppliait de recommencer : « Nous vous accorderons deux, trois jours encore, s'il le faut, » lui criaient ses amis. « Bien fou, dit Sénèque, l'écrivain que de pareils cris renvoyaient joyeux de la salle [1] ! » Qu'était-ce en effet qu'une semblable lecture ? Une simple parade ; le nom, d'ailleurs, lui en est resté : *ostentatio*, ἐπίδειξις, ont dit les critiques. Et pourtant, telle était la fureur de ces parades, que des particuliers, Titinius Capiton entre autres, ce Mécène sous Trajan, allaient jusqu'à prêter aux lecteurs leurs propres demeures [2]. Un philosophe austère, Épictète, prend cette mode tellement au sérieux, qu'il ne craint pas d'en donner les préceptes : « N'entrez pas au hasard, dit-il, dans une salle de lecture ; ne vous y rendez pas aisément ; mais, si vous vous y rendez, gardez la dignité, la convenance et la tenue nécessaires [3]. » Ce n'est sans doute pas un assentiment aux lectures ; mais il fallait qu'elles fussent bien en vogue, qu'elles fussent en même temps l'occasion de bien des ridicules, pour que l'ami de Marc-Aurèle s'en soit occupé.

Que pouvait gagner à de telles réunions l'éloquence en particulier ? Si Pollion et ses imitateurs avaient cherché des juges, des amis éclairés et francs qui n'eussent pas, pour complaire au lecteur, fermé les yeux sur les défauts de ses œuvres, ce mouvement spontané de l'âme à la vue d'une injustice à venger ou d'un noble sentiment à défendre, n'y aurait rien gagné à coup sûr, puisqu'il ne peut éclore et s'épanouir qu'au souffle pur et vivifiant de la liberté, qu'au contact, tout au moins, d'une réalité saisissante. Mais le style, mais la langue, mais le goût, qui contribuent aussi pour une bonne part à compléter l'orateur, auraient pu s'y développer, s'y épurer et se maintenir ainsi au point où les avait laissés Cicéron. Il n'en fut rien, dès

---

[1] *Sén. à Luc.*, 52. — [2] Pline, I, 17. — [3] Ἐγχειρ., xxxiii, 11.

que les auditeurs ne furent que des complaisants, gagés même plus tard pour applaudir les billevesées de beaux esprits en quête d'un nom qu'ils ne pouvaient se faire par les voies ordinaires. Les lectures devinrent même une cause de décadence, lorsque l'école *moderne* essaya de substituer à l'art simple et grand des Pollion et des Messala l'emphase, l'afféterie et le trait des déclamateurs élevés dans les premières doctrines de Sénèque. Nous avons vu chez nous, et nous voyons parfois encore ces sortes de cénacles littéraires amener de tristes résultats, parce que les membres, au mépris de la raison et du bon sens, ont fait le pacte, non de s'éclairer, mais de faire, en se prêtant un mutuel appui, le plus de bruit possible. Les académies de la renaissance, au contraire, celles même qui se sont instituées depuis, si elles ne créent pas les génies, les polissent au moins et veillent aux intérêts de l'art. Voilà ce qu'auraient pu être ces lectures publiques, même au sein d'un peuple abâtardi, qui n'avait plus d'appétit que pour les jouissances matérielles. Elles ne le furent pas, et, loin d'y trouver un remède, les lettres y contractèrent un principe de marasme et de mort, que les critiques du temps n'ont peut-être pas assez mis en relief. Sénèque les a seul bien jugées : *Nihil œque et eloquentiam et omne aliud studium auribus deditum vitiavit quam popularis assentio* [1]. » N'oublions pas, toutefois, pour être juste, que, dans un temps où l'imprimerie n'existait pas, les lectures offraient un moyen de publicité plus rapide et plus populaire que les manuscrits, trop chers pour la masse sans fortune ; avantage bien faible sans doute, en présence des nombreux inconvénients plus haut signalés, et que nous étions tenu de ne pas omettre.

[1] *Sén. à Luc.*, 102.

CINQUIÈME PARTIE

BARREAU.

I

Le barreau, du moins, échappera peut-être à la contagion générale ? S'il n'y a plus ni comices ni tribune aux harangues, il reste assez de tribunaux, comme nous l'avons vu dans la première partie de ce travail. Mais, lorsqu'une société se meurt dans l'impuissance de se régénérer, il est difficile que tous ses membres ne partagent pas sa langueur. C'est ce qui arriva pour les orateurs de profession, pour les avocats.

« L'étude de l'éloquence mène aujourd'hui, comme autrefois, aux plus grandes récompenses, au crédit, à la fortune, aux honneurs, » dit Cicéron [1], qui parlait par expérience. Les critiques de l'empire et de nos jours viendraient, s'il en était besoin, à l'appui de cette assertion.

« L'ancien gouvernement avait accoutumé les Romains à n'estimer, outre la science de la guerre, que le talent de la parole et la connaissance des lois, moyens suffisants pour un républicain de devenir homme d'État et d'acquérir une grande autorité parmi ses concitoyens. Depuis Auguste, l'éloquence et la jurisprudence attiraient encore la considération, le crédit, les richesses ; elles ouvraient l'entrée du sénat : elles conduisaient aux honneurs [2]. » « Le droit est un véritable gagne-pain, dit un père à l'orateur Agamem-

---

[1] De Orat., i, 4. — [2] La Bletterie, Vie de Tacite.

non. Si mon fils l'apprend bien, j'ai résolu de lui donner
quelque profession utile, comme celle de barbier, de crieur
public, ou tout au moins d'avocat[1]. » La lecture des *Annales* suffirait pour le prouver, si nous n'avions encore le *Dialogue des orateurs*. Que ne dit pas Aper pour détourner
Maternus de la poésie qui laisse ses nourrissons mourir de
faim ? La parole, au contraire, a permis à deux orateurs du
temps, Marcellus Eprius et Vibius Crispus, d'amasser
3,000,000 de sesterces[2]. Sans naissance, sans fortune,
sans mœurs l'un et l'autre, en disposent-ils moins, grâce à
leur talent, de toutes les faveurs de Vespasien ? Ne voit-on
pas leur maison pleine à la fois d'honneurs, de titres, de
richesses ? Les premiers personnages de l'empire ne doi-
vent-ils pas leur élévation au barreau, à l'étude de l'éloquence ? Il semble donc que, pour la parole du moins, il y
aura exception ? Nullement : le ver était au cœur de l'éloquence judiciaire, comme de tout le reste.

Les anciennes formes elles-mêmes, si favorables au talent
oratoire, ne sont plus. Jadis on n'était pas forcé de parler
dans un très-petit nombre d'heures ; on pouvait aisément
faire remettre une cause ; chaque orateur donnait à son
discours l'étendue qu'il jugeait convenable ; le nombre des
avocats comme des jours que durait un procès, n'était
même pas déterminé[3]. Cicéron, il est vrai, désapprouve
formellement et avec raison qu'une cause occupe plusieurs avocats : « Rien, dit-il, de plus funeste, *vitio-
sius*[4]. » Il reproduit ailleurs[5] la même plainte par la bouche de l'un de ses interlocuteurs : « Lorsque l'on emploie
plusieurs avocats, dit-il, ce qui ne m'a jamais plu, *quod
mihi nunquam placuit*, on fait parler d'abord celui qui passe
pour le plus faible, » et dans le *Brutus*[6] il dit expressément

---

[1] Pétrone. — [2] *Dial.* 8. — [3] *Dial.* 38. — [4] *Brut.*, 57. — [5] *De Orat.*,
11. — [6] C. 88.

que cette habitude ne s'introduisit que de son temps. Il
semble, en effet, que de son temps seulement il y ait eu
dans chaque affaire importante quatre avocats pour le
demandeur et quatre pour le défendeur. On cite même
l'exemple d'un Scaurus qui prit jusqu'à six avocats. La
loi Julia, portée par Auguste, vint couper court à cet
abus : de la cause de Pison, accusé de la mort de Germanicus, ne peut-on pas inférer qu'elle ne permit désormais
que quatre accusateurs et trois défenseurs seulement ? La
réforme des tribunaux n'avait, d'ailleurs, pas attendu l'empire ; réforme sage peut-être, mais peu conforme à la liberté de la défense, et qui n'en *mit pas moins un frein à l'é-
loquence* [1]. Pompée, dans son troisième consulat, ayant
remarqué que souvent l'accusé ne devait son salut
qu'aux louanges de ses défenseurs, interdit par une loi
expresse à l'avocat de louer à l'avenir son client, lorsqu'il
était en accusation [2]. La même loi, qui doit être de l'an 53
av. J.-C., n'accorda que deux heures à l'accusateur et trois
à l'accusé ; ne serait-ce pas à l'occasion de cette réforme que
l'usage de la clepsydre passa des Grecs aux Romains ? On
estime tout au moins que la loi Pompeia fut la première à
l'introduire dans les plaidoiries. Auguste et ses successeurs,
maintenant cette loi, l'aggravèrent par des amendements
plus sévères encore : on fixa le jour, le nombre des avocats
et la manière même de parler. Il fallut attendre, pour plaider, la commodité du juge, qui souvent imposait silence au
milieu d'un plaidoyer ; c'était un premier et grand désavantage pour les avocats, astreints à des règlements, à des
ménagements infinis, où leur parole se trouvait comme à
la gêne. Si la république avait toléré trop d'avocats pour
une seule cause, l'empire mesura trop la plaidoierie à la
règle et au compas.

[1] *Dial.* 38. — [2] Plut., *Pomp.*

II

La mesure eût eu de moins tristes effets, si les jeunes avocats eussent fait, comme sous la république, un stage long et sérieux chez l'un des premiers orateurs de la ville : stage qui consistait à s'attacher à ses pas, à écouter tous ses discours soit au barreau, soit au Forum, de manière, pour ainsi parler, à prendre part soi-même à ses combats. L'on peut s'imaginer sans peine quel courage civique d'abord, puis quelle connaissance des affaires, des usages et des lois, quelle expérience enfin des hommes et des choses le jeune homme ainsi formé puisait à cette source. Avec l'empire, ce stage n'existe plus : ce n'est pas le premier orateur de la ville qu'un père proposera pour modèle à son fils, c'est un déclamateur, un rhéteur en renom, auprès duquel il n'apprendra rien de ce qu'il lui importerait tant de savoir. Puis, tout à coup et sans transition, il passera de l'école au barreau, de l'ombre au grand jour de la basilique. Il n'abordera pour son début, il est vrai, que le tribunal des centumvirs, qui ne jugent d'ordinaire que les petits procès, faits plutôt pour achever l'éducation d'un orateur que pour développer et mûrir son talent, mais il l'abordera avec assurance, *audaces*, et sans le moindre respect, *irreverenter*.

Les aspirants orateurs n'ont aucune idée des lois ; mais qu'importe ? n'y avait-il pas à Rome ce que nous appellerions des avocats-consultants, les *monitores*, nommés aussi *pragmatici*, *formularii* et *leguleii*, pour souffler à l'oreille du débutant les lois et surtout les formules des jurisconsultes. « Faut-il vivre en simple particulier, dit Sénèque ? qu'on se fasse orateur. Faut-il garder le silence ? qu'on prête à ses concitoyens le secours muet de son expé-

rience, *tacita advocatione* » [1]. Ces avocats consultants ne
donnaient pas leurs avis pour rien : ils partageaient avec
l'orateur le prix de la plaidoierie :

> Si quater egisti, si contigit aureus unus,
> Inde cadunt partes ex fœdere pragmaticorum [2].

Juvénal exagère en réduisant à 12 francs environ, *aureus*,
les honoraires de l'avocat pour quatre plaidoieries : il
était, nous l'avons vu, payé plus grassement. Cette habitude des avocats-consultants était, comme tant d'autres,
empruntée à la Grèce : « Point d'avocat à Athènes dans les
causes criminelles ; et, dans les causes civiles, des avocats-
consultants, qui rédigeaient pour leurs clients des mémoires parlés, bien simples et bien modestes [3]. » Cicéron, et
non sans motif, est sévère pour ces avocats-consultants :
« Chez les Grecs, dit-il [4], des hommes de la plus mince
valeur, *infimi*, pour une faible somme, prêtent leur minis-
tère aux orateurs, et portent le nom de πραγματικοί. »
Qu'aurait-il dit des *pragmatici* de l'empire, si nombreux,
si en relief, auxquels une connaissance incontestée du droit
procura toujours amitiés puissantes, crédit, honneurs et
magistratures ? Mais, outre la jurisprudence, il y a encore
la dialectique qui peut embarrasser le jeune orateur ; qu'à
cela ne tienne : devant les tribunaux ordinaires il pourra
de décharger des preuves, *probationes*, sur un plus habile
que lui, et ne se réserver que la partie la plus brillante et
la plus facile, celle qui se rapproche le plus de la controverse, la phrase, *actio* [5]. Le *ministrator*, déjà né du
temps de Cicéron, lui fournira les faits et les arguments
nécessaires. Outre les *monitores* et les *ministratores*, il y
avait ceux que les Grecs nommaient λογογράφοι, et qui

---

[1] *De Tranq.*, 3. — [2] Juv., VII, 124. — [3] Havet, *Disc. d'ouv. au collége
de France.* 1855. — [4] *De Orat.*, I, 1. — [5] Quint., VI, 4.

vendaient des discours tout faits. Plutarque attribue
à l'orateur Antiphon l'honneur de cette heureuse découverte : « Le premier, dit-il, il écrivit des discours
pour ses concitoyens. » Lysias, après lui, brilla dans le
genre bâtard qui devint par la suite pour les sophistes une
source de fortune et même de réputation. Isocrate lui
aussi ne dédaigna pas ce métier lucratif, qui convenait à
son talent plus fait pour le silence et l'ombre que pour les
luttes ardentes de la tribune : *Similiter Isocrates scri-
bere aliis solebat orationes quibus in judiciis uterentur* [1]. Mais
plus d'une fois il fut pour ce motif mis en cause lui-même,
et finit ainsi par ne plus vendre ses discours. « L. Œlius fut
le premier, dit Suétone, qui fit métier de composer des harangues pour les grands personnages, et de là lui vint son
surnom de Stylo. » Il ne faudrait pourtant pas croire que
cet Œlius fût un homme sans mérite : « C'était, au contraire, un personnage distingué, un chevalier romain des
mieux posés, des plus instruits dans la littérature grecque
et latine [2]. » Comme orateur, il est vrai, Cicéron n'en fait
pas le moindre cas : « Il voulut être stoïcien, dit-il au
même endroit, mais il ne fut, ni ne voulut être orateur ; ce
qui ne l'empêchait pas d'écrire pour autrui des discours
d'assez peu de valeur, *leves oratiunculas*. » Cette critique
fondée, ce juste dédain de Cicéron n'arrêtèrent malheureusement pas la contagion après lui, et comme Antiphon
en Grèce, L. Œlius Stylo dut avoir à Rome de nombreux
imitateurs. Il y avait enfin, mais au dernier échelon, le
morator, dont l'office consistait à prendre la parole pour
donner à l'avocat en titre le temps et le loisir de se reposer.
Auparavant, pour se faire mieux venir des juges et de
l'assistance, l'avocat se serait fait accompagner par quelque haut personnage, un consulaire, par exemple. Aujour-

---

[1] Cic., *Brutus*. — [2] Cic., *Brutus*, 88.

d'hui, c'est différent : il n'a derrière lui, pour appuyer ses débuts, que des auditeurs aussi jeunes que lui, dont il achète d'avance les éloges et les applaudissements. Un chef de claque, *manceps*, se tient au centre de la basilique pour louer des gens de bonne volonté comme lui, σοφοκλεῖς; en bon limier, le chef, placé au milieu de la troupe, μεσόχορος, relèvera ses défauts et fera retentir la salle de ses bruyantes acclamations. En Grèce, les orateurs victorieux étaient également applaudis, mais librement et sans dépense, par l'auditoire que leur donnait le hasard ou l'intérêt de la cause, comme l'atteste Isocrate dans ses *Panathénées*. En retour, le débutant, à Rome, ou même l'orateur déjà fait distribuera la sportule aussi bien en pleine basilique que dans sa propre salle à manger [1]. Plus tard, quand il aura plus d'aplomb et que la timidité ne l'exposera plus, comme Porcius Latro, aux solécismes, il se contentera de développer les mémoires que lui fournira un de ces avocats qui se reconnaissent impropres au maniement de la parole, ou le plaideur lui-même; *déplorable habitude*, dit Quintilien, et qui ne contribuera pas médiocrement à faire avorter son talent, s'il en a [2]. Quelquefois il poussera la suffisance jusqu'à ne mander le plaideur que la veille ou même le matin de la plaidoirie ; alors il pourra se vanter d'avoir appris l'affaire sur les bancs du tribunal, *inter ipsa subsellia*. Quintilien n'approuve pas davantage que l'avocat charge un de ses amis d'étudier la cause à sa place. Que nous sommes loin de ces anciens orateurs qui consacraient des jours et des nuits à se pénétrer de l'affaire qui leur était confiée ! Sous l'empire, quand l'avocat a débité mille sottises ampoulées et ronflantes qui ne s'adressent ni aux juges ni au plaideur, quand il a bien crié, *summis clamoribus*, bien sué, *bene sudantes*, et qu'il s'est fait

---

[1] Pline le jeune, II, 14. — [2] *Inst. Or.*, XII, 8.

escorter à travers le Forum d'une suite nombreuse, il se croit l'égal de Cicéron. Heureusement tous les avocats ne sont pas taillés sur le même patron, et il en est encore d'assez consciencieux pour étudier sérieusement les affaires et pour mettre en note les points principaux de leurs discours, *particulas quas ceris mandant* [1]. La fureur des procès, qui ne s'est pas éteinte sous la constitution nouvelle, impose au moins un semblant de travail. Les femmes elles-mêmes ne se mêlent-elles pas de mémoires, de chicane?

> Nulla fere causa est in quâ non femina litem
> Moverit; accusat Manilia, si rea non est.
> Componunt ipsæ per se formantque *libellos*,
> *Principium* atque *locos* Celso dictare paratæ [2].

Il faut en savoir autant qu'elles. Puis, cette éloquence, à laquelle les orateurs aspirent, avec la gloire, ne leur procure-t-elle pas la richesse, *lucrosæ*? Ne leur permet-elle pas de ruiner le crédit, la fortune, la vie même d'un ennemi en place, *sanguinantis*, selon la belle expression de Maternus? N'est-elle pas entre leurs mains une arme terrible, *telum*, avec laquelle ils conquièrent la faveur et l'amitié du prince, comme Éprius Marcellus, comme Vibius Crispus, comme cent autres? Les témoins eux-mêmes, qui ne sont chez nous que de simples narrateurs, veulent briller aussi : ils discourent, ils invectivent, ils se fâchent à l'instar des avocats; ils craindraient de perdre les belles choses qu'ils ont apprises à l'école. « Il faut rendre témoignage, dit l'orateur Antoine [3], et quelquefois avec soin, comme cela m'est arrivé. » Quand ils avaient, comme chez nous, prêté serment, ils déposaient après les débats, quelquefois au milieu même de la plaidoirie de l'accusateur, au fur et à mesure de l'exposé des faits, et cela de la façon

[1] Quint., x, 3. — [2] Juv., vi, 111. — [3] *De Orat.* ii, *in princ.*

que nous venons de relater. Mais d'ordinaire ils n'étaient produits et entendus qu'après les avocats. Ainsi, avocats, témoins, auditeurs, tout le monde veut plaire et tous les moyens sont bons. Si les salles étroites où se donnent aujourd'hui les audiences rapetissent en quelque sorte la faconde de l'orateur ; si le petit manteau, *pænula*, où il se met à la gêne pour converser avec le juge, avilit l'éloquence, comme l'estime Maternus ; en revanche, le jaspe entouré transversalement d'une ligne blanche aide fort à gagner un procès, *concionantibus utilis est* [1]. L'onyx ne fait pas mauvais effet non plus : l'avocat en louera un, s'il n'en a pas ; cela lui permettra de se faire payer plus cher :

> Ideo conductà Paulus agebat
> Sardoniche, atque ideo pluris quam Cossus agebat,
> Quam Basilus [2].

Le costume, d'après Juvénal, n'est pas indifférent : « La pourpre, l'habit couleur d'améthyste, rehaussent un avocat. » Il faut, avec cela, qu'il fasse du bruit, qu'il ait une grande existence. Car, ne vous y trompez pas ; le premier soin du plaideur est de s'assurer si vous pouvez faire honneur à sa cause, si vous avez derrière vous un nombre suffisant d'esclaves prêts à exécuter vos fantaisies ; si vous avez à vos côtés un siége où reposer vos membres fatigués par la chaleur de l'action ; enfin, s'il se trouve devant vous et à vos pieds des citoyens en toge ; peu importe que ce soit des amis ou des claqueurs. Sans cet attirail vous ne pouvez pas être éloquent :

> Rara in tenui facundia panno [4].

Vous êtes, de plus, fort mal rémunéré de vos sueurs : pau-

---

[1] Pline l'Ancien, xxxvii, 10. — [2] Juv., vii. — [3] *Ibid.* — [4] *Ibid.*

\re et sans éclat, ne vous attendez pas à des honoraires
dignes de vous : un rien, un *jambon desséché*, un *pot de thon*,
de *vieux oignons*, quatre ou cinq bouteilles d'un *méchant vin*
acquitteront le plaideur envers vous. Sans prendre à la
lettre les vers de Juvénal [1], soyez cependant persuadé qu'a-
vec vos émoluments vous ne serez jamais un personnage
important et redouté. Mais, qu'un onyx brille à votre doigt,
qu'un cortége imposant vous accompagne, et votre sort
sera tout autre : richesses, hommages, couronnes s'amas-
seront sur votre tête. Quand vous vous *serez rompu les poumons*, lorsque, *fatigué*, vous rentrerez du tribunal après le
gain de votre cause, vous trouverez à votre porte, au bout
de votre *escalier*, une couronne de feuillage, *virides pal-
mas*. Grands ou petits, ces dons faits au *patronus* s'appe-
lèrent, suivant les époques, *honorarium*, *xenium*, *solatium*,
merces, et impliquent tous la pensée d'une offrande libre
et spontanée ; ce fut plus tard le *palmarium*, présent à titre
de palme, que reçut l'orateur dont la parole avait été cou-
ronnée de succès. Les attentions délicates, le luxe de bon
goût, siéent à l'avocat de l'empire. Le temps est au con-
fortable, si le mot n'était pas trop moderne. « Sous le
onzième consulat d'Auguste, son neveu Marcellus, pendant
son édilité, fit couvrir au mois d'août le Forum de voiles
pour la commodité des plaideurs [2]. » Caton le Censeur,
lui, n'était pas si raffiné : il s'était contenté de faire sabler
la place avec du gravier. Mais le plaideur et l'avocat ne
sont plus aussi grossiers. D'ailleurs, s'ils ne sont pas assez
simples pour étudier sérieusement les affaires, les avocats
emploient au moins des moyens nouveaux, d'arriver
au succès, la superstition, entre autres. Pour peu que
l'orateur ait sur lui d'intestin d'hyène, les magiciens se
chargent de lui faire gagner sa cause. Démocrite lui-même,

---

[1] VII, 120. — [2] Pline, XIX, 1.

dans un ouvrage perdu, ne lui apprend-il pas qu'il triom-
phera de la partie adverse, s'il peut arracher la langue à
un caméléon vivant[1] ? Les Gaulois vantent aussi les œufs de
serpent pour obtenir le même résultat ; mal en prit cependant à un chevalier romain du pays des Voconces :
Claude le fit mettre à mort pour avoir apporté de ces œufs
dans sa robe à l'occasion d'un procès qu'il avait à soutenir [2]. L'empereur, grand justicier, ne voulait pas de pareilles recettes pour escamoter la victoire ; mais tous les
princes n'étaient pas aussi sévères.

III

Si, du moins, avec ces misères, l'avocat avait conservé
quelque chose de l'ancienne éloquence ! consultons à ce
sujet les écrivains du temps. « Arrivés à l'exposition de la
cause, c'est alors que nos orateurs donnent à leur voix des
inflexions diverses, qu'ils rejettent leur tête en arrière, se
battent les flancs et s'abandonnent au désordre des idées,
des paroles et de la composition [3]. « Partout, aux écoles,
dans les salles de lecture, au barreau, le but unique, c'est
de plaire à n'importe quel prix, de briller quand même, à
peu près comme ces vieilles coquettes qui prétendent cacher sous le fard les ans et leurs ravages. « On demande
de nos jours à l'orateur jusqu'à l'éclat du poëte, quelque
chose qui ressemble au coloris d'Horace, de Virgile et de
Lucain [4]. » C'est Aper, le partisan, l'admirateur des *modernes*, qui parle ! « L'assistance, cette partie même de l'auditoire qui va et vient, exige une parole luxuriante, jolie,
lætitiam et pulchritudinem. La jeunesse, les écoliers eux-
mêmes veulent pouvoir remporter du discours de ces traits
lumineux et saillants, qui puissent se répéter », dit en-

---

[1] Pline, xxxviii, 8. — [2] Pline, xxix, 3. — [3] Quint., iv, 2. — [4] *Dial.* 20.

core Aper. Que sera-ce, si nous nous adressons aux rares
esprits qui regrettent le passé ? « La grande éloquence,
l'éloquence chaste, si je puis ainsi dire, n'a ni mouches,
maculosa, ni enflure; elle se recommande par sa seule
beauté naturelle. Il n'y a pas longtemps que ce bavardage
boursouflé, en dehors de toutes les règles, a répandu
comme un soufle empesté sur la jeunesse[1]. » Juvénal insiste avec énergie sur cette emphase vide, en comparant
les avocats de son temps à des soufflets dont il ne sort que
des mensonges[2]. « Ils ne débitent que des *mensonges bouffis*
et limés », répète après lui Saint-Augustin[3]. Le *grande
aliquid* de Perse caractérise très-bien aussi le défaut de cette
époque : on veut être sublime; on n'est qu'ampoulé, tendu.
Les meilleurs talents, Lucain, Juvénal, Tacite, Sénèque et
Perse lui-même n'y échappent pas. Sénèque, l'auteur à la
mode sous Claude et sous Néron, celui qui contribua pour
sa bonne part à l'abandon des vieilles doctrines, revint
avec l'âge aux principes qu'il avait combattus. «Ces phrases
si mal construites, si négligées, si communes, prouvent, dit-
il, des mœurs nouvelles, étranges et mauvaises. Les uns
aiment le style haché, d'autres un style diffus ; il en est qui
aiment jusqu'aux fautes d'élocution ; quelques-uns parlent
la langue des Douze Tables. D'autres, au contraire, en ne
recherchant que les expressions battues et usitées, tombent
dans le bas et le vulgaire. Pour d'autres, enfin, le discours
n'est qu'un chant, *modulatio;* tant il s'écoule avec douceur
et mollesse[4]. » Il n'est pas sans intérêt de voir l'ami de
Lucilius, sur ses vieux jours, penser absolument comme
Quintilien.

Le barreau n'est donc pas dans un état prospère non
plus. Il a beau se faire payer cher, quand il le peut,
amasser de la fortune et du crédit; quoi qu'en pense Aper,

[1] Pétrone. — [2] *Sat.* vii. — [3] *Lett.* 131, à *Mémorius.* — [4] *A Luc.*, 114.

il n'a pas longtemps à vivre entouré de la même auréole. Depuis Tibère même, s'il a été si fréquenté, c'est, il faut l'avouer, en partie à la délation qu'il le doit ; et nous aurons bientôt le triste spectacle de grands talents prostitués à cet infâme métier. Rien n'empêchait pourtant les orateurs judiciaires, même sous l'empire, même au milieu du monde *pacifié*, d'arriver à des harangues comme la Milonienne ou comme le discours pour Archias. Mais ces harangues ne se produisirent point, parce que le génie perdit sa fécondité en perdant son indépendance native et les nobles mobiles qui le faisaient agir auparavant. Que si du barreau nous passons au sénat, qui prononce sur les crimes des sénateurs, de leurs femmes et de leurs enfants, et satue sur les accusations de meurtre, d'empoisonnement et d'adultère, sur le faux et sur les actes de violence, le tableau sera tout aussi peu consolant. A part quelques stoïciens résignés et courageux, le reste des Pères Conscrits mérite aussi peu d'estime que le dernier des criailleurs des tribunaux. Ce n'est pas que l'époque qui s'étend de la bataille d'Actium à Trajan ait été stérile : « Notre siècle, dit Tacite, a produit bien des chefs-d'œuvre qui serviront de modèle à la postérité [1]. » Sans doute, et nous pourrons tout à l'heure contempler plus d'un beau caractère, plus d'un esprit digne des anciens jours. Mais l'atmosphère générale est corrompue ; la société romaine tombe dans le marasme ; la mort est au cœur de tous les rouages qui la font mouvoir ; et la littérature, suivant la remarque de Sénèque, a fini par imiter les mœurs publiques. « Car chez l'homme telle vie, telle langage [2]. » Le bon vouloir de quelques princes, la raison et le bon sens de quelques hommes de génie, tout restera sans effet, jusqu'à ce qu'un vent plus pur ait soufflé de l'Orient.

[1] *Ann.*, iii, 55. — [2] *Lett.* 114.

SIXIÈME PARTIE

ORATEURS.

Nous allons maintenant passer en revue les principaux talents qui, soit au barreau, soit au sénat, se sont distingués de la foule, et ont plus ou moins soutenu l'éloquence. Fidèle autant que possible à l'ordre chronologique, nous nous permettrons néanmoins quelquefois de l'interrompre pour grouper en faisceau les orateurs d'une même famille. Nous remonterons également plus haut que la bataille d'Actium, pour mieux mettre en saillie la marche rétrograde d'un art qui va s'éteignant de jour en jour.

I

CAIUS LICINIUS CALVUS.

Le premier talent qui doive nous occuper, c'est un contemporain, un adversaire même de Cicéron, Caius Licinius Calvus, qui appartient à notre sujet moins par les dates que par les mentions fréquentes qu'il en est fait dans les critiques du temps. Il était fils d'un ancien préteur, Caius Licinius Macer, dont la mort fut le résultat d'un procès malheureux qui lui fut intenté. « Accusé de concussion, il monta sur le tribunal, au moment où la sentence allait se rendre. A la vue de Cicéron, qui était juge dans l'affaire et qui déposait sa robe, il lui envoya dire qu'il se

donnait la mort, non parce qu'il était condamné, mais parce
qu'il était accusé, et qu'on ne pourrait pas ainsi vendre ses
biens à l'encan. Aussitôt, s'étranglant avec un mouchoir
qu'il avait à la main, il devança le châtiment qui l'attendait. Cicéron ne prononça pas de jugement. Voilà comment
un orateur d'un illustre mérite échappa à la ruine de son
patrimoine et à une condamnation domestique [1]. » Cicéron
trouve dans Calvus le père l'étoffe d'un historien plus que
médiocre, mais d'un orateur estimable. « Son imagination, dit-il, sans être abondante, n'était pas stérile ; son
style n'était ni brillant ni dépourvu d'ornement ; sa voix,
son geste, son débit manquait de grâce ; mais il apportait à
l'invention des preuves et à leur distribution un soin si
étonnant, qu'il serait mal aisé de citer un orateur qui sût
mieux approfondir et embellir un sujet [2]. » Notre Calvus
naquit d'un tel père sous le consulat de C. Marius et de
Cn. Carbon, le cinq des kalendes de juin [3], vers l'an 674 de
Rome, d'après le calcul de Ellendt. Il était, à ce qu'il semble, d'une constitution faible, et les critiques s'accordent à
dire que pour cette raison il se fit toujours remarquer par
une vie des plus chastes. Sa santé n'en fut pas meilleure,
puisque Pline rapporte que, pour avoir un sommeil plus
tranquille et pour garder une force physique nécessaire à
son travail, il se ceignait les reins de lames de plomb [4].
C'était une nature nerveuse, vive, emportée même, qui ne
pouvait guère fournir une longue carrière ; sa fin prématurée doit se placer vers l'an 46 ou 47 ans avant J. C. au
milieu même de la guerre civile. Bien qu'il ne dépassât pas
l'âge de trente-six ans, sa vie n'en a pas été moins pleine, sa
place moindre parmi les personnages marquants de cette
époque. Ses amitiés et ses haines firent assez de bruit. Il fut

[1] Valère-Max., IX, 12. — [2] Brutus, 67. — [3] Pline l'Ancien, VII, 49. —
[4] *Hist. nat.*, XXXIV, 18.

intime avec Catulle, poëte aimable entre tous, qui cultiva
la muse avec plus de bonheur que lui. « Si je ne t'aimais
plus que mes yeux, très-cher Calvus, lui dit Catulle à qui
il avait envoyé, aux saturnales, un recueil des plus mauvais poëtes du temps, je te porterais, à cause de ton présent, une haine aussi vive que celle de Vatinius. » Plus bas,
il s'estime heureux de voir que les vers de Calvus ne dis-
paraîtront pas comme ceux qu'il a eu la malice de lui faire
tenir [1]. Dans l'épigramme 53e, Tibulle le plaisante, à son
tour, sur sa petite taille, en l'appelant *salaputium disertum*,
petit nain éloquent. Calvus épousa une certaine Quintilia,
qu'il perdit de bonne heure, et au sujet de laquelle son
ami lui adressa une petite pièce touchante, la 95e, qui témoigne de l'amour que l'orateur avait pour cette femme.
Properce s'avoue redevable de sa gloire à Catulle et à Calvus en partie, grâce, sans doute, aux emprunts heureux
qu'il leur avait faits : ·

> Ista meis fiet notissima fama libellis,
> Calve, tuâ veniâ ; pace, Catulle, tuâ [2].

Horace aussi se range au nombre de ses admirateurs :

> Nil præter Calvum et doctus cantare Catullum [3].

Plus tard, Pline le jeune qui, comme ses contemporains,
avait la manie des petits vers, déclare de son côté qu'il regarde Calvus comme son modèle. Il fallait donc que l'orateur dans Calvus n'eût point effacé le poëte. Mais, à l'exception de quelques fragments, entre autres de l'épigramme
suivante contre Pompée qu'Ovide a imitée :

> Fasciolâ qui crura ligat, digito caput uno
> Scalpit. Quid credas hunc sibi velle ? Virum.

[1] *Cat.* 14. — [2] *El.* ii, 19. — [3] *Sat.* i.

le temps n'a rien épargné de ces poëmes. Pompée ne fut,
du reste, pas le seul personnage auquel il s'attaqua : César
fut plus d'une fois victime de ses morsures. Mais il chercha dans la suite à se réconcilier avec lui, et le vainqueur
des Gaules eut la générosité, pour mettre fin à leur querelle, de lui écrire le premier [1]; bien que le poëte eût fait
allusion à sa conduite suspecte en Bithynie dans des vers
que nous a conservés Suétone :

> Bithynia quidquid
> Et prædicator Cæsaris unquam habuit.

C'est encore à Suétone que nous devons de savoir où Calvus habitait. « Auguste, dit-il, habita dans le principe auprès du Forum, au-dessus du huitième quartier, où se
tenaient les fabricants d'anneaux, dans une maison qui
avait appartenu à Calvus [2]. » Tels sont à peu près les détails
biographiques que l'histoire nous fournit sur cet orateur aux
mœurs pures, au caractère assez indépendant pour affronter
les plus puissantes haines, assez antique pour blâmer l'usage
qui s'introduisit de son temps, de se servir pour la cuisine
de vases d'argent [3].

II

Considérons-le maintenant au point de vue spécial de
nos études.

Calvus avait, dans ses vers, imité la muse grecque, celle
de Théognis en particulier, dont le grammairien Charisius, au quatrième siècle, rapporte un passage traduit par
le poëte latin : Γαῖα μέλαινα ἔσομαι, avait dit Théognis;
Quum jam fulva cinis ero, répéta Calvus dans une de ses

---

[1] Suét., *César*, 73. — [2] *Aug.*, 72. — [3] Pline, XXXIII, 11.

pièces. En éloquence, il marcha sur les pas des orateurs
attiques, mais avec moins de bonheur, comme nous allons
voir. « Calvus, avec de l'instruction, mettait du soin et de
la recherche dans son style ; malgré son élégance et son
savoir, il était trop minutieux pour lui-même, il s'obser-
vait, il se défiait trop de lui pour ne pas tomber dans l'excès contraire, et pour ne pas perdre ce qui fait comme
l'embonpoint de l'éloquence. Aussi sa parole, trop scrupu-
leusement travaillée, pouvait-elle briller aux yeux d'auditeurs instruits et attentifs, mais passait inaperçue de la
multitude et du Forum, pour lequel est née l'éloquence [1]. »
Cicéron adresse ici à Calvus un reproche de sécheresse et
de timidité que nous retrouvons dans d'autres critiques. Il
parle encore de lui dans une de ses lettres. « Calvus avait
de la finesse dans ses mouvements oratoires. Son goût,
l'une de ses premières qualités, lui fit adopter un genre où
il a obtenu le succès qu'il désirait. Mais il manquait de
nerf; il excellait, en revanche, à soulever, à irriter les
passions [2]. » C'est bien à peu près l'idée qu'il faut se faire
de Calvus, orateur savant, consciencieux, pathétique
même, mais sans véhémence, sans cette ampleur qui caractérise la grande éloquence. Calvus tenait à passer pour
attique, mérite que lui conteste Cicéron, s'il faut entendre
par *atticisme* l'ensemble des heureuses qualités qui distinguaient Hypéride, Eschine ou Démosthènes. Écrivain correct, châtié jusqu'à l'excès, modèle parfait dans le genre
simple, il dut plaire aux écoles, et Quintilien l'affirme.
Mais, si ses œuvres avaient échappé à l'oubli comme son
nom, peut-être ne trouverions-nous en lui qu'un de ces
orateurs secs et nus plutôt que simples, comme il y en avait
tant à Rome, au dire de Cicéron. Il possédait pourtant des
qualités secondaires qui le rendaient encore redoutable. Il

[1] Cic., *Brut.*, 82. — [2] *Lett. à Trébonius*, xv, 21.

maniait la satire avec habileté, ainsi que nous avons pu
nous en apercevoir, à propos de ses vers. Ses jeux de mots
étaient heureux : *Talis Curius pereruditus*, dit-il , au
sujet d'un particulier fameux au titre de joueur [1]. « La
composition de ses plaidoyers était tendue comme celle de
Démosthènes ; mais elle n'avait ni calme ni douceur.
C'était de l'emportement et de l'agitation [2]. » Sénèque en
rapporte des preuves assez curieuses. « Il avait coutume,
en plaidant, de sortir de sa place et de s'élancer de son
banc sur le banc de ses adversaires. Telle était sa violence
et sa fureur, qu'au milieu d'un de ses plaidoyers, l'accusé
Vatinius se leva et s'écria : Juges, si Calvus est éloquent,
faut-il pour cela, je vous le demande, que je sois condamné? Voyant une autre fois les clients de Caton entourer
sur la place publique son accusateur Asinius Pollion, il se
fit hisser sur une borne, et déclara que, si Caton faisait le
moindre tort à Pollion, il le poursuivrait comme calomnia-
teur. Depuis lors ni Caton ni ses avocats n'osèrent s'attaquer à Pollion. » Cet emportement qui touchait au ridicule
n'en atteignit pas moins plus d'une fois son but. Par malheur, Calvus confondait la colère avec la passion, la simplicité des Attiques avec la rudesse et la grossièreté des
orateurs antérieurs à Cicéron, tels que S. Galba et Carbon,
qu'Aper lui reproche d'avoir imités [3], et dont il reprodui-
sait jusqu'aux expressions surannées : il ne disait pas *col-
lum*, comme tout le monde, mais *collus*, ainsi que le remarque Quintilien [4]. Il eut, de plus, le désavantage de
parler à côté d'Hortensius et de Cicéron, contre lequel il
plaidait presque toujours, et avec lequel il soutint longtemps une lutte inégale ; entre les deux la victoire ne pouvait pas être douteuse. Et l'on pourrait bien trouver comme

---

[1] Gaspard de Barth., *Animad.*, p. 829. — [2] Sén., *Cont.* iii, 19. —
[3] *Dial.* 18. — [4] i, 16.

un levain d'envie injuste et malséante dans ce dénigrement continuel dont Calvus poursuivait Cicéron, duquel il jugeait la parole lâche et flasque, *solutam* et *enervem* [1], tandis que l'immortel orateur ne craignait pas, lui, de reconnaître les mérites de son rival. Quoi qu'il en soit, au siècle d'Auguste et longtemps après, ces deux noms furent prononcés avec un respect à peu près égal. « J'ai trouvé des gens qui mettaient Calvus au-dessus de tous les orateurs. Le fait est que sa parole est pure, élevée, châtiée, souvent véhémente [2]. » « La mort l'aurait mal servi, à supposer qu'il eût ajouté, non retranché à son éloquence. » Quintilien a raison et confirme par cette dernière réflexion le jugement que nous avons porté sur le talent de Calvus. Le *Dialogue des orateurs* est plein d'éloges pour lui, et Pline le Jeune, qui s'est déjà déclaré son disciple en poésie, l'avoue hautement pour son maître dans l'art de la parole. « J'ai essayé d'imiter Démosthènes, toujours ton modèle, écrit-il à Arrien, et Calvus qui est le mien depuis peu, mais dans les figures de langage seulement; car il n'est donné qu'à bien peu de s'élever à la hauteur de tels modèles [3]. » Ainsi, l'admiration est égale au moins à la critique, et il est certain que dans les extraits qui nous en restent, on trouve une langue singulièrement incisive dans sa sobriété. « Juges, s'écrie-t-il dans son affaire contre Vatinius, vous savez qu'il y a eu brigue, et tout le monde sait que vous le savez [4], » ne craignant pas d'intimider de la sorte les juges eux-mêmes. Une autre fois, s'adressant à son adversaire, il nous donne, suivant Quintilien, un bel exemple de *communication*, pour parler comme la rhétorique : « Dépouille toute pudeur, ose dire que tu mérites la préture plus que Caton [5]. »

---

[1] *Dial.* 18. — [2] Quint., x, 1. — [3] I, 2. — [4] *Sén. à Luc.*, 94. — [5] *Inst. Or.*, IX, 2.

Les qualités bonnes ou mauvaises de Calvus ainsi reconnues, passons aux causes dont le souvenir tout au moins est resté dans l'histoire. D'après le *Dialogue*, Calvus aurait laissé vingt et un plaidoyers, qui lui auraient survécu jusqu'à Vespasien, mais parmi lesquels un ou deux seulement obtiennent l'approbation d'Aper, qui le range, il est vrai, parmi les *anciens*. « Combien peu de lecteurs, dit-il, pour les discours contre Asitius ou contre Drusus [1]. » Il aurait pu en dire autant du plaidoyer pour Messius, le même probablement que Cicéron défendit devant le préteur P. Isauricus, l'an 54 avant Jésus-Christ. Quant à l'affaire de Vatinius, lieutenant de César plus fameux par ses débauches que par ses exploits, c'est autre chose : elle a fait la réputation de Calvus comme orateur. Aussi voyez comme Aper change ici de langage : « Les hommes d'étude ont tous entre les mains les discours prononcés contre Vatinius, le second surtout. C'est que le style et les pensées en sont riches, colorés, appropriés à l'oreille du juge; on y trouve la preuve que Calvus avait bien le sentiment de la perfection, et que, pour arriver à une éloquence plus haute, ce n'était pas l'intention, mais la nature et la force qui lui manquaient. » Aper devrait avoir plus d'indulgence pour un talent qui ne s'était pas encore épanoui; aussi Messala s'empresse-t-il de déclarer plus bas que de son temps on lisait encore ce plaidoyer *avec admiration* [2]. Il y eut, avons-nous dit, deux discours contre Vatinius, mis en cause en 58 pour crime de lèse-majesté, et en 54 pour brigue. Dans le second, tant admiré par l'antiquité, Calvus, qui éprouva toute sorte de difficultés dans sa poursuite, se plaignait à bon droit de l'état d'un pays, où les grands coupables échappaient à une juste condamnation en corrompant les juges.

[1] *Dial*. 21. — [2] *Dial*. 34.

Le rhéteur Aquila Romanus, à propos de la *gradation* [1], nous a conservé un fragment bien court, hélas ! mais précieux où Calvus exhale cette plainte indignée : *Non ergo magis pecuniarum repetundarum quam mojestatis ; neque majestatis magis quam Planciæ legis ; neque Planciæ legis magis quam ambitûs ; neque ambitûs magis quam omnium legum omnia judicia perierunt.* Vatinius, en effet, partisan fougueux de César, ancien questeur, était arrivé à la préture par la brigue et la corruption, et Calvus eut beau déployer contre lui toutes les foudres de son éloquence, il n'en devint pas moins consul plus tard, grâce à l'appui du Dictateur. Mais le mauvais citoyen rehaussa le mérite du grand orateur, en fournissant à son talent une heureuse occasion de se montrer sous son vrai jour. Calvus, de sa nature, était fait pour l'attaque, et sans une mort prématurée, il serait sans doute devenu, comme Cassius Sévérus, l'orateur de l'opposition. Peut-être vaut-il mieux encore pour sa gloire qu'il n'ait pas vu les jours sombres de l'empire, et qu'il soit resté dans la ligne des Cicéron et des Hortensius.

III

MUNATIUS PLANCUS.

L. Munatius Plancus, son contemporain, joua un rôle plus important, surtout plus long, et laissa comme lui un grand renom d'orateur. Né à Tibur, sous la république, d'une famille peu connue et à une date incertaine, mais que l'on pourrait placer entre l'an 70 et l'an 75 avant Jésus-Christ, il fut à la fois un homme d'action et un homme de tribune, comme on l'était de son temps. Il eut un frère, Plancus Bursa, ou Plancus Potius, suivant Velléius [2], qui

---

[1] Κλίμαξ, *Ascensus.* — [2] II, 67.

ne resta pas non plus simple particulier : tribun du
peuple, il mit le feu à la salle du sénat, lors des funérailles de Clodius [1] ; ce qui ne prouverait pas un bon
citoyen, mais un ambitieux sans scrupule, comme Munatius, comme tant d'autres à cette époque. Il n'était cependant pas tout à fait sans mérite ni vertu, puisqu'il fut proscrit par le second triumvirat, l'an 43, et que, dans le
noble désir de sauver ses esclaves mis à la torture pour révéler sa retraite, il se livra lui-même à ses bourreaux.
C'est à la haine de Munatius lui-même, haine dont les
causes nous sont inconnues, qu'il dut d'être porté sur les
tables de proscription : « Entre autres plaisanteries militaires qui suivaient le char triomphal de Lépidus et de
Plancus, parmi les imprécations de la foule, on entendait :
C'est de leurs frères et non des Gaulois que triomphent
les consuls [2]. » Encore notre langue ne peut-elle rendre
le jeu de mots, *de Germanis,* qui se trouve dans la phrase
latine. Quant à son frère, il eut un meilleur sort ou plus
d'habileté. De bonne heure il étudia l'éloquence sous les
yeux mêmes de Cicéron, son maître et son ami [3] ; cette étude,
il la poursuivit toute sa vie dans les positions les plus diverses. A l'âge du service militaire, il suivit César dans
les Gaules, passa plus tard à Pompée, pour revenir encore
à César, mais à César dictateur et maître absolu. Dans la
première campagne de César en Espagne, vers l'an 49, il
figure sous ses drapeaux : il commande deux légions sous
les ordres de Fabius, le lieutenant en chef du Dictateur, et
combat avec assez de fermeté, sur les bords de la Sègre,
les forces réunies de Pétréius et d'Afranius [4]. C'était,
comme on le voit, une adresse merveilleuse à louvoyer au
milieu des partis, adresse qui explique sa longue et bril-

[1] *Ascon. in Mil.* — [2] Velléius, II, 67. — [3] *Eusèbe.* — [4] *César,* B. C.,
I, 40.

lante carrière; adresse utile, puisqu'elle lui procura
toujours des honneurs et des places importantes. Bien
que Cicéron eût embrassé la cause du patriciat, il n'en
conserva pas moins jusqu'à sa fin une sorte d'attachement et de prédilection pour un disciple qui les méritait
si peu. Le disciple avait conscience de son triste rôle,
et, malgré les dons considérables qu'il reçut du Dictateur, il n'était, dans cette situation, ni bien riche ni bien
heureux, ainsi que Cœlius l'écrit à Cicéron, *nec beatus
nec bene instructus.* » Après les ides de Mars, lorsque Brutus et Cassius eurent relevé le drapeau du sénat et de la
république, Plancus s'attacha aux triumvirs, dont il prévoyait le succès. C'est dans de pareilles circonstances que
Cicéron lui adresse le Xe livre de ses *Lettres,* et que son
caractère apparaît sous son vrai jour. Plancus commandait
alors dans la Gaule Cisalpine. Nous lisons dans la Ire lettre :
« C'était la marque de l'affection que j'ai eue pour toi depuis ton enfance, affection qui s'est non-seulement conservée, mais accrue en moi. » Plancus, au reste, n'eût été
sa duplicité politique, n'était pas, à beaucoup près, sans
mérite. Furnius, son lieutenant, fait à Cicéron l'éloge de
ses talents militaires, de la justice avec laquelle il admi-
nistrait sa province et, en général, de ses lumières [1]. Aussi
fut-il alors nommé consul désigné, dans la force de l'âge,
dans l'épanouissement de son éloquence, *summa eloquentia.*
Mais Cicéron s'aveugle en ajoutant que la république est
pauvre en hommes de son espèce : elle n'en était que trop
riche et c'est ce qui la perdit. La lettre IVe du même livre est
de Plancus lui-même à Cicéron, pour lequel il professe en
termes simples et élégants la plus grande amitié et le plus
grand respect, comme aussi le plus grand amour pour la
république. Nous nous permettrons de révoquer en doute ce

[1] *Lett.* x, 3.

dernier attachement. Bientôt après éclata la guerre de
Modène, où Plancus joua clairement un rôle odieux. Il
écrivit au sénat pour lui conseiller la paix avec Antoine,
bien que Décimus Brutus, assiégé dans cette ville, fût son
collègue et consul désigné comme lui. Dans la lettre VIIIe
il tâche de colorer sa conduite aux yeux de Cicéron
qui le pressait de se joindre à l'armée sénatoriale. Dans
la XVe il va plus loin, il affirme au vieil orateur trop
crédule qu'il s'est entendu avec Lépidus pour accabler
Antoine vaincu sous les murs de Modène par les consuls
Hirtius et Pansa. Velléius Paterculus a bien jugé ses menées d'alors : « On douta longtemps, dit-il, de quel parti
était Plancus; il fut en désaccord avec lui-même, aujour-
d'hui partisan de D. Brutus pour se faire valoir auprès du
sénat, demain traître, *proditor*, au même Brutus [1]. »
Tel doit être aussi le jugement de l'histoire. Lorsque
Octave, mécontent du sénat, se fut entendu avec Antoine et Lépidus, Plancus n'en conserva pas moins sa
place. Après la bataille de Philippes, l'an 42, il parvint
au consulat avec M. Œm. Lépidus, le *plus méchant citoyen qui fût dans la république*, au dire de Montesquieu. Son consulat se distingue par des faits remarquables, la naissance de Tibère sur le mont Palatin et
les proscriptions du second triumvirat, auxquelles il ne
prit part, comme nous l'avons vu, que pour perdre son
propre frère. Octave et Antoine n'avaient pas besoin de lui.
Il faut même lui savoir gré d'avoir par un édit et par sa
puissante intercession sauvé la vie à Varron, caché dans la
maison de Calénus, et à Messala Corvinus. Au sortir de
sa charge, il obtint le gouvernement de la Gaule Che-
velue, gouvernement qu'il illustra par la fondation ou
l'agrandissement de Lyon, l'an 41. Quelque temps après, il

---

[1] II, 63.

reparaît dans la guerre entreprise contre Octave par Lucius, frère d'Antoine, et par Fulvie, sa femme; comme lieutenant de son mari, Fulvie le fait marcher au secours de Lucius, assiégé dans Pérouse. En route il détruit une légion que César envoyait à Rome. Mais bientôt la fortune change : Octave et Agrippa vont à la rencontre de Lucius. Plancus s'enfuit à Spolète, et, quand il apprend la victoire d'Octave, il se hâte de s'embarquer à Pouzzoles avec Fulvie, après avoir abandonné *lâchement*, ὑπὸ δειλίας, l'armée de Lucius[1]. A cette lâcheté le bruit courut qu'il joignit le meurtre, à Milet, de Sextus Pompée, meurtre que l'histoire attribue avec plus de vraisemblance aux sicaires d'Antoine. Ne nous étonnons point alors qu'après avoir été comme le bouffon d'Antoine, il l'eût déjà traité à Lyon d'*infâme brigand* et qu'il fût venu le dénoncer à Rome : ces perpétuelles volte-face étaient dans sa nature. L'historien et l'admirateur de l'empire, Velléius, donne de tristes détails sur cette liaison de Munatius avec Antoine. Entremetteur d'Antoine auprès de Cléopâtre, il devint le plus vil flatteur de la reine, *humillimus assentator reginæ*, le plus bas de ses clients, *infra servos cliens*. Ancien secrétaire du triumvir, serviteur et conseiller de ses infâmes débauches, par amour de l'argent, *venalis*, il descendit, pour lui plaire, jusqu'au rôle d'histrion : le corps nu et teint d'azur, la tête ceinte de roseaux, il se mit une queue pour figurer le dieu marin Glaucus et dansa sur ses genoux, *genibus innixus*. Malheureusement Antoine eut la maladresse de lui reprocher en pleine table ses vols et ses brigandages manifestes, et Munatius passa à Octave; il n'y eut pas alors d'invective qu'il ne lançât au milieu du sénat contre son ancien ami absent : « Par Hercule ! lui dit un ancien préteur et l'un des pre-

[1] Appien, *Guerres civ.*, v.

miers de la curie, Coponius, Antoine a fait bien des choses la veille du jour où tu l'as abandonné [1] ! » Après Actium, Plancus rentra en grâce auprès d'Octave, et l'on prétend que ce fut à son instigation que le sénat décerna à ce dernier le titre d'*Auguste*. Le maître de Rome ne fut pas ingrat à son égard et le fit censeur avec M. Lépidus, l'an 22 avant J. C. [2]. S'il faut en croire l'historien déjà cité, Munatius aurait été censeur une deuxième fois avec un certain Paulus : « Cette censure, dit Velléius [3], se passa dans la discorde ; elle ne fut pas à l'honneur des deux magistrats, dont l'un n'avait pas l'énergie d'un censeur et dont l'autre (Plancus) n'en avait pas la conduite, *vita deesset;* ce dernier devait craindre de ne pouvoir faire aucun reproche à la jeunesse, qui pouvait lui rétorquer un blâme dont sa vieillesse n'était pas exempte. » Il faut avouer qu'Auguste n'était guère difficile sur le choix de ses créatures. Telle est, peu s'en faut, sa carrière politique, carrière peu honorable, mais commune alors que, suivant l'expression de Tacite, tous les ordres se précipitaient à l'envi dans la servitude, *in servitium ruere.*

Sa carrière oratoire ne fut pas non plus sans éclat. Nous avons dit qu'il avait été de bonne heure le disciple et l'ami de Cicéron. Saint Jérôme le cite comme un grand orateur, *orator insignis*, vers la 181e olympiade, ou l'an 52 avant Jésus-Christ. Lorsque l'âge et le régime introduit par Auguste lui firent des loisirs forcés, suivant un exemple alors général, il ouvrit une école de déclamation, où il s'acquit encore une belle réputation, *summus declamator* [4]. On sait qu'il fut le maître d'Albutius, et que, suivant une habitude de vanité qu'il avait prise, l'ayant chargé de parler avant lui pour briller après plus à son aise, Albutius parla si bien, qu'il lui imposa silence. Suétone et Sénèque en font

---

[1] vi, 83. — [2] Sén., *Cont.*, i, 8. — [3] ii, 95. — [4] Sén., *Cont.*, i, 8.

pourtant un grand éloge, et Pline l'Ancien le cite pour la vivacité de son esprit : « Pollion, dit-il, passait pour préparer contre Plancus (qu'il n'aimait pas sans doute) des discours, que lui-même ou ses enfants ne devaient publier qu'après la mort de Plancus, afin que l'inculpé ne pût pas y répondre. — Il n'y a, dit Plancus, que les fantômes qui luttent contre les morts [1]. » Ses mœurs valaient ses principes politiques : il vivait en adultère avec une certaine Mœvia Galla ; ce qui, dans un procès, lui attira une réponse spirituelle d'un témoin. Plancus avait demandé à ce témoin, cordonnier de son état, quel était son métier : « Je manie la *galla*, » répondit-il. La galla était un instrument de sa profession [2]. Mais tout le bruit qui se fit autour de son nom, toutes ces variations politiques, tous ces succès oratoires n'empêchèrent pas, à ce qu'il semble, Plancus d'avoir une vieillesse triste et chagrine, fruit du temps, du remords peut-être, ou plutôt du regret. N'est-ce pas pour le tirer de cette tristesse, qu'Horace, son ami, l'engage à noyer ses soucis dans l'épicuréisme, qui convenait si bien aux courtisans d'Auguste ? « Aie la sagesse, lui dit-il, d'oublier dans un vin agréable et la tristesse et les ennuis de l'existence, soit au bruit des armes, soit à l'ombre de ton cher Tibur [3]. » On ne peut pas assigner à sa mort de date précise ; mais il est probable que Plancus ne vit pas la fin d'Auguste. Le temps n'a épargné de lui que quelques lettres entremêlées à celles de Cicéron, que quelques mots, que quelques faits dignes de mémoire. Il n'en mérite pas moins d'être cité comme un orateur illustre, nourri dans l'ancienne éloquence et vieilli dans la nouvelle.

[1] *Hist. nat.*, préf. 24. — [2] Macr., *Sat.*, 11, 2. — [3] *Od*, 1, 6.

IV

MESSALA CORVINUS.

Par bonheur, toutes les consciences n'étaient pas aussi
larges que celle de Plancus, et cette sombre époque vit encore de beaux caractères. Messala Corvinus en est un.

Il appartenait à la *gens* Messala qui, d'après Macrobe [1] et
d'après Sénèque [2], tirait son nom de la ville de Messala ou
Messana en Sicile, que prit le consul Marcus Valérius, dans
la guerre contre Hiéron et les Carthaginois, 263 ans avant
J. C. Est-il alors besoin de dire après Juvénal [3] que c'était
une des premières familles de Rome ? Sa naissance, que
Scaliger a mise en l'an 69 avant J. C., nous semble mieux
placée par Eusèbe en l'an 60, bien que cette date ne soit pas
universellement admise. Il eut pour père M. Valerius Messala, qui fut consul avec Cn. Domitius Calvinus, 53 ans
avant J. C. [4]. Ne serait-ce pas ce Messala dont Cicéron parle
dans ses lettres [5] et dont il dit dans le *Brutus* [6] : « M. Messala, plus jeune que nous, a une élocution assez riche, sans
être trop fleurie ; c'est un orateur instruit, fin, adroit, un
avocat soigneux dans l'étude d'une cause, dans la composition d'un plaidoyer, qui se donne beaucoup de peine,
très-occupé et très en vogue? » S'il faut s'en rapporter
à Asconius, il fut au nombre des six avocats qui plai-
dèrent l'affaire de Scaurus. L'histoire ne dit rien de l'enfance de Corvinus ni de ses maîtres ; on conjecture simplement qu'il fut disciple de Cicéron. Ses débuts dans la
vie civile sont restés dans la même obscurité. Puis tout
à coup, sous le second triumvirat, on le voit porté sur les

---

[1] *Sat.* I. — [2] *De Brev. vitæ*, 13. — [3] VIII, 5 et 7. — [4] Ellendt. —
[5] VI, 19. — [6] 70. — [7] *Pro Scauro.*

listes de proscription; est-ce la splendeur antique de sa
race, ou la noblesse native de son caractère qui lui valut
cet honneur? On l'ignore; toujours est-il qu'il dut la vie à
l'intercession de Plancus et à une prompte fuite dans le
camp des républicains, qu'il ne désavoua jamais. Il est
alors à croire que son père et sa famille avaient marché
sous les enseignes de Pompée, ou que lui-même avait
trempé dans le meurtre de César [1] : quoi qu'il en soit, c'est
Antoine qui le fit condamner à mort [2]. Brutus lui fit un
bon accueil et lui accorda bientôt un commandement et
son amitié. Quelques jours avant la bataille de Philippes :
« Je t'assure, lui dit Brutus, qu'il m'arrive comme à Pompée, d'exposer malgré moi le sort de la patrie aux chances
d'une seule bataille. Toutefois, ayons confiance : quelque
mauvaise que soit notre résolution, il n'est pas juste de se
défier de la fortune. » Telles furent les dernières paroles de
Brutus à Messala : elles montrent quelle confiance le chef
du parti avait dans un homme si jeune encore. Messala,
néanmoins, combattit à côté de Cassius, qui le plaça à l'aile
droite avec la fraction la plus aguerrie de son armée [3]. Dé-
bordant l'aile gauche d'Octave, la légion de Messala et les
légions les plus rapprochées, après un léger combat d'a-
vant-garde où elles obtinrent quelque succès, attaquèrent
le camp du triumvir et firent des prisonniers. Dans le
nombre se trouvait le mime Volumnius et un certain Sa-
culio, dont Brutus ne faisait aucun cas, mais dont ses amis
accusaient l'insolence et les railleries. Messala se contenta
de les faire fouetter et de les renvoyer nus; mais son ordre
ne fut pas exécuté, et ces malheureux périrent massacrés
par les soldats [4]. Plus tard, lorsque Messala se fut réconci-
lié avec Auguste, il lui présenta un jour un nommé Stra-

[1] Duruy, *Thèse*, p. 254. — [2] Dion, *Aug.*, XLVII, 11. — [3] Plut., *Brutus*,
39. — [4] Plut., *id.*, 45.

ton, et, les larmes aux yeux : « Voici, lui dit-il, l'homme qui a rendu les derniers devoirs à mon ami Brutus. » Sont-ce là les paroles d'un courtisan ? Dans une autre circonstance, Messala ne désavoua pas davantage ses anciennes liaisons républicaines ; Octave le félicitait des services qu'il lui avait rendus à Actium, après avoir été à Philippes son ennemi le plus acharné : « J'ai toujours été du parti le plus juste [1], » répondit-il. Après la mort de Brutus et de Cassius, Messala, qui tenait le premier rang à leur suite, refusa le commandement de l'armée républicaine, aimant mieux devoir la vie à Octave que de tenter une seconde fois inutilement la fortune des armes. Une pareille conquête fut pour le triumvir le plus doux fruit de la victoire [2]. Toutefois, Messala ne s'en attacha pas moins à Antoine, dont il préférait la franchise militaire au caractère dissimulé de son rival. Antoine, d'ailleurs, ne s'était pas encore prostitué aux charmes de Cléopâtre, et Messala pouvait sans honte rester sous son drapeau, puisque c'était à lui qu'il avait livré la flotte républicaine, quand il avait renoncé à tout espoir de succès. Mais, après la paix de Brindes, l'illusion ne fut plus possible. Comme Asinius Pollion, Messala laissa Antoine à ses amours et se rangea du côté d'Octave. Celui-ci ne négligea pas une telle acquisition : il le traita en ami et augmenta le collége des augures pour l'y faire entrer [3], honneur que Messala sut reconnaître dans la guerre contre Sextus Pompée, qu'il aida à vaincre par son épée aussi bien que par ses conseils. Dès lors, Messala fut un des lieutenants les plus actifs de l'héritier de César : l'an 32, il dompte non sans peine les Salasses, qui détruisirent une partie de son armée sous une avalanche de pierres et de rochers ; les Pannoniens et les Dalmates révoltés. L'année suivante, il seconde puissamment les efforts d'Oc-

---

[1] Plut., *Brut.*, 53. — [2] Velleius, II. — [3] Dion, *Aug.*, XLIX, 16.

tave et d'Agrippa pour disperser et vaincre, dans les eaux
d'Actium, les forces réunies de l'Orient. Octave ne put pas
moins faire que de l'élever au consulat avec Cnéus Lentu-
lus, l'année de son triomphe définitif. Il alla même, au
rapport d'Aulu-Gelle[1], jusqu'à l'honorer d'une statue. Là
ne s'arrêta pas la carrière politique de Messala : il eut plusieurs missions importantes en Syrie et en Égypte, comme
nous l'atteste Tibulle, son ami. Le poëte refusa d'abord de
l'y suivre; mais, se rendant à ses instances, il partit après
lui et faillit mourir à Corcyre, d'où il lui écrit :

> Ibitis Ægeas sine me, Messala, per undas,
>   O utinam memores, ipse cohorsque, mei [2].

Il rappelle dans une autre élégie [3] les hauts faits de son protecteur en Égypte, et profite de la circonstance pour célébrer en même temps sa campagne des Gaules. Auguste,
en effet, donna Corvinus pour gouverneur à la Narbonnaise et à l'Aquitaine, quelque temps après ses missions en
Orient. Une victoire sur ce pays révolté lui valut même les
honneurs du triomphe, l'an 27 :

> At te victrices lauros, Messala, gerentem
>   Portabat niveis currus eburnus equis.

Tibulle accompagna son ami dans ces dernières expédi-
tions : « Ce n'a pas été sans moi, dit-il, que tu t'es acquis
tant de gloire; j'en atteste les montagnes de Tarbes, l'O-
céan qui baigne la Saintonge, la Saône, le Rhône rapide,
la Garonne imposante, le Carnute à la blonde chevelure,
et l'onde azurée de la Loire. » Cette campagne fut la dernière de Messala : le triomphe, qui en fut la récompense,
mit un terme glorieux à sa vie militaire si remplie. L'âge

[1] IX, 11. — [2] El. I, 3. — [3] I, 7. —

et la fatigue, le spectacle peut-être de la liberté mourante,
tout le portait au repos.

La guerre n'était, du reste, pas le seul moyen de servir
les intérêts d'Auguste, bien qu'il s'en acquittât à la façon
des vieux généraux de la république. Corvinus fut encore
un grand personnage dans la paix. Il se rendit l'organe du
sénat, quand il s'agit de décerner à Octave le titre moins
odieux d'*Auguste* et de *Père de la patrie*. « César, que ce
nom, s'écria l'orateur, soit le gage du bonheur pour ta
maison et pour toi. Nous croyons par ce nom faire en
même temps le bonheur de la république; voilà pourquoi
le sénat d'accord avec le peuple Romain te salue Père de
la patrie [1]. » Le premier il exerça la préfecture de Rome,
mais s'en démit six jours après son entrée en charge, soit,
comme le dit Tacite [2], qu'il ne fût pas capable de la remplir, soit plutôt qu'il jugeât cette fonction incompatible
avec la liberté, *incivilem potestatem esse contestans* [3]. Mais,
avec ou sans magistrature, Messala fut toujours un des membres influents du sénat, et sa clientèle s'étendait au loin
dans les provinces. Nous en trouvons une preuve dans le
fait suivant : Hérode, fils d'Antipater et tétrarque de Judée,
chassé par Antigone, le protégé des Parthes, vient à Rome
implorer du secours. « Messala et Atritanus l'introduisent
au sénat et représentent avec de grandes louanges les services que son père et lui avaient rendus au peuple romain.
Hérode est déclaré roi par Auguste [4]. » L'avis de Corvinus
était donc d'un grand poids aux yeux du sénat comme du
nouveau maître. Ce n'était pourtant pas, on l'a vu, un
homme habile à flatter; loin de là : il garda toute sa vie
une indépendance de caractère qui lui faisait peu rechercher les courtisans en faveur; il ne fraya jamais avec

[1] Suét., *Aug.*, 58. — [2] *Ann.*, VI, 11. — [3] *Chronique d'Eus.* — [4] Josèphe, *Ant.* XIV, 26.

Mécène, par exemple, parce qu'il sentait en lui le partisan
dévoué du régime impérial [1]; tandis qu'il fut l'ami d'A-
grippa, dont il partageait même l'habitation. Chose singulière à ce propos! Proscrit par Antoine, il le supplanta au
consulat l'année même de la bataille d'Actium, et hérita
de sa maison sur le Palatin qu'Auguste lui donna de moitié
avec son gendre, et dont il lui paya l'équivalent, lorsqu'elle
eût été consumée par la foudre [2]. Corvinus doit donc
être considéré comme un caractère à part, au milieu de
cette foule d'âmes basses ou faibles qui mettaient leur bonheur dans une obéissance toute monarchique. Simple
particulier, il fut probablement heureux; sa femme Térentia, la seule dont l'histoire fasse mention, eut la rare
fortune d'avoir été unie aux trois plus beaux génies de
son siècle. Successivement épouse de Cicéron, qui la répu-
dia comme altière et prodigue, de Salluste, l'ennemi juré de
son premier mari et dont elle n'eut pas d'enfants, Térentia
fut encore la femme de Messala. Elle n'en resta pas là
cependant : ayant survécu à son troisième mari, elle ne
craignit pas d'épouser en quatrièmes noces Vibius Rufus,
et ne mourut, suivant Eusèbe, qu'à l'âge de cent dix-
sept ans. Corvinus en fit la connaissance dans la maison
même de Salluste, qui passa les neuf dernières années de
sa vie entre l'étude, les plaisirs et la société des gens de
lettres, de Cornélius Népos, de Nigidius Figulus, d'Horace,
entre autres. Il est à présumer alors qu'il l'épousa vers
l'an 36, date de la mort du grand historien. Térentia eut-
elle, aux yeux de Messala, plus de qualités qu'aux yeux de
Cicéron? Nous l'ignorons; on ne pourrait même pas affirmer
que Messalinus et Maxime, qu'Ovide nous donne pour les fils
de Messala, soient nés de Térentia. Quoi qu'il en soit, l'estime
générale dont jouissait Corvinus, les amitiés nombreuses

[1] Ellendt. — [2] Dion, *Aug.*, LIII, 27.

qu'il s'était créés, permettent de croire que sa vie, quoique longue, se passa sans trouble et sans orage. On sait l'intimité qui le liait à Auguste, à Agrippa, à Salluste, à Tibulle ; ce dernier a rempli plusieurs élégies de son éloge et lui consacre même tout un panégyrique, où il ne retrace, au reste, que son portrait fidèle. Mais, à l'approche de sa fin, ses facultés, autrefois si brillantes, s'éclipsèrent tout à coup : « deux ans avant sa mort il perdit la mémoire et l'intelligence au point de pouvoir à peine enchaîner quelques mots les uns aux autres [1]. » Pline affirme même qu'il avait oublié jusqu'à son propre nom [2]. Pour comble d'infirmités, il lui survint à l'épine dorsale un ulcère, qui le porta à se donner la mort en s'abstenant de nourriture, à la soixante-douzième année de son âge, douze ans après Jésus-Christ. Au sujet de cette mort, il ne faudrait pas trop prendre à la lettre le passage du *Dialogue*, où Aper déclare que Messala Corvinus ne vécut que jusqu'*au milieu du principat d'Auguste* [3], bien que l'orateur se soit dans tous ses exordes excusé sur la faiblesse et le mauvais état de sa santé : le témoignage d'Eusèbe est positif et Fabricius le confirme.

Comme orateur, Messala Corvinus ne fut ni moins digne ni moins élevé : seul avec Pollion, il marcha sur les traces du grand citoyen dont il passe pour le disciple. La noblesse de son origine qui remonte aux fondateurs même de la république, et de son âme qui resta pure au milieu des crimes et des turpitudes de cette époque de transition, se reproduisit dans son éloquence, que Tibulle préfère à celle d'Ulysse, et que Quintilien compare à celle d'Hypéride. Seul, sous Auguste, il ne craignit pas d'aborder les causes politiques : il avait assez de modération dans l'esprit, de loyauté dans le caractère pour les affronter sans péril. « Nul

---

[1] *Chron. d'Eus.* — [2] VII, 24. — [3] *Dial.* 17.

autre mieux que toi n'est à même de maîtriser les frémissements de l'inconstante multitude, d'apaiser la colère du
juge, de le toucher par la douceur de son langage, » dit
avec raison Tibulle dans son Panégyrique [1]. La douceur,
en effet, et la gravité noble nous semblent l'apanage de cette
parole abondante et facile, mais toujours élevée. Quintilien
pense comme le poëte. A propos de discours grecs que
Messala, sous forme d'exercice, traduisait en latin : « Il en
a laissé plusieurs dans ce genre et si bien réussis, qu'il
lutte de délicatesse et de simplicité, *subtilitate*, avec la
fameuse oraison d'Hypéride pour Phryné, » lisons-nous
dans le rhéteur [2]. Plus haut [3] Quintilien n'avait-il pas déjà
dit : « La parole de Corvinus était brillante et sans fard ;
c'était comme une image de sa noblesse ; mais elle manquait de véhémence, *viribus minor ?* » Aper est à peu près
du même avis : il trouve dans l'éloquence de Corvinus plus
de *maturité* que dans celle de Cicéron, *plus de douceur et
de travail dans le style* [4]. Peu s'en faut qu'il ne l'approuve
comme un *moderne :* « Il n'a pas tenu à lui qu'il n'ait montré l'éclat et la richesse de notre siècle [5]. » Mais, comme
pour sa thèse il est obligé de trouver à blâmer dans un *ancien :* « Qui supporterait aujourd'hui, s'écrie-t-il, un orateur
s'excusant dans ses exordes sur la faiblesse de sa santé [6] ? »
Quintilien, l'ennemi des *modernes*, n'estime pas si mauvais que l'on commence par se reconnaître impuissant
d'une manière ou d'une autre à lutter contre le talent de
l'adversaire [7]. Quoi qu'il en soit, il est certain que Messala
présentait le modèle achevé de cette éloquence insinuante
et polie, si différente de la parole âpre et sévère de Pollion :
aussi brilla-t-il plus dans les discussions calmes du Sénat
que dans les luttes animées de la tribune. C'était un esprit

[1] IV, 1. — [2] x, 5. — [3] x, 1. — [4] *Dial.* 18. — [5] *Dial.* 22. — [6] *Dial.* 20.
Inst. Or., VI, 1.

accompli en toutes sortes de connaissances, un goût infaillible, qui parlait la langue latine dans toute sa fleur. Voilà pourquoi, lorsqu'il entendit déclamer l'Espagnol Latro, il s'écria : « Il est éloquent dans son idiome [1]; » reconnaissant par là son talent, mais critiquant son style. Cette pureté de langage n'a pourtant pas empêché Quintilien de lui reprocher certains termes, entre autres, *gladiola*, *reatum*, comme hasardés [2] ; mais le rhéteur se montre ici par trop rigoureux, et nous nous permettrons d'en croire plutôt Sénèque le Père qui l'avait entendu. L'antiquité, d'ailleurs, est unanime sur le compte de Messala Corvinus. Silius, assez pauvre poëte, mais qui avait étudié l'art oratoire avec quelque profit, a trouvé le moyen de le nommer :

Egregius linguæ, nomenque superbum
Corvinus [3].

Rutilius Numatianus, au quatrième siècle, en fait souvent l'éloge :

Hic et præfecti nutu prætoria rexit,
Sed menti et linguæ gloria major inest.

Il fallait donc que l'œuvre de Messala fût encore bien vivante dans les esprits, pour que, quatre siècles après sa mort, le poëte de Toulouse en ait fait une pareille mention. Mais qu'est-il besoin de tant d'autorités? Celle d'Horace, que nous avons cité parmi les familiers de l'orateur, suffit à consacrer sa mémoire. Il en parle une fois comme d'un avocat :

Quum Pedius causas exsudet Publicola, atque
Corvinus [4].

[1] Sén., *Cont.*, II, 12. — [2] VIII, 3. — [3] *Bel. Pun.*, V. — [4] *Sat.* I, 10.

Il le nomme plus loin dans la compagnie de Pollion, cet autre noble héritier de la vieille éloquence :

> Ambitione relegatâ, te dicere possum,
> Pollio, te, Messala, tuo cum fratre [1] ?

Quel est ce frère dont parle Horace ? l'histoire n'en dit rien, et probablement il n'a dû qu'à Messala d'être ainsi nommé par le poëte.

Outre la guerre et l'éloquence, Corvinus, suivant une coutume alors générale, cultivait encore la poésie, comme l'avance quelque part, pour excuser ses petits vers, Pline le Jeune [2]. Nous en avons une preuve plus convaincante. Ovide, contemporain de l'orateur, dit, en s'adressant à son fils Messalinus : « Ton père n'a pas renié notre amitié, lui, le *conseiller*, l'auteur et le flambeau de mes études, lui, dont j'ai accompagné les funérailles de mes larmes [3]. » Dans une autre pièce qu'il envoie à Maxime, frère de Messalinus : « Ton illustre père, lui dit-il, la gloire de l'éloquence romaine, fut le premier à me conseiller de livrer mes vers à la publicité, à guider mon talent [4]. » Pour conseiller, pour diriger ainsi un poëte de la force d'Ovide, Corvinus ne devait pas être lui-même étranger au culte de la muse. Dans une élégie sur Messala, qu'un érudit du dix-septième siècle [5] attribue, mais sans motif, à Virgile, nous lisons enfin le passage suivant, qui confirme les témoignages précédents :

> « Pauca tua in nostras venerunt carmina chartas,
> Carmina tum linguâ, tum sale Cecropio,
> Carmina quæ Pylium, sæclis accepta futuris,
> Carmina quæ Pylium vincere digna senem. »

L'histoire aussi fixa l'attention de cette sérieuse et grave

[1] Sat., 1, 10. — [2] v, 3. — [3] *Pont.*, 1, 8. — [4] *Id.*, ii, 3. — [5] Barth., *Adv.*, iv, 12.

intelligence : comme Pollion, il transmit à la postérité
le récit de ces dernières convulsions de la République,
dans lesquelles il joua, pour sa part, un rôle assez noble
pour nous faire regretter la perte de son travail sur une
époque qu'il devait si bien connaître. On ne peut élever le moindre doute sur cet ouvrage dont parlent et
Plutarque et Suidas. Il n'en est pas de même pour son
Traité sur les familles romaines, attribué à son père.
Pline l'Ancien, toutefois, semble désigner le fils dans les
deux passages suivants : « L'orateur Messala, dit-il, rapporte que le triumvir Antoine employait pour satisfaire
d'obscènes désirs des ustensiles d'or, infamie que lui faisait commettre Cléopâtre [1]. » Le père de Corvinus vivait-il
encore à l'époque des déportements d'Antoine ? Était-il,
comme son fils, assez avant dans son intimité pour être au
fait de pareils détails ? La chose est douteuse. « On connait,
écrit Pline dans un autre livre, l'indignation de l'orateur
Messala, lorsqu'il défendit d'introduire parmi les images
de sa famille l'image étrangère des Lévinus. C'est pour un
motif semblable que dans sa vieillesse il publia son *Traité
sur les familles romaines :* passant, un jour, devant l'atrium
de Scipion l'Africain, il s'aperçut que l'adoption par testament de Salutio, fameux par ses débauches, était une honte
pour la maison des Scipion [2]. » Enfin, une dernière raison, la plus concluante, à notre avis, c'est que dans cet
ouvrage était insérée l'histoire de la famille d'Auguste,
beaucoup trop jeune pour que le père de notre orateur,
du même âge ou à peu près et de la même opinion que
Cicéron, ait cru devoir fouiller dans les archives de l'héritier de César. Vossius, il est vrai, qui s'est occupé de la
question, l'a résolue dans un sens opposé : « N'allez pas,
avance-t-il, juger Messala sur le *Traité de la famille d'Au-*

[1] xxxiii, 3. — [2] xxxiv, 2.

guste, que l'on a coutume de lui attribuer et qui s'imprime d'ordinaire avec l'histoire de Florus. C'est une œuvre supposée, tout à fait indigne d'un aussi grand homme. » Mais nous est-elle parvenue dans sa pureté primitive, à l'abri des mutilations et de l'ignorance du moyen âge ? Le doute, tout au moins, est permis.

Les critiques citent encore de Messala un *Traité sur les aruspices*, des ouvrages sur la grammaire, voire même sur les lettres, sur l'S en particulier. « Messala, dit Quintilien, eut-il moins d'éclat dans le style pour avoir composé des ouvrages entiers, non-seulement *sur chaque espèce de mots*, mais aussi *sur les lettres* [1] ? » Mais il est difficile de décider à quel ouvrage fait allusion Sénèque le Philosophe, lorsqu'il écrit à Lucilius : « Je ne vois pas pourquoi Messala ou Valgius (car je l'ai lu chez ces deux auteurs) ont dit que l'Etna était l'unique volcan [2]. »

Il est constant, au reste, et Sénèque le Père l'a remarqué, que les connaissances de Corvinus étaient universelles. Les arts mêmes ne lui étaient pas étrangers, et Pline nous informe qu'il fit apprendre la peinture à un certain Q. Pédius, l'un des héritiers de César et son propre parent par sa grand'mère; décision approuvée par Auguste [3]. C'est bien cette passion de l'étude, cette avidité de tout savoir qui usa l'heureuse et forte constitution du compagnon de Brutus et de Cassius, d'Antoine, d'Auguste et d'Agrippa. Mais, s'il mourut après avoir oublié jusqu'à son nom, les contemporains et la postérité n'oublièrent pas sa vie exemplaire, son âme noble et grande, son éloquence majestueuse, son savoir extraordinaire. Les ennemis secrets de l'Empire et les admirateurs du passé le vénérèrent comme le type de l'honnête et courageux patricien, qui resta tou-

[1] 1, 7. — [2] *Lett.* 51. — [3] xxxv, 4.

jours fidèle aux saines traditions de la vieille république.

V

Que devint, après et sous Auguste, cette ancienne et riche
famille, dont le chef venait de s'éteindre ?

Tibulle, dans une de ses élégies [1], félicite un fils de Messala d'être entré dans le collége des Quindécemvirs, chargés de veiller à la garde des livres sybillins, *sacras chartas*,
et le vante de ce qu'il fera, plutôt que de ce qu'il a fait.
Ovide aussi, du fond de son exil, écrit à ce Messalinus :
« Tes mœurs, lui dit-il, sont encore plus nobles que ta
race ; ton âme honnête est l'image de l'âme de ton père
qui t'a légué son éloquence [2]. » Autre part, Ovide implore
son intercession puissante auprès d'Auguste : « C'est le
moment de faire appel à cette parole brillante, *nitor*, que
tu dois à ton père, et qui t'a permis d'être utile aux accusés dans la détresse [3]. » Il n'oublie pas non plus Maxime,
avec lequel il se déclare uni comme Castor l'était avec
Pollux, et qui ne désavoua point son amitié, quand le malheur vint à fondre sur lui [4]. C'est ce même Messalinus dont
nous lisons l'éloge suivant dans Velléius Paterculus ? « Ce
fils de Messala, dont l'âme était plus noble encore que la race,
si digne et d'avoir Corvinus pour père et de laisser son
surnom à son frère Cotta, étant gouverneur de l'Illyrie, se
vit tout à coup cerné avec la moitié de la vingtième légion
par ses peuples révoltés ; il mit en fuite une armée de plus
de vingt mille hommes et fut honoré, pour cet exploit,
des ornements du triomphe [5]. » Quant à Valérius Cotta
Messalinus, qu'Ovide et Tibulle regardent comme un grand

---

[1] II, 5. — [2] *Trist.*, IV, 4. — [3] *Pont.*, II, 2. — [4] *Pont.*, I, 8. —
[5] Vell., II.

orateur et comme une âme aussi droite que son père, il n'a
pas obtenu les mêmes éloges de Tacite. Au cinquième livre
des *Annales*, Tacite le range parmi les gens qui, n'attendant
rien de la vertu, *queis nulla ex honesto spes* [1], trouvent leur
avantage personnel dans les malheurs publics. Il s'agissait
de la première Agrippine, femme de Germanicus, dont
Tibère venait de dénoncer au Sénat l'arrogance et la fierté ;
pour faire sa cour au prince, Messalinus opina pour la
dernière rigueur. Nous avons un autre jugement aussi
sévère un peu plus loin : « Cotta Messalinus, qui opina
toujours pour les plus cruels avis et qui était haï depuis
longtemps, est mis lui-même en accusation [2]. » Il ne
dut son salut qu'à l'amitié de Tibère, aux nombreux
services qu'il lui avait rendus. Messala Corvinus se fût-il
mis ainsi sous l'aile du tyran ? Pour jouer un rôle important avec de pareils princes, il fallait renoncer aux plus
simples principes de la morale ; Messalinus y renonça et
garda son rang au Sénat, dont il dirigea plus d'une fois
les délibérations. Voilà les hommes qui convenaient à
Tibère, et quand il parle, plus haut, des services que lui a
rendus Cotta, il fait allusion sans doute à l'appui qu'il
trouva toujours dans ce fils indigne d'un vieux et pur républicain. Messalinus, en effet, ne fut pas autre chose en
politique qu'un flatteur éhonté, un de ces plats courtisans
passés maîtres dans l'art si tortueux des cours. S'agit-il de
sonder les intentions de Tibère, aussitôt après la mort
d'Auguste ? Ouvrons le premier livre des Annales : « Valérius Messala était d'avis que les sénateurs devaient chaque
année renouveler leur serment entre les mains du Prince.
T'ai-je chargé d'émettre cette opinion, lui demanda Tibère ?
Je l'ai émise de mon plein gré, répondit Valérius ; dans les
affaires publiques je n'écouterai jamais que mon senti-

[1] v, 3. — [2] *Ann.*, vi, 5.

ment, dussé-je même te déplaire. C'était, ajoute Tacite, la
la seule flatterie qui fût encore permise [1]. » Mais l'historien
rend hommage à l'éloquence de Messalinus, chez lequel il
trouvait *comme un reflet de l'éloquence paternelle*, et qu'il met
souvent en scène dans le drame saisissant qu'il déroule à
nos yeux. Ovide, l'ami de la famille, ne se borne pas à le
proclamer orateur, *præsidium fori*, il en fait encore un
poëte, *Pieridum lumen* [2], et son éloge, vu les habitudes
littéraires du temps, ne paraît pas invraisemblable.

Ce Valérius eut un fils du même nom, grand orateur
aussi, si l'on peut décorer de ce titre les hommes qui
manient la parole sous Tibère et sous Néron, mais pauvre, obligé d'accepter tous les ans 50,000 sesterces pour
vivre dans une honnête indigence. Et cependant il parvint au consultat sous Néron, l'an 58 après Jésus-Christ [3].
Peut-être Juvénal fait-il allusion à cette triste chute d'une
ancienne famille, quand il nous représente un Corvinus
gardant les troupeaux de son maître dans les champs de
Laurente [4] ? Comment donc s'était écroulée cette fortune
des Valérius, à laquelle Corvinus avait encore ajouté ?
Dans le luxe et la vie fastueuse du premier Messalinus
probablement : s'il faut en croire Pline, Messalinus aurait
eu même le vice de la gourmandise : « Il est avéré, dit-il,
que le fils de l'orateur Messala faisait griller des pattes d'oie,
qu'il trouva le moyen d'assaisonner avec des crêtes de
coq [5] ». Quoi qu'il en soit, cette famille des Valérius, qui
remontait à l'expulsion des Tarquins, disparaît après le
dernier Messalinus; on ignore et la date et le genre de sa
mort.

[1] 1, 8. — [2] *Pont.*, IV, 16. — [3] *Ann.*, XIII, 34. — [4] *Sat.* I, 120. —
[5] *Hist. nat.*, X, 22.

VI

ASINIUS POLLION.

Messala Corvinus nous amène à parler de l'un de ses
amis, de ses rivaux aussi, d'Asinius Pollion, qui lui disputa
la palme de l'éloquence. Né dans une famille inconnue
sous la République, vers l'an 75 ou 70 avant Jésus-Christ,
grâce à ses talents militaires, politiques et oratoires, il devint l'un des premiers personnages à la cour d'Auguste.
Républicain d'origine et d'opinion, il n'en quitta pas moins
le camp de Pompée pour celui de César : il passa le Rubi-
con avec le vainqueur des Gaules qui lui fit part de ses
angoisses [1]. Avant le combat de Dyrrachium, il fut envoyé
en Sicile, où commandait Caton ; Caton lui demandant si
c'était par ordre du Peuple ou du Sénat qu'il mettait le
pied dans une province qui n'était pas la sienne : « C'est,
répondit-il, le maître de l'Italie qui m'envoie, » et Caton
alla rejoindre Pompée à Corcyre [2]. Asinius assista à la
journée de Pharsale, sur laquelle, plus tard, il s'étendit
longuement dans son histoire. « Pollion, dit Plutarque,
qui combattit dans cette bataille à côté de César, affirme
que les Pompéiens ne perdirent que 6,000 hommes [3]. » Suétone nous a conservé un autre passage de son histoire, qui
confirme également sa présence à Pharsale. « Pollion rapporte qu'à la vue des ennemis en déroute, César lui dit en
propres termes : Après d'aussi grands exploits, j'aurais été
condamné, si je n'avais eu recours à mon armée [4]. » De
Pharsale Asinius fit voile vers l'Afrique, où le parti Pompéien mieux commandé eut un instant le dessus. Au commencement de la défaite de Curion par Juba, défaite qu'il

---

[1] Plut., *César.* — [2] Appien, II. — [3] *Vie de Pompée.* — [4] Suét., *Cés.*, 30.

partagea, Pollion se jeta, avec une poignée de fuyards, dans
le camp d'Utique, de peur que Varus, apprenant le succès
de son collègue, ne vînt y tenter un coup de main. Mais,
lorsque l'armée de Curion fut détruite, et que Flamma,
gouverneur d'Utique, en fut parti avec la flotte sans prendre à terre un seul fantassin, il alla sur une barque à bord
des vaisseaux marchands qui stationnaient dans le port, et
les conjura d'aborder pour sauver ses troupes ; ce qui
n'empêcha pas la plupart des soldats de périr dans cet
embarquement précipité, et les nobles efforts d'Asinius de
rester sans résultat [1]. Nous le retrouvons un peu plus tard,
en Espagne, lieutenant de César, qui l'y avait opposé aux
fils mêmes de Pompée. Par malheur, il n'avait pas assez
de forces pour défendre la Bétique où il commandait. En
l'absence de Sextus Pompée, il se hasarda au siége de Car-
thagène, ne réussit pas à la prendre et provoqua ainsi le
retour de l'ennemi, qui vint l'attaquer avec une armée
supérieure. Vaincu sur les bords du Bétis, il se débarrassa
de son costume militaire, pour fuir avec plus de sécurité,
tandis qu'un de ses homonymes, chevalier distingué, tomba
percé de coups à sa place [2]. C'était à la veille de marcher
contre les Parthes que le Dictateur l'avait envoyé dans
l'Espagne Ultérieure, en même temps que Lépidus dans la
Citérieure. Après les ides de Mars, le rôle d'Asinius grandit
encore : les trois légions qu'il avait en Espagne, le firent
rechercher et par Antoine et par le Sénat ; de sa décision,
en effet, allait dépendre pour le Sénat ou la défaite ou la
victoire. A cette occasion Cicéron lui adressa la correspondance que le temps nous a conservée, et qui ne montre
pas Asinius sous un jour favorable. « Je t'écrirai, dit
Asinius à Cicéron, le plus souvent que je pourrai. Ma nature et mes goûts m'entraînent au désir de la paix et de la

[1] *App.*, II. — [2] Dion, *Aug.*, 10.

liberté. Aussi ai-je bien souvent déploré le commencement
de cette guerre civile (d'Antoine contre Déc. Brutus).
Comme je ne pouvais être d'aucun parti, vu les puissantes
inimitiés que je me suis attirées des deux côtés, j'ai dé-
serté le camp où je ne me savais pas à l'abri des piéges
que l'on me tendait. J'ai gardé l'attachement, la foi la plus
inviolable à César, qui, me connaissant à peine, me traita
toujours comme ses plus anciens amis. Si nous sommes
sur le point de retomber encore au pouvoir d'un seul, je
me déclare contre lui, quel qu'il soit ; il n'est pas de péril
que je ne sois prêt à affronter pour la liberté. Mais les consuls (Hirtius et Pansa), ni par décret du Sénat, ni par lettre
ne m'ont tracé mon devoir. On sait et personne n'en dou-
tera, qu'à Cordoue, en pleine assemblée, j'ai déclaré que
je ne remettrais la province qu'à l'envoyé du Sénat [1]. » La
lettre suivante, écrite aussi à Cordoue sous la date de juin,
n'a d'autre intérêt pour nous que de nous montrer Asinius
refusant ses trois légions aux sollicitations de Lépidus et
d'Antoine, qui l'ont jusque-là empêché de rejoindre l'armée du Sénat. Nous lisons dans la troisième : « Que ne
m'a-t-on rappelé en Italie par le même décret que Plancus
et Lépidus ! Assurément la République n'eût pas éprouvé
une pareille perte (la mort des consuls). Je ne veux ni
manquer, ni survivre à la République. » Toutefois, il vient
d'insinuer adroitement qu'il a pour Antoine autant d'a-
mitié que Plancus ; il semble préparer une excuse pour la
conduite qu'il va bientôt tenir. Cicéron fut aveugle jusqu'au bout sur les menées d'Asinius comme sur celles de
Plancus. Brutus lui-même, assiégé dans Modène, semble
ne pas douter du bon vouloir de Pollion par le doute qu'il
manifeste sur Lépidus [2]. Ils furent cruellement déçus tous
deux : Pollion passa à Antoine avec deux légions et s'en-

[1] Cic., *Lett.* x, 31. — [2] Cic., *Lett.* xi, 9.

tendit avec Plancus, qui suivit son exemple [1]. En face d'une
telle trahison, le Sénat ne vit rien de mieux à faire que de
rappeler d'Espagne Sextus Pompée, contre lequel Asinius
avait fait comme préteur une campagne remarquable,
malgré sa défaite du Bétis. Quelque temps après, à la tête
de sept légions, après avoir longtemps retenu la Vénétie
au pouvoir d'Antoine et s'être couvert de gloire sous les
murs d'Altinum et d'autres villes, il alla rejoindre Antoine,
son ami. En route, il se rallie au triumvir Domitius, chef de
la flotte républicaine, qui s'était séparé de son parti après
la mort de Décimus Brutus [2]. Macrobe n'est pas aussi élogieux pour Pollion en cette circonstance. « Il contraignit
durement, dit-il, les habitants de Padoue à lui fournir des
armes et de l'argent ; les habitants échappant à la rigueur
par la fuite, Asinius promit une récompense et la liberté
aux esclaves qui livreraient leurs maîtres ; pas un esclave
qui ne restât fidèle [3]. » Après le désastre de Brutus et de
Cassius, Pollion, de retour en Italie, ne tarda pas à recevoir
la récompense d'une constante fidélité aux Triumvirs :
l'an 40 avant Jésus-Christ, l'année même de la guerre folle
de Pérouse, et au moment où Ventidius, lieutenant d'Antoine, repoussait les Parthes de la Syrie, il fut nommé
consul avec Cnéus Calvinus. Il est question, dans le Monu-
ment d'Ancyre, d'un second consulat d'Asinius Pollion
avec Censorinus, consulat évidemment de beaucoup postérieur, puisqu'il coïncide avec le recensement que fit
Auguste des citoyens Romains. Les Parthini, peuplade
assez obscure de la Dalmatie, profitant des circonstances,
entraînèrent cette province dans leur révolte, et pour les
ramener au joug, Pollion fut obligé de leur livrer plusieurs
combats [4]. Après la prise de Salone, capitale du pays, il

[1] App., ii. — [2] Velléius, ii. — [3] *Saturn.*, i, 11. — [4] Dion, *Aug.*,
xlviii, 41.

obtint d'abord une couronne de laurier, puis les honneurs
du triomphe. Il eut, la même année, un fils qu'il appela
Saloninus en souvenir de sa victoire et dont Virgile célèbre
la naissance [1]. A la suite de son triomphe sur les Dalmates,
Pollion, voyant la discorde éclater entre Octave et Antoine,
ne voulut plus prendre parti ni pour l'un ni pour l'autre ;
il s'entremit pourtant pour amener entre eux la paix de
Brindes. Mais ce fut là son dernier acte politique : il resta
désormais en Italie, pour ne pas être témoin de l'opprobre
de son ancien ami, honteusement attaché au char de la
reine d'Égypte. A l'approche de la guerre d'Actium, Octave, qui partait pour l'Orient, voulut entraîner Pollion :
« Les services que j'ai rendus à Antoine, répondit Asinius,
les bienfaits que j'en ai reçus, sont trop considérables
pour que je prenne part à votre lutte ; je serai la proie du
vainqueur [2]. » Neutralité honorable, qui ne l'empêcha pas
de devenir bientôt après l'ami, le conseiller intime de
l'heureux Octave. Tout en étant fidèle à son passé, à ses
opinions, Asinius exerça jusqu'à sa fin une influence utile,
mais non à la manière de Mécène, dont le seul but était de
faciliter par l'abaissement des caractères et par les séductions de la paix les nouvelles institutions d'Auguste. Pollion subit le gouvernement impérial, il ne l'accepte pas :
il regrette la République, qu'il aurait dû mieux servir.
Chose étonnante ! Auguste reste son ami, comme l'ami de
Messala, dont les opinions étaient encore plus tranchées.
Il l'invite à bâtir le temple de la Liberté [3] ; mais quelle
liberté ! Nous voyons Hérode, tétrarque de Judée, envoyer ses deux fils, Alexandre et Aristobule, à Rome
pour faire leur cour au nouveau maître, et les adresser
d'abord à Pollion, son hôte, qui leur avait préparé un lo-
gement. Il suffit que Pollion les présente, pour qu'Auguste

---

[1] *Egl.*, IV. — [2] Vell., II. — [3] Suét., *Aug.*, 29.

les loge dans son propre palais [1]. Même du vivant d'Antoine, Octave avait tout fait pour gagner un tel homme. Lorsque Virgile se fit produire auprès d'Octave pour sauver son modeste patrimoine, le jeune triumvir s'empressa de le recommander à Pollion, qui, par une circonstance singulièrement heureuse, vint commander dans la Gaule Cisalpine comme lieutenant de Marc-Antoine, l'an 42, après l'assassinat du Dictateur. Virgile en témoigna sa reconnaissance dans son églogue d'Alexis, par ce vers :

> Pollio amat nostram, quamvis est rustica, musam,

et par la pièce déjà citée, où il célèbre la naissance de Saloninus. Mais Pollion ne se laissa jamais prendre entièrement aux amorces d'Octave; le Triumvir ayant, un jour, composé contre lui des vers satyriques : « Pour moi, dit Pollion, je me garde de répondre; car il n'est pas facile d'écrire contre qui peut proscrire [2]. » Il ne conserva pas moins sa libre allure, lorsque la victoire d'Actium porta le dernier coup à ses idées les plus chères. C'est qu'aussi l'âme du maître s'était singulièrement adoucie. « L'historien Timagène avait parlé contre Auguste, contre sa femme, contre toute sa famille, et ses paroles n'avaient pas été perdues. Auguste lui donna plusieurs fois le conseil de modérer sa langue et finit par lui interdire sa maison. Timagène vécut depuis dans l'intimité de Pollion. Auguste ne s'en plaignit jamais : il se contenta de dire à Pollion qu'il nourrissait dans sa maison une bête féroce. Pollion allait s'excuser, quand le prince, l'arrêtant : Jouis de ton ami, lui dit-il, jouis-en. — Si tu l'exiges, César, je vais lui interdire aussi ma porte. — Pour que j'amène entre vous une réconciliation, sans doute? — Pollion, en effet, avait

---

[1] Josèphe, *Ant. Jud.*, XV, 13. — [2] Macrobe, II.

quelquefois à se plaindre de Timagène, et il ne s'était remis avec lui, que lors de la rupture de Timagène avec
César [1]. » Ces derniers mots sont caractéristiques. Sénèque
le Père parle aussi de cette intimité orageuse qui liait
Timagène à Pollion. « Pollion entrait souvent en lutte avec
cet homme à la parole piquante et qui était trop libre, sans
doute parce qu'il ne l'était pas lui-même depuis longtemps. De captif devenu cuisinier, de cuisinier porteur de
litière assez heureux pour arriver à l'amitié d'Auguste, ce
Timagène faisait si peu de cas de ses deux conditions,
que, lorsque le prince lui eut interdit sa maison, il brûla
le récit qu'il avait fait de ses exploits, comme pour lui interdire à son tour son génie. C'était, au reste, un esprit
éloquent, caustique, médisant mais avec finesse [2]. Un pareil homme convenait à l'âme désabusée, quelque peu
aigrie d'Asinius, qui ne pouvait pardonner à Auguste d'a-
voir étouffé la liberté. A quelle époque mourut Asinius ?
Selon toute apparence, vers les dernières années du règne
d'Auguste, comme l'affirme l'auteur *du Dialogue* [3]. D'après
Eusèbe, il s'éteignit dans sa campagne de Tusculum, à
l'âge de 70 ans, vers la 195e Olympiade, qui correspond
à peu près à l'an VI de notre ère. Eusèbe nous semble en
complet désaccord avec Valère-Maxime qui dit, au sujet
de Pollion : « *Numerosæ vivacitatis haud parvum exem-*
plum [4]. » Ces expressions ne seraient guère de mise si Pollion n'avait eu que 70 ans; tout en acceptant comme probable, sinon comme certaine, la date que saint Jérôme
assigne à sa mort, il faut croire qu'il n'a pas suffisamment
connu celle de sa naissance que nous avons placée, avec la
plupart des critiques, entre l'an 75 et l'an 70 avant Jésus-
Christ; ce qui donne bien à sa vie la durée qui lui est
communément accordée.

[1] Sén., *De Irâ*, III, 23. — [2] *Contr.*, V, 4. — [3] Ch. XVII. — [4] VIII, 14.

Après l'homme politique, examinons l'homme de lettres,
le protecteur et l'ami des arts.

Nous savons qu'Asinius Pollion le premier loua une
salle et des banquettes pour y étaler devant des amis de
choix sa gloriole littéraire, et qu'il mit ainsi les lectures
à la mode; depuis, la récitation tint lieu de Comices,
la chaire du lecteur remplaça la tribune aux harangues. Le premier encore il établit à Rome une bibliothèque publique avec l'argent pris sur les peuples qu'il
avait vaincus. Si l'on peut, à bon droit, critiquer sa première fondation, il faut lui savoir gré de la seconde, faite
pour dissiper les ténèbres et pour faciliter à la foule des
connaissances qui n'avaient été jusqu'alors que le privilége
de quelques esprits. Il faut aussi lui savoir gré d'avoir placé
dans cette bibliothèque la statue du plus grand et du plus
noble savant de Rome, de M. Varron qui vivait encore.
« Ce ne fut pas pour Varron une moindre gloire de recevoir du premier des orateurs du temps une pareille couronne, que d'avoir mérité la couronne navale que le grand
Pompée lui décerna dans la guerre contre les pirates [1]. »
Pline nous dit, dans un autre passage, qu'outre les livres
et les manuscrits, se voyaient dans les bibliothèques fondées par Pollion ou à son exemple, les statues en or, en
argent et en bronze non-seulement des grands hommes
du temps, mais encore des génies de l'antiquité, « dont
Asinius fit ainsi comme une république [2]. » C'est qu'Asinius avait le goût et l'idée des belles choses ; or en est-il
de plus belles que les arts? Sa position de grand seigneur
lui permettait, en outre, de satisfaire ce goût naturel,
qu'il développa par de constantes études. Aussi, dans ses
vastes demeures abondaient les œuvres de Praxitèle, les
Ménades, les Thyades, Silène; Apollon, Neptune ; les deux

[1] Pline l'Ancien, VII, 30. — [2] Id., XXXV, 2.

Chamétères et le Canéphore de Scopas; la Vénus de Cé-
phissodore; les Centaures montés par des nymphes d'Ar-
chésitas ; les Thespiades de Cléomènes, etc. [1]. Pline assigne
à la collection de ces divers chefs-d'œuvre, aujourd'hui
perdus, deux motifs, la passion, *acrem vehementiam*, et la
vanité, dont Asinius ne fut jamais exempt, *monumenta sua
voluit spectari*. Par malheur, une pareille vanité devenait
de moins en moins commune dans cette société romaine
qui se plongeait tous les jours davantage dans les jouissances matérielles. Et puis, Asinius n'avait-il pas tout ce
qu'il faut pour être le modèle des amateurs? N'était-il pas
historien, poëte, orateur à la fois?

Après la bataille d'Actium, quand il eut dit aux affaires
un éternel adieu, il consacra ses loisirs à la composition
d'une histoire contemporaine, qui comprenait les guerres
civiles depuis le consulat de Métellus et d'Afranius; histoire qui n'avait pas moins de 17 livres [2] et dont nous
avons déjà cité deux fragments. Crémutius Cordus, accusé sous Tibère d'avoir appelé Cassius et Brutus les
derniers des Romains, allègue pour sa défense les hommages que leur a rendus Pollion. Dans sa description de
la Gaule, le géographe Strabon le cite, mais pour le réfu-
ter : « Asinius prétend que la longueur du Rhin est de
6,000 stades; mais il se trompe. » Appien et Suétone le
rappellent et l'ont sans doute mis à contribution; Valère-
Maxime [3] en vante le 3e livre. Horace, ami de l'auteur,
est encore le plus explicite au sujet de cette histoire : « Tu
traites un sujet plein de périls et tu marches sur des cendres mal éteintes, » lui dit-il [4]. Il y avait bien, en effet,
quelque hardiesse à raconter des guerres, des crimes si
récents; mais Pollion était au-dessus de la crainte : il ra-

---

[1] Pline l'Ancien, xxxvi, 5. — [2] *Suidas.* — [3] Liv. VIII. — [4] *Carm.*,
ii, 1.

conta ce qu'il crut être la vérité. Il usa des conseils du
grammairien Atéius Philologus, qui avait déjà prêté son
concours à Salluste, dont il avait fréquenté la maison. Là
ne se bornèrent pas ses travaux historiques : Suidas fait
mention d'une histoire grecque pour la première fois écrite
en latin, et il la lui attribue. Il est certain aussi qu'il écrivit
une critique des œuvres de Salluste, dont nous trouvons un
fragment dans Suétone : « Asinius Pollion, quand il blâme
Salluste d'avoir affecté les archaïsmes, s'exprime ainsi sur
Atéius Philologus : — *In eam rem adjutorium ei fecit maxime*
quidam Ateius Philologus, nobilis grammaticus, declamantium
deinde adjutor atque præceptor, ad summam Philologus ab semet
nominatus. » Je m'étonne d'autant plus que Pollion l'ait soupçonné d'avoir fait pour Salluste une collection de vieux
mots et de vieilles figures, qu'il savait fort bien qu'Atéius
ne lui donnait à lui-même d'autre conseil que d'employer
le style d'usage et d'éviter l'obscurité de Salluste et la
hardiesse de ses métaphores [1]. Aulu-Gelle fait allusion à
cet opuscule, lorsqu'il reprend Asinius d'avoir reproché
à l'auteur de la *Guerre de Jugurtha* la locution *in trans-*
gressu, en parlant d'une flotte [2]. Cette œuvre, il faut le reconnaître, ne fait pas honneur au goût ordinairement
si fin et si délicat de Pollion ; elle ne fait pas honneur
surtout à son caractère, en cela bien inférieur à celui de
Messala : Pollion a de la jalousie, presque de la haine pour
les génies qui l'ont surpassé dans les genres divers qu'il
a traités lui-même. Cette jalousie le rend injuste pour
les autres, aveugle sur son propre compte : il reproche à
Salluste, par exemple, d'être le maladroit plagiaire du style
du vieux Caton, tandis qu'il a lui-même outré l'emploi
des formes archaïques et du vieux langage jusqu'à tomber
dans l'incorrection : « *Neque jam in nobis quisquam ferat*

---

[1] Suét., *Gramm.*, 10. — [2] *Nuits*, x, 26.

hos (au lieu de *has*), *lodices quanquam id Pallioni placeat*[1]. »
Il découvre de la *Patavinite* dans Tite-Live, à la hauteur
duquel il désespère d'atteindre. D'après lui, les Commentaires de César sont écrits avec peu de soin et respectent assez peu la vérité, parce que César a cru légèrement à ce qu'avaient fait ses lieutenants, et que, soit à
dessein, soit faute de mémoire, il a mal rapporté ses propres actions [2]. Mais la postérité n'a pas ratifié son jugement trop sévère : aux yeux de la postérité, comme aux
yeux de Cicéron, les Commentaires sont simples, exacts,
remplis de grâce, dépouillés de tout enjolivement de style
et par cela même admirables [3]. Je sais bien que de son
temps il existait une école sottement admiratrice des Anciens, parce qu'il en existait une autre qui les dénigrait
plus sottement encore, et qu'Asinius penchait pour la première ; mais la raison véritable de ce dénigrement général
était, répétons-le, dans la nature même de cet esprit chagrin, comme nous aurons lieu de le constater de nouveau
pour les poëtes et pour les orateurs. Toutefois, et malgré
ce penchant, la critique tenait Asinius en haute estime
comme historien. Valère-Maxime dit à son sujet : « *Non mi-
nima pars Romani styli*, » et, bien que le temps n'ait pas
respecté ses œuvres, la postérité a accepté ce jugement.

Les vers, avons-nous dit, occupèrent également une partie de ses loisirs ; Pline le Jeune l'affirme [4]. Horace l'avait
affirmé avant lui : « Pollion chante les hauts faits des rois
en vers ïambiques [5]. » Dans un autre passage, il engage sa
muse à faire trêve un moment à la sévère tragédie [6]. La
tragédie, tel était le genre qu'avait choisi cette intelligence
grave, qui ne voulut pas, à l'exemple de maints autres,
descendre aux petits vers. Là aussi son imitation remonta

---

[1] Quint., 1, 6. — [2] Suét., *Cés.*, 56. — [3] Cic., *Brut.*, 75 — [4] v, 3
— [5] *Sat.* 1, 10. — [6] *Carm.*, II, 1.

les âges et s'attacha de préférence aux vieilles gloires de Rome, à Ennius, à Accius, à Pacuvius, à Lucilius, à Térence, à Cécilius, dont elle reproduisit l'allure avec une grâce savante [1]. Aper, dans le Dialogue des orateurs, ne lui en sait pas le même gré que Quintilien : « Il est si dur, si sec, dit-il, qu'il s'est réglé dans ses tragédies, voire dans ses discours, sur Pacuvius et sur Accius [2]. » Mais cette sévérité peut-elle surprendre dans cet enthousiaste des *modernes* ? Catulle, qui se connaissait en poésie, qui, de plus, était mieux à même d'apprécier les productions de son ami, vante, au contraire, la grâce et la finesse de sa muse :

> Est enim leporum
> Disertus puer ac facetiarum [1],

Son avis est partagé par Quintilien, pour lequel Pollion est un *homme de toutes les heures*, dont l'esprit est fait pour la plaisanterie comme pour le sérieux [4]. Virgile enfin, dont le témoignage est d'un assez grand poids, malgré la reconnaissance qui le liait au lieutenant d'Antoine, s'écrie dans son églogue d'Alexis :

> Pollio et ipse facit nova carmina.

L'admiration est encore plus vive dans la VIIIe églogue :

> En erit ut liceat totum mihi ferre per orbem
> Sola Sophocleo tua carmina digna cothurno.

Avant le Thyeste de Varius et la Médée d'Ovide, l'épithète *sola* n'était que fidèle à la vérité. Ce concert de louanges dans la bouche de trois grands poëtes et d'un rhéteur éminent doit balancer à nos yeux la critique d'Aper, et nous

---

[1] Quint., I, 8. — [2] Ch. xxi. — [3] *Carm.*, xii. — [4] *Inst.* vi, 3.

faire ranger Pollion parmi ces génies rares qui savent
être universels et briller dans tous les genres.

Pollion néanmoins n'est guère connu que comme orateur; la critique ancienne ne le vante, peu s'en faut, qu'à
ce point de vue. C'est qu'aussi, chez Pollion, après le personnage politique, c'est l'orateur du Sénat et du barreau
qui domine. Examinons-le donc sous ce dernier aspect.

Par la date de sa naissance il a pu être et il a été le
disciple de Cicéron, le grand maître du temps [1]. On ne s'en
douterait pas à voir l'acharnement qu'il mit toute sa vie à
poursuivre et la mémoire et la réputation de l'Orateur.
Nous avons, à cet égard, le témoignage de Sénèque le
Père [2] et de Quintilien dans le passage suivant : « Pollion
ne trouve pas Cicéron assez parfait et fait ressortir amèrement, *inimice*, en maint endroit les défauts de sa parole [3]. »
Nous verrons bientôt Asinius Gallus, héritant de la haine
paternelle, publier un pamphlet contre les mânes de leur
maître à tous. D'où partait un pareil sentiment dans une
âme noble d'ailleurs, sinon de la jalousie, de cette humeur chagrine qui affligea la vieillesse d'Asinius Pollion?
Il aurait pu cependant se contenter de la place qu'il s'était
faite parmi les écrivains et les orateurs du temps; place,
au reste, qu'il conquit et par les dons heureux dont la
nature l'avait enrichi, et par un travail opiniâtre qu'il
poursuivit à travers une existence si diversement occupée.
« Il y a des gens, dit Sénèque, qui partagent leur journée
entre le travail et le loisir. Tel était Asinius Pollion : nulle
affaire ne put jamais le retenir au delà de la dixième
heure. Après cette heure-là il ne lisait pas même ses
lettres, pour ne pas se donner un autre souci ; il consacrait
ces deux dernières heures à chasser la fatigue de toute la
journée [4]. » N'est-ce pas là cette méthode, cette régularité

[1] Velléius, II. — [2] *Suas.*, VI. — [3] XII, 1. — [4] *De Tranq.*, 15.

qui permet aux génies supérieurs de faire tant et de si belles
choses ? Outre cette méthode féconde, Asinius ne trouvait-
il pas encore dans son cœur une autre source de cette éloquence qu'il faut lui reconnaître ? N'appartenait-il pas à
cette race d'esprits généreux qui virent les dernières
heures de la République et qui ne purent jamais se
façonner entièrement au despotisme impérial ? « Un
vieux levain de liberté fermente dans ces âmes, encore
rebelles aux séductions d'un brillant esclavage [1] ». Et
c'est là ce qui nous explique cette fierté qu'on lui reprocha toute sa vie, et que nous retrouverons dans son fils
Asinius Gallus.

Suivant une vieille coutume, Asinius fit de bonne heure
ses débuts en s'attaquant à un personnage influent : à vingt-
deux ans, sous le consulat de L. D. OEnobarbus et d'Appius
Pulcher, il accusa Caton, un parent de Caton d'Utique,
que défendaient Cicéron, Calvus et M. Scaurus. Il fallait
certes du courage, tout au moins de la confiance en soi,
pour oser se mesurer avec de semblables talents, et pour
affronter la nombreuse clientèle de l'accusé. Ce procès
le mit en renom et bientôt les causes abondèrent pour lui.
Il eut peu de temps après à défendre OElius Lamia, probablement cet ami de Cicéron qui dans une de ses lettres
le recommande à Décimus Brutus. Dans ce discours qu'il
publia depuis, il attaque déjà la réputation du protecteur
de son client. Ces deux plaidoyers furent prononcés avant
Auguste, et touchaient plus ou moins aux questions
politiques. Lorsque Auguste *eut pacifié l'éloquence*, Pollion
n'aborda plus les causes de ce genre, où son indépendance
eût été mal à l'aise, et se renferma dans le rôle de simple
avocat. Cela ne l'empêcha pas de plaider souvent et des
causes importantes, parmi lesquelles il faut citer celle de

[1] Egger, *Hist. d'Aug.*, II.

Nonius Asprénas, accusé d'empoisonnement par Cassius
Sévérus. Ce Nonius Asprénas doit être celui qui accompagna comme proconsul J. César dans son expédition d'A-
frique, et qu'Appien [1] nous dit avoir été tribun après le
meurtre du Dictateur; on retrouve encore un Nonius Asprénas consul sous Caligula; était-ce un descendant de celui
qui nous occupe? Peu importe. Toujours est-il que celui
que défendit Asinius Pollion, était fort avant dans l'amitié
d'Auguste, puisque ce prince ne craignit pas d'aller au
tribunal solliciter pour lui les suffrages, et qu'il fut acquitté.
A cette affaire d'empoisonnement en succéda une seconde, celle d'un rhéteur de Pergame du nom de Moschus;
une troisième, celle d'Apollodore, le maître d'Auguste,
si connu de son temps pour sa Rhétorique et pour l'école
qui porta son nom. Mais, cette fois, la protection d'Auguste ne put sauver l'accusé, qui, après sa condamnation,
alla s'éteindre à Marseille, dans un âge fort avancé, puisque
Lucien le cite comme exemple de longévité. Dans toutes
ces luttes, la parole d'Asinius ne retentit jamais que
devant les tribunaux supérieurs, où il restait comme une
ombre de l'ancienne liberté. Une seule fois l'orateur
dérogea à ses habitudes et consentit à paraître devant les
Centumvirs, qui ne furent jamais, même sous l'Empire,
chargés des grandes affaires : ce fut pour la cause des
héritiers d'Urbinia. Quintilien nous fournit quelques détails sur ce procès fameux dans l'antiquité. « D'après le
demandeur, Clusinius Figulus, fils d'Urbinia, prend la
fuite après la déroute de l'armée où il servait; échappé
à mille aventures périlleuses, il tombe aux mains d'un
roi, qui finit par le renvoyer en Italie, à Margines, son
pays natal, où il se fait reconnaître. D'après Pollion, au
contraire, ce Clusinius aurait servi deux maîtres à Pi-

[1] III.

saure, aurait fait après de la médecine et se serait fait
affranchir, pour se joindre de rechef à une troupe d'esclaves et se faire acheter [1]. » Entre autres preuves qu'il
donnait pour démontrer que ce personnage n'avait aucun
droit à l'héritage d'Urbinia, Asinius citait son propre
adversaire, l'historien Labiénus, ancien partisan de
Pompée, qui devait singulièrement déplaire, en effet, au
partisan de César ; preuve déloyale toujours, mais surtout
dans la bouche d'un républicain, si tant est qu'Asinius le
fût sincèrement. Les auteurs de l'Empire qui parlent si
souvent de ce procès, ne nous disent point quelle en fut
l'issue ; mais il nous suffit de savoir que Pollion, comme
toujours, s'y couvrit de gloire. Devant un autre tribunal,
Asinius parla pour une certaine Liburnia, que défendit
probablement aussi Messala. Nous citerons enfin le procès
de M. Scaurus, frère utérin de Sextus Pompée dont il fut
d'abord le partisan ; mais il passa bientôt dans le camp
d'Antoine, qui se l'attacha ; après Actium, Auguste voulut le mettre à mort, et ne lui laissa la vie qu'en considération de sa mère Uncia. Pour le faire absoudre,
Asinius eut recours à la mémoire, aux services de ses
ancêtres.

Telles furent les principales causes où brilla l'heureux
talent de Pollion ; le retentissement en est moindre aujourd'hui qu'il ne nous reste rien ou peu s'en faut de ces
discours. Mais le siècle d'Auguste et ceux qui suivirent,
en reçurent une vive impression. « Remarquable appui
des malheureux accusés, lumière du Sénat, » s'écrie le
grand critique de l'époque [2]. « L'invention est grande
dans Asinius Pollion, le soin extrême, excessif même aux
yeux de quelques juges, le goût et le souffle suffisants ;
mais Pollion est si loin de l'éclat et du charme de Cicéron,

---

[1] *Inst. Or.*, VIII, 2. — [2] Hor., *Carm.*, II, 1.

qu'il lui semble antérieur d'un siècle [1]. » Aper exprime
la même idée sous une forme outrée : « Bien que né
dans des temps plus modernes, dit-il, Asinius paraît
avoir fait ses études à l'école des Ménénius et des
Appius [2]. » La remarque ne peut justement s'appliquer
qu'à cette recherche de l'archaïsme que nous avons déjà
relevée. Sénèque adresse au style d'Asinius un reproche
plus grave, celui d'être *rocailleux, sautillant, haché:* « Chez
Cicéron, dit-il, toutes les phrases se terminent; chez
Pollion, elles tombent, à peu d'exceptions près [3]. » Le
reproche, pour être singulier dans la bouche du Philosophe, ne s'en accorde pas moins avec la pensée de
Quintilien, quand il avance que les esprits *secs* et *sévères*
prennent Pollion pour modèle [4]. Mais ce qu'on ne saurait
refuser à cet orateur d'élite, outre les qualités déjà
mentionnées, c'est cette noblesse, cette pureté simple,
cette aisance qui n'appartiennent qu'aux talents de premier ordre ; et, s'il finit par avoir le goût exclusif et sévère,
c'est que peut-être, mieux que d'autres, il sentait combien
est ardu et sérieux ce grand art de la parole. Pline le Jeune
ne lui prête-t-il pas ce mot qu'il a sans doute enjolivé
lui-même ? « A force de plaider aisément, je suis arrivé à
plaider souvent, et à force de plaider souvent, je suis
arrivé à plaider moins aisément [5]. » Ne vaut-il pas mieux,
au surplus, être difficile à la manière de Pollion que facile à la manière de ces parleurs verbeux et stériles qui
foisonnèrent après lui?

Comment de ce rang d'orateur Asinius put-il descendre à la déclamation? On n'aura pas de peine à le
comprendre, si l'on se remet en mémoire ce que nous
avons dit du régime introduit par Auguste et du caractère
particulier de l'homme qui nous occupe. Pollion était un

---

[1] Quint., x, 1. — [2] *Dial.*, 21. — [3] *A Luc*, 100. — [4] x, 2. — [5] vi, 29.

de ces esprits comme il en existe beaucoup à certaines
époques, qui, après avoir joué un des premiers rôles sur
la scène du monde ou de la science, ne peuvent consentir
à s'éteindre dans le repos et l'oubli. S'il a institué les bibliothèques et les lectures publiques, soyez-en sûr, il y
cherchait une source de bruit, sinon de gloire, plutôt
que la réalisation d'une idée féconde. Son caractère avait
trop d'orgueil et pas assez de philosophie pour se renfer-
mer dans un majestueux silence. Il suivit donc le torrent
de la mode et se fit déclamateur. Sénèque le Père va seul
nous dire s'il y réussit. « Asinius Pollion ne déclama
jamais en public ; ce qui fit dire à Labiénus que ce vieillard chargé de triomphes ne confia jamais ses ἀκροάσεις
à l'oreille de la foule ; soit qu'il eût peu de confiance dans
ce genre d'exercice ; soit, ce que je croirais plus volontiers,
qu'un aussi grand orateur ait regardé ces études comme
au-dessous de son talent. Je l'ai entendu encore vert et,
plus tard, déjà vieux, alors qu'il formait en quelque sorte
son petit-fils Marcellus Æserninus. Sa déclamation était
un peu plus fleurie que sa plaidoirie. Son goût sévère, rigoureux et trop arrêté en éloquence lui faisait alors tellement défaut, que souvent il avait besoin d'indulgence et
qu'ils'en accordait difficilement à lui-même. Je me souviens que, quatre jours après la perte de son fils Hérius, il
déclama avec nous, mais avec plus de véhémence que
jamais ; on voyait que sa nature hautaine luttait contre
sa fortune. Il ne changea rien à ses habitudes. Aussi, quand,
après la mort en Syrie de Caïus César (son petit-fils), dans
un billet Auguste se fût plaint non-seulement avec douceur, mais encore avec une certaine familiarité, que,
dans une douleur si grande et si nouvelle, l'homme qui
lui était le plus cher, eût paru dans un banquet nombreux,
Pollion lui répondit : J'ai dîné le jour même que j'ai
perdu Hérius. C'était hautement proclamer la hauteur

d'une âme qui insulte à ses malheurs[1]. » Esprit éminemment original et novateur, Asinius introduisit l'usage des
invitations personnelles pour les déclamations. Critique
impitoyable pour ses rivaux dans cette sorte d'escrime
il excellait à trouver leurs côtés faibles, bien qu'il ne fût
pas lui-même à l'abri du reproche. Mais, au dire de Quintilien, il rachetait ses défauts, en partie tout au moins, par
ses exordes qui passaient pour les modèles du genre. En
outre, si le déclamateur s'obscurcit et s'efface dans le
portrait que Sénèque nous en a tracé, le caractère y brille
d'un singulier éclat. Remarquons cependant que ce caractère, tout élevé qu'il est, n'en garda pas moins dans la
déclamation ce penchant à la critique immodérée que
nous avons constaté dans l'historien et dans l'orateur.
« Asinius faisait la guerre à tous les déclamateurs attiques; César, un jour, lui donnant un talent qui équivaut
à vingt-un de nos sesterces : — Ajoute ou retranche, lui
dit-il en grec, pour que tu ne sois pas attique. — Une
autre fois, le prince le recommandait à Passiénus, et
comme Pollion ne se souciait pas de cette recommandation, Auguste lui demanda pourquoi il faisait fi d'un
homme aussi puissant : — Quand j'approche le soleil lui-
même, je ne m'inquiète pas d'une lumière qu'on me présente, repartit Asinius[2]. Un dernier trait mettra dans tout
son jour cette jalousie secrète dont nous l'avons accusé, et
qui le rendait injuste pour les autres gloires que la sienne.
Un jour qu'il était venu chez Messala pour entendre une
lecture, le poëte Cordouan, Sextilius Héna, commençait à
lire un morceau sur la mort du grand Orateur, morceau
qui débutait par ce vers :

Deflendus Cicero est Latiæque silentia linguæ.

[1] *Contr. Exc.*, IV, préf. — [2] Sén., *Contr.*, V, 34.

« Mon cher, dit Pollion à Messala, je ne veux pas écouter un homme qui me dit en face que je suis muet, » et il partit [1].

Ce travers et les fautes politiques que l'on peut condamner dans sa vie, ne doivent pas faire oublier le haut personnage, l'illustre orateur, que la Décadence alla jusqu'à préférer à Cicéron lui-même ; et le jour où mourut ce vieillard octogénaire, fut un jour néfaste pour l'éloquence et pour Rome qui perdaient un de leurs plus glorieux représentants. Avant de lui faire nos adieux, réunissons comme en un faisceau les restes épars, que les grammairiens nous ont conservés de ses œuvres diverses. Nous devons à Charisius le passage suivant : « *Vectigaliorum Reipublicæ curam esse habendam.* » Ce grammairien cite, de plus, un discours, *De provinciæ hæredibus*, avec les paroles : *Clipeus prætextæ imaginis positus.* Il cite encore un livre intitulé : *Contra maledicta Antonii*, avec le fragment : *Volitantque urbe totâ catilli.* S'il faut l'en croire, Asinius aurait encore composé un traité contre Valérius, dont il nous a transmis une phrase entière du livre Ier : *Quia pugillus est qui plures tabellas continet in seriem sitas.* Priscien a sauvé de l'oubli les trois passages que voici : « *Veneris antistita cupras ;* » « *Cujus experta virtus bello Germaniæ traducto ad custodiam Illyrici est ;* » et « *sed quum ob ea quæ speraveram, dolebam, consolabar ob ea quæ timui.* » Nous trouvons enfin dans Verrius comme de Pollion : « *Sævitiaque eorum abominaretur ab omnibus.* » Ces courts et rares lambeaux constituent, avec les quelques lettres d'Asinius à Cicéron, tout ce qui nous est resté d'un auteur si fécond ; faible bagage sans doute, mais qui jette quelque lumière sur les jugements divers qu'en a portés la critique ancienne, et que nous devions pour ce motif ne pas omettre dans notre esquisse.

[1] Charpentier, p. 204.

VII

ASINIUS GALLUS.

Que devint, sous Tibère, sa famille si nombreuse, puis-qu'il laissa quatre fils et une fille, Asinia, la mère de Mar-cellus OEserninus, dont nous dirons un mot? Tacite et Dion vont nous l'apprendre. Asinius Gallus, le seul des fils de Pollion qui lui survécût, hérita de la haute position de son père et fut même consul de son vivant, l'an vIII avant notre ère, avec Caius Marcius, l'année même de la mort d'Horace [1]. De son père il reçut cette fierté et cette ambition qui faisaient dire à Auguste dans ses derniers moments qu'Asinius Gallus aspirait à l'empire, sans être capable d'en supporter le poids [2] ; parole que Tibère n'ou-blia pas. Il faut bien aussi que le faste et la magnificence aient été les mêmes, pour avoir fait dire à Tertullien : « Je mets un fer rouge à cette ambition qui fit acheter à Asinius Gallus pour un million de sesterces une table de ci-tronnier de Mauritanie [3]. » Asinius ne pouvait donc pas être et ne fut pas, en effet, un simple avocat. Son élo-quence qui pâlit à côté de l'éloquence de son père, se renferma donc à peu près exclusivement dans le Sénat, dont elle dirigea souvent les délibérations. A la mort d'Auguste, il opina pour faire passer ses funérailles par la Porte Triomphale [4]. Mais cet honneur de dominer ainsi l'assemblée par la parole devint, sous Tibère, une des causes et l'occasion de sa perte. Le nouveau prince priait, à son début, le Sénat de le soulager d'une partie de l'em-pire. « Quelle partie de l'État veux-tu qu'on te confie, »

---

[1] Suét., *Hor.* — [2] Tac., *Ann.*, 1, 13. — [3] *De Pallio*. — [4] Tac., *Ann.*, 1, 8.

s'écria Gallus avec une franchise maladroite ? Pris au dépourvu par cette question inattendue, Tibère se tut un
instant ; puis, se remettant de son trouble : « Il ne convient pas, dit-il, à ma modestie de faire un choix, puisque
j'aimerais mieux être déchargé de tout le fardeau. »
Gallus, de son côté, lisant sur la figure de Tibère qu'il
l'avait blessé, se ravisa : « Je n'ai pas adressé cette question pour que l'on séparât ce qui est de soi inséparable,
mais pour te faire avouer, César, que la République ne
forme qu'un seul corps et ne demande qu'un seul maître. »
Gallus alors de vanter Auguste, de rappeler à Tibère ses
propres victoires, sa longue et glorieuse conduite pendant
la paix. Ses éloges furent impuissants à calmer la colère
du Prince[1]. Outre le crime de l'avoir deviné, Gallus avait
encore, aux yeux de Tibère, un tort grave, celui d'avoir
épousé la fille d'Agrippa, Vipsania, sa première femme.
Auguste avait contraint Tibère à la répudier pour lui
donner sa fille Julie, devenue veuve d'Agrippa. Vipsania,
alors enceinte, avait accouché de Drusus dans la maison
d'Asinius Gallus. Mais Tibère reconnut l'enfant et garda
longtemps un tendre souvenir de sa première épouse.
L'ayant un jour rencontrée, il ne put retenir, dit-on, ses
larmes et la suivit longtemps des yeux. S'il faut en croire
Dion, Asinius Gallus prétendait à la paternité de Drusus,
que Tibère affectionnait, et, de plus, avait la maladresse
de ne pas s'en cacher. Ajoutez les vues ambitieuses
que Tacite prête à Gallus et qu'Auguste avait entrevues, et
vous aurez la clef de cette haine impitoyable de Tibère
pour Gallus. Toutefois le tyran n'était qu'au début de son
règne, et sa cruauté sombre ne pouvait pas éclater immédiatement. Asinius crut en être quitte pour la peur. Nous
le voyons, en effet, continuer son rôle au sein de la Curie et

[1] *Ann.*, 1, 13.

diriger les Pères Conscrits. A l'occasion de la mort volontaire de Drusus Libon, faussement accusé de conspiration
contre la sûreté de l'Etat, il fit décréter des offrandes à
Jupiter, à Mars, à la Concorde ; le jour du suicide de Libon
dut être un jour de fête. « Je ne rapporte ces décrets et
ces adulations, dit Tacite, que comme témoignage d'un
mal ancien déjà dans la République [1]. » Et l'on n'é-
tait encore qu'à la deuxième année du règne de Tibère !
Et c'est le fils de Pollion qui donna l'exemple d'un tel
abaissement ! Que nous sommes déjà loin d'Auguste !

Habituons-nous, au reste, à de telles bassesses ; nous
n'allons guère rencontrer autre chose. Des sénateurs, attris-
tés par le luxe croissant de Rome, proposent une loi pour
en arrêter les funestes résultats. « Les ressources particulières, s'écria Gallus, ont augmenté avec l'Empire ; le fait
n'a rien qui doive étonner, puisqu'il est très-ancien. Autre
était la richesse des Fabricius, autre celle des Scipion ;
tout cela dépend de l'État : l'État est-il faible ? Les demeures des citoyens sont étroites ; mais quand il arrive à ce
point de prospérité, elles s'agrandissent insensiblement.
Ce n'est ni sur les esclaves, ni sur l'argent, mais sur les
ressources du maître que se mesure le trop ou le trop peu.
Si la fortune d'un sénateur et d'un chevalier n'est pas la
même, ce n'est pas qu'ils soient d'une nature différente ;
les habitations, le rang, la dignité, tout ce qui fait et le
bonheur de l'âme et la santé du corps, en voilà la cause
unique. Je me trompe : les soucis, les périls sont en raison
de la célébrité ; il faudrait donc, en ce cas, se priver de ce
qui peut les amoindrir [2] ! »

L'avis de Gallus fut chaudement accueilli ; triomphe
qu'il dut à la corruption de l'ordre sénatorial, non à ses
raisons plus spécieuses que fondées. Le luxe, en effet, avait

---

[1] *Ann.*, II, 32. — [2] Tac., *Ann.*, II, 33.

pris, on peut le dire, un essor menaçant. Déjà, sous Auguste et sous le consulat d'Asinius lui-même, un particulier, C. Cœcilius Claudius Isidorus, prouva par son testament que, malgré ses pertes durant la guerre civile, il laissait néanmoins 4 116 esclaves, 3 600 paires de bœufs, 257 000 têtes de menu bétail, et 600 000 serterces en numéraire [1]. Oserions-nous, comme Gallus, défendre un pareil état de choses ? Tibère, il est vrai, tout économe qu'il était, ne se souciait peut-être pas de troubler son repos en remédiant au mal, et Gallus avait appris à lire dans l'âme du tyran ! Par malheur, cela ne l'empêcha pas de contredire quelquefois sa sombre et tortueuse politique ; c'était, en somme, un flatteur assez gauche. On délibérait au Sénat sur l'exil à infliger à Vibius Sérénus, faussement accusé et par son propre fils, mais ennemi de Tibère ; Gallus opina pour le faire reléguer à Gyare ou à Donuse. Gyare, dont le nom reviendra plus d'une fois dans ce travail, était une petite île de l'Archipel, voisine d'Andros, et à laquelle Pline donne douze milles de circuit ; couverte de rochers et stérile, elle convenait aux grands criminels que Rome ou plutôt les empereurs y envoyèrent. Elle porte aujourd'hui le nom de Ioura et reste tout aussi déserte que dans l'antiquité. « Ces deux îles manquent d'eau, fit observer le Prince, uniquement occupé de contredire Asinius [2]. » Rarement Asinius ouvrait la voix en faveur de la clémence et de l'humanité. Silius, qui avait étouffé la révolte du Gaulois Sacrovir, venait d'attenter à ses jours pour échapper à une condamnation certaine : Asinius fit exiler Sosie, sa femme, accusée d'être l'amie de la première Agrippine, vendre à l'encan une partie des biens de Silius et laisser le reste à ses enfants [3]. Et Agrippine était la tante

---

[1] Pline, xxxiii, 10. — [2] Tac., *Ann.*, iv, 30, l'an 24. — [3] Tac., *Ann.*, iv, 20.

maternelle de ses propres enfants ! Si cette noble et malheureuse femme ne fut pas de bonne heure exilée, ce ne
fut pas la faute d'Asinius, qui voyait à la vérité sa propre
perte depuis longtemps résolue. Il fallut, un jour, que
Séjan le réfutât pour conseiller la douceur [1] ! Tibère n'en
finit pas moins par atteindre sa victime après la mort de
Gallus : il accumula sur cette infortunée les plus infâmes
accusations, la traitant d'impudique et d'adultère avec ce
même Asinius, dont la mort, disait-il, l'avait dégoûtée de
la vie [2]. Alors Asinius n'était plus là pour se défendre, et
quand, après le meurtre de Germanicus, Pison était venu
implorer le secours de son influente parole, il avait eu la
généreuse imprudence de le lui refuser [3]. Voulut-il depuis
s'appuyer sur Séjan pour échapper au Prince, ou rendre
Séjan odieux au Prince à force d'honneurs et de puissance ?
Dion nous laisse avec lui dans le doute. Quoi qu'il en soit,
Gallus proposa pour l'omnipotent et terrible ministre les
plus hautes distinctions : il opina pour lui faire conférer le
rang de sénateur. Tibère ne fut pas dupe d'une telle ma-
nœuvre, et écrivit au Sénat que Gallus portait envie à l'attachement qu'il avait pour Séjan [4]. Un passage de Sénèque
nous engagerait à croire qu'il y avait bien une sorte de
rivalité d'influence entre Gallus et Séjan, l'un tout-puissant
sur le Sénat, l'autre sur le Prince : « Toutes les fois, dit-il,
que l'amitié d'Asinius ou la haine de Séjan faisait la perte
d'un particulier : — Il n'y a que Vatia pour savoir vivre, —
s'écriait-on de toute part [5]. » Séjan n'eut pas de peine à l'emporter : Tibère avait assez attendu. Recevant Gallus en députation à la campagne, il le retint à dîner et le traita avec
beaucoup de bienveillance. En même temps et sous main
il écrivit au Sénat contre lui, en sorte que l'assemblée put

[1] *Ann.*, IV, 71, l'an 28. — [2] *Ann.*, VI, 25. — [3] *Ann.*, III, 11. — [4] Dion, *Tib.*, LVIII, 3. — [5] *Lett.* 55.

17

faire croire à son indépendance, puisqu'elle condamnait
un homme sur la déposition d'un témoin suborné, le jour
même qu'il était assis à la table du Prince. Un préteur se
présenta au Palais pour mener Gallus au supplice. Mais
une mort prompte, telle que la désirait le condamné, ce
n'était pas l'affaire du Prince. Pour ajouter à la peine, Tibère le rassure et le fait conduire en prison sans être en-
chaîné jusqu'à son retour à Rome. Fidèles à l'intention du
despote, les consuls se contentent de le garder incarcéré,
les préteurs de le surveiller, non de peur qu'il ne leur
échappe, mais pour l'empêcher d'attenter à ses jours.
Gallus n'avait auprès de lui ni ami ni serviteur ; il n'en-
tretenait, il ne voyait personne, si ce n'est à l'heure du
repas. Les mets ne devaient ni lui plaire ni réparer ses
forces, mais l'empêcher de mourir. Las enfin de le tenir
toujours dans les fers, Tibère le fit expirer dans de cruels
supplices, au dire d'Eusèbe, l'an 33 après Jésus-Christ, un
an avant la mort de Tite-Live. Le récit de Tacite ne concorde pas avec celui d'Eusèbe : Tacite affirme qu'il mourut
de faim ; volontairement ou par force ? Il l'ignore. Le
Prince à qui l'on demanda la permission de l'ensevelir, ne
rougit pas de l'accorder et d'accuser le sort de lui ravir
les coupables avant d'avoir pu les convaincre ; comme si
pendant trois ans le temps avait manqué de juger ce vieillard consulaire, père de tant de fils consulaires comme
lui [1]. Voilà ce que Tibère appelait une réconciliation [2]!
Comme caractère politique, Gallus n'avait sans doute pas
la noblesse de son père ; nous l'avons vu flatteur, bas, cruel
même quelquefois ; mais, du moins, il ne chercha jamais
dans la délation un moyen de fortune ou de salut, et c'était
un mérite sous Tibère.

Comme orateur, Sénèque a raison d'observer que la

[1] *Ann.*, vi, 23. — [2] Dion, *Tib.*

gloire de son père nuisit à la sienne ; la critique, en effet,
s'est moins occupée de lui que de son père. Il faut aussi
reconnaître que la nature de ce dernier était plus heureuse, et les circonstances plus favorables au talent de la
parole. Je doute, néanmoins, qu'Asinius Gallus ait jamais
apporté à l'étude cette opiniâtreté qui développe singulièrement le génie, quand elle ne le crée pas. Son renom,
toutefois, dut être grand, à en juger par la place qu'il tient
dans les premiers livres des Annales. Gallus trouva dans
la maison paternelle la meilleure des éducations oratoires,
celle de l'exemple ; il n'est pas invraisemblable non plus
que Pollion ait été le maître de son fils, puisqu'il le fut de
son petit-fils OEserninus. En tout cas, Gallus fut aussi
malveillant à l'égard de Cicéron, dont il attaqua la mémoire dans ses écrits, et auquel il affecta de préférer son
père. L'empereur Claude ne craignit pas, un peu plus
tard, de répondre à ses attaques d'une manière assez savante, s'il faut s'en rapporter à Suétone [1]. Aulu-Gelle s'indigne, à son tour, d'une pareille préférence. « De même,
s'écrie-t-il, qu'il y a des monstres capables d'émettre des
opinions impies et fausses sur le compte des dieux ; de
même il s'est rencontré des hommes assez bizarres, assez
fous, et de ce nombre est Asinius Gallus, pour avoir osé
écrire que le style de Cicéron manquait de pureté, de propriété, de gravité, et autres sottises qui ne valent pas la
peine d'être répétées [2]. » Aulu-Gelle dit vrai : il y avait
impiété à placer Pollion au-dessus de son maître. Gallus,
au reste, qui maniait le vers comme les beaux esprits du
temps, avait hérité quelque peu de ce penchant exagéré à
la critique qui caractérisait son père. Suétone nous a conservé de lui une épigramme où il flagelle la ridicule prétention du grammairien Pomponius Marcellus, qui d'a-

---

[1] *Claude*, 41. — [2] Aul. Gel., XVI, 1.

thlète était devenu rhéteur, et voulait astreindre les plaidoiries aux règles de la grammaire :

Qui caput ad lævam deicit, glossemata nobis
Præcipit : os nullum, vel potius pugilis [1].

Nous ne voyons nulle part, dans l'histoire littéraire, que Gallus ait fréquenté le barreau ; Tacite, qui nous retrace ses luttes au Sénat, n'en dit rien non plus. Peut-être sa fortune et son rang qui en faisaient un des premiers personnages de l'Empire, le dispensèrent-ils de recourir à ce métier lucratif, mais asservissant. Il ne faudrait alors voir en lui qu'un de ces derniers orateurs politiques, comme il n'y en eut plus à Rome après Tibère. Aussi bien les Annales doivent être le miroir assez fidèle de son éloquence grande encore, mais flatteuse déjà et préparant les voies à cette faconde sans pudeur que nous allons trouver dans les orateurs qui suivirent.

VIII

MARCELLUS ŒSERNINUS.

Pour en finir avec cette nombreuse famille des Pollion, nous allons dire un mot du fils d'Asinius Gallus, qui joua encore un certain rôle sur la scène politique, et de Marcellus Œserninus plus âgé que son parent et dont nous allons tout d'abord nous occuper.

Sénèque le Père nous montre Asinius Pollion formant lui-même à l'art de la parole cet enfant de sa fille Asinia. « Il l'écoutait parler, puis se mettait à discuter sur le point que Marcellus avait traité ; il lui indiquait ses omissions, suppléait rapidement à ce qu'il avait omis

---

[1] Suét., *Gramm.*, 22.

et le reprenait de ses défauts. Ensuite il traitait le point contraire. Marcellus, tout jeune qu'il était, avait une si heureuse nature, que Pollion espérait lui laisser la succession de son éloquence [1].» L'aïeul, on le voit, avait une prédilection marquée pour ce petit-fils. Lorsque Œserninus se brisa la cuisse dans les jeux troyens qu'Auguste avait donnés, Pollion se plaignit fortement et amèrement au Sénat, pour que le Prince ne donnât plus de pareils jeux à l'avenir [2]. Marcellus Œserninus fleurit sous Tibère. C'est lui, d'après Tacite, qui fut l'avocat de Pison, en cela moins digne que son oncle Asinius Gallus, qui refusa l'appui de sa parole à l'empoisonneur d'un grand homme. Un peu plus loin [3], le même auteur parle de sa vie pure et de son éloquence qui le firent arriver très-haut et recueillir de riches héritages. Il dut être riche en effet pour avoir des affranchis très-riches eux-mêmes, dont l'un importa le platane en Italie et dans une de ses campagnes, sous le règne de Claude ; c'était un eunuque Thessalien, du nom de Denys, qui, pour mieux arriver à la puissance, s'était attaché aux affranchis de l'Empereur [4]. Cette branche des Marcellus, quoique plébéienne, remontait probablement à la seconde guerre Punique ; l'un de ses membres lui avait attiré le surnom d'Œserninus, de la ville samnite d'Œsernie qu'il délivra en même temps que son père prisonnier. Le Marcellus dont il s'agit ici, grâce aux services de sa propre famille, grâce surtout à la haute influence de Pollion, arriva au consulat sous Tibère, l'an 21, et Dion, en constatant le fait, ajoute qu'il coïncide avec une forte inondation du Tibre qui couvrit presque toute la ville [5]. C'est, à peu près, tout ce que nous savons d'Œserninus, qui paraît avoir échappé à la tyrannie de Tibère. Mais sa

---

[1] *Contr.*, IV, *Excerp.*, préf. — [2] Suét., *Aug.*, 44. — [3] *Ann.*, XI. — [4] Pline, XII, 2. — [5] *Tib.*, LIV, 1.

race ne s'éteignit pas avec lui : nous trouvons encore un
Marcellus sous le règne de Néron. Voici à quel propos.
« Domitius Balbus, ancien préteur, était en butte aux captateurs de testament, tant à cause de son âge avancé, que de
sa fortune ; il n'avait, en outre, ni femme ni enfants. Son
parent Valérius Fabianus, qui pouvait prétendre aux honneurs, lui supposa un testament de connivence avec deux
chevaliers romains, qui s'étaient adjoint Antonius Primus
et Asinius Marcellus. Le premier ne reculait devant aucun
acte d'audace ; Marcellus ne passait pas pour avoir mauvaise réputation ; mais il regardait la pauvreté comme le
dernier des malheurs. Fabianus leur lut donc son testament,
à eux et à d'autres citoyens moins connus, comme il en fut
convaincu devant le Sénat. La loi Cornélia fut appliquée à
tous ces captateurs. Le souvenir de ses ancêtres et l'intervention de l'Empereur sauvèrent Marcellus de la peine,
mais non du déshonneur l'an 61 [1]. » OEserninus aurait
mieux fait de mourir tout entier !

Le second Asinius Gallus, de la même famille que Marcellus, était et plus honnête et plus riche ; il put rendre son
nom ridicule, mais jamais odieux. « Frère par sa mère de
Drusus, fils de Tibère, il conspira contre Claude, qui ne
le condamna pas à la mort, mais à l'exil, probablement
parce qu'il n'avait réuni ni armée ni ressources ; sa sottise
naturelle lui avait fait espérer que les Romains seraient
heureux d'obéir à un homme de son sang. Mais ce qui surtout engagea Claude à ne pas sévir, c'étaient sa petitesse et
sa laideur : il prêtait plus au rire qu'à la crainte [2]. » La
conspiration avait été pourtant plus sérieuse que le Prince
ne sembla le penser : Asinius avait gagné beaucoup d'esclaves et d'affranchis dans le Palais même, qui auraient pu
faire réussir le complot. De plus, il s'était associé un petit-

---

[1] Tac., *Ann.*, xiv, 40. — [2] Dion, *Claude*.

fils de Messala, Statilius Corvinus, qui n'était pas sans crédit à Rome [1]. Mais une ambition semblable qu'Auguste avait démêlée chez les Pollion, n'aurait eu de chances sérieuses de succès qu'avec un autre esprit public ; sous Claude et chez un tel personnage elle n'était que ridicule. Le nom des Pollion s'éteignit peu à peu dans des tentatives de ce genre, ou peut-être dans l'obscurité de l'indigence et des écoles. « Vois quel prix exige Pollion pour instruire les enfants des premières familles, en abrégeant la rhétorique de Théodore, » s'écrie Juvénal indigné qu'une maison jadis si grande soit ainsi tombée dans la misère [2] ; ne savait-il pas que le régime d'Auguste, outré par Tibère et ses successeurs, n'avait eu d'autre but que de passer le niveau sur ces nobles familles du patriciat, où se conservaient quelques traces des anciennes opinions ? Autre part [3] il cite encore un Pollion, le même peut-être ou son fils, qui mendie :

« Et digito mendicat Pollio nudo. »

Une pareille chute est-elle assez éloquente ?

IX

CASSIUS SÉVÉRUS.

Après les noms glorieux de Messala et de Pollion, se présente celui de leur émule, qui soutint dignement avec eux l'héritage de Cicéron. Cassius Sévérus, à leur exemple, se distingua au double titre d'orateur et de déclamateur ; de plus, il donna le signal d'une réaction contre l'école classique et fut considéré comme le chef des *modernes*. Après eux aussi, ce fut le dernier orateur de la tribune républicaine. Né

[1] Suét., *Claude*, 13. — [2] *Sat.* VII, 175. — [3] XI, 43.

dans le pays des Volsques, à Longula, à une épopue inconnue, mais certainement avant Auguste, Cassius Sévérus fut à
même d'entendre les derniers accents de la grande éloquence. Sa nature emportée, ses convictions ardentes et
contraires à l'esprit du temps, en firent l'un des coryphées
les plus redoutables de l'Opposition. Il ne faudrait donc pas
trop se fier aux attaques dont il fut l'objet de la part des partisans du régime nouveau, d'Horace en particulier, qui le
prend à partie dans la VIe épode. Le poëte a-t-il raison de
traiter de *canis ignavus adversus lupos* un homme qui ne
craignit pas de 's'attaquer au maître lui-même, comme
nous allons voir ? S'il *a rempli toute la forêt de sa voix redoutable,* c'est qu'il y avait fort à blâmer dans cette société sans
cœur qui laissa le champ libre à tous les caprices d'une
aveugle tyrannie. Horace est de taille à le défier ; il n'a pas
beaucoup à redouter de ses *morsures malfaisantes,* soit ;
mais il ne voit pas, je le crains, que c'est le spectacle du
temps qui a rempli de fiel cet esprit ami du passé. Par
malheur, cette opinion d'Horace a déteint sur l'âme ordinairement clairvoyante et juste de Tacite : aux yeux de
l'immortel historien, Cassius Sévérus était bien un *orateur
redoutable,* mais de *basse extraction,* ce qui n'est pas prouvé,
et d'un *caractère malhonnête, maleficæ vitæ* [1]. Rapportons-
nous-en plutôt au portrait que nous en a laissé Sénèque le
Père, qui le connut et l'entendit : tout en parlant de son
éloquence, il laisse entrevoir çà et là quelle fut la trempe
de son génie. « Son style se recommandait par l'ornement
et par les *grandes* pensées dont il était rempli. Personne
moins que Cassius ne souffrait dans ses plaidoiries la
moindre inutilité : chaque partie avait son mérite propre.
L'auditeur perdait beaucoup à ne pas tout écouter : tout
avait un but. Personne ne régna mieux que lui sur les

---

[1] *Ann* , IV, 21.

passions de l'assistance. Quand il parlait, il commandait
en maître, tout se soumettait à ses ordres. Il n'avait qu'à
vouloir pour exciter la colère, et tout le monde craignait de
le voir finir. N'allez pas le juger sur ce qu'il nous a laissé,
bien que cela ait encore des admirateurs. Son éloquence
brillait bien plus au barreau que dans le cabinet. Cette
particularité commune à presque tous, d'être plus applaudi entendu que lu, se remarquait bien plus encore
chez lui. D'abord la personne de l'orateur était appropriée
à son genre de talent : sa taille était avantageuse, sa voix
forte et agréable; force et douceur, deux avantages qui se
trouvent rarement unis. Son débit était capable de mettre
un acteur en renom, ou du moins de passer pour celui d'un
acteur. Ce qu'il y avait en lui de plus étonnant, c'est que
ses plaidoyers conservaient cette *dignité* qui manquait à sa
conduite : tant qu'il ne passait pas les bornes de la plaisanterie, sa parole était celle d'un *censeur*. Puis, ce qu'il disait
valait mieux que ce qu'il savait. C'était un homme qui
avait de la présence d'esprit, plus de naturel que d'étude,
qui produisait plus d'effet dans ce qu'il trouvait que dans ce
qu'il avait préparé. Mais *dans la colère* il parlait mieux encore.
Aussi prenait-on bien garde de l'interrompre au milieu
de son discours. Lui seul gagnait à l'attaque : il était toujours mieux servi par le hasard que par la préparation.
Ce bonheur, toutefois, ne lui conseilla jamais la négligence. En un seul jour il plaidait plusieurs causes particulières, l'une avant, l'autre après midi ; mais il ne plaida
jamais par jour qu'une seule cause publique. Je ne sais,
du reste, pas quelle cause il lui arriva de défendre, si ce
n'est la sienne; tant il est vrai que jamais il ne parla qu'à
ses risques et périls. Il avait toujours des notes et ne se contentait pas de simples notes commémoratives : il écrivait
la plus grande partie de son plaidoyer; il notait même les
mots piquants qu'il pouvait dire; mais, s'il ne voulait pas

aller au combat sans armes, il abandonnait volontiers ses machines. Forcé d'improviser, il se surpassait infiniment. Il lui fut souvent plus utile d'être pris au dépourvu que d'être préparé ; aussi ne doit-on que l'admirer davantage de ne pas renoncer au soin, lorsque le hasard le servait si bien. Il avait donc tout ce qu'il faut pour bien déclamer. Son élocution n'était ni vulgaire, ni basse, ni recherchée ; son style ni lâche, ni languissant, mais *plein de feu* et *d'animation*; ses développements n'étaient ni lents, ni vides : ils renfermaient plus de sens que de mots [1]. » Nous avons, dans ce portrait qui nous semble réussi, souligné les mots qui peignent au vif et son caractère emporté et la nature ardente de sa parole. Quintilien donne à peu près les mains à ce jugement. « Si on lit Cassius Sévérus avec discernement, dit-il, il fournira bien des exemples dignes d'être suivis. Si à ces autres qualités il eût ajouté de la couleur et plus de gravité, il faudrait le mettre au premier rang. Il a beaucoup de talent, une âcreté merveilleuse, une urbanité et une force extraordinaire ; mais il donna plus à la colère qu'au conseil. De plus, si sa parole est amère, souvent aussi l'amertume est ridicule [2]. » Nous ne pouvons pas croire, avec l'illustre maître, que le style de Sévérus manquât de couleur dans la saine acception du terme ; Quintilien a beau tenir pour les *anciens*, il est encore de son temps, et Démosthène, à ce compte, eût probablement encouru le même reproche. Nous aimons aussi, avouons-le, cette amertume, qui décèle dans Cassius un juge sévère mais juste de sa triste époque. Quant à l'esprit de saillie, si puissant au barreau, personne n'a songé à le lui contester. « Le grammairien Pomponius Marcellus, qui plaidait quelquefois, mit tant d'acharnement à poursuivre un solécisme dans son adversaire, que Cassius Sévérus,

---

[1] Sén., *Contr.*, iii, *Exc.*, préf. — [2] Quint., x.

s'adressant aux juges, demanda un ajournement pour que
son client prît pour le défendre un autre grammairien,
puisque Pomponius ne croyait pas avoir à discuter sur un
point de droit, mais sur un solécisme [1]. » Un jour, un
débutant lui demandait dans son discours pourquoi il le
regardait d'un air menaçant : « Je n'y pensais pas, répondit Cassius; mais, puisque tu l'as écrit sur tes tablettes, je
vais le faire, » et Cassius de le regarder de l'œil le plus
hagard [2]. Une autre fois le préteur reprochait aux avocats
d'avoir insulté L. Varus Épicuréus, ami du Prince. « Je ne
sais, dit Cassius, qui a pu l'insulter; ce doit être quelque
stoïcien [3]. » Tout cela n'est pas d'un goût parfait, sans
doute, mais ne manque guère son effet, quand c'est dit
avec esprit et à-propos.

Cette parole de feu, cet emportement qui proteste contre
la double servitude du Sénat et du Forum, lui attirèrent
des haines puissantes et nombreuses. On critiqua tout chez
lui, même la personne, qui fut comparée à celle d'un pâtre
et d'un gladiateur [4]. Auguste surtout ne lui pardonna jamais son imprudente mais généreuse opposition. Les accusés de Cassius Sévérus étaient presque toujours absous;
l'architecte chargé de construire le Forum d'Auguste n'en
finissait pas avec son ouvrage : « Que Cassius Sévérus ne
l'accuse-t-il, dit Auguste en riant [5]? » Mais la chose ne se
passa pas toujours en plaisanteries. Cassius, d'ailleurs, re-
doublait d'acharnement et contre l'Empereur et contre ses
ministres : il alla jusqu'à lancer un pamphlet contre Mécène, intitulé *De Bathyllo Mecœnatis*. Enfin il mit en accusation Nonius Asprénas, intime de l'Empereur, que défendait Pollion, pour avoir empoisonné dans un banquet
cent trente convives [6], peut-être aussi parce que c'était un

[1] Suét., *Gramm.*, 22. — [2] Quint., VI, 1. — [3] Quint., VI, 3. — [4] Pline,
VII, 12. — [5] Macrobe, II. — [6] Pline, XXXV, 12.

des plus chauds partisans du nouveau régime. Auguste,
cette fois, sortit de la réserve qu'il avait jusqu'alors observée; il s'agissait pour lui de ne pas se faire condamner
dans la personne de son âme dévouée. Il écrivit au Sénat
pour lui demander quel était son devoir en pareille occurrence [1]. Non content de cette démarche et de donner pour
défenseur à l'accusé le premier orateur de l'époque, il vint,
par sa présence au tribunal, comme ordonner le jugement. Mais rien ne put intimider l'accusateur : il alla jusqu'à s'attaquer à l'Empereur lui-même et s'emporta aux
allusions les plus amères contre cette inique intervention
du chef de l'État. Quintilien [2] ne mentionne ce procès fameux que pour critiquer une phrase où se peint admira-
rablement, selon nous, l'emportement de l'accusateur :
« Grands dieux ! s'écria Cassius, je vis et j'ai le bonheur
de voir Nonius Asprénas accusé ! » Auguste, devançant en
cela Tibère, usa de dissimulation : sa haine n'éclata pas
immédiatement; il renvoya même absous peu de temps
après Cassius Sévérus, cité à son tribunal pour un délit
assez grave contre les mœurs [3]. Mais sa vengeance n'était
que différée, et l'orateur le sentait bien. Vainement Sévérus renonça depuis aux causes politiques : il ne put
échapper à la délation, qui naquit avant Tibère. Dans une
affaire scandaleuse où de hauts personnages étaient com-
promis, par un mémoire qui fit du bruit, Sévérus eut la
hardiesse de mettre à nu leurs turpitudes. Aussitôt un
misérable, probablement suborné par Auguste, d'accuser
l'auteur d'avoir abusé des droits de la défense pour flétrir
les plus hautes familles ; et Auguste, sur les instances de
Livie, de saisir cette occasion de mettre sa haine à couvert
sous un prétexte d'équité. Jusqu'alors la publication des
libelles était au nombre des délits ordinaires, dont la pour-

_____

[1] Suét., *Aug.*, 56. — [2] xi, 1. — [3] Charpentier, p. 209.

suite appartenait aux seuls offensés. Une loi appliqua à ce
délit la peine du crime de lèse-majesté. Auguste, toutefois,
eut la pudeur et l'adresse de la faire présenter au Sénat
par Tibère, et ce châtiment, qui jusque-là n'avait atteint
que les actes, s'étendit aux écrits. C'était le dernier coup
porté à la liberté. Comme juge, le Sénat relégua Cassius
Sévérus dans l'île de Crète, vers l'an 5 ou 6 de notre ère.
Cette suprême consécration de la servitude générale s'ac-
complit avec une odieuse solennité : avant de voter, chaque père conscrit prononça la formule extraordinaire du
serment. Quoi qu'on en ait dit, il paraît bien que les écrits
furent atteints par cette loi, puisque, au rapport de Suétone,
Caligula fit rechercher et lire ceux de Cassius Sévérus,
abolis par ce sénatus-consulte [1]. Chose singulière ! un
tyran furieux vengeait ainsi la liberté ! L'exil et toutes ses
rigueurs ne suffirent pas pour étouffer dans le cœur de
Cassius cette haine vigoureuse qu'il portait à la bassesse et
à la servilité. En Crète même il se fit de nouveaux ennemis ;
Tibère, qui n'usait pas de ménagements comme son prédécesseur, en instruisit le Sénat : on dépouilla Cassius de
ses biens et on lui interdit l'eau et le feu. L'infortuné proscrit alla vieillir couvert de haillons, *panno verenda contec-
tus*, sur le rocher de Sériphe, où il expira la vingtième
année de son exil, l'an 24.

Le déclamateur nous inspirera-t-il le même intérêt que
l'orateur ? Consultons encore les Controverses de Sénèque,
qui méritent ici pleine créance.

« Cassius Sévérus me demandait, il m'en souvient, comment il se faisait que ses déclamations ne répondissent pas
à son éloquence. C'était, en effet, surtout chez lui qu'on
faisait cette remarque. Bien qu'il eût tout ce qu'il faut pour
bien déclamer, dans cet exercice il était non-seulement au-

---

[1] Suét., *Cal.*, 16.

dessous de lui-même, mais de beaucoup d'autres. Aussi ne
déclamait-il que rarement et comme forcé par ses amis.
Je lui en demandais, un jour, la raison. — Ce dont vous
vous étonnez chez moi, arrive à presque tout le monde,
me disait-il. Les grands génies dont je me sens bien éloigné, se sont-ils distingués dans plus d'un genre ? Virgile
n'avait pas dans sa prose l'heureuse abondance de sa
poésie. L'éloquence fit défaut à Cicéron dans ses vers. On
ne lit les discours de Salluste qu'à la faveur de son histoire (jugement qui nous semble au moins hasardé). Le
discours que Platon, cet homme éloquent entre tous,
écrivit pour Socrate, est indigne et de l'avocat et de l'accusé. C'est ce que nous voyons advenir aux corps comme
aux esprits. Tel n'a pas d'égal à la lutte, tel l'emporte pour
soulever un lourd fardeau. C'est une chose grande et multiple que l'éloquence, qui n'a encore accordé ses faveurs
à personne, au point de se livrer à lui tout entière. On
est assez heureux d'en acquérir une partie. (Cicéron pen-
sait-il autrement ?) Pour moi, cependant, il me semble que
je puis vous en donner une raison spéciale : ce n'est pas
l'auditeur, mais le juge que je considère de coutume; ce
n'est pas à moi, mais à mon adversaire que je réponds. Je
n'évite pas moins le superflu que ce qui m'est contraire.
Or, dans la déclamation, qu'y a-t-il qui ne soit superflu,
puisqu'elle est superflue elle-même ? Quand je parle au
barreau, je fais quelque chose; quand je déclame, je m'i-
magine travailler en songe. Puis, autre chose est de combattre, autre chose de s'escrimer dans le vide. On a toujours
regardé l'école comme un jeu, le barreau comme une
arène. Aussi, lorsqu'on doit parler pour la première fois
au barreau, vous appelle-t-on *conscrit*. Eh bien ! menez
ces fameux déclamateurs au Sénat, au Forum ; quand on
les change de lieu, ces corps accoutumés à une classe, à
leur ombre chérie ne peuvent soutenir le plein air ; ils ne

savent supporter ni la pluie ni le soleil; ils ont de la
peine à se retrouver eux-mêmes. C'est qu'ils ont l'habitude
d'être éloquents à leur manière. N'allez pas chercher un
orateur dans cet exercice puéril de la déclamation ; autant vaudrait aller chercher un pilote sur un vivier. Aussi
peut-on à peine obtenir de moi que je déclame ; encore
faut-il que ce soit devant mes plus intimes amis. — Et
c'est ce que faisait Cassius Sévérus. Ses déclamations étaient
inégales ; mais ce qu'on y distinguait, aurait effacé n'importe quelle déclamation d'un autre. Son élocution était
inculte ou, du moins, évitait les pensées trop éclatantes [1]. »
Eh bien ! il nous plaît de voir Cassius Sévérus ne pas être
parfait déclamateur ; il avait pour cela et trop de sens et
trop de goût. Sénèque nous le montre, en maint endroit,
intraitable avec ces corrupteurs des saines doctrines littéraires, qui pullulaient déjà de son vivant. Fabius Maximus,
un de ces nobles qui se faisaient complaisamment les sup-
pôts du despotisme, puisqu'il fut plus tard le propre
accusateur de Cassius Sévérus, avait la manie de répéter à satiété le mot *comme* (quasi) : « Tu es comme
éloquent, lui disait Cassius, tu es comme beau, comme
riche. Il n'y a qu'une seule chose que tu ne sembles pas
seulement *comme* avaler, ce sont les soufflets [2]. » Il était
l'ennemi de ces petites phrases à effet, de ces *sentences*
dont l'éloquence impériale allait bientôt être infectée. « Je
me souviens, dit Sénèque le rhéteur, de m'être plaint de
P. Syrus pour avoir importé la manie des *sentences* dont
était imbu l'esprit de la jeunesse. Cassius Sévérus, grand
admirateur de Syrus, accusa comme l'auteur de ce vice
Pomponius, le faiseur d'Atellanes, qui avait, d'après
lui, passé ce goût à Labérius, puis à Cicéron [3]. »
Les principes littéraires de Cassius Sévérus étaient donc

---

[1] Sén., *Cont.*, iii, *Ex.*, préf. — [2] Sén., *Cont.*, ii, 12. — [3] *Cont.*, 18.

encore assez en harmonie avec les anciennes doctrines.

Cependant Aper, dans le Dialogue des Orateurs, nous le représente comme le père de l'école *moderne* : « Le premier, dit-il, Sévérus passe pour s'être écarté de l'ancienne et simple méthode de parler; ce n'était ni par faiblesse de talent, ni par ignorance de la littérature, selon moi, qu'il embrassa la méthode nouvelle. Il vit bien que la forme et le genre du style doivent changer avec les temps et les variations du goût [1]. » Messala, tout en réfutant son adversaire, confirme, mais à son point de vue, le jugement d'Aper. « Je ne nie pas, répond-il, que Cassius Sévérus, comparé aux orateurs qui l'ont suivi, ne puisse porter ce beau nom, bien que dans une bonne partie de ses ouvrages il y ait plus de nerf que de véritable force, *plus vis quam sanguinis.* Le premier, en effet, dédaignant l'ordre et l'enchaînement des paroles, renonçant à la mesure et à la pudeur du langage, se servant de ses propres armes à tort et à travers, et, d'ordinaire, donnant prise sur lui parce qu'il se laisse entraîner à la passion de l'attaque, il ne combat pas, il ferraille, *rixatur.* Mais la variété de ses connaissances, le charme de son urbanité, la vigueur même de ses coups le rendent bien supérieur aux orateurs venus après lui [2]. » Messala va trop loin : un homme sincèrement passionné comme Cassius Sévérus, apportant à ses plaidoiries le soin extrême dont nous parle Sénèque, et doué du talent que ses ennemis mêmes ne lui contestaient point, ne *ferraille* pas, il frappe et d'une terrible manière. S'il est un reproche à lui faire, c'est d'avoir trop écouté l'emportement et la colère, qui, du reste, le perdirent; c'est surtout d'avoir manqué de mesure. De là ces saillies et ces éclairs, ces hardiesses désordonnées de la pa-

---

[1] *Dial.* 19. — [2] *Dial.* 26.

role qui le jetaient dans des voies non encore frayées. Nous
ne lui ferons pas un crime d'avoir compris que la forme
change avec la pensée, et d'avoir appliqué la définition que
Sénèque le Philosophe donnera bientôt de la littérature,
qui n'est, d'après lui, que l'expression de la société. Nous
ne l'accuserons pas davantage d'avoir fourni à Auguste le
premier prétexte d'étouffer la liberté de la parole écrite :
la loi sur les libelles n'en aurait pas moins été portée.
Que le nom de Cassius Sévérus reste donc celui d'un
brillant orateur, d'un fougueux tribun, qui, ne pouvant
plus s'adresser à la multitude des comices ou au peuple
maître et législateur souverain, exhala ses regrets dans
une éloquence noblement imprudente et courageusement
passionnée.

X

LABIÉNUS.

Le parti républicain avait déjà produit Messala Corvinus
et Cassius Sévérus ; il produisit encore un orateur qui mérite de se placer à côté de ces deux hommes de talent, du
dernier surtout, dont il fut l'intime ami ; ce fut Labiénus.
Il y a eu trois personnages de ce nom à peu près à la même
époque : 1° le lieutenant de César dans les Gaules, qui,
lors de la guerre civile, passa dans le camp de Pompée
et commanda sa cavalerie ; c'était un de ces pompéïens
dévoués, mais dont la confiance était au moins excessive.
« Se fondant un jour sur des prophéties, il prétendait que
la victoire devait nécessairement être de leur côté. —
C'est pour cela sans doute, dit Cicéron, que nous avons
déjà perdu notre camp [1]. » Après Pharsale, il alla périr

---

[1] Plut., *Cic.*, 50.

dans la guerre d'Espagne. Outre le mérite d'avoir été le
premier lieutenant de César, il avait encore eu la gloire de
fonder dans le Picénum, et de ses propres deniers [1], la petite ville de Cingulum ; Silius même, sans motif toutefois,
l'en fait natif, et le cite dans son poëme comme la plus
grande illustration du pays [2]. 2° Le second Labiénus est
le fils du précédent, et Dion a eu tort de les confondre
l'un avec l'autre ; ce qui a pu motiver son erreur, c'est
qu'après la grande défaite du parti, il se réfugia chez les
Parthes, puis vint s'unir, comme son père, aux fils de
Pompée, pour recommencer en Espagne la guerre contre
le vainqueur. Après la bataille de Munda, il se réfugia de
nouveau chez les Parthes, et poussa leur roi Orodès à se
déclarer contre les césariens. Orodès lui confia son fils
Pacorus et une armée. Maîtres de la Syrie, moins Tyr et la
Palestine, ils s'emparèrent de presque toutes les villes de
l'Asie Mineure bâties sur le continent. Mais ce Labiénus fut
bientôt pris et les Parthes repoussés par Ventidius, lieutenant d'Antoine [3]. 3° Le troisième enfin, c'est l'orateur et
l'historien dont parle Suétone [4] ; il appartenait à la même
famille que les deux dont nous venons de faire mention, et
leur survécut, puisqu'il se distingua surtout après la victoire définitive d'Auguste. Comme Cassius Sévérus, dont il
avait et le caractère et l'énergie, Labiénus s'attira des
inimitiés profondes, qui finirent par étouffer sa parole
trop mordante et trop aggressive. Les critiques de l'empire, quoique imbus d'autres idées, n'ont pu s'empêcher de
louer sa grandeur d'âme et son courage à toute épreuve.
Laissons parler Sénèque le Rhéteur qui l'a connu et entendu. « Labiénus déclama d'une manière remarquable,
mais non en public ; il n'admettait pas le public, et parce
que ce n'était pas encore l'habitude, et parce qu'il voyait

---

[1] *Cæs.*, *Bel. civ.*, I, 15.— [2] x, 34. — [3] Dion., *Aug.* — [4] *Calig.*, 16.

en cela de la honte et de la frivolité. » La seconde raison
nous semble seule bonne, attendu que Latro, son contemporain, était alors dans tout son éclat. « Ce fut un grand
orateur, poursuit Sénèque, qui, à travers mille obstacles,
était arrivé à une réputation de talent plutôt de l'aveu forcé
que du consentement de ses contemporains. Son indigence, son *infâmie*, la haine qu'il inspirait, étaient au comble. Il faut que l'éloquence soit grande pour plaire malgré
qu'on en ait; puisque c'est la faveur publique qui révèle,
qui soutient le génie, quelle doit être la force d'une éloquence
qui éclate à travers les obstacles ! Tout le monde critiquait
l'homme dans ses *actes*, mais lui accordait du talent. Labiénus avait la couleur antique et la vigueur moderne. Son
style tenait de notre siècle et du siècle qui l'a précédé,
en sorte que les deux siècles peuvent le revendiquer en
même temps. Dépassant toutes les bornes de la liberté
(quelle liberté!) et déchirant çà et là hommes et classes,
il reçut le surnom de *Rabiénus*. Mais, au milieu de ses
vices, il avait l'âme grande, aussi violente que son génie,
et qui dans une paix si profonde n'avait pas encore dépouillé l'orgueil pompéien. C'est pour lui le premier qu'on
inventa un nouveau genre de châtiment : ses ennemis firent brûler ses écrits. Chose extraordinaire, inouïe, de
soumettre ainsi des ouvrages au supplice ! Par bonheur,
ce raffinement de cruauté fut postérieur à Cicéron. Qu'eût-
ce été, s'il eût plu aux triumvirs de proscrire le génie d'un
tel homme ? Labiénus ne put supporter une pareille iniquité, et ne voulut pas survivre à ses œuvres : il se fit trans-
porter et enfermer dans le tombeau de ses ancêtres, dans
la crainte sans doute que le feu qu'on avait mis à son nom
ne fût refusé à son cadavre; non-seulement il mit fin à ses
jours, mais encore il s'ensevelit lui-même. Lors du sénatus-consulte qui fit brûler ses livres : — Il faut maintenant
me brûler vif aussi, s'écria Cassius Sévérus, qu'attendait

un pareil sort, puisque je les sais par cœur [1]. » Déjà cruel
dans ses écrits, puisqu'ils lui attirèrent une telle disgrâce,
l'historien Labiénus promettait de l'être plus encore dans
ceux qui ne devaient paraître qu'après sa mort. « Je me
souviens qu'un jour, dit Sénèque, après avoir en grande
partie lu une histoire, il ajouta : Ce que je passe ne se lira
qu'après ma mort. » Il fallait, en effet, qu'il y eût une liberté grande pour faire reculer un esprit de cette audace.

Faut-il, à présent, prendre à la lettre les termes soulignés
dans la préface de Sénèque, et ne voir dans Labiénus qu'*un
infâme* couvert de *vices* et dont les *actes* étaient tous mar-
qués au coin de la perversité ? Faut-il, avec Pollion, conclure qu'une cause était mauvaise, de ce que Labiénus la
défendait ? Nous ne le pensons pas. Sénèque le père, Espagnol et simple rhéteur, s'accommodant assez bien de la
paix même sous un maître, ne pouvait comprendre ce qu'il
devait y avoir d'amertume et de colère dans ces âmes républicaines à la vue de la servitude universelle. Quant à
Pollion, né, pour ainsi dire, césarien, quoique ami de la
liberté, il n'était pas fâché de déverser en passant le mépris
et la haine sur un homme dont la famille avait toujours
combattu dans un rang opposé. Le sobriquet de *Rabiénus*
ne saurait non plus passer pour une bien forte preuve de
perversité, pour qui connaît l'esprit souvent injuste des
partis. Au reste, l'emportement de Cassius Sévérus et la
rage de son ami valent mieux encore que la bassesse des
délateurs de Tibère dont nous étudierons bientôt la triste
histoire.

[1] Sén., *Contr.*, v, préf.

XI

OVIDE.

A côté de Cassius Sévérus et de Labiénus, pour mieux montrer que le pouvoir d'Auguste inclinait de jour en jour davantage à l'absolutisme, nous sommes obligé de mentionner Ovide qui n'est connu que comme poëte, bien qu'il ait été orateur et déclamateur tout ensemble. L'unité du monde romain aida singulièrement au despotisme impérial; le moyen de rester libre et digne, en un temps où l'exil même ne met pas à l'abri du Pouvoir? Ovide nous en offre une affligeante preuve.

Ovide nous donne d'assez nombreux détails sur sa famille et sur sa personne; voilà pourquoi sa biographie n'offre que peu d'obscurité. Il naquit à Sulmone, petite ville du pays des Péligni (Abruzze Citérieure) située, nous dit-il, à 9 milles de Rome, le 14 des kalendes d'avril, l'année même où moururent, sous les murs de Modène, les consuls Hirtius et Pansa. Il appartenait à une ancienne maison de chevaliers, qui ne le cédait à aucune autre pour la noblesse; maison ni riche ni pauvre, mais distinguée pour son instruction et ses lumières :

> Turbaque doctorum Nasonum novit et audet
> Non fastiditis annumerare viris [1].

Il nous dit aussi qu'il n'était pas l'aîné de sa famille et qu'il avait un frère d'un an plus âgé. Mais ce frère, qui dès l'enfance montrait les plus heureuses dispositions pour l'éloquence du barreau, mourut à vingt ans. Son père, homme sérieux et sévère, à ce qu'il semble, fit donner

---

[1] *Trist.*, II, 1.

au seul fils qui lui restât, l'éducation brillante de l'époque.
Revêtu, à seize ans, du laticlave, que portaient seuls les
enfants des plus nobles chevaliers, le jeune Ovide se rendit
à Athènes, qui était encore, malgré Marseille, le centre et
comme le foyer des bonnes études :

Nec peto, quas quondam petii studiosus, Athenas [1].

C'est là, sans doute, qu'il prit ce goût passionné pour ce
que nous appellerions la poésie légère, pour ces petits
lyriques grecs, d'où s'exhale un parfum suave de beauté
simple et naturelle. Mais en laissant, chez Ovide, le poëte
dans l'ombre, nous pouvons remarquer ici que tout
son art qui est infini, toute sa facilité qui n'étonne pas
moins, n'atteignirent jamais à cette candeur, à ce charme
qui n'appartiennent qu'aux littératures originales. L'étude
de la poésie n'était pas, d'ailleurs, le but de son voyage :
son père ne l'avait envoyé à Athènes qu'à la seule fin d'en
faire, je ne dirai pas un orateur, on était après la bataille
d'Actium, mais un avocat. Et il faut bien qu'il n'y ait pas
perdu son temps pour que Sénèque ait rapporté qu'au milieu même de ses études il passait pour un bon déclamateur [2]. Il eut pour maître, à Rome, Arellius Fuscus, dont
il ne prit heureusement aucune des mauvaises qualités.
Ce rhéteur avait une amplification brillante, mais pénible,
embarrassée, recherchée ; de plus, son élocution était
molle et lâche, tantôt aride et maigre, tantôt vague et dif-
fuse. Ses exordes, ses preuves, ses récits étaient secs. Rien
chez lui de vif, de solide, d'austère. Sa parole avait de l'é-
clat, mais était surchargée plutôt que riche [3]. Ovide assurément ne trouvait là rien à imiter, si ce n'est un peu
d'afféterie. Mais Arellius Fuscus traitait volontiers, en

---

[1] *Trist.*, i, 2. — [2] *Contr.*, ii, 11. — [3] Sén., *Cont.*, ii, préf.

grec surtout, la *suasoria*, cet exercice favori d'Ovide,
parce qu'il pouvait aisément y introduire les emprunts fréquents et parfois singuliers qu'il faisait à Virgile. C'était
encore un moyen de plaire à Mécène dont il captait la faveur [1] ; ce qui ne l'empêcha pas d'être rayé de l'ordre des
chevaliers pour avoir porté, dans son école, des anneaux
d'argent [2]. Nous avons relevé cette recherche excessive du
coloris dans le style et cette richesse déplacée d'ornements,
parce que ces deux défauts se retrouvent, quoique à un
moindre degré, dans les œuvres d'Ovide, et vont prendre,
comme nous l'avons dit ailleurs, des proportions ridicules
dans la littérature impériale. Bien que son maître, Arellius
Fuscus ne fut pourtant pas la seule admiration d'Ovide :
les mérites sérieux de Porcius Latro avaient aussi frappé
son esprit. Ovide mettait tant de zèle à l'entendre, qu'il a
transporté dans ses vers nombre de ses pensées. Dans la dispute d'Ajax avec Ulysse pour les armes d'Achille, l'un des
mille sujets qui se traitaient dans les écoles et où le poète
a montré ce dont il était capable en éloquence, Latro avait
dit : *Mittamus arma in hostes et petamus ;* Ovide n'a fait que
paraphraser cette idée presque dans les mêmes termes :

> Arma viri fortis medios mittantur in hostes ;
> Inde jubete peti.

Sénèque rapporte encore un passage de Latro, que les
écoliers apprenaient comme un morceau de poésie : *Non
vides ut immota fax torpeat et exagitata reddat ignes? Mollit
viros otium, ferrum situ carpitur et rubiginem ducit ; desidia
dedocet.* Ovide s'en est souvenu dans le distique suivant :

> Vidi ego jactatas motà face crescere flammas,
> Et rursus, nullo concutiente, mori.

On lui attribue encore pour maître le pur et sobre Messala,

---

[1] Sén.,*Suas.*, III. — [2] Pline, XXXIII, 12.

sur lequel il eût mieux fait de se régler que sur Arellius
Fuscus et sur Latro lui-même. Avec un tel penchant
à tout ce qui touche à la poésie, Ovide ne pouvait aimer la
controverse, à moins qu'elle n'eût trait à la morale. Toute
argumentation lui pesait. Il se permit peu de licence dans
l'élocution, si ce n'est pour ses vers, où, loin de mécon-
naître ses défauts, il s'y complut. Cela prouve que ce facile
génie avait assez de goût pour mettre un frein à sa licence,
mais qu'il ne s'en souciait pas. « Une tache, disait-il, em-
bellit quelquefois une figure [1] ; » aphorisme dont il a su
tirer parti. Au sortir de l'école, il n'alla pas, comme c'é-
tait l'usage, faire dans les camps le rude apprentissage
des armes ; il avoue qu'il n'a jamais eu l'instinct guer-
rier :

> Aspera militiæ juvenis certamina fugi,
> Nec nisi lusurá movimus arma manu [2]. »

Mais il ne tarda pas à se faire un nom parmi les avocats :
à vingt ans il plaida et avec succès devant les centumvirs :

> Nec male commissa est nobis fortuna reorum,
> Usque decem decies inspicienda viris [3].

Il fut même nommé triumvir et juge dans les affaires
civiles de faible importance, comme il l'affirme au même
endroit. Là se borne pour lui la carrière politique, qui
n'allait pas à sa nature insouciante et légère, à sa nature
de poëte. Le rang de sénateur était pourtant au bout de
ces diverses fonctions ; mais son esprit, peu propre au
travail, fuyait les soucis de l'ambition ; la muse et le plaisir avaient pour lui trop de charmes. A la mort de son père
qui l'avait poussé de force au barreau, le jeune orateur

---

[1] Sén., *Contr.*, II, 10. — [2] *Trist.*, IV, 1. — [3] *Trist.*, II, 1.

renonça à l'éloquence pour s'adonner exclusivement à la poésie, dont s'accommodait mieux sa nature insouciante et délicate. A Rome, il se fixa près du Capitole, entre la voie Claudia et la voie Flaminia, dans un site où il planta un jardin magnifique qu'il arrosait de ses mains, et dont il nous parle avec le ton d'un amer et sincère regret [1]. C'est là, sans doute, que, retiré du tumulte et des affaires, accueilli, sinon aimé d'Auguste, il coula d'heureux jours au sein des plaisirs et de l'étude. Le mariage qu'il contracta au terme de l'adolescence ne lui réussit point; peut-être n'était-il pas lui-même un mari parfait; quoi qu'il en soit, il dit de sa première femme :

> Nec digna, nec utilis uxor
> Est data, quæ tempus per breve nupta fuit [2].

La seconde, quoique sans grand défaut, ne resta guère plus longtemps avec lui, probablement à cause de son inconstance , qu'il laisse clairement entrevoir dans ses œuvres peu sérieuses. Une troisième enfin fut assez heureuse ou assez habile pour fixer l'humeur changeante du chantre de l'amour : elle vieillit avec lui et partagea, quoique à Rome, les douleurs de son exil. Ces trois mariages successifs pouvaient bien avoir pour cause, outre une légèreté native, un vice, hélas! commun dans l'antiquité , dont bien des génies ne furent pas exempts. Catulle le lui reproche expressément :

> Multus homo es, Naso ; nam tecum multus homo est qui
> Descendit ; Naso, multus es et patheticus [3].

De sa troisième femme probablement il eut des fils qu'il lui laissa, et une fille qu'il maria à un certain Fidus Corné-

---

[1] *Trist.* IV, 11. — [2] *Trist.*, IV, 10. — [3] *Ep.*, III.

lius, le même qui, d'après Sénèque, se mit à pleurer
en plein sénat, lorsque Corbulon l'appela *autruche dé-
plumée* [1]. Il parle quelque part des larmes vraies, du
désespoir senti de cette famille bien-aimée, lorsqu'il partit, par une nuit sombre, pour un exil d'où il ne devait
plus revenir. Cet exil était une simple relégation : on ne
confisqua pas ses biens, on ne prononça contre sa personne aucune peine infamante.

Quelles étaient les causes de son exil, s'est-on demandé,
mais en vain, depuis longtemps? La croyance générale est
que le poëte adressa ses hommages à Julie, fille de Tibère,
sous le nom de Corinne, qu'il a chantée en vers si tendres
dans ses Amours. Il y aurait un autre motif plus puissant
encore qui lui aurait attiré la haine d'Auguste. On connaît
assez, en effet, le dévergondage de la première Julie et de
sa fille, qui firent la honte du palais impérial, pour comprendre qu'une pareille prétention de la part d'Ovide
n'aurait pas suffi pour le faire mourir sur une plage
barbare et déserte. Pour être insuffisant, toutefois, le
motif n'en a pas moins sa valeur. Auguste, frappé dans
sa famille qui le couvre de honte, s'occupe, sur la fin de
son règne, de réformer les mœurs; quoi d'étonnant alors
qu'Ovide, amant et poëte licencieux, ait été la victime de
cette réaction morale? Voltaire soupçonne qu'Ovide était
surtout coupable d'avoir surpris Auguste dans un entre-
tien criminel avec sa propre fille, et il se fonde sur le passage où Suétone fait dire en propres termes à Caligula
que sa mère, la première Agrippine, était née de cet
inceste. Tiraboschi hasarde une autre conjecture qui n'est
pas plus invraisemblable que la précédente. La seconde Julie
aurait eu, d'après lui, un commerce semblable avec son
frère, l'imbécile Agrippa Posthumus. Le poëte, admis dans

[1] *De Tranq.*, 17.

leur intimité, aurait d'abord été le témoin involontaire de
leurs amours, et en serait ensuite par faiblesse devenu le
fauteur et le complice. Cette hypothèse paraîtrait plus plau-
sible, puisqu'Ovide et la seconde Julie furent exilés en
même temps. Auguste, nous l'avons dit, avait des mœurs
plus que suspectes ; mais il tenait trop à la décence qu'il
voulait ramener dans la vie privée, à sa réputation qu'il
ménageait, pour s'abandonner à l'infamie que lui prête Voltaire. La première Julie fut, du reste, exilée comme la seconde, et l'on sait avec quelle liberté le prince s'exprimait
sur le compte de l'une et de l'autre. L'opinion du savant Italien nous semblerait donc plus acceptable, s'il fallait se prononcer. Sans doute, les poésies licencieuses d'Ovide auraient
pu servir de prétexte à la sévérité momentanée d'Auguste,
mais non à cette haine que rien ne put jamais adoucir. Le
poète lui-même se reconnaît coupable d'avoir trop bien vu
ce qui se passait autour de lui, sans dire quoi. Pourquoi ne
seraient-ce pas aussi bien les déportements de la seconde
Julie? Enfin, il est une quatrième hypothèse plus sérieuse
peut-être que les deux autres : c'est celle qui consiste à
ne voir dans Ovide qu'une victime de l'ambition de Tibère
et de Livie. Ovide aurait surpris un secret d'État : il se
serait aperçu qu'Auguste, à son déclin, regrettait d'avoir
associé à l'empire un étranger, et il aurait eu la maladresse de parler, maladresse que Livie lui aurait fait
payer par l'exil. Le vieil empereur, dominé par une femme
astucieuse, l'aurait alors livré à la haine de l'impératrice.
On sait, en effet, par Tacite, qu'Auguste eut un retour d'é-
quité, sinon d'affection, pour Agrippa Posthumus. Accompagné du seul Fabius Maximus, son ami de confiance, il alla
visiter dans l'île de Planasie le malheureux proscrit, avec
lequel il pleura, pour le dédommager par ses tendresses de
cet empire dont il l'avait frustré. La scène parvint aux
oreilles de Livie par la femme de Maxime, qui, pour échap-

per à Tibère, se donna la mort. Ovide, intime de Maxime, instruit par lui des larmes et du remords d'Auguste, aurait en ce cas expié par la relégation une simple confidence. Quelque obscure que soit la question, ce que nous tenions à constater avant tout, c'est que l'empereur en cette circonstance n'agit pas autrement que les maîtres absolus; pour Cassius Sévérus, pour Labiénus, le sénat est intervenu au moins quant à la forme; pour Ovide, un mot du prince a suffi pour le priver à jamais de sa liberté. S'il fallait en croire le proscrit lui-même, Auguste se serait adouci sur sa fin :

> Cœperat Augustus deceptæ ignoscere culpæ[1].

Mais, selon nous, il s'est fait illusion ; s'il en avait été ainsi, rien n'aurait mis obstacle à son rappel. Auguste meurt, au contraire, sans songer à lui, et Tibère, on le comprend, se garde d'aller contre sa décision. Ovide s'éteint à Tomes, chez les Gètes, à l'âge de soixante-deux ans, malgré les amitiés puissantes qu'il avait à la cour, celle entre autres de l'Espagnol Hygin, que le prince avait affranchi et mis à la tête d'une bibliothèque publique[2], 20 ans après Jésus-Christ. Ovide, disons-le, ne montra pas, malheureusement pour sa mémoire, cette dignité qui sied à la disgrâce : innocent ou coupable, il ne sut pas ennoblir son infortune par la seule attitude digne des belles âmes, par le silence et la résignation ; il oublia trop que, comme la noblesse, le génie oblige, et l'histoire doit lui être sévère à ce sujet.

Ovide, quoique poëte, a-t-il été sans influence sur les études oratoires dont nous nous occupons? Nous ne le pensons pas. S'il a des idées, s'il a l'inspiration de la Muse, il revient trop sur sa pensée et tombe ainsi dans la diffusion.

---

[1] *Pont.*, IV, 6. — [2] Suet., *Gramm.*, 22.

Il avait de l'esprit, mais en mettait partout avec excès et donnait dans la recherche ; la forme et le tour le préoccupaient plus que le fond, et c'est en cela précisément qu'il s'éloigne du grand siècle. Le souffle poétique, la facilité, ne compensaient pas suffisamment l'absence de mesure et de goût. Or, quel sera le principal défaut de la décadence, si ce n'est celui-là ? Quel sera le but des études oratoires, en particulier, si ce n'est l'éclat, la couleur, le vêtement de la pensée, plutôt que la pensée elle-même ? Ovide, on peut le dire, a devancé Sénèque, et, malgré ses mérites aimables, a ouvert le champ à cette littérature creuse dont la déclamation est le type. Ovide, toutefois, est encore de son siècle, c'est-à-dire du bon siècle, par la langue, par le choix et la position des mots, par la variété et l'élégance des tours, par quelques-unes des qualités les plus rares du style. Mais il commence d'enfreindre les lois et la sobriété du goût de son époque, et donne ainsi, répétons-le, le signal de la décadence.

XII

HATÉRIUS.

Un esprit qui n'est pas sans rapports, dans l'éloquence, avec Ovide, c'est Hatérius, qui appartient aux règnes d'Auguste et de Tibère, et qui n'a plus cette noblesse des orateurs témoins de l'ancien état des choses. Nous touchons au moment où l'orateur du sénat et de la basilique sera plus d'une fois tout simplement un délateur d'abord, puis un accusateur à gages.

« Hatérius, de famille sénatoriale, fut toute sa vie un orateur célèbre. Si les monuments de son génie n'ont pu lui survivre, c'est que l'inspiration chez lui l'emportait sur le soin ; l'étude, le travail, font seuls passer à la postérité,

tandis que la parole abondante et sonore d'Hatérius s'est
éteinte avec lui [1]. » Sénèque le père, son contemporain, va
compléter cette esquisse exacte de Tacite. « Hatérius promit et fut un orateur [2]. Ses déclamations publiques étaient
improvisées. Seul de tous les Romains que j'ai connus, il
transporta dans la langue latine la facilité et la souplesse
du génie grec. Sa diction était rapide au point d'en être
vicieuse. — Il faut enrayer notre cher Hatérius, — disait
Auguste avec raison ; tant il semblait, non courir, mais se
précipiter. Ce n'étaient pas seulement les mots, mais aussi
les idées qui abondaient chez lui : il vous aurait traité le
même sujet aussi souvent et aussi longtemps que vous
l'auriez voulu, avec des figures et des développements tout
différents. C'est ainsi qu'il ne pouvait ni se diriger ni s'é-
puiser. Il avait un affranchi auquel il obéissait, et il allait
suivant que l'affranchi le poussait où le retenait. L'affranchi
lui disait-il de passer outre, quand il avait traité longtemps
un passage ? Hatérius passait outre. Lui disait-il de s'arrêter ? Hatérius s'arrêtait à l'instant. Le talent seul était à la
disposition d'Hatérius ; la mesure, à la disposition d'autrui.
Il n'avait d'ordre que celui de son élan [3]. » N'est ce pas la
phrase de Tacite : *Impetu magis quam curâ vigebat ?* « Hatérius ne se réglait pas sur les lois de la déclamation et ne
s'embarrassait pas des mots. Les écoles évitent quelques
expressions comme surannées et ne peuvent tolérer celles
qui sont basses ou banales. Hatérius, en cela, se conformait à l'usage des écoles : il n'usait pas d'expressions
battues ou tombées en désuétude. Mais il avait certaines
locutions anciennes, employées par Cicéron, puis abandonnées par ses successeurs, que ne pouvait dissimuler la
course précipitée de son discours. A cela près, personne
n'était plus apte aux exercices de l'école, plus élevé que

[1] Tac., *Ann.*, IV, 27. — [2] *Cont.*, IV, 29. — [3] *Cont.*, IV, préf.

lui ; mais, en voulant tout orner, il donnait souvent dans
le ridicule. Je me souviens que, défendant un affranchi,
accusé d'être le complaisant de son patron, il dit : — L'impudicité est un crime dans un homme libre, une nécessité
dans un esclave, un devoir dans un affranchi. — La chose
dégénéra en plaisanteries, et la controverse fournit ample
matière aux quolibets d'Asinius Pollion et de Cassius Sévérus. Il y avait donc chez lui beaucoup à reprendre, beaucoup à louer. » Hatérius, d'après le même passage, n'était
pas un stoïcien, et, quoi qu'en pense Sénèque, nous lui en
savons gré, du moins pour le fait qui va suivre : « Hatérius
supporta la mort de son fils avec tant de faiblesse, que non-
seulement il s'abandonna à sa douleur récente, mais qu'il
ne pouvait en supporter le souvenir, quand cette mort fut
ancienne et presque oubliée. Je me rappelle que, soute-
nant une controverse sur l'homme qui se plaint comme
d'une injustice d'avoir été arraché au tombeau de ses trois
fils, il s'interrompit pour pleurer. Puis il parla avec tant
de véhémence et de pathétique, qu'on vit clairement combien quelquefois la douleur est une grande partie du talent. » Cette *faiblesse* nous plaît plus que la fermeté de Pollion en pareille circonstance : le cœur, quand il parle, est
singulièrement plus éloquent que l'esprit. Eusèbe cite
Hatérius comme un orateur *facile et populaire*. Tels
étaient, en effet, les deux caractères distinctifs de sa parole, caractères qui imprimaient à son style une élégance,
un charme particulier, dans le genre descriptif surtout,
comme nous l'atteste Sénèque le Rhéteur à propos du
défilé des Thermopyles qu'Hatérius peignit avec la dernière éloquence, *facundissime* [1]. Cette facilité, pour le dire
en passant, tenait beaucoup à la manière d'étudier des
anciens, trop négligée peut-être de nos jours. Jeunes, ils

---

[1] *Suas.*, II.

s'habituaient à l'improvisation, qui ne suffit sans doute
pas au grand orateur, mais qui donne à l'esprit des ressources, une assurance, une souplesse qu'il n'est pas aisé
de suppléer. Hatérius était un improvisateur de mérite,
et c'était probablement à cela qu'il devait d'être aussi
populaire. Par malheur, il manquait d'une qualité qui ne
se remplace jamais, je veux parler de l'étude, de la mé-
ditation, qui développent à peu près seules le goût et la
méthode. Voilà pourquoi les contemporains, Auguste le
premier, critiquèrent à juste titre cette faconde éclatante
et sonore, mais sans règle. « Je veux, dit Sénèque à Lucilius, que l'homme sensé se tienne loin de cette course
effrénée d'Hatérius, qui n'hésitait, ne s'arrêtait jamais,
qui commençait et finissait tout d'une haleine [1]. »

Ce défaut, grave au point de vue de l'art, resterait dans
l'ombre, si le caractère moral d'Hatérius était à la hauteur de son éloquence. Malheureusement il n'en est rien.
Quelle fut, sous Tibère, la conduite de ce sénateur illustre,
de cet orateur puissant au barreau comme à la curie?
Ouvrons les *Annales* de Tacite. « Q. Hatérius blessa l'esprit
soupçonneux de Tibère. — Jusques à quand, César, lui
dit-il, laisseras-tu la république sans chef? — Aussitôt le
prince s'échappa en invectives contre l'orateur [2]. » Si,
comme Asinius Gallus pour le même motif, Hatérius se
fût tenu pour averti, on n'aurait rien à lui dire. Mais il
n'était pas de force à soutenir la haine du despote. « Il
se rendit bientôt après au sénat pour apaiser Tibère et
tomber à ses genoux ; mais il faillit être tué par les gardes,
parce que l'empereur avait fait une chute soit par hasard,
soit qu'il se fût embarrassé dans les bras du suppliant. Le
danger d'un tel personnage ne put calmer le maître, et
il fallut que l'orateur s'adressât à l'impératrice, dont les

---

[1] *Lett.* 40. — [2] *Ann.*, 1, 13.

instantes prières lui sauvèrent la vie [1]. » Tibère, on le
sait, n'oubliait pas. « Un autre jour, au sénat, n'étant pas
de l'avis d'Hatérius : — Pardonne-moi, lui dit-il, si je
m'exprime librement à ton égard, de parler en sénateur [2]. » Ce ton doucereux et railleur n'aurait annoncé rien
de bon, si Tibère eût eu affaire à une âme mieux trempée.
Mais Hatérius, payé pour être prudent, abonda presque
toujours dans les idées du prince. Lorsque Tibère, effrayé
des progrès du luxe, laissa traiter, au sénat, la question
de savoir s'il ne fallait pas y porter remède, Hatérius se
déchaîna contre cette plaie de Rome, et un sénatus-consulte interdit l'usage de la vaisselle d'or dans les repas,
et des vêtements de soie pour les hommes [3]. Quoique
flatteur éhonté, Hatérius ne s'en attira pas moins quelquefois des réprimandes. Le sénat délibérait sur la lettre
où l'empereur demandait pour Drusus la puissance
tribunitienne. « Hatérius opina pour qu'un décret fît
graver en lettres d'or les termes de la lettre. Tibère
blâma l'étrangeté d'un pareil avis, en disant que les lettres d'or étaient contraires à l'usage [4]. » Tacite alors
de flétrir Hatérius, *senex fœdissimæ adulationis, tantum
infamiâ usurus.* Tacite a raison ; mais c'était sous Tibère
un moyen de conserver et ses biens et sa vie. Faut-il
charger encore la mémoire de notre orateur d'un soupçon
autrement grave ? Faut-il le reconnaître dans cette phrase
de Sénèque : « Ne crois-tu pas qu'Arruntius, Hatérius et
tous ceux qui ont fait profession de capter les testaments,
forment les mêmes vœux que les entrepreneurs de pom-
pes funèbres [5] ? » Heureusement, les commentateurs n'ont
pas voulu le reconnaître en cet endroit, parce qu'il n'y
est pas désigné avec son prénom de Quintus ; quoique,

---

[1] *Ann.*, I, 13. — [2] Suét., *Tib.*, 29. — [3] Tac., *Ann.*, II, 33. — [4] *Ann.*, III,
58. — [5] *De Benef.*, VI, 78.

en réalité, il n'y eût rien d'impossible à voir même Hatérius se conformer à cette triste mode de son temps. Tout cela, du reste, ne l'eût pas empêché d'avoir une vieillesse honorée et de mourir entouré d'éclat, à l'âge de quatre-ving-dix ans, 26 après Jésus-Christ. Tant il est vrai que les idées morales s'affaiblissent chez un peuple, à mesure qu'il perd les vertus et les qualités distinctives qui ont fait sa grandeur et sa gloire!

Patience, d'ailleurs! Quintus Hatérius laisse un fils qui pourrait bien être celui que désigne Sénèque. Décimus Hatérius Agrippa, tribun du peuple, l'an 15, puis préteur et parent de Germanicus, devait probablement avoir pour mère Vipsania, la première femme d'Agrippa; ce qui prouve la noblesse et le rang de cette maison des Hatérius. Bien qu'il soit ainsi apparenté, bien que son père l'orateur lui ait légué une belle fortune et une position digne d'envie, voyez en quels termes en parle l'auteur des *Annales :* « Hatérius Agrippa s'attaque aux consuls de l'année précédente. Pourquoi, leur demande-t-il, garder le silence après s'être mutuellement accusés? La crainte apparemment et une conscience coupable les enchaînent tous deux; mais le sénat doit-il se taire sur ce qu'il a entendu? — Le temps de la vengeance n'est pas encore écoulé, répond Régulus l'un d'eux; mais il ne parlera qu'en présence de l'empereur. — Il vaut mieux, dit l'autre, que cette rivalité entre collègues, ces attaques, fruit de leur mésintelligence, tombent dans l'oubli. — Hatérius insiste, et un consulaire conjure l'assemblée de ne pas ajouter aux soucis du prince en fomentant ainsi les haines; le prince saura bien y remédier. — Ces paroles sauvèrent Régulus et différèrent l'exil de Trion. Hatérius n'en devint que plus odieux; énervé par le sommeil et la débauche, cet homme, assez lâche pour ne pas avoir à craindre la cruauté du prince, méditait la ruine des plus hauts personnages jusque dans

les lieux les plus infâmes, *inter ganeam ac stupra*, l'an 32[1]. »
Eh bien! une telle conduite empêche-t-elle le fils de cet
Hatérius d'arriver au consulat sous Claude, l'an 53[2]?
Affreuse époque, pauvre société que celle où de telles infamies ne forcent pas une famille à rentrer dans un oubli
protecteur! Voilà donc, à quelques exceptions près, ce
qu'était devenu le grand art de la parole! une arme entre
les mains des délateurs et des captateurs de testaments!

XIII

PASSIÉNUS.

Si tous les déclamateurs cités par Sénèque n'ont ni
l'abondance ni la facilité des Hatérius, ils n'en ont pas
non plus l'âme faible et rampante. Les deux Passiénus,
sans être exempts de reproche, ne furent pourtant pas
des adulateurs sans vergogne, des délateurs infâmes,
comme les deux orateurs précédents. Le père, Caïus Vibius
Passiénus, est mentionné par Eusèbe au titre de *déclamateur remarquable*. Il fallait qu'il eût du mérite, du renom même, pour qu'Auguste lui recommandât Asinius
Pollion, l'un des premiers orateurs depuis la mort de
Cicéron. Pollion, à la vérité, négligea la recommandation
d'Auguste; mais pourquoi? Pour que l'éclat de Passiénus
n'obscurcît pas sa propre réputation. Sénèque l'accuse,
sans doute, d'être un rhéteur *sec*; mais il ajoute aussitôt
rempli de finesse [3]. « Notre cher Passiénus, dit Cassius
Sévérus, commence-t-il à parler? l'auditoire se disperse
aussitôt après l'exorde, mais revient tout entier à la péroraison. Le milieu de son discours n'est écouté que par

---

[1] *Ann.*, vi, 4. — [2] *Ann.*, xii, 58. — [3] *Contr.*, v, préf.

ceux à qui il est nécessaire [1]. » C'était donc, d'après un juge aussi compétent, un orateur brillant et pathétique, mais sans les qualités sérieuses qui constituent le véritable talent. Un déclamateur obscur, un certain Oscus Pacatus, lui infligea un nom obscène en mettant en grec la première syllabe de son nom : de Passiénus il fit, suivant les uns, *Physsiénus*, composé des deux mots, φύσσα soufflet, et σῖνος, que nous nous dispenserons de traduire; suivant les autres, *Paschœnus* ou *Pathicus*, appellations tout aussi malsonnantes. Ainsi, d'après Oscus, Passiénus aurait été, comme tant d'autres anciens, infecté de ce vice honteux que les soldats jetaient à la face de César, le jour même où il montait au Capitole. Mais ce n'est peut-être qu'un bavardage dont Sénèque s'est rendu l'écho, et qui ne doit pas nous faire fermer les yeux sur un homme distingué. Et puis, de tels détails ne nous révèlent-ils pas excellemment l'état des mœurs romaines à l'époque qui nous occupe ? Ce Passiénus mourut la même année qu'Auguste.

Le fils, Passiénus Crispus, est plus célèbre : l'histoire s'en est souvenue. Sénèque lui accorde beaucoup d'éloquence, *eloquentissimus*, et le met à la tête des orateurs de son temps. Ce fut un homme puissant, non-seulement par la parole, mais par ses deux consulats et par ses deux mariages, le premier avec Domitia, petite-fille d'Antoine, et l'autre avec la seconde Agrippine, la mère de Néron. Il est à présumer que de si hautes alliances ne contribuèrent pas médiocrement à son élévation politique et à l'état florissant de sa fortune. Son premier consulat doit appartenir au règne de Tibère; quant au second, la date en est fixée à l'an 44, sous Claude. Suétone nous atteste son mariage avec Agrippine, en nous apprenant que Néron hérita de son *beau-père* Crispus Passiénus [2]. Un passage de

---

[1] *Contr.*, III, *Exc.*, préf. — [2] Suét., *Nér.*, 6.

Pline l'Ancien est encore plus explicite : « Il y a, dit-il, sur une colline, près de Tusculum, un bois consacré à Diane. De mon temps, l'orateur Crispus Passiénus, connu *par son mariage avec Agrippine*, avait l'habitude de baiser et d'embrasser un arbre magnifique qui s'élevait dans ce bois de hêtres; il l'aimait au point de coucher sous son faîte et de l'arroser avec du vin [1]. » A ce goût passionné pour la nature qui devait plaire au naturaliste, Crispus Passiénus joignait un esprit, une finesse remarquables. Sénèque, qui en fait l'éloge, qui vante même sa philosophie, lui prête un mot assez joli : *Adulationi opponimus ostium, non claudimus* [2]. Il nous le représente aussi comme un homme de sens, bien au fait des hommes et des choses de son temps. « Passiénus aimait mieux le jugement que les bienfaits de certains individus; pour certains autres, c'était le contraire. J'aime mieux, par exemple, disait-il, le jugement que les bienfaits d'Auguste, les bienfaits de Claude que son jugement [3]. » Tacite nous a conservé un autre mot fort juste et fort spirituel de Passiénus au sujet de Caligula : « Il n'y avait jamais eu, selon lui, de meilleur esclave et de plus détestable maître que ce jeune prince [4]. » Quant à son éloquence, outre les témoignages déjà rapportés, nous avons encore celui de Quintilien, qui dit avoir entendu dans sa jeunesse son *beau plaidoyer* pour Volusénus Catulus. Dans son *Institution*, il veut que quelquefois l'avocat tâche de concilier les parties dans la péroraison : « C'est ce dont s'acquitta à merveille Passiénus, lorsqu'il défendait les intérêts pécuniaires de sa femme Domitia contre son frère Œnobarbus. Après s'être longtemps étendu sur le lien qui les unissait tous les deux : — Rien ne vous fait moins défaut, ajouta-t-il, que ce qui est le sujet même de votre contestation [5]. » Ce passage fait

---

[1] XVI, 44. — [2] *Q. Nat.*, IV, préf. — [3] *De Ben.*, I, 15. — [4] *Ann.*, VI, 20. — [5] *Inst. Or.*, VI, 1.

honneur à sa loyauté d'avocat, et confirme ce que nous avons déjà dit de son premier mariage et de sa haute position. On aime à s'arrêter sur de tels caractères, plus rares à mesure que nous nous éloignons d'Auguste. On ignore à quelle époque et comment mourut Passiénus. Seulement son nom se retrouve sous Néron, probablement à propos de son fils, disciple de l'orateur Julius Africanus, au dire de Pline le Jeune. Et, si nous le constatons, c'est pour prouver une fois de plus que bien souvent le talent de la parole se transmettait chez les Romains à l'égal du patrimoine, surtout dans les familles patriciennes, plus fidèles d'habitude aux idées et aux professions libérales.

XIV

MAM. SCAURUS.

Les hommes de la trempe de Passiénus deviennent de moins en moins communs; l'empire, en enlevant aux âmes leur libre allure, les amoindrit, les jette dans les excès, les dégrade souvent, parce que rien ne doit porter ombrage au maître fréquemment médiocre du monde romain. Aussi voyons-nous, à cette époque, les esprits outrer ou les principes d'Épicure, ou ceux de Zénon : nulle part cette juste mesure qui ne se rencontre qu'aux jours de calme et de liberté.

Mamercus Scaurus en est une preuve. D'une famille récente, quoique patricienne, mais illustre, il va descendre jusqu'à la débauche sans pudeur et jusqu'à la délation. Au commencement du septième siècle de Rome, son aïeul était marchand de charbon, comme un certain Statius le reprochait à son fils, le fameux *Prince du Sénat*. Son grand-père, partisan d'Antoine, avait été pris et gracié à Actium, à cause de sa mère Marcia, qui l'était aussi

de Sextus Pompée [1]. C'est probablement du père de
ce dernier Scaurus que Cicéron parle comme d'un orateur de mérite, *minime contemnendus*, mais plus versé
dans la connaissance de la politique que dans l'art de
parler [2]. Sur celui qui nous occupe en particulier, consultons les nombreux témoignages des contemporains, et d'a-
bord de Sénèque le père qui l'a vu de près et l'a souvent
entendu. « Je ne connais personne, dit-il, pour qui le
public de Rome ait eu plus d'indulgence ; Scaurus avait un
sans-façon peu commun : *sæpe, dum amicitur dicebat ;* puis,
en plaideur plutôt qu'en avocat, il cherchait à faire parler
l'adversaire, parce qu'il connaissait sa supériorité dans les
débats. Rien de plus gracieux, de plus coquet que cet
homme : son élocution antique, sa diction puissante et
relevée, sa mise et son extérieur même étaient merveilleusement propres à faire valoir son éloquence. Mais tout
cela, bien loin de faire de Scaurus un grand orateur, montrait au contraire de combien il en était éloigné. La plupart de ses plaidoieries étaient mauvaises ; toutes cependant laissaient percer quelque chose d'un esprit élevé,
mais négligé ; si, par accident, son discours était bon, le
mérite en était au hasard. Sa longue, que dis-je ? sa continuelle paresse l'avait amené à ne vouloir, à ne pouvoir
rien soigner. Il publia sept discours qui furent ensuite
brûlés par décret du sénat. Le feu leur a rendu service.
Mais il reste de lui des mémoires qui sont en contradiction
avec sa renommée et qui sont bien moins soignés encore
que ses plaidoyers. Dans ses plaidoyers, du moins, la
chaleur rachetait l'incurie, tandis que ses mémoires ont
moins de feu et tout autant de négligence. Nous l'avons
dernièrement entendu déclamer de façon, chose singulière,
à se déplaire à lui-même [3]. » La *paresse*, le *laisser-aller*,

---

[1] Dion., *Aug*, 1.1, 2. — [2] *De Orat.*, 1, 49. — [3] *Contr.*, v, préf.

voilà donc le grand défaut de Scaurus non-seulement
comme orateur, mais aussi comme homme. Son éloquence,
le charme de son esprit, ne sont pas contestés ; le Rhéteur
dit de lui quelque autre part : *disertissimus homo et venus-
tissimus*. Son goût impitoyable ne laissait passer aucune
sottise[1] ; son esprit vif, aucune bonne occasion : « Le philosophe Ariston dissertait en litière ; — Il n'est certes pas
péripatéticien, dit Scaurus en s'informant de sa secte[2]. »
Tacite lui reconnaît aussi de l'éloquence. Mais à quoi lui
servait de manier la parole avec dextérité, si sa méthode,
si sa vie, si ses mœurs en faisaient un homme méprisable ?
si les ouvrages des anciens le citent surtout pour l'impureté de ses habitudes ? « Je donnerai, dit Tertullien, un
purgatif à Scaurus pour son impureté[3]. » — « Dissimu-
lait-il ses mœurs infâmes, s'écrie Sénèque ? Tenait-il à
paraître chaste ? Voici un mot de lui que j'ai entendu citer
partout et vanter en sa présence (et le Philosophe cite un
trait que nous nous contenterons de lui emprunter dans sa
langue). *Pollioni Asinio jacenti, obscœno verbo usus, dixerat
se facturum id quod pati malebat*. Pollion de froncer le
sourcil : — Que mes paroles retombent sur ma tête, repartit Scaurus, — qui rapportait lui-même cette saillie
comme sienne[4]. » Notons, en passant, que Scaurus ne se
gênait guère pour jeter à la tête des autres ce vice infâme,
qu'il prétendait avoir été importé à Rome par les rhéteurs
grecs[5].

Le sénateur valait-il mieux que l'orateur et que l'homme
privé ? Ouvrons les *Annales*, et la réponse nous sera facile.
Nous avons déjà vu comment Asinius Gallus et le vieil
Hatérius s'étaient attiré la haine de Tibère, débutant dans
son rôle de César. A leur exemple, Scaurus blessa l'âme

---

[1] *Contr.*, I, 2. — [2] *Sén. à Luc.*, 21. — [3] *De Pollio.* — [4] *De Ben.*, IV, 31.
— [5] Sén., *Contr.*, I, 2.

soupçonneuse du prince par des paroles imprudentes.
Mais Tibère se montra pour lui plus implacable encore :
il ne répondit pas [1]. Scaurus, de son côté, n'alla pas, à la
suite d'Hatérius, se jeter aux pieds du tyran, et respecta
du moins sa propre dignité. Nous le voyons, longtemps
après, faire prévaloir son avis dans l'assemblée des pères
conscrits : l'an 20, il obtient que les biens de sa première
femme Lépida, dont il avait une fille, ne soient pas mis à
l'enchère. Cette femme, qui à la noblesse des Æmilius
ajoutait celle des Sylla et des Pompée, était accusée d'avoir
feint des relations avec un homme riche et veuf, dont elle
disait avoir un fils. On lui imputait, en outre, des adul-
tères, des empoisonnements, que sais-je encore ? des
sortiléges contre la famille de l'empereur [2]. Un pareil
succès fait honneur aux sentiments comme à l'éloquence
de Scaurus. L'année suivante, Scaurus eut à défendre
encore un autre de ses parents, le jeune Sylla, dont il était
et l'oncle paternel et le beau-père tout ensemble. L'ancien
préteur Corbulon, le père probablement du fameux, s'é-
tait plaint au sénat de ce que ce jeune homme, dans un
spectacle de gladiateurs, ne lui eût point cédé le pas.
L'âge, la coutume, la faveur du sénat, plaidaient pour le
vieillard ; Scaurus et quelques autres parents, pour l'accusé. Drusus, fils de Tibère, calma les esprits avec quelques
paroles de conciliation, et Mamercus fit lui-même des
excuses à Corbulon [3]. Jusqu'ici l'orateur politique est à
l'abri de tout blâme, et son caractère est resté noble.
Mais il n'en fut pas longtemps ainsi. L'an 22, Scaurus,
déjà consulaire, s'adjoint deux délateurs, l'édile Brutidius Niger et le préteur Junius Othon pour accuser
de concussion un haut et grave personnage, le proconsul d'Asie, Caïus Silanus, et pour lui faire un crime

---

[1] *Ann.*, I, 13. — [2] *Ann.*, III, 23. — [3] *Ann.*, III, 31.

d'avoir outragé la *divinité* d'Auguste et méprisé la majesté
de Tibère. Un mot est nécessaire sur ces deux délateurs,
pour montrer jusqu'à quel point Scaurus s'avilissait en
faisant avec eux cause commune. Le premier, « Brutidius
Niger était arrivé à la richesse, dit Tacite, par de bonnes
voies, et, s'il eût continué de marcher droit, il fût parvenu à la plus brillante réputation ; mais, pressé d'arriver,
il voulut devancer d'abord ses égaux d'âge, puis les orateurs plus âgés que lui ; il voulut enfin aller au delà de ses
propres espérances [1]. » Il était, sous Tibère, édile, historien
et rhéteur. Disciple d'Apollodore, d'après Vossius, il trouva
dans ses déclamations et dans ses histoires une source suffisante de renommée. Mais il était de ces hommes qui ne se
contentent pas des voies honnêtes, qu'ils jugent trop longues. On était sous le despotisme de Séjan ; il se fit ami de
Séjan, et, la délation aidant, la fortune et les honneurs ne
lui furent plus mesurés. Une fois en crédit, il sut louvoyer
assez habilement, mais pas assez cependant pour ne pas
sombrer dans la ruine de son protecteur : Tibère ordonna
sa mort, et Brutidius, cette fois, fut obligé de se défendre ;
mais cette parole qui avait fait tant de victimes fut impuissante à le sauver, et le suicide fut la fin méritée de cet
odieux délateur, que Juvénal, écho de Tacite, a trouvé le
moyen de flétrir à son tour :

> Pallidulus mi
> Brutidius meus ad Martis fuit obvius aram [1].

Quant au second, il avait pour père Junius Othon, un déclamateur de quelque mérite, dont parle Sénèque le Rhéteur :
« Junius Othon, dit-il, traitait d'ordinaire avec esprit, *bellè*,
les controverses difficiles, celles dans lesquelles il y avait à
garder une certaine mesure entre le silence et l'énergie de

---

[1] *Ann.*, III, 66. — [2] x, 83.

l'action. Il publia quatre livres de Couleurs, que notre cher
Gallion appelait les *livres d'Antiphon ;* tant elles étaient rem-
plies de rêves incohérents, *somniorum.* Ce défaut, il l'avait
contracté chez les anciens rhéteurs, q ui n'approuvent les
couleurs que lorsqu'elles sont irréfutables, quand même
elles ne seraient pas tout à fait convaincantes d'ailleurs.
Junius Othon, toutefois, se tirait convenablement des controverses, qui demandent de la prudence [1]. » Le fils embrassa la profession du père. Quand il entra dans l'accusa -
tion de Silanus avec Brutidius Niger et Mamercus Scaurus,
« il tenait depuis longtemps, au rapport de Tacite, une
école de déclamation à Rome ; devenu sénateur, grâce à
Séjan, il cachait l'obscurité de ses débuts par son impudence et par son audace [2]. » Il prospéra sous Tibère ; mais,
la dernière année du règne de ce prince, son talent et sa
fortune ne purent lui épargner l'exil ; voici à quelle occasion. « Lœlius Balbus avait accusé du crime de lèse-majesté
l'ancienne épouse de P. Vitellius, Acutia ; après la condamnation de cette femme, au moment où l'on votait une récompense à l'accusateur, Junius Othon intercéda comme tribun
du peuple. De là naquit entre Balbus et Othon une haine qui
amena l'exil de ce dernier [3]. » Ce n'est pas, avouons-le,
sans plaisir que l'on voit sévir ainsi contre de pareils
hommes ; la perversité trouve tôt ou tard son châtiment.

Pourquoi faut-il que le grand nom de Scaurus se trouve
mêlé à de pareilles infamies ! Mamercus, dans l'affaire de
Silanus, eut beau s'appuyer sur l'exemple des jeunes orateurs d'autrefois, il n'en devint pas moins ainsi l'opprobre
de ses ancêtres, qu'il déshonorait par un tel métier [4]. Nous
ne sommes encore qu'au tiers du règne de Tibère, et un
descendant des anciens Æmilius, un pur patricien, ose parler de la *divinité* d'Auguste ! Quel abaissement, ou plutôt

---

[1] *Contr.,* ii, 9. — [2] *Ann.,* iii, 66. — [3] *Ann.,* vi, 47. — [4] *Ann.,* iii, 66.

quelle lâche hypocrisie ! Là ne s'arrêta pourtant pas pour
Scaurus le métier de délateur : dix ans après, il rentre encore dans cette triste arène ; mais, cette fois, Tibère voulut
que la cause s'instruisît au sénat, en sa présence, et commanda l'ajournement. C'est que la patience du prince commençait à se lasser : la protection de Séjan lui avait trop
longtemps ravi une victime. Mamercus fut, à son tour, accusé une première fois du crime de lèse-majesté par un
méchant et vil rhéteur, dont Sénèque nous a conservé le
nom [1], sans rien préciser ni sur l'issue ni sur la date de
cette accusation. La seconde, celle qui décida de son sort,
nous est, grâce à Tacite, mieux connue. Ce qui fit du tort
au vieil orateur, ce ne fut pas tant d'avoir été l'ami du ministre tombé, que d'être l'ennemi de Macron, le ministre
debout qui n'était pas moins à redouter. Macron incrimi-
nait un sujet de tragédie traité par Scaurus, et un vers
qu'il prétendait faire allusion à Tibère. Cette tragédie (car
Scaurus s'occupait aussi de poésie) était intitulée *Atrée*, et
le vers en question, tiré d'Euripide, était celui-ci :

$$\text{Τάς τε τῶν κρατούντων ἀμαθίας φέρειν.}$$

Quand Tibère en eut connaissance, croyant le trait dirigé
contre lui, et se reconnaissant dans Atrée à cause des meurtres qu'il avait commis : « Scaurus finira comme Ajax, »
s'écria-t-il [2]. D'un autre côté, les accusateurs reprochaient à
Scaurus d'avoir été l'amant de Livie et de s'être livré à des
sacrifices magiques. Scaurus, en digne descendant des anciens Æmilius, finit en effet comme Ajax : sur les instances
de sa femme Sextia, qui fut l'instigatrice et la compagne de
sa mort, il prévint sa condamnation par le suicide, l'an 34 [3].
Une pareille fin est heureuse pour sa mémoire ; néanmoins

---

[1] *Suas.*, II. — [2] Dion., *Tibère*. — [3] Tac., *Ann.*, VI, 29.

elle ne peut pas faire oublier les mœurs infâmes qu'il eut toute sa vie, l'âme servile qu'il montra sous Tibère ; et peut-être faut-il attribuer à ces deux causes les défauts que les anciens ont relevés dans son éloquence :

> L'esprit se sent toujours des bassesses du cœur.

En lui s'éteignit une famille de politiques et d'orateurs illustres, mais dont le caractère ne fut jamais à la hauteur de l'intelligence.

XV

VOTIÉNUS MONTANUS.

Heureusement tous les portraits ne se ressemblent pas dans cette galerie que nous mettons sous les yeux du lecteur : à côté de l'homme perdu de mœurs, du délateur méprisable, on aime à rencontrer un orateur qui se contente de son rôle et qui reste pur de la contagion générale. Cet orateur, c'est Votiénus Montanus qui grossit la liste des proscrits de Tibère.

Montanus a pour nous l'intérêt d'un compatriote : c'est un Gaulois de Nîmes, où il naquit à peu près en même temps que Domitius Afer, dont il sera tout à l'heure question. La Gaule, à cette époque, justifie le vers connu de Juvénal : elle est féconde en orateurs, en maîtres de rhétorique ; c'est déjà le pays qui sait manier excellemment et la parole et l'épée. Nous ne connaissons ni l'origine, ni l'éducation, ni les débuts de Montanus ; Sénèque le père, qui va nous servir de guide dans cette esquisse, ne nous en a rien dit. Mais il est probable que Montanus vint de bonne heure à Rome, sous Auguste, aux beaux jours de la déclamation. On est heureux cependant de voir en lui un représentant

des anciennes idées littéraires, un homme de goût, qui répugne d'instinct à toutes ces vaines parades d'éloquence.
« Votiénus Montanus, dit Sénèque, loin de déclamer jamais
par vanité, déclamait même sans préparation. Comme je lui
en demandais la raison :—C'est, me répondit-il, pour ne pas
contracter une mauvaise habitude. Celui qui prépare une
déclamation, l'écrit, non pour triompher, mais pour plaire.
Aussi recherche-t-il toutes les séductions : il laisse de côté
les argumentations comme désagréables et comme prêtant
fort peu à l'effet ; il se contente de séduire l'auditoire par
des *sentences* et des amplifications. C'est qu'il désire se faire
approuver lui-même, plutôt que de faire approuver sa
cause. Les déclamateurs portent ce travers jusqu'au barreau, où ils abandonnent le nécessaire pour courir après
le brillant. Ajoutez à cela qu'ils se donnent les adversaires
les plus sots du monde ; ils leur répondent comme et quand
ils veulent. Au reste, leur erreur n'offre aucun danger :
leur sottise reste impunie. Bien plus, les fréquents éloges
qu'ils reçoivent les soutiennent, et leur mémoire s'habitue
à des repos déterminés. Mais, sont-ils au barreau, les applaudissements ont-ils cessé à chacun de leurs gestes, ils
défaillent ou chancellent [1]. » Nous avons cité cette page
pour indiquer et le goût particulier de Montanus et l'inanité
des exercices des écoles romaines, lorsque les déclamateurs n'avaient pas le bon sens de les réduire à leur juste
valeur.

A la vue de pareils ridicules, on passe presque à Montanus cette négligence, ces répétitions outrées que lui
reproche Sénèque. « Votiénus Montanus, dit-il dans un
autre passage, cet homme d'un goût si rare, sinon très-pur,
ne put pas éviter dans ses exercices de l'école le défaut
qu'il avait dans ses plaidoyers. Il gâte ses pensées à force

---

[1] *Contr.*, iv, préf.

de les répéter : non content de bien dire les chose une fois, il finit par les mal dire. »

C'est pour cette raison et pour d'autres encore, qui peuvent assimiler l'orateur au poëte, que Scaurus appelait Montanus l'*Ovide des orateurs*, et qu'il disait à bon droit qu'il y a autant de mérite à savoir se taire qu'à savoir parler. « Il me souvient que Montanus fit ses débuts par la défense de Galla Numisia devant les centumvirs. Galla était héritière de son père pour un douzième ; elle était accusée d'empoisonnement. Montanus eut une idée pleine d'éloquence et qui durera autant que les siècles ; je ne sais même si l'on a jamais rien dit de mieux en semblable occurrence : — Le douzième n'est la part ni d'une fille ni d'une empoisonneuse. — Montanus ne s'en tint pas là : Dans le testament d'un père, ajouta-t-il, une fille doit avoir une place convenable, ou n'en avoir aucune. — Puis : Tu laisses trop à une coupable, trop peu à une innocente.— Ce ne fut pas encore assez : — Une fille ne peut être couchée sur le testament d'un père que pour hériter de tout, ou pour tout perdre. Je ne me rappelle plus tout ce qu'il dit encore à ce sujet. Quand il publia son plaidoyer, il y inséra plusieurs de ces paraphrases et bien d'autres qu'il n'avait pas dites au tribunal. Pas une de ces pensées qui ne soit belle seule ; pas une, en revanche, qui ne nuise aux autres [1]. » La répétition surabondante, comme chez Ovide : voilà donc le grand défaut de Montanus et de tous les talents secondaires de la décadence, chez lesquels la rhétorique tient plus de place que l'inspiration. Montanus n'en demeure pas moins un orateur distingué, un déclamateur consciencieux et sincère, qui aime son art. Sénèque rapporte encore un trait qui peint au vif cet amour d'une étude dont il a blâmé plus haut les excès avec tant de raison. « Le jour même

[1] *Contr.*, iv, 28.

qu'il fut accusé devant l'empereur par un certain Vini-
tius de Narbonne (car, il faut l'avouer et nous le verrons encore mieux plus loin, la Gaule ne manqua pas non
plus de délateurs), Montanus répéta dans son école les pensées qu'il avait opposées au discours de son accusateur [1]. »
Si l'on peut rire d'une pareille gloriole, il faut bien y reconnaître aussi un dédain admirable du péril, une sérénité
courageuse en face de cette tyrannie sans cesse en éveil
des Césars. Tibère ne pouvait reprocher à Montanus,
comme à Asinius Gallus, comme au vieil Hatérius, des paroles indiscrètes, des questions embarrassantes ; où chercher alors le secret de sa haine, si ce n'est dans l'indépendance et dans le caractère de l'accusé, qui ne se
cachait pas de ses liaisons avec des proscrits comme Ovide ?
Montanus, a dit Scaurus, est l'*Ovide des orateurs*; il aurait
pu ajouter qu'il en était aussi l'admirateur et l'ami. Nous
avons un distique du poëte, qui de Tomes rend à son ami
les éloges qu'il en a probablement reçus, et qui nous
prouve que Montanus n'était pas non plus étranger au culte
de la muse :

> Quisque vel imparibus numeris, Montane, vel æquis
> Sufficis, et gemino carmine nomen habes [2].

La critique du temps et Sénèque lui-même se taisent sur
le mérite poétique de Montanus, signalé dans ces deux vers,
et, si nous le mentionnons nous-même, c'est pour constater une fois de plus une manie générale des meilleurs
esprits de l'empire. Cette franchise du poëte ou de l'orateur ne pouvait passer impunie sous la police de Tibère :
Voliénus Montanus fut mis en accusation pour outrage à la
majesté impériale. Le passage où Tacite nous rapporte le
fait mérite d'autant plus d'être cité, qu'il nous donne en

[1] *Contr.*, iii, 19. — [2] *Pont.*, 4, 16.

même temps l'un des motifs que Tibère allégua pour s'é-
loigner de Rome. « Tibère hésitait encore, lorsque l'affaire
de Montanus, *celebris ingenii viro*, le décida à fuir les réunions du sénat et les reproches d'ordinaire mérités et
graves qu'on lui faisait en face. Un soldat du nom d'OEmi-
lius, cité comme témoin à charge, rapporte tout ce qu'il
a entendu, et, malgré le bruit qui l'entoure, porte aux
oreilles de Tibère les infamies dont on l'accable en secret.
Tibère en est frappé, au point de vouloir s'en justifier sur
l'heure ; les prières des sénateurs qui l'entourent, et l'adu-
lation de toute la curie, suffisent à peine à le calmer [1]. »
Montanus n'en fut condamné qu'avec plus de précipitation
pour crime de lèse-majesté et relégué aux Baléares, où il
mourut quatre ans après, l'an 29 après Jésus-Christ.

XVI

CRÉMUTIUS CORDUS.

Chose vraiment digne de notre attention ! Tous ou presque tous les personnages que Tibère sacrifie à sa haine ou
à sa défiance, sont précisément ceux dont le nom a vécu
dans le souvenir de la postérité, comme autant de témoins
prêts à déposer contre ce pouvoir exorbitant des empereurs, qui ne respectait rien. Nous trouvons dans Crémutius Cordus un exemple de cet affreux arbitraire ; bien que
ce soit un historien plutôt qu'un orateur, Crémutius, par
sa condamnation, mettra dans un jour encore plus éclatant
les malheurs et les tristesses d'une pareille époque.

Il avait composé une histoire des guerres civiles et du
règne d'Auguste, où, selon l'énergique expression de Sénèque, *il avait à jamais proscrit les proscripteurs* [2], son âme

---

[1] *Ann.*, IV, 42. — [2] *Cons. à Marcia*, 26.

honnête n'avait pas reculé devant l'éloge de Brutus et de
Cassius, qu'il avait appelés *les derniers des Romains ;* elle
avait, en outre, blâmé ouvertement le sénat et le peuple,
et n'avait approuvé ni César ni son successeur [1]. C'était, il
faut en convenir, condamner de tout point le régime sous
lequel il vivait. Mais Crémutius aurait échappé peut-être
aux délateurs, s'il avait observé la prudence des cœurs
pusillanimes. Séjan, le ministre-empereur, ne pouvait
lui pardonner deux ou trois mots piquants : « Séjan,
avait dit Crémutius, ne se contente pas d'être porté sur
nos têtes, il veut y marcher. » Une autre fois, le sénat
lui votant une statue au Théâtre de Pompée que Tibère
faisait réparer d'un incendie : « C'est maintenant, s'écria
Cordus, que c'en est fait véritablement de ce théâtre. »
Pour apaiser le ministre irrité, il n'y avait qu'un moyen,
et Cordus n'était pas homme à l'employer : il aurait
fallu aller se jeter à ses pieds. Séjan alors le donna en
pâture à ses clients, Satrius Secundus et Pinarius Natta [2].
Car, ce qu'il y avait de plus odieux dans la délation et ce qui
la distinguait profondément des accusations courageuses
par où les jeunes orateurs débutaient, sous la république,
pour se mettre en relief, c'est que, sous l'empire, une
bonne partie des biens de l'accusé était dévolue à l'accusateur, s'il obtenait la condamnation. Crémutius était perdu
d'avance, et Tibère écouta sa défense d'un air menaçant.
Résolu de quitter la vie, Cordus répondit, d'après Tacite, à
ses accusateurs :

« Des paroles ! voilà tout ce qu'on incrimine en moi ; tant
mes actions sont irréprochables, pères conscrits ! J'ai loué,
dit-on, Brutus et Cassius, dont beaucoup d'historiens ont
raconté la vie, et qu'aucun n'a nommés sans éloge. Tite-
Live, le plus éloquent et le plus fidèle de tous, a tant pro-

---

[1] Dion, *Tibère.* — [2] Sén., *Cons. à Mar.*, 22.

digué de louanges à Pompée, qu'Auguste l'appelait le Pompéien ; cependant leur amitié n'en fut point altérée. L'historien nomme souvent, comme des personnages illus- tres, Brutus même et Cassius et ne les a jamais qualifiés de brigands et de parricides, comme on fait aujourd'hui. Pollion qui a transmis leur mémoire à la postérité, Messala qui se vantait d'avoir servi sous Cassius, ont été comblés d'honneurs et de richesses par Auguste. On a jusqu'ici toléré ce langage par politique peut-être plus encore que par modération ; car le mépris fait tomber une injure, au lieu que s'en offenser, c'est avouer qu'on la mérite. Mais rien de plus permis jusqu'à ce jour, rien de moins sujet à la censure que de parler de ceux que la mort a soustraits à la haine ou à la flatterie. Brutus et Cassius sont morts de- puis plus de soixante ans; mais ils conservaient leur place dans l'histoire. La postérité sait rendre à chacun l'honneur qu'il mérite ; et, si l'on me condamne aujourd'hui, Cassius et Brutus ne manqueront pas d'historiens qui se souvien- dront aussi de moi [1]. »

Oui, Crémutius, la postérité ne t'a pas oublié ; parce que tu n'a pas reculé devant la mort pour proclamer le droit en face de Tibère, ta place sera marquée parmi les nobles cœurs !

Toute fondée qu'elle était, la défense de Cordus fut à peine écoutée : le sénat fit brûler ses œuvres par la main des édiles ; heureusement elles vécurent dans l'ombre jus- qu'à ce que Caligula les fit rechercher et publier [2]. « Sottise, s'écrie Tacite indigné, des hommes qui croient que leur puissance actuelle suffit pour éteindre jusqu'au souvenir de la postérité ! » Bien que le sénatus-consulte s'étendît aux provinces, plusieurs amis du condamné, sa fille Marcia elle-même, à qui Sénèque adressa plus tard une *Consola-*

---

[1] *Ann.*, IV, 34, 35. — [2] Suét., *Cal.*, 16.

tion, parvinrent à soustraire cette histoire à toutes les recherches. Mais l'auteur n'en fut pas moins obligé de se
donner la mort, à la façon des stoïciens, dont il partageait
les idées. Laissons la parole à Sénèque qui nous a peint
d'une manière saisissante cette fin tragique, mais presque
commune alors ; tant cette époque était sombre et terrible !
« Cordus, au sortir du bain, pour mourir plus à son aise,
s'enferma dans sa chambre, comme pour y prendre son repas, et renvoya ses esclaves. Afin de faire semblant de manger, il jeta des morceaux par la croisée ; puis il sortit de sa
chambre, comme s'il eût satisfait son appétit. Il fit de même
deux ou trois jours de suite. Le quatrième, sa faiblesse le
trahit. Il écarta toute lumière et s'ensevelit dans les ténèbres. — Chère fille, dit-il en l'embrassant à Marcia, voilà
le genre de mort que j'ai choisi ; tu ne dois ni ne peux
ébranler ma résolution. — Ce fut alors pour tous un bonheur de le voir échapper ainsi à la gueule des *loups dévo-
rants*. Les accusateurs, sur le conseil de Séjan, se rendent
auprès des consuls et se plaignent de la mort de Cordus,
à laquelle ils l'avaient pourtant forcé. Il s'agissait pour
eux de savoir si la mort leur enlevait leur proie ; mais,
pendant qu'ils délibèrent, qu'ils retournent auprès des
consuls, Cordus échappe à leur avidité, » l'an 25 après
Jésus-Christ [1]. Sénèque, en remerciant Marcia d'avoir
sauvé les livres de son père, rend hommage à l'éloquence
et à la liberté de ce Romain, qui méritait des jours meilleurs, et dont la place est à côté de Thraséas et d'Helvidius
Priscus, avec lesquels il a plus d'un trait de ressemblance.

[1] Sén., *Cons. à Mar.*, 22.

XVII

DOMITIUS AFER.

Les hommes de la trempe de Crémutius Cordus n'abondent précisément pas au temps où nous sommes arrivés : le courage et la générosité des sentiments sont plus rares que le savoir-faire et l'habileté, talents indispensables sous des princes tels que Tibère et ses successeurs. Domitius Afer offre le type parfait de ces esprits habiles, de ces consciences souples qui savent s'accommoder aux circonstances. Né l'an 16 avant Jésus-Christ, à Nîmes, comme Montanus, il alla de bonne heure chercher fortune à Rome, où il resta longtemps ignoré. Tout porte à croire cependant que sa famille dut occuper à Rome un rang élevé, et que, s'il naquit dans la Ire Narbonnaise, ce fut par hasard ; il n'est pas invraisemblable que son père y remplît une fonction publique. Afer n'était d'ailleurs pas de ceux qui demeurent en chemin : esprit sérieux, intelligence sagace et clairvoyante, il finit par percer au milieu de cette foule d'orateurs dont nous avons déjà fait la connaissance. Sous Tibère enfin l'occasion se présenta pour lui de se faire connaître. « Il accuse Claudia Pulchra, cousine de la première Agrippine. Sortant de la préture, *peu considéré* et prêt à s'illustrer *par n'importe quel moyen*, il l'accusait d'impudicité, d'adultère avec Furnius, de sortiléges et d'enchantements contre le prince. Furnius et Pulchra sont condamnés ; Afer est mis au rang des premiers orateurs ; son talent se fait jour, et Tibère reconnaît son droit à l'éloquence. — Puis, en se portant comme accusateur ou comme défenseur, il se fait une plus haute réputation d'é-

l'oquence que *d'honnêteté* [1]. » L'année suivante, 27 après Jésus-Christ, Domitius, fier de son premier succès, s'attaque au
fils de sa victime, à Quinctilius Varus, citoyen riche et parent
de Tibère. Tacite, cette fois, se montre pour lui plus sévère
encore. « On ne s'étonnait pas, dit-il, de voir cet homme, longtemps dans l'indigence et qui avait mal usé des récompenses
obtenues, s'apprêter ainsi à plusieurs actes *d'infamie*. Mais,
cette fois, le sénat résista et fut d'avis d'attendre la décision
de l'empereur. C'était alors la seule ressource dans les
malheurs qui vous accablaient [2]. » Que dire de l'accusateur
quand le sénat de Tibère opine pour l'indulgence !

L'avénement de Caligula va peut-être changer la position d'Afer ? Nullement : Afer saura bien se retourner et jeter un voile sur son passé. « Un jour, avant la
mort de Tibère, Agrippine le rencontra ; Domitius s'é-
carta de son chemin, poussé qu'il était par la honte d'avoir
été l'accusateur de l'une de ses parentes. Agrippine qui
s'en aperçut, l'appelle : — Sois sans crainte, Domitius,
dit-elle ; ce n'est pas ta faute, mais la faute d'Agamemnon [3]. » Nous serons moins indulgents que la princesse :
si l'on ne peut rien contre la violation du droit, on peut
du moins se taire, et, si l'on parle, que ce ne soit jamais
dans son intérêt unique ni au détriment de l'honneur ! A
quelque temps de là, lorsque Tibère se fut enseveli dans les
débauches de Caprée, Afer rassuré éleva une statue à Caligula, avec une inscription qui donnait à entendre que le
prince exerçait son deuxième consulat à l'âge de vingt-six
ans. Caligula d'entrer en fureur, comme si Domitius lui
eût fait un reproche de sa jeunesse et d'avoir agi contre la
loi. Aussi l'orateur, qui s'attendait pour cette flatterie à
de grands honneurs, fut-il accusé au sénat. Lecture faite
de son accusation, Caligula ordonnait de le mettre à

---

[1] Tac., *Ann.*, IV, 59. — [2] *Ann.*, IV, 66. — [3] Dion, *Calig.*

mort, s'il essayait de répondre. Le prince s'estimait le premier des orateurs, et prétendait surpasser dans ses discours celui qu'il savait être le plus éloquent de tous. Non-seulement Afer ne répliqua pas, mais il feignit d'admirer, de rester stupéfait devant l'éloquence de Caïus. Il se mit à reprendre chaque mot de son discours, à faire de ce discours le plus grand éloge, comme s'il l'avait entendu sans y être accusé. Puis, quand on lui eut remis son acte d'accusation, il eut recours aux prières et aux lamentations ; il tomba même à genoux, et dans cette position adressa ses supplications à César, et l'on eût dit qu'il eût redouté dans Caligula l'orateur plutôt que l'empereur. Enflé de ce triomphe, et persuadé qu'il avait vaincu Domitius dans cette joute d'éloquence, Caligula, poussé par l'affranchi Calixte qu'il estimait et qui était cultivé par Domitius, apaisa sa colère. Blâmé ensuite par Calixte d'avoir accusé son client, Caïus répondit qu'il n'avait pu tenir caché un aussi beau discours. Ainsi Domitius dut son salut à la condamnation de son éloquence. Caligula le désigna consul aussitôt [1]. Il est impossible de jouer plus spirituelle comédie ; remarquons aussi qu'Afer, pour ne rien négliger, avait su s'attacher le maître de l'empereur ; avec une pareille politique à quel péril n'échapperait-on pas ? Sous Claude, la fortune de Domitius Afer resta la même, aussi brillante : il est, sans contredit, le premier des orateurs. L'esprit ne lui fait pas défaut : il nous intéresse malgré la répugnance que son caractère nous inspire. « Un jour, Claude, irrité contre l'orateur Judæus Gallus qui plaidait devant son tribunal, le fit jeter au Tibre, sur les bords duquel il siégeait, quand il rendait la justice. Dans cette circonstance, Domitius Afer, qui surpassait en éloquence tous les avocats de son temps, dit un mot des

---

[1] Dion, *Calig.*

plus plaisants. Le client, privé de Judæus, lui demandait ses services : — Qui t'a dit, répondit Domitius, que je sais mieux nager que Judæus [1] ? » Mais cette parole vive, aux saillies inattendues, Domitius eut le tort de vouloir en user trop longtemps : avocat des plus occupés durant toute sa vie, il ne comprit pas la vérité du conseil d'Horace :

> Solve senescentem mature sanus equum, ne
> Peccet ad extremum ridendus, et ilia ducat [2].

Tacite en a fait la remarque : « Vers la fin de sa vie, Domitius perdit beaucoup de son mérite, parce que, quoique fatigué, son talent ne put se résoudre au silence [3]. » Quintilien le reconnaît lui-même : « J'ai vu, dit-il, le plus grand orateur de ceux qu'il m'a été donné de connaître, Domitius Afer, perdre dans son extrême vieillesse tous les jours quelque chose de cette autorité qu'il avait si bien acquise. Lorsque plaidait celui qui sans contredit avait été le prince du barreau, les uns riaient, les autres rougissaient pour lui, et cela leur faisait dire que Domitius aimait mieux défaillir que de s'arrêter à temps [4].» Domitius alla néanmoins jusqu'au bout, chargé d'ans, d'honneurs et de gloire, avec la réputation d'un bon orateur, mais d'un triste caractère. Il mourut d'une indigestion, l'an 60, à la même époque environ qu'un autre orateur, M. Servilius, dont Tacite fait un bel éloge dans le parallèle suivant : « Tous deux s'étaient rendus puissants par leur éloquence. Le premier s'était fait un nom par les causes qu'il avait soutenues ; Servilius, qui longtemps avait brillé au barreau, et s'était mis ensuite à écrire l'histoire de Rome, se distinguait par son élégance ; avec autant de talent que Domitius Afer, il avait des mœurs et un caractère bien différents [5]. »

---

[1] Dion, *Claude.* — [2] *Ep.*, i, 1. — [3] *Ann.*, iv, 59. — [4] *Inst. Or.*, xii, 11. — [5] *Ann.*, xiv, 19.

Il y a quelque chose d'affligeant à voir que sous les sombres règnes dont nous avons donné le profil, les âmes basses ou dévoyées atteignent seules un âge avancé, comme Domitius Afer, qui mourut à soixante-seize ans : le mérite et la vertu étaient donc incompatibles avec un semblable régime ! Et puis, que dire d'un temps où des hommes aussi mal famés que Domitius avaient les écoles les plus fréquentées de Rome ? Car Domitius aussi fut un rhéteur, et, de plus, un rhéteur distingué. Pour le juger sous ce dernier aspect, nous avons le témoignage de Quintilien. Afer, d'après Quintilien, aurait composé un traité spécial sur une partie importante de la rhétorique, la *confirmation* et la *réfutation*; ce traité, que nous ne possédons plus, aurait, à ce qu'il semble, été complet sur la matière. « Non-seulement je l'ai lu, s'écrie Quintilien, qui ne vit Afer que sur ses vieux jours, mais je n'ai appris que là ce qui concerne ces deux points [1]. » Ce qui caractérise, au reste, l'éloquence d'Afer, et ce que sans doute il enseignait à merveille, c'était la plaisanterie, cette arme redoutable qu'il maniait avec une dextérité singulière. Mais c'était une plaisanterie douce et de bon aloi, qui n'avait rien de la plaisanterie injurieuse de Julius Bassus, ou de la plaisanterie mordante et âpre de Cassius Sévérus [2]. » Un certain Sulpicius Longus, affreusement laid lui-même, plaidant dans une affaire où il s'agissait de liberté, s'échappa jusqu'à dire que son adversaire n'avait même pas la figure d'un homme libre. — Très-bien, répond Afer, je suis de ton avis; on n'est pas libre quand on a une laide figure. — Dans ses plaidoieries un nommé Manlius Sura marchait à droite et à gauche, sautait, lançait ses bras en l'air, ne cessait de rejeter et de ramener sa toge : — Ce n'est pas là plaider, dit à propos Domitius,

---

[1] *Inst. Or.*, v, 7. — [2] *Id*, v, 3.

mais se trémousser. — Afer plaidait contre un affranchi
de Claude, lorsqu'un autre affranchi s'avisa de s'écrier :
Tu plaides toujours, Domitius, contre les affranchis de
l'empereur. — Je n'y gagne pourtant rien, répliqua l'o-
rateur [1]. — Une autre fois il défendait Cloantilla, dont tout
le crime était d'avoir donné la sépulture à son mari, impliqué dans une révolte. L'empereur ajourna l'affaire, et
Domitius de s'écrier : Enfants de Cloantilla, n'en ensève-
lissez pas moins votre mère [2]. » On le voit, cet enjouement
que Domitius répand çà et là dans ses discours, ces saillies
semblables à celles qui distinguent l'esprit français :
voilà où excelle l'orateur de Nîmes; il a laissé, mais le
temps n'a pas respecté, des narrations entières assaisonnées
de cette raillerie fine et délicate où brillait Cicéron, ainsi
que des livres spécialement consacrés aux bons mots [3].
Quintilien, qui rappelle avec complaisance le goût et les
principes de son maître, nous apprend aussi qu'il prononça pour deux dames romaines des plaidoyers qui se
lisaient encore de son temps. Il nous en a conservé quelques passages qui sont des modèles d'esprit ou d'à-propos.
« La *communication*, dit-il, consiste à consulter ses adversaires, comme fit Domitius Afer dans sa défense de Cloantilla : — Elle ne sait pas, s'écrie-t-il, cette femme trem-
blante, ce que peut une femme, ce qui convient à une
épouse; dans un tel embarras ne serait-ce pas le hasard qui vous a offerts à cette malheureuse ? Toi, son
frère, et vous les amis de son père, que lui conseillez-
vous [4] ? » Un peu plus loin : « D'ordinaire, Domitius Afer
ne faisait de petites périodes, *clausulas*, que pour donner
à son style plus de force et de rapidité, surtout dans ses
exordes, comme dans son plaidoyer pour Cloantilla : *Gra-
tias agam continuo*, et pour Lælia : *Eis utrisque apud te*

[1] Quint., vi, 3. — [2] *Id.*, viii, 5. — [3] *Id*, vi, 3. — [4] *Id.*, ix, 2.

judicem periclitatur Lælia. Tant il dédaignait cette cadence molle et efféminée, » qui infectait la parole, de son temps [1]. Il paraît qu'il défendit enfin, de concert avec Crispus Passiénus, ce Volusénus Catulus, dont nous avons parlé ailleurs. C'est, à notre connaissance, la seule fois que Domitius ait consenti à s'adjoindre d'autres avocats : usage, selon nous, funeste à la cause aussi bien qu'aux orateurs, partant, à l'éloquence, en ce que chaque avocat, comptant sur son collègue, n'approfondit qu'un point du procès, celui dont il est spécialement chargé, et néglige les autres. Pas plus alors que de nos jours, les arts ne pouvaient se soumettre au régime du commerce ou de l'industrie. Domitius avait trop de sens pour ne pas le comprendre, et trop de goût pour se conformer aveuglément aux caprices de la mode. Lui, que Quintilien met sans hésiter à côté des *anciens* pour le style et pour la composition oratoire [2], lui dont les qualités maîtresses étaient l'ordre et la simplicité sobre, pouvait-il tolérer davantage le charlatanisme qui envahit de son vivant, non-seulement les écoles et les salles de lecture, mais les tribunaux eux-mêmes ? « J'étais auprès de Domitius Afer, fait dire Pline à Quintilien, un jour qu'il parlait devant les centumvirs avec lenteur et gravité ; il entendit dans le voisinage une clameur immense, extraordinaire. Étonné, il s'arrêta ; quand le silence se fut rétabli, il reprit le point où il s'était interrompu. Nouvelle clameur, nouvelle interruption de Domitius ; le même bruit recommence une troisième fois. Domitius s'enquiert enfin du nom de l'orateur ; c'est Licinius. Alors, au milieu même de sa plaidoierie : — Centumvirs, s'écrie-t-il, c'en est fait de l'art de la parole [3] ! » C'est que Domitius, et il ne se trompait pas, prévoyait l'éclipse totale d'un art alors déjà sur son déclin, dès que, pour ne

[1] Quint., IX, 4. — [2] *Inst. Or.*, X, 1. — [3] Pline le Jeune, II, 14.

pas compromettre sa réputation, un avocat comme Largius Licinius invitait des auditeurs et remplissait les bancs d'hommes salariés, qui constituaient un public à ses yeux. Son intelligence étendue, son éloquence mâle et forte, son goût sûr, faisaient, en outre, de lui un critique éclairé, ainsi que nous l'atteste son illustre élève. Un mot de Quintilien vient à l'appui de notre assertion. « Je vais rapporter, dit-il, les propres termes que dans ma jeunesse j'ai recueillis de la bouche d'Afer Domitius. Je lui demandais quel poëte, selon lui, se rapprochait le plus d'Homère : — Virgile, me répondit-il, est le second, mais plus voisin du premier rang que du troisième [1]. » Assurément Domitius est loin de Cicéron et de Pollion, comme le lui reproche Messala dans le *Dialogue des orateurs* [2]; sans doute, il a dans le style et dans la tournure de son esprit quelque chose de Sénèque le Philosophe, à peu près son contemporain. Il n'en appartient pas moins, on peut le dire, à la vieille école, et si, dans sa carrière politique, il n'était pas descendu au rôle de délateur, son nom serait grand parmi les illustrations oratoires de l'empire; comme le sentit sa ville natale qui lui éleva une statue. Tel qu'il est, il intéresse encore et mérite un souvenir de la postérité, quelquefois trop oublieuse.

XVIII

SÉNÈQUE.

Malgré son talent oratoire et sa haute position politique, Domitius Afer, avocat et rhéteur, n'exerça pourtant pas une influence marquée sur son siècle. Cassius Sévérus sous Auguste, Sénèque le Philosophe sous les règnes de Tibère,

[1] Quint., x. — [2] Ch. xv.

de Claude et de Néron, ont seuls joui d'un pareil privilége,
jusqu'à ce que Quintilien soit venu combattre leurs doctrines et leurs tendances. Sénèque est assurément l'esprit
qui a joué le premier rôle littéraire dans la décadence :
il a constitué l'école des *modernes* qu'avaient autorisée de
leur talent plutôt que fondée Horace et Cassius Sévérus.
Au double titre d'écrivain et de philosophe, il a imprimé
comme une autre allure à cette langue latine, à laquelle
Cicéron, Salluste et Tite-Live avaient donné du nombre et
de l'ampleur. C'est à ce point de vue seulement que nous
voulons considérer ce personnage multiple, à la fois rhéteur, orateur, poëte et philosophe, sur lequel les avis seront longtemps encore partagés. La critique moderne est
enfin parvenue à lui faire la part qui lui revient dans l'héritage important de la famille des Sénèque : on sait aujour-
d'hui que les *Controverses* et les *Suasoriæ* sont de son père,
et que les tragédies, mises sous le nom du Philosophe, sont
bien réellement de lui, pour la plupart du moins. Mais ce
n'est pas une monographie que nous essayons ici, et nous
nous contenterons d'étudier l'homme politique d'abord,
puis le littérateur de génie dont on pourra médire, mais
qu'on aimera toujours.

Le second fils de Sénèque le Rhéteur, L. Annæus Sénèque, naquit à Cordoue vers l'année même de l'ère chrétienne, et vint à Rome sous Auguste dans un âge très-
tendre, comme il le dit lui-même : « Je vins à Rome sur
les bras de ma tante, dont les soins affectueux et mater-
nels ont veillé longtemps sur ma faible santé[1]. » Il fit ses
études oratoires sous la direction éclairée de son père,
ainsi que nous le voyons par les préfaces des *Controverses*,
et fréquenta probablement aussi les écoles de plusieurs rhéteurs fameux, dont il est question dans ces mêmes pré-

---

[1] *Cons. à Helvia*, 17.

faces. Il faut bien le croire pour s'expliquer la différence profonde qui sépare ses principes littéraires éminemment novateurs de ceux de son père, presque en tout conformes aux anciennes doctrines. Il est possible aussi qu'il ait puisé dans les leçons des philosophes, d'Attale entre autres dont il parle avec éloge [1], cet amour du néologisme, cette phrase concise et coupée qui plaisait aux stoïciens. L'ambition, d'ailleurs, travaillait déjà ce jeune esprit; que faire après Cicéron, Pollion et Messala? Ne pas les imiter, chercher à les détrôner en prêchant une méthode contraire, était donc la plus courte voie pour arriver à la gloire ; Sénèque s'y engagera résolûment. Suétone le laisse clairement entrevoir : « Sénèque, dit-il, détourna Néron d'étudier les anciens orateurs pour se faire plus longtemps admirer de son élève [2]. » Car, ne nous y trompons pas, il y a deux hommes dans Sénèque, et c'est probablement ce qui l'a fait juger en des sens si divers : l'ambitieux, avide d'honneurs et de renommée, et le sage revenu de ces illusions à des idées plus élevées et plus sérieuses. L'ambitieux, qu'il soit rhéteur, orateur, philosophe ou politique, se révèle distinctement jusqu'à l'âge de cinquante ou cinquante-cinq ans ; le sage apparaît vers la vieillesse, dans ces admirables *Lettres à Lucilius*, qui sont une préparation éloquente à cette mort, que le tigre, son élève, tient toujours suspendue sur sa tête. Sénèque arrivait, en outre, à une époque où mœurs, esprit, opinion, tout à Rome était changé : la littérature devait changer aussi, comme son intelligence supérieure fut la première à le sentir. Il ne faut donc exagérer à son égard ni le blâme ni l'éloge : il a été novateur un peu dans son intérêt, un peu aussi par nécessité ; c'est ce que la critique n'a pas assez compris.

Né avec une constitution faible, il fut comme contraint

---

[1] *Lett. à Luc.*, 108. — [2] Suét., *Nér.*, 52.

de se singulariser déjà par le régime auquel il dut s'astreindre. « Il n'est pas de maladie qui me soit inconnue, écrit-il à Lucilius : il en est une cependant dont je semble plus spécialement la proie, c'est l'asthme, *suspirium*[1]. » Cet asthme le réduisit à un tel état de maigreur, qu'il songea plus d'une fois à en finir avec cette vie de souffrance; l'âge et la bonté de son père seuls l'en empêchèrent [2]. C'était, d'un autre côté, un travailleur infatigable : « Aucun de mes jours, dit-il, ne s'écoule dans l'oisiveté ; je consacre à l'étude une partie de mes nuits : je ne m'abandonne pas au sommeil, j'y succombe, et je retiens à l'ouvrage des yeux qui se ferment malgré moi [3]. » Joignez à cela que Sénèque, qui boit tour à tour à la coupe de Zénon, de Pythagore, ou même d'Épicure, veut aussi conformer sa vie matérielle aux prescriptions de ses maîtres. Il vit de régime, s'abstient de certaines viandes, à l'instar des pythagoriciens, ainsi qu'il nous l'apprend encore lui-même : « Ma jeunesse concordait avec le principat de Tibère; à Rome, les cultes étrangers étaient proscrits, et c'était se faire convaincre de superstition que de ne pas manger de certains animaux. Alors, sur les instances de mon père, qui ne craignait pas une accusation pour moi, mais qui détestait la philosophie, je revins à mon ancienne manière de vivre, et il n'eut pas de peine à me persuader de me nourrir plus convenablement [4]. » Le philosophe renonça donc à son abstinence pythagoricienne que lui avait rendue facile sa constitution maladive. Il n'en conserva pas moins quelque chose de sa première sobriété ; et depuis, il s'interdit à peu près entièrement le vin, les parfums, les bains délicats, les mets recherchés. Que cette conduite ne nous étonne point : en Grèce, à Rome, partout dans l'antiquité, l'homme était, pour ainsi dire, tout d'une pièce, et ne savait pas en-

[1] *Lett.* 54. — [2] *Lett.* 78. — [3] *Lett.* 8. — [4] *Lett.* 108.

core avoir des principes stoïciens, par exemple, et vivre *en prêtre de Bacchus*, quoi qu'en dise Juvénal. Vers la fin du règne de Tibère, à l'âge de trente-cinq ou trente-six ans, Sénèque renonça donc volontairement à la philosophie, pour s'adonner à la plaidoierie, où il obtint, au dire de Suétone, le plus grand succès. Sénèque, au reste, avait une haute idée du rôle de l'orateur, tel même qu'il pouvait être sous l'empire. « Dès que l'âme, s'écrie-t-il quelque part, s'est fortifiée, s'est élevée par la lecture, dès qu'elle a été stimulée par de nobles exemples, elle a plaisir à s'élancer au barreau, à prêter à autrui sa parole, ses services utiles, ou tout au moins, s'efforçant de l'être, à réprimer à la tribune l'orgueil d'un homme aveuglé par le bonheur [1]. » Sénèque, pour décrire avec tant de feu ces joies honnêtes du triomphe oratoire, a dû plus d'une fois les ressentir. Ce qu'il semble avancer, dans un autre ouvrage, contre l'éloquence, ne contredit en rien ce que nous venons de transcrire : « C'est une honte que de s'éteindre, *spiritus linquere*, dans les tribunaux, à plaider, à un âge avancé, pour les plus inconnus des clients, et à capter les applaudissements d'un auditoire ignorant [2]. » Sénèque condamne ici l'homme qui fait de la parole un métier, et qui, comme Domitius Afer, ne peut pas s'arracher du Forum, lors même que l'heure de la retraite a sonné. Mais ces succès oratoires, dont Suétone a fait mention, faillirent le perdre sous un prince qui se piquait, et Dieu sait à quel titre ! d'être le premier des orateurs. « Il fut sur le point d'être mis à mort, sans avoir commis de délit, sans même avoir encouru le moindre soupçon, parce qu'en présence de Caligula il avait parlé, au sénat, avec élégance et avec soin. Le prince lui pardonna, s'en rapportant à une de ses maîtresses qui disait Sénèque attaqué de consomption et devant mourir bientôt [3]. »

---

[1] *De Tranq.*, 1. — [2] *De Brev. vitæ*, 20. — [3] Dion, *Calig.*

Ce passage de Dion, qui atteste l'éloquence de Sénèque, nous révèle, en outre, qu'il était alors sénateur et que ses mœurs n'étaient pas encore tout à fait celles d'un philosophe. S'il faut, d'ailleurs, en croire Xiphilin, Sénèque se faisait volontiers l'ami des femmes et des affranchis du palais, τῶν βασιλίδων καὶ ἐξελευθέρων συντιθέναι. Mais, si Caligula lui fit grâce de même qu'à Domitius Afer, il n'avait pas de son talent l'idée que le public d'alors s'en était faite : à ses yeux « les discours de Sénèque si ornés n'étaient que de pures amplifications d'école, *commissiones meras*, du sable sans ciment et sans chaux, *arenam sine calce* [1]. « Sénèque, toutefois, se tint pour averti, et renonça au barreau pour retourner à la philosophie, sa première et sa plus chère étude. Il se vengea noblement dans son traité *sur la Colère*, publié au commencement du règne de Claude, écrit cependant, à coup sûr, sous l'impression récente des fureurs de Caligula. Le philosophe s'y élève fortement contre ce vice dominant des Romains, que la toute-puissance des empereurs rendait plus terrible encore.

Après la mort de son persécuteur, Sénèque rentra dans la carrière politique, vers l'an 41 de Jésus-Christ : il brigua et obtint la questure. C'est probablement à la même époque qu'il ouvrit une école d'éloquence fréquentée par les premiers personnages de l'empire ; Suilius, qui se fit plus tard, mais en vain, son accusateur, le lui reproche en propres termes : «Accoutumé aux études inutiles, *inutilibus*, de l'école et à la direction d'une jeunesse ignorante, Sénèque porte envie à ceux qui emploient à la défense de leurs concitoyens une éloquence vive et pure [2]. » Suilius mériterait peu de confiance, si Suétone ne constatait aussi cette jalousie de Sénèque contre les anciens orateurs qu'il ne pouvait égaler, et qu'il détourna Néron d'étudier pour se faire

---

[1] Suet., *Cal.*, 53. — [2] Tac., *Ann.*, XIII, 42.

plus longtemps admirer lui-même [1]. L'accusation de
Suilius est donc fondée; Sénèque, d'ailleurs, n'était
encore philosophe que de nom. Agrippine également,
quand elle ne trouva plus dans Sénèque un instrument docile de sa coupable ambition, lui fit un crime
d'avoir tenu école, en parlant, dans ses plaintes, de
sa langue *professoriâ* [2]. Il aurait même, d'après Nic.
Favre, écrit sur l'art de la parole; mais ce commentateur
le confond apparemment avec son père le Rhéteur, quand
il ajoute que c'est probablement alors qu'il publia des déclamations et des préfaces. Il est à croire aussi que, dans
son école, Sénèque s'occupait autant de philosophie que
de rhétorique. Au reste, cette école, ouverte sous Tibère,
continuée sous Caligula, ne dura pas longtemps sous
Claude. L'art oratoire et les honneurs ne remplissaient
pas, à ce qu'il semble, tous les instants et toutes les pensées du maître, puisqu'il aima Julie, fille de Germanicus, et s'en fit aimer. Mais cette liaison déplut, on ne
sait pourquoi, à l'impératrice Messaline, qui le fit accuser
et reléguer en Corse, où il resta huit ans; Julie fut exilée
d'un autre côté. Cet exil est de la première année du règne
de Claude; Sénèque avait alors 40 ans. Cette solitude dans
une île rude et sauvage, dont il a laissé une description
aussi exacte que pittoresque, ne devait pas être perdue
pour lui. Dans sa *Consolation à Helvia*, fruit de son exil,
on voit déjà ce sentiment animé de la nature qui se retrouve dans les *Lettres à Lucilius*, les grandes et vives
images sous lesquelles il aime à reproduire la marche des
astres et la beauté de l'univers. L'homme toutefois ne tarde
pas à percer sous l'admirateur du monde, l'ambitieux sous
le philosophe, s'il faut, comme j'en ai peur, lui attribuer la
Consolation à Polybe, vil ministre de Claude, tout-puissant

[1] Suét., *Nér.*, 52. — [2] Tac., *Ann.*, XIII, 14.

sur l'esprit de son maître et qui régnait à sa place. Cette
lâcheté fut inutile : l'affranchi fut sourd aux adulations du
proscrit. Heureusement pour Sénèque, à la trop fameuse
Messaline succéda dans le cœur de Claude une femme
moins impudique peut-être, plus criminelle assurément,
sœur de Julie et, comme elle, fille de Germanicus. « Agrippine, pour se faire connaître autrement que par de mauvais actes, obtient pour l'exilé la grâce et la préture ;
elle veut que le jeune Domitius grandisse sous un tel maître, et que ses conseils la guident elle-même dans ses
projets ambitieux; Sénèque semblait devoir être par
reconnaissance fidèle à Agrippine, et par ressentiment
ennemi de Claude, l'an 49 [1]. » Sénèque, en effet, resta
dévoué aux intérêts d'Agrippine, mais jusqu'au jour seulement où il lui sembla que la mère de l'empereur ne
devait pas toujours être la maîtresse et de l'empereur et
de Rome.

Alors commence pour Sénèque une ère nouvelle : jusqu'ici ce n'a été qu'un rhéteur, un avocat, tout au plus
un philosophe; désormais il va être un politique, ou plutôt,
dans ce rôle de précepteur et de ministre de Néron, il va
être tout cela en même temps. Restera-t-il innocent des
crimes qui vont se commettre sous ses yeux ? La question
est depuis longtemps indécise; s'il ne faut pas s'en rapporter
à un Suilius, faut-il, aveuglé par l'enthousiasme de Diderot, croire Sénèque entièrement pur de ces crimes ?
Non, sans doute : Sénèque, comme tant d'autres, a péché
par faiblesse, et cela dès les débuts mêmes de Néron. « On
ne put s'empêcher de rire, dit Tacite, quand on entendit
Néron vanter la prévoyance et la sagesse de Claude; le
discours cependant était l'œuvre de Sénèque et brillait par
l'éclat et l'ornement, *multum cultus præferret ;* cet homme

---

[1] Tac., *Ann.*, XII, 8.

avait un esprit agréable, *amœnum ingenium*, et qui s'accommodait très-bien au goût du temps [1]. » Ce discours est
d'autant plus à la honte de Sénèque, qu'il ne tarda pas à
se venger de Claude, auteur de son exil, par l'*Apocolocyn-
tosis*, où il tourne, avec excès selon nous, le mari d'Agrippine en ridicule. On a porté contre lui une accusation
autrement grave : a-t-il conseillé à Néron le meurtre de sa
mère, comme Dion l'en soupçonne en ces termes ? « Au
dire de gens dignes de foi, Sénèque irrita Néron contre
Agrippine, soit qu'il voulût prévenir une accusation contre
lui-même, soit qu'il eût l'intention de pousser le prince
à un crime impie, pour le perdre plutôt aux yeux des
hommes et des dieux [2]. » Les deux intentions seraient également criminelles, et nous répugnons à les mettre sur
le compte du Philosophe, d'autant plus que Tacite lui-
même, assez peu favorable au précepteur du prince, déclare expressément que sans Burrhus et lui Néron aurait
inauguré son règne par des meurtres. Il ajoute, il est
vrai, non sans raison, que « pour retenir le prince sur
cette pente glissante, ne pouvant lui faire aimer la vertu,
ils le poussèrent à des plaisirs permis [3]. » Sénèque obtint
aussi la grâce de Plautius Lateranus, chassé du sénat
pour adultère avec Messaline, auquel Néron, sur ses instances, rendit son rang et ses dignités [4]. Je n'ignore pas
qu'Agrippine était une femme ambitieuse, capable de se
porter, pour régner, aux dernières extrémités, même au
crime, et que sans aucun doute le maître eût à prémunir
l'élève contre ses menées astucieuses. Mais de là à conseiller un parricide, il y a loin. Dion se hâte trop d'affirmer
ce qu'il lui serait impossible de prouver. Par malheur,
Sénèque fera l'apologie de ce parricide ! Laissons ici la
parole à Tacite ; Agrippine vient d'échapper, comme par

---

[1] *Ann.*, XIII, 3. — [2] Dion, LXI, 12. — [3] *Ann.*, XIII, 2. — [4] *Ibid.*, XIII, 11.

miracle au naufrage qui devait l'engloutir. « Quelle ressource reste à Néron, si ce n'est l'avis de Burrhus et de
Sénèque ? Ils sont mandés aussitôt, et l'on ne sait s'ils igno-
raient ou non l'attentat. Ils gardent tous deux un long
silence, de peur de conseiller en vain; ou, peut-être,
croyaient-ils le moment venu de prévenir Agrippine, s'ils
ne voulaient pas sacrifier Néron. Enfin Sénèque, plus
résolu que son collègue, se tourne vers Burrhus et lui
demande s'il faut commander le meurtre, l'an 59 [1]. »
Quoi qu'il en soit, et supposé que Tacite se trompe, lorsque Néron écrit au sénat pour se justifier de la mort de
sa mère, la lettre est de Sénèque ! Rome, même alors,
flétrit une pareille complaisance et se déchaîna contre
Sénèque. Suilius n'avait pas attendu ce triste événement :
« D'après quelle sagesse, disait-il, d'après quelle philosophie Sénèque avait-il dans quatre ans amassé trois millions
de sesterces, pris comme en un réseau toutes les suc-
cessions de Rome, et épuisé par l'usure l'Italie et les provinces [2] ? » Accordons à Diderot que Suilius est un infâme
qui ne mérite aucune créance, et qui, d'ailleurs, fut condamné ; il n'en restera pas moins établi que Sénèque, en
ambitieux qu'il était, avait largement usé de la faveur impériale. Sénèque a bien senti que ce reproche n'était pas sans
fondement, lorsque, dans la *Vie heureuse*, il fait, en quelque sorte, son apologie : ce n'est plus le disciple de Zénon,
mais d'Épicure qui place le bonheur dans un sage tempé-
rament entre les jouissances de l'âme et celles du corps.
« Quand je pourrai, s'écrie-t-il, je vivrai comme il faut
vivre. » Oui, philosophe ; mais on s'aperçoit que vous
êtes à la cour et que vous avez besoin pour vous-même de
cette indulgence que vous réclamez pour la philosophie.

Sénèque, au reste, ne tarda pas à voir que sa complai-

[1] *Ann.*, XIV, 11. — [2] *Ann.*, XIII, 42.

sance coupable était impuissante à lui conserver l'amitié
de Néron. Quand vint à lui manquer l'appui de l'austère
Burrhus, le prince s'entoura de favoris qui minèrent sour-
dement et peu à peu le crédit du précepteur. Celui-ci, en
prévision du sort qui l'attendait, sollicita la faveur de se
retirer et de rendre les biens immenses que Néron avait
accumulés sur sa tête. Dans une réponse perfidement res-
pectueuse, Néron refusa de lâcher une proie qu'il se destinait. Il eut beau congédier son maître en l'embrassant :
Sénèque ne se laissa pas prendre à ses caresses. Aussitôt
il réforma sa manière de vivre, éloigna la foule de ses
courtisans et ne se montra dans Rome qu'à de rares inter-
valles, feignant d'être retenu chez lui par le soin de sa
santé et par l'étude de la sagesse[1], l'an 62. Il alla même
jusqu'à réformer ses idées. Avant Néron, Sénèque n'a
jamais été qu'un rhéteur, soit au barreau, soit dans sa
chaire, soit dans ses premiers ouvrages où domine la
déclamation. A la cour, c'est, il faut l'avouer, un ambitieux qui règle ses doctrines sur ses intérêts. Mais,
quand il a senti la haine s'amasser dans le cœur du
monstre, il se redresse, il grandit à nos regards;
c'est un philosophe et des plus dignes. Depuis qu'il
a goûté de la retraite et qu'il n'a plus d'illusion sur la
fragilité de son crédit, il compose les *Bienfaits*, protes-
tation évidente contre ces biens dont il ne veut plus et dont
Néron désire l'enchaîner, puisqu'il se hasarde à dire que
les bienfaits d'un tyran n'obligent pas. Sa retraite de la
cour parut à Néron une critique de ses actes, et, n'ayant
encore aucun prétexte de se débarrasser d'un censeur
désormais importun, il gagna, dit-on, un de ses affranchis, Cléonicus, qui sur son ordre prépara pour Sénèque
du poison.

[1] Tac., *Ann.*, xiv, 56.

C'était au lendemain de l'incendie de Rome ; le Philosophe avait une seconde fois insisté, mais en vain, pour
obtenir sa retraite, et s'était confiné définitivement à la
campagne comme pour y soigner sa goutte. Il évita le
danger, soit par l'aveu de Cléonicus lui-même, soit par
la frugalité excessive à laquelle l'avait réduit la crainte. Il
ne se nourrissait plus, en effet, que de quelques fruits sau-
vages et ne buvait que de l'eau courante [1]. Ses principes stoïques lui étaient revenus, et cette fois pour toujours ; il pratiquait enfin cette sagesse qui jette un si
lumineux éclat sur son plus bel ouvrage, ses *Lettres à Lucilius*, et vivait avec sa belle et vertueuse Pauline, au sein
d'une splendide nature et face à face avec les vérités sublimes qu'il développe à son ami. Ce n'est plus un philosophe de parade qui se drape et qui pose, mais un homme
convaincu un sage véritable et sincère. Les *Lettres à Lucilius*
nous le montrent bon pour ses serviteurs, affable envers tout
le monde, comme dit Tacite, *comitate honestâ*, incapable
du mal, depuis que, libre de toute ambition, il n'obéit
plus qu'aux bons instincts de sa nature. S'il est bon et com-
patissant pour ses esclaves, c'est que, à l'exemple d'Albutius et de bien d'autres rhéteurs à nous déjà connus, il
admet en principe l'égalité de l'esclave et du maître devant la nature et devant Dieu, et semble devancer sur ce
point l'opinion de l'Évangile. « La fortune est inconstante,
dit-il, elle se fait un jeu de confondre les rangs ; elle précipite de la grandeur dans la servitude, et mène à l'illustration par l'obscurité. Voyez combien d'esclaves comman-
dent aux hommes libres ! D'ailleurs, qui de nous échappe
à l'esclavage ? Ne sommes-nous pas sous la tyrannie de nos
passions [2] ? » Ce ne sont pas là de vaines antithèses pour
charmer un auditoire d'oisifs ou de jeunes ignorants, mais

---

[1] Tac., *Ann.*, xiv, 45. — [2] *Lett.* 47.

une opinion dès longtemps élaborée par Sénèque ? opinion
qu'il avait, au reste, puisée chez les stoïciens et chez les
grands maîtres de la philosophie grecque, et qu'il mettait en pratique. Sur la fin de sa vie, Sénèque est donc
un sage dans toute la force du terme. Vienne le centurion
envoyé par Néron, et Tacite va nous laisser de Sénèque
mourant un tableau qui rappelle quelque chose de la mort
de Socrate.

« Natalis (appelé devant le prince pour le complot de
Pison) nomme Sénèque, soit qu'en effet Natalis ait été
l'intermédiaire de Pison auprès de Sénèque ; soit qu'il
veuille faire sa cour à l'empereur, dont l'animosité recou-
rait à tous les artifices pour perdre son vieux précepteur [1]. »
Après la mort des principaux conjurés, « arrive le meurtre
de Sénèque, le plus agréable à Néron, non que la compli-
cité de Sénèque fût prouvée, mais parce que Néron accom-
plissait par le fer ce qu'il avait manqué par le poison. Ordre
est donné au tribun des prétoriens d'interroger l'accusé.
Sénèque, à dessein ou par hasard, arrivant ce jour-là de la
Campanie, s'était arrêté dans une de ses villas, à quatre
milles de Rome. Le tribun s'y rendit sur le soir, fit cerner
la maison et communiqua les ordres de l'empereur à Sénèque, qui prenait son repas avec sa femme Pauline et
deux amis. — Natalis est venu chez moi, répondit Sénèque ;
il s'est plaint de la part de Pison de ce que je ne lui per-
mettais pas de me voir ; je m'en suis excusé sur ma santé
et sur mon amour du repos. Je n'ai point eu de motif de
préférer le salut d'un particulier à ma propre sûreté ; la
flatterie n'est pas dans ma nature ; personne ne le sait
mieux que Néron, qui plus souvent a trouvé dans Sénèque
un homme libre qu'un esclave. — Poppée et Tigellinus,
conseil secret des cruautés du prince, étaient auprès de lui,

[1] *Ann.*, xv, 56.

lorsque le tribun rapporta cette réponse. — Sénèque se
prépare-t-il à se donner la mort, demande Néron ? — Il
n'a montré aucun signe de crainte, reprend le tribun ; son
air ni ses paroles ne m'ont rien annoncé de triste. — Le
tribun retourne alors auprès de Sénèque, et lui ordonne,
de la part de l'empereur, de se donner la mort. Comme
Sylvanus était au nombre des conjurés et qu'il exagérait
les crimes qu'il avait fait serment de punir, il ne prit pas
sur lui de parler ou de se présenter à Sénèque. Mais il fit
entrer un centurion pour lui annoncer que sa dernière
heure avait sonné. Sénèque, sans s'émouvoir, demande son
testament, que lui refuse le centurion. — Puisqu'on m'empêche, dit-il en se tournant vers ses amis, de reconnaître
vos services, je vous laisse l'unique bien, mais le plus précieux qui me reste, le tableau de ma vie ; si vous en gardez
le souvenir, vous acquerrez la gloire d'hommes vertueux et
d'amis fidèles. — Comme ils fondaient en larmes, il les répri-
mande et les rappelle à la fermeté : Que sont devenus
les préceptes de la sagesse, et cette raison qui les a habitués
pendant tant d'années à regarder le péril en face ? Ne con-
naissent-ils point la cruauté de Néron ? Il n'a plus, après
le meurtre de son frère et de sa mère, qu'à tuer son précepteur et son maître. — Puis, s'adressant à sa femme, Sénèque l'embrasse, la conjure de modérer sa douleur, de ne
pas la rendre éternelle, de se consoler honorablement de la
perte de son mari par la contemplation de sa vie toute consacrée à la vertu. Pauline, de son côté, l'assure qu'elle est
décidée à mourir avec lui, et demande l'exécuteur. Sénèque, qui ne voulait pas mettre obstacle à sa gloire et qui
craignait, d'ailleurs, d'abandonner aux insultes de ses ennemis une épouse qu'il chérissait uniquement : — Je t'ai
montré, lui dit-il, ce qui pouvait te faire supporter la vie ;
tu préfères l'honneur de mourir ; je ne veux point te l'en-
vier. Quoique nous périssions tous deux avec la même con-

stance, ta mort sera plus glorieuse que la mienne. Alors
ils se font tous deux ouvrir les veines. Sénèque, dont le
corps était épuisé par l'âge et par la diète, voyant son sang
couler trop lentement, se fait de plus couper les veines des
jambes et des jarrets. Excédé par la violence de la douleur,
et dans la crainte que ses maux ne brisent le courage de
sa femme, et que lui-même ne faiblisse à la vue des tour-
ments de Pauline, il l'engage à passer dans une autre
chambre. Néron, qui n'avait aucun ressentiment particulier
contre Pauline et qui ne voulait pas ajouter à l'hor-
reur de sa cruauté, ordonne qu'on l'empêche de mourir. Sur l'invitation des soldats, les esclaves et les affranchis lui bandent les bras et arrêtent le sang. » Il nous
fâche de voir Tacite amoindrir le mérite de cette femme
généreuse que Sénèque déjà vieux avait épousée toute
jeune ; ici la défiance ressemble fort à la malignité :
« On ignore si tout cela se fit à l'insu de Pauline.
Comme le vulgaire est porté de sa nature à croire le
mal, bien des gens ont estimé qu'elle rechercha l'honneur
de mourir avec son mari, tant qu'elle craignit la haine implacable de Néron ; mais que, dès qu'elle entrevit des espérances plus flatteuses, elle se laissa séduire aux douceurs
de l'existence. Elle ne survécut que peu d'années à son
époux, noblement fidèle à sa mémoire, et prouvant, par la
pâleur de son visage et de tout son corps, jusqu'à quel point
chez elle étaient taries les sources de la vie. Sénèque cependant, voyant que la mort tardait trop, prie un habile
médecin d'entre ses vieux amis, de lui apporter un poison
qu'il tenait prêt depuis longtemps et dont on faisait mourir
les criminels à Athènes ; mais c'est en vain qu'il l'avale :
ses membres étaient déjà glacés et son corps insensible
à la violence du poison. Enfin, se faisant apporter un bain
d'eau chaude, il en répand quelques gouttes sur les esclaves
les plus proches. Faisons, s'écrie-t-il, une libation à Jupi-

ter Libérateur. Puis il entre dans ce bain et meurt suffoqué par la vapeur. Son corps est brûlé sans pompe, comme il l'avait recommandé dans son testament, en un temps où il était encore au comble de l'opulence et de la faveur [1]. »

Tacite, on vient de le voir, n'accuse pas Sénèque d'avoir trempé dans la conjuration de Pison, comme l'affirme Dion Cassius, ennemi déclaré de notre philosophe, auquel il fait encore le reproche d'avoir poussé Pauline à partager sa mort [2]. La mémoire de Sénèque, comme politique surtout, est assez chargée, pour que nous nous permettions de nous en rapporter uniquement à l'auteur des *Annales*. Sa mort, d'ailleurs, répétons-le, a quelque chose de la mort de Socrate, et rachète tous ses torts aux yeux de la postérité. Nous n'irons pas non plus jusqu'à dire, sur les traces d'un critique éminent, que, « s'il ne s'était pas ouvert les veines, il n'y aurait pas eu de plus *triste bouffon* que lui. » Sans vouloir entrer ici dans l'examen de la philosophie de Sénèque, on peut avancer hardiment que, quand on meurt avec ce calme que nous venons d'admirer, on ne s'amuse pas à *faire des jeux de mots sur le suicide ;* lorsqu'on pratique si bien soi-même ce qu'on professe, qu'a-t-on à dire ? D'ailleurs, si jusqu'ici Sénèque et comme homme, et comme philosophe, et comme écrivain a été jugé si diversement et avec excès, en bonne comme en mauvaise part, c'est qu'on n'a pas vu les trois phases successives par lesquelles il a passé. Essayons donc, à notre tour, d'apprécier ce personnage à sa valeur, et de le mettre à la place qui lui revient parmi les grands écrivains et les profonds penseurs.

Avant de le juger nous-même, pesons les jugements des autres et voyons ce qu'en ont dit les critiques. « Lorsque je professais, déclare Quintilien, Sénèque était seul entre les mains de la jeunesse. Je ne voulais pas, pour ma part, l'en

---

[1] *Ann.*, xv, 60-65. — [2] Dion, lxvii, 24-25.

retirer absolument ; mais je ne le laissais pas préférer à
des auteurs qui valaient mieux que lui, et qu'il n'avait cessé
lui-même d'attaquer, lorsque, sentant combien sa manière
différait de la leur, il désespérait de pouvoir plaire aux esprits qui goûtaient les premiers. Son style est presque partout *corrompu* et d'autant plus dangereux qu'il abonde en
défauts séduisants. On désirerait voir Sénèque écrire avec
son talent, mais *avec le goût d'un autre*. S'il eût été plus difficile et moins ambitieux, s'il n'eût pas chéri toutes ses
productions, s'il n'eût pas rompu la gravité de ses pensées
par ses petites phrases, il aurait l'assentiment des gens instruits plutôt que l'admiration de la jeunesse. Même tel qu'il
est, les jeunes gens déjà avancés et suffisamment façonnés
à un genre plus sévère, doivent le lire, ne serait-ce que pour
s'exercer à distinguer le bon du mauvais. Chez Sénèque,
en effet, il y a beaucoup à louer, je ne dirai plus, beaucoup
à admirer ; seulement il faut choisir ; que n'a-t-il choisi
lui-même ! Cette nature, digne d'un meilleur goût, a fait ce
qu'elle a voulu [1]. » A part quelques rares esprits, la postérité a confirmé, ou, pour mieux dire, a répété ce verdict ;
les écoles surtout et les universités en ont fait comme un
symbole. Malgré la justesse incontestable d'une pareille
sentence, disons-le hardiment, il entre dans cette approbation plus de routine que de saine raison. Oui, Sénèque dénigrait les *anciens* pour se faire mieux admirer lui-même,
et en cela il avait tort ; sans doute, le trait, la phrase courte
et coupée ne sont peut-être pas chez lui d'un goût irréprochable. Mais ce n'est que le bas côté de la question :
Quintilien n'a considéré l'écrivain qu'à son point de
vue de critique réactionnaire ; il n'a rien compris au penseur. Voici maintenant ce qu'on disait de Sénèque au temps
d'Aulu-Gelle, c'est-à-dire une quarantaine d'années après

[1] Quint., x, 1.

la publication de l'*Institution Oratoire*. « Les uns le regardent comme un écrivain peu utile, qui ne vaut pas la peine
d'être lu, parce que son style est *vulgaire* et *banal*, que ses
pensées sont *insipides* et *creuses* ou tournent au *bavardage*
et à la plaisanterie, et que son instruction commune, qui
ne s'étend pas au delà des Latins, n'a de l'antiquité ni la
grâce ni la dignité. Les autres, tout en reconnaissant
qu'il y a peu d'éloquence dans son style, prétendent
qu'il a connu les sujets qu'il a traités, et que dans la
censure du vice il a fait preuve d'une sévérité, d'une
gravité, qui ne manquent pas de charme [1]. » C'est la pensée de Quintilien copiée, mal saisie, exagérée; Aulu-
Gelle, toutefois, reconnaît Sénèque pour un moraliste
agréable, *non invenustus*; ne fallait-il pas confesser le
mérite tout au moins des *Lettres à Lucilius*, dont la
morale pure et sublime a fait supposer, quoique à tort,
que l'auteur avait eu des rapports avec saint Paul ? Telle
est, à peu près, l'idée que la décadence s'est faite de
Sénèque. Si l'on voulait feuilleter les Pères de l'Église
latine, on trouverait pour notre auteur une opinion toute
contraire, puisque plusieurs d'entre eux ne craignent
pas de lui donner l'épithète de *noster*. Qu'en a pensé la renaissance, dont les jugements n'ont pas été non plus sans
poids sur les critiques modernes ? « Sénèque a son style à
lui, qu'il cherche à rendre différent de celui de Cicéron,
dit Érasme. Mais il est probable qu'une bonne partie de ses
défauts tient à ces écoles de déclamation, où il passa presque toute sa vie. (Il est à remarquer qu'au seizième siècle, les érudits eux-mêmes confondaient souvent encore
Sénèque le Philosophe avec Sénèque le Rhéteur.) Son style
saute, se précipite plutôt qu'il ne marche [2]. » Érasme a raison en partie : on rencontre çà et là dans le Philosophe des

---

[1] Aulu-Gel., XII, 2. — [2] Érasme, préf. de Sén.

expressions, des tournures qui paraissent empruntées aux
Controverses du père ; Sénèque n'écrit pas comme Cicéron ; mais le devait-il ? C'est ce qu'on ne s'est pas demandé ;
dans un temps de despotisme et de fièvre pareil à celui de
Claude et de Néron, le style, qu'on nous passe cette vieille
comparaison, devait ressembler à un torrent bourbeux plus
qu'à un fleuve limpide et tranquille. Juste-Lipse, contemporain d'Érasme, le comprit, et dans ses *Études sur le stoïcisme*
rendit à Sénèque les honneurs qu'il méritait ; mais, comme
tous les fanatiques, il pécha par excès. Montaigne, peu stoïcien, encore moins dogmatique, ne pouvait guère aimer la
manière de Sénèque, si différente de la manière de Plutarque
qui était *son homme :* « Sénèque, dit-il, se peine, se roidit
et se tend pour armer la vertu contre la faiblesse. » Montaigne ne se trompe pas, mais il n'a jugé le Philosophe
qu'en artiste, au seul point de vue de la forme et du faire.
Dans un autre passage cependant, ne fait-il pas un grand
éloge de Sénèque, quand il dit de Tacite, généralement admiré, que, « il ne tire pas mal à l'écrire de Sénèque ? » Au
dix-septième siècle, dans la première moitié surtout, alors
que les esprits étaient plus amoureux de la force et de l'é-
nergie que de l'art et de la délicatesse, Sénèque eut encore
des partisans. Corneille trouva dans son *Traité de la Clé-
mence* le sujet d'un chef-d'œuvre, de Cinna ; Corneille, d'ailleurs, aimait assez cette école espagnole avec laquelle il a
plus d'un trait de ressemblance. Ménage, qui eut avec beaucoup d'esprit le tort, aux yeux de Molière et de Boileau, de
continuer les savants de la renaissance, mais qui n'en est
pas moins un critique de valeur, a voulu dire son mot, lui
aussi, sur notre écrivain. « Il y a dans les ouvrages de Sénèque des choses admirables ; mais il perd beaucoup
quand on le manie et quand on l'approfondit. Il est meilleur à citer dans la chaleur de la conversation, qu'à lire
dans le silence du cabinet. Il veut briller, quelque sujet

qu'il traite[1]. » Accordons à Ménage que Sénèque court après
l'éclat et qu'il est de ces auteurs qui se prêtent aisément à
la citation, précisément parce qu'ils s'attachent avant tout
à ciseler, si je puis ainsi dire, leur expression et leur pensée ;
mais nous ne voyons pas ce que perdrait Sénèque à être
approfondi dans ses *Lettres à Lucilius*, par exemple. Rapin, qui n'appartient pas, comme Ménage, à la première
moitié du siècle, est plus sévère encore : « Sénèque n'entend point du tout, dit-il, les mœurs : c'est un beau parleur qui veut sans cesse dire de belles choses ; il n'est point
naturel en ce qu'il dit, et les personnes qu'il fait parler
ont toujours l'air de personnages [2]. » N'oublions pas que
Rapin était jésuite, c'est-à-dire esclave en littérature d'une
certaine règle mauvaise, d'après nous, pour juger le siècle
des Césars. Racine fit une étude sérieuse des tragédies de
notre philosophe, qu'il mit plus d'une fois à contribution ;
mais il eut le tort de ne jamais en dire un mot. Nous n'i-
rions pas jusqu'à prétendre, comme Gaspard de Barth, que
Sénèque s'y soit montré *grand poëte ;* mais nous lui concé-
derons qu'il a partout affecté un langage nouveau, différent du langage ordinaire, bien que ce ne soit pas le reproche que lui fait Aulu-Gelle. Au siècle suivant, les opinions
sont encore plus divergentes : les jésuites et leur parti font
peu de cas du philosophe et de l'écrivain. « Sénèque le Philosophe, lisons-nous dans les *Mémoires de Trévoux*, peut
être mis au nombre des orateurs. Il prend la plume, et,
sans méditer, à sa manière, il la laisse couler. Quelques
sentences tournées en cent façons remplissent la page ; il
compte sur son esprit qui s'admire dans tout ce qu'il produit ; nulle liaison, nul ordre dans les pensées. Elles frappent néanmoins, elles ont de l'éclat ; examinez-les de plus
près, cette lumière se change en obscurité, et ce qui vous

[1] *Ménag.*, ii, init. — [2] *Réfl. sur la poét.*, p. 135.

paraissait un beau diamant ne se trouve qu'un diamant
faux qui ne doit pas être estimé[1].» Si Sénèque n'offrait que
du clinquant, il ne diviserait pas la critique depuis aussi
longtemps ; les jésuites ne l'ont pas compris ou le connais-
sent mal.

L'école philosophique admire le philosophe, mais est
encore sévère pour l'écrivain, imbue qu'elle reste de
l'enseignement littéraire trop exclusif qu'elle a reçu; chose
étrange ! Aux yeux de certaines gens, il n'y a de latin
que celui de Cicéron, de français que celui de Bossuet !
«Les *Épîtres* de Sénèque, dit l'Encyclopédie, sont trop tra-
vaillées ; ce n'est point un homme qui parle à son ami,
c'est un rhéteur qui arrange des phrases pour se faire admirer ; l'esprit y pétille à chaque ligne, mais le sentiment
et l'effusion du cœur ne s'y trouvent pas[2]. » Comme si Sénèque avait voulu reproduire la correspondance de Cicéron ou de Pline le Jeune, et, dans les temps modernes, celle de madame de Sévigné ! D'ailleurs, un
rhéteur qui scelle de sa mort précisément cette morale des
Épîtres, est bien près d'être un sage sublime, et partant un
grand écrivain. Diderot lui-même, qui a pris à tâche de
laver Sénèque des accusations de Suilius et de Dion, et qui
surfait, à nos yeux, son mérite philosophique, Diderot,
quand il le juge au point de vue purement littéraire, dit :
« Il y a dans Sénèque des jeux de mots, des *concetti*, des
pointes, des imaginations outrées. La pensée de Sénèque
peut très-souvent être comparée à une belle femme sous
une parure recherchée. » S'il parlait ainsi à propos des
premières œuvres de l'auteur, nous serions de son avis ;
mais à propos des *Lettres à Lucilius !* Diderot, il est vrai,
était plus que sceptique, et les idées religieusement philosophiques de Sénèque ne devaient guère lui aller.

[1] Avril, 1717. — [2] *Enc.*, XII, 732.

Laharpe, excellent juge quelquefois, de Quintilien, par
exemple, n'avait certes pas fait une étude sérieuse du philosophe Cordouan; aussi ne doit-il pas faire autorité, quand il
dit : « Sénèque fut l'écrivain le plus à la mode de son temps ;
mais l'illusion ne dura pas plus que sa vie. Il gâte ses pensées
par la redondance, ou la disconvenance, ou la frivolité des
détails, mais souvent aussi par l'impuissance de bien rendre une seule fois ce qu'il rend mal à plusieurs reprises. »
De nos jours, quoique bien des critiques se soient contentés
de reproduire des jugements tout faits, on apprécie cependant mieux l'auteur des *Bienfaits*, des *Questions Naturelles*,
des *Lettres à Lucilius*. « Je ne crois pas, s'écrie de Maistre,
que dans les livres de piété on trouve, pour le choix d'un
directeur, de meilleurs conseils que ceux que l'on peut
lire dans Sénèque. » Dans un autre endroit des *Soirées de
Saint-Pétersbourg* [1], il en fait, selon nous, un éloge mérité.
« Sans doute Sénèque est trop recherché, trop sentencieux ;
sans doute il vise trop à ne rien dire comme les autres ; mais,
avec ses tournures originales, avec ses traits inattendus, il
pénètre profondément les esprits. A ne considérer que le
fond des choses, il a des morceaux inestimables. » Ce qui
n'a pas empêché certains esprits chagrins de nous représenter Sénèque comme un bouffon, un charlatan, j'allais
dire un faiseur de tours, uniquement occupé d'étonner et
de séduire le public des badauds. On a même été jusqu'à le
traiter d'habitant *voluptueux* de palais de marbre et d'or,
de père *sans entrailles*, qui a pu *exposer* ses enfants ! » (Sénèque a-t-il eu des enfants ? Il ne le dit nulle part.) Nous
ne nommerons pas le signataire de semblables accusations.

Non, Sénèque n'était rien de tout cela ; ce n'est pas le
type de la perfection ; ce n'est pas, si l'on veut, un auteur
classique, un modèle à proposer à la jeunesse ; mais ce

_____
[1] IX⁰ *Ent.*

22

n'en est pas moins, avec tous ses défauts que nous allons
signaler à notre tour, un écrivain, sinon un philosophe, de
premier ordre.

Sénèque est novateur : il n'aime pas à marcher sur les traces
de ses devanciers, ou, du moins, s'il consent à les prendre
pour guides, il n'abdique pas sa libre allure. Quoi donc !
écrit-il à Lucilius, n'irai-je pas sur les traces des anciens ?
Oui, certes, je suivrai leur voie ; mais je la raccourcirai, je
l'aplanirai et je la rendrai plus sûre. Ceux qui nous ont pré-
cédés ne seront pas nos maîtres, mais nos guides. La vérité
est ouverte à tout le monde ; personne ne se l'est encore
appropriée ; il en reste une bonne part pour la postérité [1]. »
Assurément Horace, que la critique respecte à si bon droit,
n'eût pas désavoué cette profession de foi, qui n'est que le
développement de son vers :

Nullius addictus in verba jurare magistri.

Sénèque revient sur la même idée : « Je ne me suis asservi à personne ; je ne porte le nom de personne ; j'ai
confiance dans le jugement des grands hommes ; mais
j'en revendique un peu pour le mien [2]. » Il va sans dire
qu'ici l'auteur parle de ses doctrines philosophiques ;
mais il n'en avait pas d'autres en littérature. « Je ne puis
m'empêcher, nous assure-t-il autre part, d'user quelquefois
d'expressions *téméraires*, de mots que je détourne de leur
sens propre, *proprietatis modum excedam* [3]. » L'aveu est
formel et donne en partie raison à la censure de ses ennemis. Toutefois, sans l'excuser, il faut bien reconnaître que
le style change avec les idées ; lui ferons-nous un crime,
par exemple, d'avoir employé le mot *caro* dans la même
acception que Saint-Paul ? *Nunquam me caro ista com-
pellet ad metum* [4]. Qui l'oserait ? Sénèque seulement,

[1] *Lett.* 33. — [2] *Lett.* 45. — [3] *Q. Nat.*, iii, 18. — [4] *Lett.* 65.

il l'avoue lui-même, a exagéré son principe : il a quelquefois innové uniquement pour faire autrement que les autres, et en cela nous n'hésitons pas à le blâmer. Qu'il ait cherché, ainsi que l'en accuse Suétone, à déprécier les anciens orateurs pour briller plus à son aise, nous l'avons confessé ; encore ferons-nous nos réserves à cet égard. Qu'il ait joué sur les mots, qu'il ait souvent taillé son style en facettes, d'accord. Que dans la querelle, alors déjà fameuse, des *anciens* et des *modernes*, il ait été de l'avis d'Horace, d'Aper dans le *Dialogue des Orateurs*, c'est incontestable également. Il ne s'en cache pas : « Canus Julius, dit-il, homme d'entre les plus grands, qui n'en a pas été moins admiré, parce qu'il est de notre siècle. [1] » Il y a même lieu de s'étonner que le *Dialogue* ne fasse aucune mention de Sénèque, et qu'Aper ait passé sous silence le personnage qui avait surtout mis sa doctrine en pratique et en vogue. Qu'on puisse reprocher à notre philosophe ce qu'il reproche lui-même à Chrysippe, d'avoir dans le raisonnement et dans le style *une finesse qui s'émousse d'elle-même*, et *d'effleurer une matière plutôt que de la creuser* [2], on ne saurait le contester nonplus, mais pour ses premières œuvres seulement. On a trop oublié que Sénèque a eu trois manières, comme il a joué trois rôles différents dans sa longue carrière. Il a commencé par déclamer sous les yeux de son père, puis dans sa chaire de rhétorique et de philosophie ; les traités de sa jeunesse en offrent tous des traces évidentes. A la cour de Claude et de Néron, c'est d'abord et avant tout un ambitieux qui, pour ménager son crédit jalousé, met enseigne de philosophe sans l'être encore au fond du cœur ; il déclame toujours, mais avec plus de mesure ; il va tour à tour de Zénon à Épicure, et cette incertitude dans sa marche donne à son style

---

[1] *De Tranq.*, 14. — [2] *De Benef.*, I, 4.

quelque chose de roide et de tendu, qui ressemble plus à
de l'emphase qu'à de l'éloquence, bien que l'éloquence n'y
fasse pas défaut. Mais, quand les jours deviennent plus
sombres et qu'il ne peut plus douter de la haine de Néron,
Sénèque rompt avec ses allures, ses opinions, sa forme du
passé : que l'on compare les *Bienfaits*, publiés vers les dernières années de sa vie, les *Questions Naturelles*, qu'il n'a-
cheva qu'alors, et surtout les *Lettres à Lucilius* avec les
opuscules de sa jeunesse ou de son âge mur ; la métamor-
phose est complète : Sénèque a dépouillé le vieil homme ;
ce n'est plus un rhéteur, un fanfaron de sagesse ; c'est un
sage véritable, qui parle avec le cœur, non plus avec l'esprit ; c'est un écrivain de premier ordre ; que sais-je ? un
orateur éloquent. Ses principes littéraires ne ressemblent
en rien à ceux que nous lui avons connus ; laissons-lui la
parole pour nous les exposer. « Cette langue d'Homère
ardente et pressée, qui tombe sans relâche comme la neige,
c'est la langue de l'orateur, tandisque celle du vieillard
coule lentement et plus douce que le miel. Que cette éloquence abondante et rapide (qu'il blâme dans le philosophe Sérapion) soit donc à tes yeux celle d'un charlatan
plutôt que celle d'un homme occupé d'une chose grande et
sérieuse, d'un homme qui enseigne. Sa parole ne doit ni
couler goutte à goutte ni courir ; qu'elle ne fasse pas tendre
l'oreille, qu'elle ne l'assourdisse pas non plus. Car ce discours pauvre et maigre tient l'auditeur moins attentif, le
dégoûte au contraire par cette lenteur qui s'interrompt à
chaque instant ; toutefois, les phrases qui se font attendre
se gravent mieux que les phrases qui volent. N'oublie pas
non plus que la parole qui s'applique à la vérité doit être
simple et sans fard. Le style fait pour la foule messied à la
vérité : il tend à émouvoir la multitude, à entraîner dans
son élan des oreilles irréfléchies ; on ne peut l'approfondir : il vous échappe. Aussi bien ce cliquetis de mots qui se

précipitent à l'aventure ne présente pas le moindre
charme. Quoi ! La langue philosophique ne s'élèvera donc
jamais ? Pourquoi pas ? mais en restant fidèle à la dignité
de la morale, que blesse cette éloquence violente et outrée.
Qu'à la force elle joigne la modération ; que ce soit une eau
courante, jamais un torrent. C'est à peine si je permettrais
à l'orateur cette rapidité de l'élocution, qui n'écoute rien
et marche sans règle. Comment le juge pourrait-il la
suivre, le juge quelquefois ignorant et grossier, lorsqu'il
se sera laissé entraîner par cette parade et cette passion qui
n'est plus maîtresse d'elle-même ? Que l'orateur règle sa
course et sa rapidité sur la mesure de l'oreille qui l'écoute.
Je crois cependant que telle méthode convient à telle nation plutôt qu'à telle autre. Les Grecs sont faits à cette manière ; chez nous, même en écrivant, on marque les repos.
Notre grand Cicéron lui-même, le père de l'éloquence romaine, avait une allure posée. Il faut, en outre, un exercice de chaque jour, il faut étudier les mots après les idées.
Si ces mots te viennent, coulent sans labeur sous ton stylet,
ne les en soumets pas moins à la règle. Enfin et comme
dernier précepte, je te recommande de parler lentement[1]. »

Est-il possible de caractériser en meilleurs termes le
style oratoire et le style philosophique? Quintilien lui-
même et ceux qui n'ont jugé que d'après lui, ont-ils encore quelque chose à dire? Nous ne le pensons pas ; mais
c'est la dernière manière de Sénèque, celle qui doit excuser à nos yeux les écarts de ses premières productions
et le ton déclamatoire qui nuit généralement à la pensée. Le Philosophe ne court plus après le paradoxe à effet;
il se contente d'être éloquent et vrai ; seulement alors
il prend place parmi les maîtres. Maintenant, s'il entrait
dans notre sujet d'examiner Sénèque comme penseur, il

[1] *Lett.* 45.

nous serait aisé de prouver qu'il a frayé une route nouvelle à l'histoire, depuis lui plus philosophique (Tacite
en est une preuve convaincante), aux sciences naturelles
qu'il n'a fait qu'effleurer, mais où il a laissé son immor-
telle empreinte (qu'on lise la grande histoire de Pline);
à l'éloquence enfin, si elle avait voulu le comprendre et
sortir du pédantisme de l'école. Les Pères de l'Église,
soyez-en sûrs, sauront, eux, mettre à profit les doctrines de
Sénèque. Mais le siècle ne l'entendit pas ou l'entendit mal;
lui seul pourtant était capable d'arrêter, comme nous le dirons plus tard, la décadence oratoire. Sans doute il était
Espagnol et rapportait de Cordoue je ne sais quoi d'épais et
d'emphatique qui n'allait pas à l'esprit latin, tout nourri
de l'urbanité grecque, de ce je ne sais quoi d'*ondoyant* et
de *divers*, comme dirait Montaigne, qui faisait le propre
des Attiques et qui sied encore excellemment à notre pays.
Mais, à la place de la tribune aux harangues muette pour
toujours, il sut en élever une autre que le despotisme ne peut
jamais atteindre, la tribune du cœur et de la conscience,
celle même de laquelle vont retentir les mâles accents des
grands docteurs chrétiens. Que les grammairiens et les critiques de seconde main cessent donc de nous représenter
Sénèque comme un rhéteur à l'esprit brillant mais étroit,
uniquement préoccupé du trait et de la pointe, comme un
charlatan, en un mot; il serait temps de mettre les anciens
à leur vraie place.

XIX

MÉLA.

Outre le Rhéteur et le Philosophe, la maison des Sénèque
nous fournit encore deux personnages mêlés à l'histoire
ou à la littérature du temps, Annæus Méla, plus jeune que

le précepteur de Néron, et Annæus Novatus, plus âgé que lui et qui passa par l'adoption dans la famille des Gallion.

Méla, père de Lucain, ne suivit point, comme ses frères, la carrière des lettres et du barreau : ses goûts le portaient à la vie modeste et retirée du foyer domestique, ainsi que le témoignent et le Rhéteur et le Philosophe. Cela ne l'empêcha pas de s'adonner, lui aussi, à l'étude de l'éloquence, mais pour l'éloquence en soi, et non pour les profits ou les honneurs dont elle comblait ses adeptes. « Je rapporte, cher Méla, ces entretiens d'autant plus volontiers, lisons-nous dans les *Controverses*, que je vois ton esprit répugner aux affaires civiles, repousser toute ambition et ne désirer ardemment qu'une seule chose, de ne rien désirer, pour n'étudier que l'éloquence. L'éloquence mène à tout. N'en suis pas moins l'inclination de ton âme, et, satisfait du rang de ton père, soustrais à la fortune une grande partie de toi-même. Tu avais cependant un esprit supérieur à celui de tes frères et bien fait pour tous les beaux-arts; une preuve de cette supériorité, je la trouve en ce que tu ne te laisses pas gâter par la bonté de ta nature, au point d'en faire un mauvais usage [1]. » On devine dans ces paroles la tendresse d'un père pour un fils préféré : Méla était le dernier de ses enfants, et, comme lui, s'estimait heureux de rester simple chevalier pour faire de la parole son unique étude et sa seule ambition. Ce ne devait pourtant pas être une raison pour le proclamer supérieur à ses frères, au Philosophe principalement; mais le cœur d'un père est-il toujours un juge impartial et bien élairé ? Méla, du reste, devait offrir des qualités aimables pour avoir ainsi captivé l'affection du Rhéteur, comme aussi du Philosophe, qui témoigne quelque part de sa sagesse. « L'un de mes frères, écrit-il à Helvia, est arrivé aux honneurs par son ta-

[1] *Contr.*, préf. II.

lent et son activité, *industriâ*, l'autre les a *sagement* dédaignés [1]. » Cette modération, cette sagesse, se maintinrent-elles jusqu'au bout? Tacite n'est pas précisément de cet avis, et, bien qu'il soit peu favorable aux Sénèque, il entre dans des détails assez clairs pour faire comprendre que l'ambition avec l'âge se développa dans le cœur de Méla. « En peu de jours, dit-il, et en même temps succombèrent Annæus Méla et Caius Pétronius Méla, chevalier romain décoré du rang de sénateur. Bien que né des mêmes parents que Gallion et Sénèque, il n'avait pas voulu briguer les honneurs ; mais, par une tardive ambition, simple chevalier il avait aspiré à rivaliser de puissance avec les consulaires ; en même temps, pour arriver à la fortune, la gestion des biens du prince lui parut la voie la plus courte. C'était, de plus, le père de Lucain, qui n'avait pas contribué médiocrement à son illustration. Après la mort de Lucain, Méla, qui réclamait avec ardeur le patrimoine du poëte, fut mis en accusation par un intime ami de son fils. L'accusateur, se fondant sur une lettre supposée de Lucain, prétendit que le père et le fils s'étaient entendus pour la conspiration. Dès que Néron eut examiné cette lettre, il se fit amener Méla, dont il convoitait les richesses. Méla choisit la mort la plus prompte et se coupa les veines, laissant un testament par lequel il léguait une forte somme d'argent à Tigellinus et à son gendre, pour sauver le reste de ses biens. Il ajouta un codicille comme pour se plaindre de l'injustice de sa mort : « Je meurs disait-il, sans le moindre motif, et Rufius Crispinus, ainsi qu'Anicius Cérialis, les ennemis du prince, vivent encore ! — Il s'était, croyait-on, exprimé de la sorte, parce que Crispinus avait déjà péri et pour faire périr Cérialis lui-même. Cérialis ne tarda pas, en effet, à attenter à ses jours : on le plaignit moins que les au-

[1] Ch. xv.

tres, parce qu'on se rappelait qu'il avait remémoré à Caligula un complot dirigé contre sa personne, » l'an 66 [1].

Tel fut le père de Lucain, mélange de sagesse et de modération d'abord, puis se laissant prendre aux amorces de l'ambition et de la richesse, homme dont la fin courageuse, sans excuser ses derniers actes, explique cependant ces temps affreux où la conscience finissait toujours par sombrer, quand ce n'était pas la conscience d'un Thraséas. On admet généralement, mais sans preuve certaine, que ce Méla ne fait qu'un avec Pomponius Méla, originaire d'Espagne, comme les Sénèque. Quelques critiques, au contraire, ne veulent voir dans le géographe que le frère, et non le père de Lucain. Les deux conjectures peuvent se défendre, et sont, au reste, un témoignage de plus de cette influence vivifiante que l'Espagne exerça sur la littérature latine, quand la source grecque fut tarie.

XX

GALLION.

Pour être complet sur Sénèque, il nous reste à parler d'Annæus Novatus, fils aîné du Rhéteur, qui passa par l'adoption, avons-nous dit, dans la famille des Gallion.

Il y eut deux personnages de ce nom, Gallion le père et Gallion le fils. Sénèque le Rhéteur seul nous fait connaître le premier, dont il fut l'ami et comme le collègue dans l'art alors en vogue de la déclamation. Il ne le désigne qu'avec l'épithète de *noster*, notre cher, notre ami Gallion, et ce n'est qu'à lui que se rapportent toutes les pensées, toutes les parties de controverse mises sous le nom de Gallion.

« Personne, dit Sénèque, ne traita mieux le style simple

[1] *Ann.*, XVI, 17.

et familier, *idiotismus*, que notre cher Gallion. Dans sa première jeunesse, alors déjà qu'il déclamait à propos, dans
les limites et dans les convenances du genre, il s'exerçait
dans ce style. Je m'en étonnais d'autant plus que cet âge
tendre répugne, non-seulement à tout ce qui est commun, mais encore à tout ce qui paraît l'être [1]. » C'était
un grand admirateur de Virgile, qu'il ne craignait pas
d'imiter dans ses déclamations et jusque dans le laisser
aller de la conversation. « Je me souviens, dit Sénèque,
que nous sortions ensemble du cours de Nicétès pour
nous rendre auprès de Messala. Nicétès charma les Grecs
par la chaleur et l'élan de sa parole. Messala demandait
à Gallion comment il avait trouvé ce Nicétès : — *Plena
deo*, répondit Gallion. Entendait-il un de ces déclamateurs
que les écoliers appellent chaleureux ; il est *plena deo*, disait aussitôt notre ami. Cette locution lui était devenue si
habituelle, qu'elle lui échappait à son insu. On parlait
devant Auguste du talent d'Hatérius ; entraîné par l'habitude, Gallion de s'écrier : — Il sera, lui aussi, *plena deo*. Il
disait que cette expression avait fait les délices d'Ovide,
son ami. Quand on lui en demanda le sens, il cita le vers
de Virgile, et expliqua comment, après l'avoir une fois
cité devant Messala, il ne pouvait depuis s'empêcher d'y
faire allusion. En cela, ajoutait-il, il ne faisait que ce
que Virgile avait fait pour une foule de vers ; chez lui ce
n'était pas larcin, mais imitation manifeste, qu'il ne tenait pas à déguiser [2]. » S'il n'est guère permis d'imiter à ce
point, hors de propos surtout, il faut reconnaître que le
modèle était bien choisi ; Virgile fut de tout temps l'objet
d'un véritable culte même pour les écoles d'éloquence, et
Gallion n'était pas le seul à le citer dans ses déclamations.
Gallion, on vient de le voir, était l'ami d'Ovide, qui, dé-

---

[1] *Contr.*, iii, préf. — [2] Sén., *Suas.*, iii.

clamateur et poëte tout ensemble, ne pouvait que favoriser ces sortes d'emprunts. Il reçut de l'illustre exilé une épître qui se trouve dans les *Pontiques,* avec certains détails sur son intérieur et sur l'éclat dont jouissait son éloquence. « Gallion, lui écrit le poëte, ce serait à nous un crime inexcusable de ne pas faire à ton nom une place dans nos vers. Toi aussi, il m'en souvient, tu as adouci par tes larmes la blessure qui me vient d'en haut. Pourquoi, profondément atteint par la perte de ton ami, faut-il encore que tu aies un autre sujet de plainte? Les dieux en ont décidé autrement : ils n'ont pas rougi, les cruels! de te dépouiller de ta vertueuse épouse [1]. » L'histoire littéraire ne dit pas si Gallion, pour se consoler d'une aussi douloureuse perte, suivit le conseil que lui donne Ovide au dernier vers de sa lettre : « Tu peux retrouver le bonheur dans un nouvel hymen. » Quoi qu'il en soit, il n'est pas impossible que, lié d'une intime amitié avec le père des Sénèque et sans enfants, il ait trouvé dans la mort de sa femme une raison pour adopter Annæus Novatus, dont nous allons bientôt nous entretenir. Nous avons cité ce passage d'Ovide pour un autre motif encore : malgré la toute-puissance d'Auguste qui inclinait de plus en plus au despotisme, Gallion ne craignit pas de s'associer au malheur de son imprudent ami ; bien que nous ne soyons pas encore aux jours lugubres de Tibère et de Néron, c'était là se conduire en homme de cœur ; homme de cœur et de talent, deux mérites que nous n'avons pas fréquemment rencontrés dans la même personne. Pour juger l'homme de talent, outre Ovide et Sénèque, nous avons Quintilien, qui attribue à notre déclamateur un ouvrage sur la rhétorique [2]. Ne serait-ce pas sur cette simple indication de Quintilien, que se fonderaient certains critiques

---

[1] Ov., *Pont.*, IV, 11. — [2] Quint., III, 1.

pour voir dans ce même Gallion l'auteur de la *Rhétorique
à Hérennius?* Nous reproduisons cette conjecture pour ce
qu'elle vaut, c'est-à-dire pour une hypothèse qu'il serait
difficile, sinon impossible de prouver. Ce qu'il y a de certain, c'est que Gallion le père passa de son temps pour l'un
des princes de la déclamation. « Quels sont les quatre chefs
de l'école, dit Sénèque le Rhéteur? Latro, Fuscus, Albutius et Gallion. Toutes les fois qu'ils entraient en lutte, la
gloire était à Latro, la palme à Gallion [1]. » On ignore la
date précise et de sa naissance et de sa mort ; mais ce qui
précède nous permet de supposer qu'il naquit et mourut
à peu près en même temps qu'Auguste et qu'il appartient
encore au bon siècle.

   Son fils adoptif nous est mieux connu. Aîné des fils
de Marcus Sénèque, il dut naître très-peu de temps avant
l'ère chrétienne, et Tacite va nous indiquer tout à l'heure
la date précise de sa fin. Nous savons par les *Controverses*
quelle éducation oratoire il reçut de son père ou de ses
collègues; nous savons aussi que, loin de suivre l'exemple de Méla, il se jeta de bonne heure dans le tourbillon des
affaires pour s'y créer par son éloquence un nom et une
fortune à la hauteur de son ambition. Il s'y créa, en effet,
l'un et l'autre, mais aux dépens de sa tranquillité, de
son bonheur bien entendu. Déjà, sous Tibère, il siége
au sénat, il parle, il émet des avis ; mais Tibère était-il
homme à en recevoir? « Junius Gallion avait proposé que
les prétoriens, leur service fini, eussent le droit de s'asseoir
au théâtre sur les quatorze premiers gradins. Tibère le
blâma vertement ; il lui demanda ce qu'il avait de commun
avec les soldats, qui ne devaient recevoir d'ordre et de récompense que de l'empereur. Gallion avait trouvé une
chose à laquelle Auguste n'avait pas songé! N'était-ce pas

----

[1] *Contr.*, v, préf.

plutôt la discorde, la sédition que cherchait ce satellite de
Séjan, en cherchant ainsi à corrompre par l'appât de l'honneur l'esprit grossier de la milice ? Pour prix de son adu-
lation calculée, Gallion fut aussitôt exclu du sénat, et,
comme on l'accusait de supporter l'exil aisément, parce
qu'il avait fait choix de Lesbos, île célèbre et pittoresque,
il fut ramené à Rome et gardé dans la maison des magistrats, » l'an 32 après Jésus-Christ [1]. Cet avis de Gallion
était-il intéressé, comme le pensent et Tacite et Dion, ou
simplement imprudent et maladroit ? Je le croirais plus volontiers ; la passion seule peut lui prêter des vues à ce point
ambitieuses, et l'on sait que Tacite et Dion surtout ne sont
pas, au sujet des Sénèque, exempts de passion. Le premier
nous révèle en outre un côté de la vie de Gallion qui lui
fait peu d'honneur, sa liaison avec Séjan que Tibère lui
jette à la face. Il est à présumer qu'à l'avénement de Caligula, de Claude tout au moins, le prisonnier fut rendu à la
liberté ; mais il dut être longtemps à reparaître sur la
scène politique, puisque Tacite n'en reparle qu'à l'occasion
du complot de Pison. Dion seul cite un bon mot de lui, lorsque Agrippine se fut débarrassée de son faible mais importun mari. « J. Gallion dit un mot piquant et spirituel.
L'habitude était que les bourreaux, après avoir exécuté
leurs victimes dans la prison, les traînassent avec de grands
crocs au Forum pour de là les jeter dans le Tibre. Gallion
dit que Claude avait été traîné au ciel par un croc [2]. »
Lorsque Néron eut usurpé la place de l'infortuné Britannicus, Sénèque le Philosophe, depuis quatre ans revenu de
la Corse, précepteur et ministre puissant du nouveau prince,
ne laissa pas, on s'en doute, son frère aîné sans place et sans
honneurs. Il est probable, et Ryckius, ainsi que l'évêque Us-
sérius le pensent, que Gallion, grâce à l'appui de Sénèque et

[1] Tac., *Ann.*, VI, 3. — [2] Dion, *Claude*.

de Burrhus, obtint le proconsulat d'Achaïe, à l'époque des
prédications de saint Paul en Grèce. Alors ce serait de lui
qu'il serait question dans les *Actes des Apôtres* [1], lui qui aurait été appelé par les Juifs de Corinthe à prononcer sur les
accusations qu'ils portaient contre le législateur de l'Église
nouvelle. « Juifs, s'écria Gallion au moment où Paul allait
prendre la parole pour se défendre, s'il s'agissait de quelque injustice ou de quelque mauvaise action, je me croirais
obligé de vous entendre avec patience ; mais il ne s'agit
que de contestations de doctrine, de mots, et de votre loi ;
démêlez vos différends comme vous l'entendrez ; car je ne
vais point m'en rendre juge. Il les fit retirer ainsi de son
tribunal. » Cette tolérance, derrière laquelle pourrait bien
se cacher le sentiment égoïste qui portait plus d'un proconsul à ne pas s'immiscer dans les choses de la religion, pour
éviter des difficultés et souvent des écueils, ne doit pas
moins nous étonner dans un gouverneur du prince qui va
donner le signal des persécutions. De l'Achaïe Gallion dut
rentrer à Rome, où la cour de Néron lui était sans doute
ouverte, puisque, au rapport de Dion qui n'oublie rien de
ce qui peut ternir la mémoire des Sénèque, ce fut lui qui
proclama le nom de l'empereur, lorsque l'empereur en
fut venu à monter sur les planches : « César, dit-il, va
paraître sur la scène sous le costume d'un joueur de
lyre [2]. »

C'est antérieurement à cette époque qu'il parvint au consulat, comme l'atteste Pline l'Ancien dans le passage suivant : « Entre autres avantages de la navigation se place
en première ligne celui qu'elle procure aux gens atteints
de la phthisie ou qui vomissent le sang ; c'est pour cette raison que naguère nous avons vu naviguer Annæus Gallion
après son consulat [3]. » Cet honneur mit le comble à l'ambi-

[1] Ch. xviii, 12. — [2] Dion, *Néron.* — [3] Pline. xxxii, 2.

tion de cet esprit actif et remuant qui distingue les Sénèque,
mais qui finit par les perdre ; nous avons assisté à la mort
des deux premiers ; mort honorable, s'il en fût, et qui con-
traste singulièrement avec la fin honteuse et lâche de Lucain. La mort de Gallion fut à peu près la même que celle
de ses frères, moins la noblesse et la dignité que le Philosophe montra dans la sienne. « Junius Gallion, dit Tacite,
effrayé par la mort de son frère Sénèque, implora pour sa
propre vie, quand il fut traité par Saliénus Clémens d'ennemi public et de parricide ; mais, d'un commun accord,
le sénat arrêta la poursuite de Saliénus, » l'an 66 [1]. Il eût
mieux fait, et son frère Méla aussi, de se contenter de la vie
modeste et aisée du Rhéteur, qui vécut et mourut heureux,
sans exciter la haine ou la convoitise de personne ; il n'eût
pas été réduit à cette démarche humiliante, qu'atténue,
sans la faire oublier, l'intervention amicale du sénat ;
quand on veut jouer un rôle dans l'arène glissante de la politique, il faut savoir tomber décemment, comme le gladiateur antique, ou mourir en sage comme le Philosophe ;
l'histoire alors n'a pas à vous blâmer : on a fait son devoir.
Cette démarche, d'ailleurs, ne pouvait arrêter la main prête
à le frapper. « Néron, dit Eusèbe, qui voulait assister à sa
mort, força Gallion à se tuer, » quelques jours après ses
frères.

Ainsi finit un *illustre déclamateur*, comme l'appelle Eusèbe, et dont il est fait mention dans le *Dialogue*, qui ne
dit pas un mot du grand Sénèque. Messala, qui ménage
assez peu, non sans motif, les orateurs *modernes*, nomme
l'éloquence de Gallion *tinnitus Gallionis* [2], cliquetis de
mots, fracas de phrases ronflantes, toutes locutions infé-
rieures au style simple. En admettant, et la chose semble certaine, attendu que le *Dialogue* ne parle d'aucun

[1] *Ann.*, xv, 73. — [2] Ch. xxv.

déclamateur, que le blâme retombe sur le second des Gallion, Messala exagère peut-être ; mais il a raison en partie et caractérise assez bien la manière brillante et sonore, quoique chargée, des orateurs cordouans. Seulement il faut dire à leur décharge qu'ils s'accommodaient merveilleusement au goût corrompu d'une époque incapable d'apprécier l'éloquence des anciens jours. Puis, pour s'élever au rang que Gallion sut conquérir, il fallait plus que la faveur et l'appui de son frère ; les missions dont il fut chargé, l'influence et le crédit qu'il eut au sénat, ne s'obtenaient même alors qu'au prix d'un talent vrai et d'une parole habile. Gallion posséda l'un et l'autre ; ce qui précède le prouve surabondamment. Reste à savoir si, au point de vue moral, le personnage n'a pas été noirci par Dion et par Tacite. Sénèque le Philosophe, qui lui dédia son *Traité de la Vie heureuse* et son *Traité de la Colère*, parle de lui dans deux passages, dont l'un rapporte, mais avec une variante, le fait relaté par Pline, et dont l'autre vante les vertus privées de son frère. « C'est ce que répétait sans cesse mon hôte Gallion, écrit-il à Lucilius ; quand il commença de souffrir de la fièvre en Achaïe, il prit aussitôt la mer, en disant que sa maladie venait non de son corps, mais du lieu qu'il habitait [1]. » Que Gallion ait eu la fièvre ou qu'il ait vomi le sang ; peu nous importe ; il peut, d'ailleurs, avoir eu ces deux infirmités à la fois. Ce qu'il faut noter, c'est la considération que le Philosophe témoignait à son aîné, l'amitié qui lui faisait rechercher sa société même à sa campagne de Nomente. Cette affection éclate dans ces lignes des *Questions naturelles*. « Je te disais, s'exprime Sénèque en s'adressant à Lucilius, que mon frère Gallion, qu'on ne peut pas aimer médiocrement, ne connaissait pas d'autres vices et qu'il haïssait la flatterie.

[1] *Lett.* 104.

Le sondes-tu sur tous les points? Te mets-tu à admirer sa nature comme la plus grande, la plus digne des natures? Il recule devant tes éloges. Essayes-tu de vanter la modestie de ses goûts, qui dédaignent la fortune au point d'en jouir sans se donner la peine de la condamner? Il t'arrête au premier mot. Approuves-tu son affabilité, cette grâce sans fard qui captive jusqu'aux passants, tandis qu'il n'est pas chez les hommes d'aménité qui ne sente l'art et la dissimulation? Il résiste à tes avances, et tu t'écries que tu as rencontré un homme inaccessible aux pièges où tout le monde se laisse prendre. Tu t'es d'autant plus empressé d'admirer cette sagesse, cette opiniâtreté à éviter un mal inévitable, que tu espérais faire ouvertement accueillir de ses oreilles tes paroles, toutes flatteuses qu'elles étaient, comme l'expression de la vérité [1]. » Certes, s'il fallait s'en rapporter à cette appréciation fraternelle, quel sage n'aurait pas été Gallion! Mais ici le Philosophe a plus écouté son cœur que sa raison : Gallion était ce qu'on appelle communément un honnête homme; mais il n'était dépourvu ni d'ambition ni de désirs. Quand on arrive aux emplois qu'il a successivement occupés, et à la fortune qu'il s'était faite sous des princes tels que Néron, on n'est pas tout à fait le type du stoïcien, insensible aux biens comme aux jouissances d'ici-bas. Si pareille vertu s'est jamais rencontrée dans la famille des Sénèque, ce n'a été qu'aux dernières années du Philosophe.

Que notre jugement tienne donc le juste milieu entre la sévérité malveillante de Dion et de Tacite et la louange trop fraternelle de Sénèque. Déclamateur célèbre, au dire d'Eusèbe, orateur politique de mérite, d'après les faits, administrateur intelligent et sensé, Gallion à tout

---

[1] *Q. Nat.*, IV, préf.

prendre, était encore supérieur à la plupart des ambitieux
qui l'entouraient.

Telle a été, croyons-nous, cette maison des Sénèque,
pour laquelle on a montré tour à tour tant d'indulgence et
tant de rigueur. Sans vouloir fermer les yeux sur l'ambition
dont elle fut plus ou moins dominée, l'indulgence nous paraît plus près de l'équité que la rigueur. Les Sénèque n'ont
pas inventé la déclamation, comme on semble l'insinuer :
cette plante malsaine ne les avait pas attendus pour pousser sur un sol déjà presque épuisé. Nous accorderons tout
au plus à l'un de leurs détracteurs [1] qu'ils en *ont élevé le
diapason d'un ou de deux tons*. Mais où le critique a-t-il vu,
comment prouve-t-il que c'était une famille *sans foi nationale ou religieuse, qui manque de sérieux, et ne semble venue
que pour étonner Rome de ses tours de force ?* Si nous avons été
compris dans les pages consacrées à ses divers membres,
il n'y aura que justice, sinon à rejeter, du moins à réviser
un semblable verdict.

XXI

FABIANUS.

A côté des Sénèque, il ne sera pas hors de propos d'esquisser le talent et la figure de l'un de leurs amis, moitié
rhéteur, moitié philosophe, comme l'étaient alors une
foule d'esprits ; tant le goût et comme le besoin de la déclamation étaient à cette époque universels !

« Fabius ou Fabianus Maximus était de la plus haute
naissance [2], » et devait appartenir à la *gens* Fabia. Plus âgé
de quelques années que les Sénèque, il est probable qu'il
naquit vers la première partie du règne d'Auguste; les

---

[1] M. Franz de Champagny, II, 354. — [2] Quint., X, 1.

maîtres que lui donne Sénèque le père sont, en effet, de
ce temps-là. Avant de passer à la philosophie, il s'exerça,
selon l'usage, à la déclamation, et parut même, non sans
éclat, au barreau. « Le premier, dit Sénèque, il y introduisit la plaie dont il souffre aujourd'hui [1]. » Quelle était cette
plaie dont s'inquiète aussi Quintilien? Il semble que ce fut
l'emploi exagéré de certaines tournures, qui prétendent pa-
rer le style au détriment du naturel et de la simplicité.
« Cassius Sévérus, avant d'être accusé par Fabianus, lui
avait dit en face : Tu es *comme* éloquent, tu es *comme* beau,
comme riche. » Puis dans un jeu de mots que notre langue
est impuissante à rendre, il ajouta : *Unum tantum es, non
quasi, alapam* [2]. Cassius Sévérus, connu pour sa mauvaise
langue, pouvait surfaire la patience de Fabianus ; mais son
goût était trop sûr pour ne pas démêler cette affectation ridicule, dont Fabianus croyait embellir sa diction. Sénèque, à
qui nous devons cette anecdote, ne dit d'ailleurs pas d'une
manière positive que ce Fabius ait été le même dont il
parle autre part, et qui fut ensuite l'ami du précepteur de
Néron. Tacite aussi [3] mentionne un certain Fabius Maximus, ami d'Auguste, fameux par le bavardage de sa femme,
et que nous avons vu la cause innocente de l'exil d'Ovide.
Est-ce le même personnage? Sont-ce deux ou trois personnages différents? C'est ce qu'il nous est difficile de
décider. Quoi qu'il en soit, une chose est constante,
l'identité du Fabianus des *Controverses* et du Fabianus
des *Lettres à Lucilius*, et cela nous suffit; il nous répu-
gnerait trop de retrouver dans l'ami de Sénèque le délateur de Cassius Sévérus.

« L'exercice de la déclamation, dit Sénèque le père à
Méla, te servira dans le genre de vie que tu as adopté,
comme il a servi à Fabianus ; tout en écoutant le philoso-

[1] *Contr.*, II, 12. — [2] *Id.* — [3] *Ann.*, I.

phe Sextius, Fabianus n'en déclamait pas moins quelquefois et avec tant de soin, que vous auriez juré que la déclamation était son unique étude, et non une préparation à la
philosophie. Il eut pour maître le rhéteur Blandus, qui tint
école à Rome malgré son titre de chevalier. Jusqu'à Blandus
des fils d'affranchi avaient le monopole des plus nobles professions, et, grâce à un sot préjugé, il y avait déshonneur
à professer ce qu'il était honorable d'apprendre. Fabianus
passa plus de temps à l'école de Blandus qu'à celle d'Arellius Fuscus, à l'époque où déjà il n'étudiait plus l'éloquence
pour elle-même. Il accordait peu d'heures à la déclamation,
et moi, qui étais aussi jeune que lui, je ne l'entendais pas
toutes les fois que je le voulais, mais lorsque l'occasion s'en
présentait. Il dépouilla, quand il voulut, ce luxe de paroles
(allusion probable à la *plaie* qu'il l'accuse d'avoir introduite
dans l'éloquence judiciaire); mais il ne put éviter l'obscurité, qui le suivit jusque dans la philosophie. Souvent il
dit moins qu'il ne faut pour se faire entendre ; et dans son
talent oratoire, si grand et si simple à la fois, il garde des
traces de ses anciens défauts. Certaines de ses phrases ont
une chute si soudaine, qu'elles sont hachées, plutôt que
concises. Mais ses pensées avaient de la grâce, et toutes
les fois qu'un sujet lui permettait de s'élever contre son
siècle, son attaque avait plus d'ampleur que de vivacité :
la force oratoire, le feu de la lutte, lui manquaient. Sans
travail aucun, sa parole brillait d'un éclat en quelque sorte
naturel. Quand il parlait, son air était doux et calme, à
l'image de son caractère. Sa voix n'avait rien de tendu ;
son extérieur n'affichait aucune gravité, parce que sa parole coulait comme d'elle-même. Son âme tranquille et ré-
glée, retenant ses véritables passions et bannissant la colère
comme le ressentiment, ne pouvait guère bien contrefaire
ce qu'elle fuyait avec soin. Il était donc plus apte aux Suasoriæ : l'assiette des lieux, le cours des fleuves, la position

des villes, les mœurs des nations n'eurent point de peintre
plus riche. Fabianus ne resta jamais court : toute rapide et
facile qu'elle était, son éloquence saisissait tous les con-
tours avec bonheur [1]. » Sénèque le Philosophe qui le connut et le cultiva dans sa jeunesse comme ami de son père,
nous en donne à peu près la même idée. Il en parle beaucoup à Lucilius, auquel il le propose souvent pour modèle : « Fabianus, homme remarquable par sa vie, par sa
science et par ce qui ne vient qu'après, l'éloquence, discu-
tait avec aisance plutôt qu'avec rapidité [2]. » Dans la lettre
58ᵉ, il lui reconnaît une éloquence pleine de charme, mais
relève dans son style trop d'éclat et de poli, *nitidæ*. Il
n'insiste pas sur ce reproche, il semble même l'oublier
dans la lettre 100ᵉ : « Fabianus, dit-il, ne verse pas le discours (ainsi que l'en accusait Lucilius), il le laisse couler ;
tant sa parole est abondante, tant elle procède sans trouble,
malgré sa course et sa rapidité. Son style n'était ni négligé
ni tourmenté. Aussi n'y trouve-t-on rien de bas ; les expressions en sont choisies, mais sans recherche ; les tournures
et les inversions n'ont rien contre nature, comme les nôtres.
Quelque simple qu'elle soit, son élocution a de l'éclat néanmoins ; elle offre des pensées belles et grandes, qu'elle ne
renferme pas dans une *sentence*, mais auxquelles elle laisse
un libre cours. » Plus loin, Sénèque reproduit, peu s'en
faut, le jugement de son père. « Fabianus, malgré son élévation, manque de force ; ce n'est pas la violence d'un torrent, c'est la majesté d'un fleuve qui s'épanche ; ce n'est
pas de la *transparence*, mais de la pureté. » Ici le Philosophe
va moins loin que le Rhéteur, qui reprochait à Fabianus *de
l'obscurité ;* mais, à distance, les nuances s'affaiblissent, et,
quand Sénèque s'exprimait ainsi sur son compte, Fabianus
était mort depuis longtemps. Sénèque cependant lui recon-

[1] Sén., *Contr.*, ii, préf. — [2] *Lett.* 40.

naît de la *plénitude* plus encore que de la *solidité*. Fabianus avait un autre mérite, fort rare de son temps : il tenait son école de philosophie sans bruit et sans fracas ; or, nous avons vu ce qu'il en était, sous ce rapport, des écoles de rhétorique, des salles de lecture, voire même du barreau. « Fabianus, dit Sénèque, parlait pour le public ; mais on l'écoutait avec décence, *modeste ;* quelquefois seulement éclatait un cri d'admiration, qu'avait provoqué la grandeur des idées, non le vain bruit d'un style à l'allure molle et coulante [1]. » C'est qu'une école de philosophie surtout ne doit pas ressembler à un théâtre, comme le remarque le goût épuré de Sénèque. Mais Sénèque, selon nous, va loin quand il place Fabianus immédiatement après Cicéron, Asinius Pollion et Tite-Live, qu'il appelle les *trois hommes les plus éloquents de son siècle* [2]. Il le jugeait probablement sur des preuves que nous n'avons plus ; l'amitié cependant ne lui faisait-elle pas surfaire un talent qu'il avait ailleurs loué avec des restrictions ? Qu'il le proposât pour modèle à Lucilius, la chose se comprend : ce que son père et lui viennent de nous dire sur la manière et sur le style de Fabianus convenait parfaitement à l'apprenti philosophe. Fabianus était, de plus, un homme aimable et modeste, qui rougit un jour qu'il eut à paraître devant le sénat en qualité de témoin ; ce qui n'était pas ordinaire parmi ces philosophes de profession, dont Juvénal a dit :

> Curios simulant et bacchanalia vivunt [3].

En résumé, Fabianus méritait une place parmi ces beaux esprits d'Auguste et de la décadence, qui figurent dans ce travail ; outre qu'il nous appartient comme rhéteur et comme avocat, c'était un moraliste sérieux, ennemi des vices de son temps, ennemi surtout de son esprit faux et

---

[1] *Lett.* 52. — [2] *Lett.* 100. — [3] II, 3.

déclamatoire et de sa philosophie de parade. De tels hommes et de tels principes, avec quelques génies comme Sénèque, Tacite et Quintilien, sauvent le goût d'une nation, quand ils ne sont pas trop rares toutefois, comme ils le furent sous les empereurs.

XXII

DÉMÉTRIUS.

Les stoïciens Fabianus et Sénèque n'étaient pas les seuls philosophes qui, à l'étude de la sagesse, joignissent l'étude et la pratique de l'éloquence : à Rome, ces deux professions n'étaient pas aussi distinctes que chez nous, et plus d'un de ces hommes au maintien, à la parole grave, ne refusaient pas, au besoin, la défense d'un ami sous le coup d'une accusation. Démétrius était de ce nombre, et voilà pourquoi nous ne craignons pas de lui consacrer un souvenir.

Né, selon toute vraisemblance, vers les dernières années d'Auguste ou les premières de Tibère, Démétrius atteignit le règne de Vespasien, celui de Domitien peut-être ; c'était alors une longue carrière. Attaché à la secte des cyniques, de bonne heure il en pratiqua les doctrines pour y conformer et son caractère et sa vie ; est-il besoin de dire qu'il fallait un certain courage, une certaine valeur morale pour jouer au sérieux un tel rôle en de tels temps ? Démétrius eut l'un et l'autre.

« Caligula lui offrait 200,000 sesterces (quelque chose comme 40,000 francs) ; Démétrius les refusa en riant, ne jugeant même pas la somme digne de l'éclat d'un refus [1]. » Sénèque nous met au fait de cette âme forte et fière, qui défiait jusqu'au despotisme impérial. « Je mène partout

---

[1] Sén., *De Ben.*, VII, 11.

avec moi Démétrius, le meilleur des hommes ; laissant
pour lui les gens couverts de pourpre, je m'entretiens avec
ce philosophe demi-nu ; je l'admire. Pourquoi pas ? J'ai
vu qu'il ne lui manque rien. Il vit, non comme s'il dédaignait
toutes choses, mais comme s'il abandonnait aux autres le
souci de les avoir [1]. » Démétrius était donc, au dire de Sénèque, un homme, un sage accompli ; ce qui ne l'empêchait pas d'apprécier les choses sainement ; à preuve ce
joli mot que lui prête son élève, quand il dit que pour
Démétrius une vie calme, à l'abri des atteintes de la fortune, n'était qu'une *mer morte* [2]. Démétrius, homme
tout d'une pièce, se garda bien de ne pas conformer sa
conduite à ses principes. Tacite ne l'a pas oublié dans
ses *Annales*. « Thraséas réunissait fréquemment chez
lui des hommes et des femmes illustres ; il s'attachait
surtout à Démétrius, qui professait la philosophie cynique ;
à l'air attentif dont il l'écoutait, lorsque dans leurs entretiens ils élevaient la voix, on conjecturait sans peine qu'ils
parlaient de l'âme et de sa nature, de sa séparation d'avec
le corps [3]. » L'amitié de Thraséas, ne l'oublions pas, était
à redouter sous un prince tel que Néron, enclin à frapper
partout où il entrevoyait une apparence d'opposition.
Démétrius brava Néron, comme il avait bravé Caligula.
« Quand il eut appris le sénatus-consulte (qui le condamnait
à mort), Thraséas appela dans sa chambre Helvidius (son
gendre) et Démétrius ; il leur tendit les veines de ses
bras, et, dès que le sang eut jailli, il en répandit à terre ;
faisant alors approcher le questeur : Offrons, lui dit-il, une
libation à Jupiter Libérateur. Jeune homme, vois mon exemple, et puissent les dieux ne pas te forcer à le suivre ! Au
reste, tu es né dans un temps où il est bon d'habituer son
âme à de pareils spectacles [4]. » Pour captiver un caractère

---

[1] *Lett.* 62. — [2] *Lett.* 67. — [3] *Ann.*, XVI, 34. — [4] *Ann.*, XVI, 35.

de cette trempe, Démétrius ne pouvait être un homme ordinaire. Les éloges de Sénèque sont donc justifiés. « La nature, écrit-il à Lucilius, semble l'avoir fait naître de nos
jours, pour montrer que, s'il ne peut pas nous corriger,
nous ne pouvons pas le corrompre ; c'est un type, quoiqu'il le nie, de sagesse accomplie ; son éloquence sied aux
idées les plus nobles ; elle ne s'inquiète ni de symétrie ni
de style, mais marche fièrement à son but et n'obéit qu'à
l'élan qui la pousse. Il n'est pas douteux pour moi que la
Providence nous ait donné l'image d'une telle vie et d'une
telle éloquence pour servir de modèle et de censure à notre
siècle [1]. » A coup sûr, de tels phénomènes n'étaient pas
communs à la cour de Néron, et les Césars étaient peu dans
l'usage de tolérer la critique hardie d'un cynique en haillons ou demi-nu, qui couchait presque sur la paille [2]. Ils
la tolérèrent cependant ; était-ce, de leur part, respect ou
dédain ? Je l'ignore ; que faire, d'ailleurs, à un homme qui
se rit et se moque de tout, de l'empereur tout le premier,
dont il ne veut et ne craint rien ? Démétrius était cynique,
disait-on, mais sans porter la besace, sans pérorer dans les
carrefours. Pourquoi ? Parce qu'il était hardi à l'excès ; parce
qu'il attaquait, au milieu des fêtes de Néron, les recherches de la luxure romaine, se moquant des affranchis, ne se
déconcertant pas devant le maître lui-même étonné de
tant d'audace. Qu'il ait justifié par l'âpreté de ses attaques
le surnom de Cynique, d'accord ; mais qu'il faille voir en
lui *un harangueur plutôt qu'un philosophe* [3], c'est ce que nous
ne saurions admettre. Un *harangueur* aurait-il tenu à la
Divinité le langage suivant ? « Dieux immortels, je ne vous
adresse qu'une plainte, c'est de ne me pas avoir fait connaître d'abord votre volonté. J'aurais été de moi-même où
vous m'appelez maintenant. Voulez-vous prendre mes en-

---

[1] *De Ben.*, VII, 8. — [2] *Lett.* 20. — [3] Franz de Champagny, II, 415.

fants ? C'est pour vous que je les ai élevés. Voulez-vous une
partie de moi-même ? Prenez-la. Je ne vous fais pas une
grande promesse ; bientôt j'abandonnerai tout mon corps.
Voulez-vous ma vie ? Pourquoi pas? Je ne mettrai aucun
obstacle à ce que vous me repreniez ce que vous m'avez
donné ; je vous accorderai volontiers tout ce que vous me
demanderez. J'aimerais mieux encore vous l'offrir que de
vous le livrer. Quel besoin auriez-vous de me l'enlever, si
vous pouvez le recevoir? Mais vous ne me l'enlèverez même
pas : on n'enlève une chose à un homme que quand il la
défend. Je n'éprouve ni force ni contrainte ; je ne suis pas
l'esclave de la Divinité ; je m'unis à elle de cœur, d'autant
plus que je suis assuré que tout procède d'une loi fixe et
éternellement immuable [1]. » C'était là ce que, dans leur
fatalisme erroné, les stoïciens appelaient *obéir au destin*,
ἔπεσθαι Θεῷ ; mais c'était aussi le langage d'une conviction
sincère et profonde, qui ne se drape pas, qui s'expose simplement. Un tel mépris pour le monde, un courage pareil
en face de la mort et comme une parenté d'orgueil et de
sauvage indépendance, reliaient, on le sait, les cyniques,
et Démétrius le premier à l'école stoïcienne. Chose étonnante ! Tibère, Caligula, Claude et Néron ont laissé faire
Démétrius ; et Vespasien, qui leur ressemble si peu, le met
en accusation et le fait condamner ! C'est que les puissants
d'alors avaient eu trop à souffrir de ses morsures, et ce
n'était pas trop qu'un peu de vengeance pour les satisfaire.
Peut-être aussi Démétrius finit-il par dépasser toute mesure : nous le voyons, en effet, l'an 69, défendre par vanité,
ambitiosius, plutôt que par honneur, *honeste*, un homme
méprisable, sous Néron accusateur de Soranus, et sous
Vespasien poursuivi et condamné pour ce fait par le
sénat [2]. Si Tacite n'a pas dénaturé les faits, Démétrius ici

1 Sén., *De Prov.*, 5. — 2 Tac., *Hist.*, IV, 40.

est sans excuse. Je n'admire pas beaucoup non plus son attitude en face de Vespasien, attitude qui peut passer pour l'indice d'un léger retour à la liberté, mais qui n'est pas à la louange du philosophe : l'injure peut-elle jamais être l'arme de la sagesse et de la vertu ? « Un jour, Vespasien rencontra Démétrius le Cynique, peu après sa condamnation ; Démétrius ne daigna ni se lever ni saluer ; il lâcha (*oblatrantem*) même je ne sais quelle injure contre le prince, qui se contenta de l'appeler *chien* [1]. » Pour être juste, peut-être faudrait-il voir dans ces emportements de Démétrius une attaque, grossière, il est vrai, mais préméditée du parti philosophique et libéral, si je puis ainsi parler. Dion, qui rapporte le fait à peu près comme Suétone, ajoute une circonstance qui autorise cette conjecture. « Tu fais tout, dit Vespasien à Démétrius, pour que je te condamne à mort; eh bien! malgré *tes aboiements*, ὑλακτοῦντα, je n'en ferai rien. » Au reste, même dans cette hypothèse, le Cynique aurait eu tort ; contre les maux sans remède que faire, sinon se résigner et marcher dans sa voie, quand c'est la voie du droit et de l'honneur ? Ni l'histoire ni la critique ne parlent plus ensuite de Démétrius qui ne tarda probablement pas à s'éteindre, laissant après lui le renom d'un orateur et d'un philosophe inculte, mais éloquent et mâle, comme il devenait peu commun d'en rencontrer à cette aride époque.

XXIII

ÉPRIUS MARCELLUS.

Les trois philosophes qui viennent de passer sous nos

---

[1] Suét., *Vesp.*, 13.

yeux ont conservé quelque chose de l'ancienne liberté de la parole. Mais, après eux, tout est fini : les grands orateurs sont morts avec les belles âmes, et, sous l'atmosphère épaisse des Césars, il n'y a plus de vie que chez les délateurs, parce que les délateurs, instruments de la tyrannie, ont le droit de tout dire et de tout faire pourvu qu'ils abattent ce qui peut porter ombrage au pouvoir. Il ne nous reste donc plus qu'à tracer le profil de quelques-uns de ces misérables qui vont donner le coup de grâce à l'éloquence réelle, en la mettant exclusivement au service de la délation.

Éprius Marcellus naquit à Capoue, vers la fin du règne de Tibère ou sous Caligula, d'une famille obscure et pauvre [1]. Bien qu'il ait joué un rôle assez important sous Néron et sous les Flaviens, l'histoire se tait sur son enfance, sur ses études et même sur ses débuts oratoires. On sait seulement qu'il n'avait pas un caractère honorable, *non egregius moribus*, dit Aper dans le *Dialogue*. Tacite va plus loin : il le représente comme « porté au crime, *ad scelus promptum* [2], » et il en donne immédiatement la preuve.

« Néron résolut enfin d'étouffer la vertu elle-même par le meurtre de Thraséas et de Soranus, qu'il haïssait depuis longtemps [3]. » Eh bien! Qui choisit-il pour frapper ces deux hommes vénérables? Cossutianus Capiton, auquel il adjoint Éprius Marcellus, à la parole véhémente, mais envenimée, *acri eloquentiâ*. Cossutianus commence l'attaque, et voici dans quels termes, suivant l'auteur des *Annales*, Éprius la continue : « L'opiniâtre résistance des inférieurs a poussé à bout la clémence du prince. Jusqu'ici le sénat a montré de la faiblesse, en laissant impunies la révolte de Thraséas et les fureurs de son gendre Helvidius Priscus; Thraséas manquerait-il d'assister

[1] *Dial.*, 8. — [2] *Ann.* XVI, 26. — [3] *Ann.*, XVI.

au sénat comme consulaire ; aux vœux pour l'empereur,
comme prêtre ; au serment, comme citoyen, si, contre les
lois et la religion de nos ancêtres, il ne s'était ouvertement
déclaré traître et ennemi de la patrie ? Lui qui se plaisait à
jouer le rôle de sénateur et à protéger les détracteurs du
prince, que ne vient-il opiner dans la curie sur les réformes et les changements qu'il souhaite ! Nous préférons une
censure détaillée à ce silence obstiné qui condamne tout.
Est-ce la paix qui règne dans tout l'empire, ou les victoires sans perte pour nos armées qui lui déplaisent ?
Gardez-vous, pères conscrits, de combler la détestable
ambition d'un homme qui fuit comme un désert nos
places, nos théâtres, nos temples, qui sans cesse nous
menace de son exil. Nos délibérations, nos magistratures,
notre état politique, n'en sont point à ses yeux. Qu'il rompe
par la mort avec une ville pour laquelle il n'a plus d'attachement et dont il évite aujourd'hui jusqu'à la vue [1]. »
Voilà les anathèmes que d'un œil hagard et d'un air menaçant jetait Éprius sur le seul homme peut-être qui rap-
pelât alors quelque chose du vieil esprit romain ! Voilà
par quelle éloquence perfide et sophistique il se mit tout
à coup à la tête des orateurs en renom et des personnages
en crédit ! Car Tacite avait pu l'entendre, le connaître
d'assez près pour rappeler la substance de son discours.
Mais c'est ainsi qu'il fallait parler pour plaire au maître,
ainsi qu'on faisait fortune, et, que, pour prix d'une faconde
mensongère, on recevait cinq millions de sesterces, un
million de francs environ de notre monnaie [2]. Néron heureusement touchait au terme de ses crimes, et les temps
allaient changer ; les rares gens de cœur allaient au moins
reprendre haleine et relever la tête. Durant les saturnales
sanglantes qui marquent le passage éphémère de Galba,

[1] *Ann.*, xvi, 28. — [2] *Ann.*, xvi, 33.

d'Othon et de Vitellius, nous retrouvons Éprius Marcellus, mais accusé cette fois en plein sénat. Un Licinius Cécina, parent peut-être du lieutenant de Vitellius, lui fait un crime d'avoir voulu porter Virginius à l'empire. Hé bien ! tel était l'ascendant de Marcellus, que les autres sénateurs ne dirent mot : il est vrai que, si le souvenir de ses délations avait allumé la colère de Cécina, Cécina voulait avant tout rehausser le rang de sénateur qu'il venait d'obtenir, par une de ces inimitiés éclatantes qui suffisaient encore alors pour produire un parvenu. Aussi le parti modéré de l'assemblée imposa-t-il silence à leur querelle, et laissa-t-il échapper Marcellus, l'an 69 [1]. Helvidius Priscus, de son côté, n'avait pas attendu l'avénement de Vitellius pour fondre sur le délateur de son beau-père. Déjà sous Galba, aussitôt après son retour de l'exil, il le mit en accusation ; mais l'affaire fut étouffée par l'indécision de l'empereur et sur les prières du sénat, généralement peu favorable aux emportements d'Helvidius. Après la mort de Vitellius, quand il fut question d'envoyer des députés à Vespasien, Helvidius opinait pour que les envoyés fussent choisis nominativement par les magistrats désignés ; Marcellus Éprius demandait, au contraire, que l'on s'en rapportât au sort, dans la crainte de ne pas être lui-même de la députation ; il fallait bien, en effet, faire sa cour au nouveau maître ! Peu à peu, dans la discussion, les deux ennemis s'emportèrent à des paroles irritantes. « Pourquoi Marcellus redoute-t-il autant le choix des magistrats, demandait Helvidius ? Il a une fortune, une éloquence, qui le feraient préférer à bien d'autres, n'était le souvenir de ses forfaits, *flagitiorum* ; l'urne du sort ne distingue point entre les caractères ; les suffrages, l'opinion du sénat, n'ont d'autre but que de révéler la conduite et la réputation de chacun ; il est de l'utilité

---

[1] Tac., *Hist.*, ii, 53.

publique, de l'honneur de Vespasien que l'on envoie au-
devant de lui ceux que le sénat aura jugés les plus innocents, ceux qui pourront faire parvenir à l'oreille du
prince des paroles honorables. Vespasien a été l'ami de
Thraséas, de Soranus, dont-il ne faut pas produire les
accusateurs, en admettant même qu'il ne faille pas les
punir. Ce choix désignera, en quelque sorte, au prince
les citoyens dignes de son approbation et ceux dont il
doit se défier ; pas de meilleur moyen pour bien gou-
verner que d'honnêtes amis. Que Marcellus se contente
d'avoir poussé Néron à la perte de tant d'innocents ; qu'il
jouisse de ses récompenses, de son impunité et qu'il laisse
Vespasien à de plus dignes [1]. » C'étaient assurément de
belles et d'éloquentes paroles, telles qu'on n'avait plus
l'habitude d'en entendre depuis Crémutius Cordus ou
depuis Thraséas. Mais Marcellus, sentant derrière lui la
cohorte puissante et serrée des délateurs, adversaires
naturels d'Helvidius, ne fut pas embarrassé pour répondre.
« C'est l'avis du consul désigné que l'on combat, dit-il. En
le proposant, il s'est conformé aux vieilles coutumes, qui
confiaient au sort le choix des députés, pour en exclure et
la brigue et la haine. Rien n'était venu motiver une pareille contravention à cet ancien règlement et ne forçait,
sous prétexte d'honorer un prince, de faire affront à qui
que ce fût. Tout sénateur était bon pour présenter un
hommage. Il fallait plutôt craindre que l'entêtement de
quelques-uns n'aigrît le nouvel empereur. Dans des con-
jonctures où l'esprit, comme en suspens, pèse les paroles,
tout, jusqu'aux regards, Marcellus n'oubliait pas dans
quel temps il était né, si différent du temps de nos pères ;
il admirait le passé, mais se conformait au présent, et, s'il
souhaitait de bons princes, il se résignait aux autres. La

[1] Tac., *Hist.*, IV, 7.

mort de Thraséas n'était pas plus l'œuvre de son discours
que de la sentence du sénat, et l'amitié de Néron 'ne lui
pesait pas moins que l'exil aux proscrits. Enfin, ajoutait-il,
que la constance et le courage de Priscus l'égalent aux
Brutus et aux Caton ; pour moi, je suis un simple membre
de ce sénat qui a subi comme moi la servitude. J'engage
même Helvidius à ne pas s'élever au-dessus de l'empereur,
et à ne pas faire la leçon à Vespasien, vieillard chargé de
triomphes. Si les méchants princes ambitionnent un pouvoir sans limite, les meilleurs en prescrivent à la liberté [1]. »
Il était impossible de mieux se tirer d'un mauvais pas ;
Machiavel devait admirer une pareille politique. Mais, bien
que le sénat lui donnàt raison, la morale ne peut que
réprouver une semblable éloquence, brillante, habile et
hardie sans doute, mais fausse, perfide et mensongère-
ment adulatrice.

Helvidius, heureusement, n'était pas homme à renoncer à sa vengeance : une attaque dirigée contre
Régulus, autre délateur fameux, et favorablement ac-
cueillie, lui parut enfin une occasion opportune pour
ruiner Marcellus Éprius. « Il commença par l'éloge de
Cluvius Rufus, qui, riche et renommé pour son éloquence,
n'avait mis personne en danger sous Néron. Cet exemple
était une accusation à l'adresse d'Éprius. L'esprit des sénateurs était en feu ; dès que Marcellus 's'en fut aperçu,
comme s'il fût réellement sorti de la curie : — Nous nous
en allons, dit-il, Helvidius, et nous te laissons ton sénat :
règne en face de César ! — Il était suivi de Vibius Crispus ;
tous deux étaient furieux, sous une physionomie différente :
Marcellus portait la menace dans ses yeux, Crispus la
raillerie ; mais leurs amis accoururent et les empêchèrent
de sortir [2]. » Le danger était pressant ; Éprius fit retraite à

---

[1] Tac., *Hist.*, IV, 8. — [2] Tac., *Hist.*, IV, 43.

la manière des Parthes, en blessant à mort son ennemi :
« Règne, s'écria-t-il, en face de César ! » Vespasien avait
beau valoir mieux que ses devanciers : il était maître et
despote cependant, et la franchise d'Helvidius ne pouvait
pas lui convenir longtemps. Domitien et Mucien, en l'absence de l'empereur, exhortèrent l'assemblée à ne pas
revenir sur le passé ; les délateurs n'étaient-ils pas nécessaires au régime impérial ? Aper, dans le *Dialogue des
Orateurs*, caractérise assez bien ces deux dernières luttes
d'Éprius. « Armé de cette éloquence menaçante, dit-il, il
a déjoué la sagesse éloquente aussi, mais inexpérimentée
et peu faite pour de pareils combats d'Helvidius [1]. » Seulement il a tort de croire le sénat défavorable à Marcellus ;
les *Histoires* de Tacite ont mieux apprécié la situation :
l'assemblée, composée comme elle l'était depuis cinquante
ans et réduite à un rôle semblable, ne pouvait être d'aucun
secours aux hommes du caractère d'Helvidius.

Aper, dans un autre chapitre [2], nous fournit quelques
détails sur Éprius Marcellus, qu'il a fallu recueillir, pour
se faire une idée complète de son talent et de sa renommée.
A la faveur de son éloquence, par malheur uniquement
consacrée à un mauvais usage, Éprius parvint à la fortune
énorme de 60 millions de francs ; sans naissance, sans
patrimoine, sans moralité, comme nous l'avons vu, il devint l'un des premiers personnages de Rome, et, tant qu'il
le voulut, l'un des princes du barreau, *princeps fori*. Fort
avant dans l'intimité de Vespasien, dont il sut gagner le
respect et même l'amitié, Marcellus eut un crédit sans
bornes sur cet habile vieillard, dont il seconda puissamment la politique. Aper n'indique point la date de sa mort,
qu'il faut placer approximativement vers les premières
années de Domitien. Son exemple, hélas ! trop suivi, don-

[1] Ch. v. — [2] Ch. viii.

24

nerait un démenti à la définition que le vieux Caton a
laissée de l'éloquence, s'il fallait, comme Éprius, la faire
consister dans l'impudence et dans l'audace, revêtues
d'une parole faussement éclatante.

XXIV

VIBIUS CRISPUS.

Marcellus Éprius trouva un digne émule dans son ami
Vibius Crispus, éloquent et vil délateur comme lui. Aper,
qui les cite tous deux à Maternus pour l'engager à renoncer à l'art infructueux des vers, nous donne seul quelques indications sur son origine. Crispus naquit à Verceil,
d'une famille obscure et pauvre ; il naquit, de plus, contrefait et disgracié de la nature, *habitu corporis contemptus ;*
ce qui ne l'empêcha pas de faire son chemin. Par quels
moyens ? Nous allons en juger. Sa jeunesse et son éducation ne sont pas mieux connues que celles d'Éprius ;
il est à présumer qu'il fit ses premières études dans son
pays natal ; nous avons déjà vu qu'à cette époque les maîtres de rhétorique et de grammaire pullulaient depuis
longtemps jusque dans les provinces les plus éloignées.
Crispus ne dut pas, néanmoins, tarder de venir à Rome,
où s'établissaient les grandes réputations et les grandes
fortunes. Un talent et un caractère comme les siens étaient
faits pour y réussir de bonne heure ; la délation était un
métier si facile et si lucratif ! Peut-être aussi son frère Vibius
Sécundus, déjà chevalier et probablement son aîné, lui
fraya-t-il les voies. Quoi qu'il en soit, à l'exemple de
Marcellus encore, il fit ses débuts sous Néron, puisque
nous le voyons déjà en crédit vers l'an 63 ou 64 de notre
ère. Son frère revenait de la Mauritanie qu'il avait spoliée
sans doute, puisqu'aussitôt après son retour il fut mis en

accusation par ses administrés, et que la faveur et les efforts
de Vibius Crispus furent impuissants à le sauver de l'exil
où il fut envoyé pour concussion. Les charges devaient
être graves, attendu que Tacite ajoute que l'éloquence de
son frère le sauva d'une punition plus sévère [1]. Cette
apparition de Crispus dans les œuvres de l'immortel historien fait, du moins, honneur à ses sentiments fraternels.

Lorsque Néron tomba, la réputation et le crédit de Crispus étaient fondés; mais à quel prix ? Ses victimes allaient
relever la tête et le sénat avoir des velléités d'indépendance;
ce n'étaient ni Galba ni Othon, occupés de s'entre-détruire
ou de résister à d'autres compétiteurs, qui étaient en état
de tenir, comme Néron, le sénat asservi. Mais Vibius, en
politique habile, avait aussi son parti, redoutable par le
nombre et par la richesse; de plus, il louvoya et sut captiver tour à tour la faveur de ces maîtres éphémères. Il fut
même l'un des intimes de Vitellius, ainsi que Dion l'atteste. « Tous les convives de Vitellius mouraient de leurs
excès de table; l'un d'entre eux, Vibius Crispus, tomba
malade, et pour ce motif resta plusieurs jours sans assister
aux festins de l'empereur; il assura plus tard avec esprit
que sa maladie l'avait sauvé de la mort. » Mais l'intimité de
ce César glouton ne fut pas longue : les légions d'Orient
venaient de proclamer Vespasien, et Rome changea bientôt une quatrième fois de maître en dix-huit mois ! Vespasien était un autre homme : son absolutisme était plus
mitigé et permettait comme une ombre de liberté. Les
passions aussitôt de fermenter au sein de la curie, et la
division de renaître parmi les pères conscrits. « Vibius
Crispus, que sa puissance, sa fortune et son talent mettaient au nombre des hommes célèbres, plutôt qu'honnêtes, *inter claros magis quam inter bonos*, traduisait devant

---

[1] *Ann.*, XIV, 28.

le sénat Annius Faustus de l'ordre équestre, qui sous Néron
avait fait le métier d'accusateur. Les pères venaient de décider sous Galba qu'on allait instruire l'affaire des délateurs.
Ce décret eut des vicissitudes diverses, faible ou redoutable,
suivant que l'accusé était puissant ou sans appui. Outre la
terreur que ce décret inspirait, le propre crédit de Crispus
s'appliquait à perdre l'accusateur de son frère, et il avait
entraîné une bonne partie du sénat à demander la perte de
l'accusé sans entendre sa défense. Auprès d'autres sénateurs, au contraire, rien ne servait mieux l'accusé que la
puissance excessive de son ennemi. Il fallait, disaient-ils,
donner du temps, faire connaître les chefs d'accusation ;
tout odieux et coupable qu'était l'accusé, encore devait-on
obéir à l'usage et l'entendre. Ce parti eut d'abord l'avantage et l'affaire fut remise à quelques jours. Puis Faustus fut
condamné, mais nullement à l'unanimité, que sa conduite
malhonnête lui aurait méritée. C'est qu'on se rappelait
que Crispus lui-même avait fait avec profit le métier de
délateur; ce qui déplaisait, ce n'était pas le châtiment de
l'accusé, mais l'accusateur [1]. » Ainsi Vibius Crispus a soulevé la haine contre lui; mais il s'est constitué un parti
redoutable qui le met à l'abri de tout péril. Une autre
fois, sous Vespasien, il affronte une semblable épreuve;
mais il s'en tire, comme de la première, sain et sauf. La
faction des délateurs est attaquée de rechef en plein sénat.
« Pactius Africanus, raconte Tacite, n'osait avouer et ne
pouvait pourtant nier qu'il n'eût été délateur; se tournant
contre Vibius Crispus qui le harcelait de ses questions, il
le mêla aux faits qu'il ne pouvait défendre, et échappa à la
haine en l'associant à ses fautes [2]. » Que Vibius sortît vainqueur de ces luttes épineuses, cela s'explique et par son talent et par son influence; mais que, pour prévenir l'attaque,

---

[1] Tac., *Hist.*, II, 10. — [2] *Hist.*, IV, 41.

il fit lui-même le procès à ses anciens confrères, la chose
s'explique moins ; Marcellus Éprius ne poussait pas l'impudence à ce degré. Mais il est des époques où moins la ligne
est droite, plus elle est courte et sûre ; Vibius le comprit
et se tira ainsi des pas les plus glissants. De la sorte il atteignit la fin du règne de Domitien, comblé d'honneurs
et d'argent. A moins que Pline l'Ancien l'ait confondu avec
son frère, le gouverneur de la Mauritanie sous Néron, il le
cite comme proconsul de l'Afrique, en parlant de la courte
traversée qui sépare l'Italie de cette province [1]. Pas n'est
besoin de dire qu'il fut de bonne heure sénateur et tout de
suite d'entre les plus influents. D'après le *Dialogue des Orateurs*, aussi bien que son ami Marcellus, il amassa une fortune de 60 millions ; la somme valait la peine d'étudier l'éloquence, l'éloquence souple et sophistique surtout, celle dont
s'accommodent volontiers le scepticisme et l'immoralité
des temps malades et sombres où il vécut. En homme prudent toutefois, Vibius se mit bien avec Domitien, mais en
restant à l'écart, un peu dans l'ombre pour ne pas être trop à
la portée de ses coups ; il ne s'agissait plus d'acquérir, mais
de conserver, et Domitien n'était pas à l'égard des riches un
maître plus commode que Néron. Suétone, dans la vie de cet
empereur, ne mentionne qu'une fois Vibius : « Au commencement de son règne, dit-il, Domitien s'enfermait tous
les jours quelques heures, uniquement occupé à prendre
des mouches et à les percer avec un stylet très-pointu. On
demandait s'il n'y avait personne dans le cabinet de César :
Il n'y a même pas une mouche, répondit avec esprit Vibius
Crispus [2]. » Mais Vibius avait le tact de garder cet esprit pour
lui et pour son entourage : en présence de l'empereur, c'é-
tait autre chose, comme l'affirme Juvénal dans la satire IV :
« Se présente aussi Crispus, cet *aimable* vieillard, dont le ta-

[1] *Hist. nat.*, XIX, præm. — [2] Suet.. *Dom.*, 3.

lent et le caractère étaient insinuants, *mite*, comme l'éloquence. Pour le maître du monde quel plus *utile* compagnon, si sous un pareil fléau il eût été loisible de condamner
la cruauté et de donner un bon conseil? Mais Vibius n'alla
jamais contre le torrent; il n'était pas homme à parler
avec franchise et à sacrifier sa vie à la vérité. De la sorte
il vit de nombreux hivers et compta tranquillement quatre-
vingts étés à une époque et à une cour pareilles. » Juvénal
a bien jugé l'homme et l'orateur. Quintilien, pensionné par
Domitien dont il élevait les petits-neveux, a laissé l'homme
dans l'ombre pour ne s'occuper que de l'orateur. Il le cite
trois fois pour nous montrer l'agrément de sa parole, *ju-
cunditatem*, et les fleurs de son style. « Vibius Crispus
était un orateur élégant, agréable et né pour plaire; il
était meilleur néanmoins dans les causes privées que dans
les causes publiques [1]. » A ces qualités précieuses le rhéteur aurait pu ajouter l'esprit, qui ne nuit nulle part,
au barreau surtout; mais il faudrait lui contester que
Vibius fût inférieur dans les causes publiques : s'il n'y
apportait pas l'ardeur et la véhémence d'Éprius, il devait
cependant y réussir assez pour jouer le rôle que nous venons d'esquisser, et pour justifier cette parole d'Aper déjà
citée : *Agunt feruntque cuncta*, en parlant d'Éprius et de
lui. En résumé, pour se rendre compte d'une fortune si
brillante et si rapide, il faut avec Tacite, Aper et Quintilien, reconnaître dans Vibius un orateur excellent parmi
les orateurs ordinaires, mais un de ces orateurs du pouvoir, comme nous dirions aujourd'hui, qui savent se plier
aux exigences et aux caprices des maîtres. Avec toute sa
faconde, s'il eût été dans l'opposition, Vibius eût été mourir aux Baléares, sur le rocher de Sériphe, ou sur n'importe
quel écueil inconnu de la Méditerranée, à supposer qu'il
n'eût pas été forcé de s'ouvrir les veines.

[1] x, 1, 10; v, 13.

XXV

AQUILIUS RÉGULUS.

Nous pourrions grossir la liste de ces délateurs; qu'il nous suffise de mettre en scène le plus effronté de tous, le type de ces ambitieux vulgaires, qui ne reculent ni devant la bassesse ni devant le crime, quand il n'y a pas d'autre voie pour atteindre à la fortune. Nous avons nommé Aquilius Régulus.

Les *Histoires de Tacite*, le *Dialogue des Orateurs* et les *Lettres* de Pline vont nous le montrer à nu. Frère, suivant toute probabilité, de Vipstanus Messala, l'adversaire d'Aper, Régulus devait appartenir à une famille distinguée, puisque son père fut exilé sous Néron, qui n'exilait que les riches et les grands, mais perdue de dettes, puisque, après ce bannissement, les biens furent partagés aux créanciers [1]. Né vers le règne de Claude, il était encore inhabile aux honneurs, c'est-à-dire trop jeune, lorsque, pour échapper à son obscurité, il embrassa sous Néron le métier d'accusateur. Quoique au sortir de l'école, sa parole, sans être parfaite, répondit à ses espérances, et en peu de temps il serra de près la réputation de Marcellus Éprius et de Vibius Crispus, beaucoup plus âgés que lui. « Il s'attira l'exécration publique par la ruine des Crassus et des Orphitus. Ce n'était pas, à ce qu'il semble, la crainte du danger qui l'avait poussé au métier de délateur; il l'avait été dès sa tendre jeunesse et de son plein gré [2]. » Lorsque l'indignation générale eut fait justice de Néron, Régulus comprit bien vite que Galba n'était pas l'homme des circonstances, et ne tiendrait pas longtemps sous un fardeau trop lourd pour ses épaules de septuagé-

[1] Tac., *Hist.*, iv, 42. — [2] *Id.*

naire. Soit regret pour son premier maître, soit haine
du nouveau, soit plutôt envie de plaire à son rival Othon :
« Après le meurtre de Galba, il donna de l'argent à l'assassin de Pison, dont il alla jusqu'à mordre la tête[1]. » Que
les ennemis de Régulus aient dépassé les bornes de la vraisemblance, la chose n'est pas impossible ; ce qu'il y a de
constant et d'avéré, c'est que Régulus ne joua qu'un triste
rôle dans cette déplorable tourmente. Lorsque Vespasien eut
ramené la paix et la sérénité, la partie saine du sénat crut
le moment venu de faire payer aux délateurs le mal dont ils
avaient été la cause ; avec quel succès ? On l'a vu à propos
d'Éprius et de Crispus. Régulus eut son tour. Mais, outre
son crédit, il trouva dans son jeune frère, plus honnête
que lui, un appui inattendu. « Messala se fit en ce jour beaucoup d'honneur par son éloquence et par son dévouement
fraternel ; quoiqu'il n'eût pas encore l'âge de sénateur, il
osa faire entendre sa voix en faveur de son frère Aquilius
Régulus. Sans entrer dans le fond de la cause, sans justifier son frère, il se mit pour ainsi dire à sa place et fléchit
une fraction du sénat. Alors se leva Curtius Montanus avec
un discours menaçant ; obéissant à l'impulsion de Sul-
pitia Prætexta, femme de Crassus, et à celle de ses quatre
fils prêts à venger la mémoire de leur père, si le sénat en-
tamait l'information contre les coupables : « Assurément,
s'écria l'orateur, Néron ne t'a jamais forcé à de pareils
actes ; par de telles barbaries tu n'avais à racheter ni ta
dignité ni ta vie. Nous devons sans doute écouter la
défense de ceux qui ont mieux aimé en perdre d'autres
que de s'exposer eux-mêmes. Mais Néron n'avait rien à
convoiter, rien à craindre de toi : la passion du sang,
l'envie démesurée d'un salaire, t'ont fait seules ternir par
le meurtre d'un homme illustre ton talent inconnu, qu'au-

---

[1] Tac., *Hist*., IV, 42.

cune défense n'avait encore éprouvé. Au milieu des funérailles de la république, paré des dépouilles consulaires que tu avais ainsi ravies, engraissé de 700,000 sesterces (140,000 francs) et orné du sacerdoce, tu abattais
du même coup des enfants innocents, de célèbres vieillards, des femmes remarquables ; tu accusais Néron de lenteur, parce qu'il se lassait, lui et les délateurs, à poursuivre chaque maison en particulier ; d'un mot on pouvait
coucher par terre le sénat tout entier. Gardez, pères
conscrits, sauvez un homme de si bon conseil pour l'instruction de tous les âges, pour que les jeunes gens imitent
Régulus, comme nos vieillards ont imité Marcellus et
Crispus. La perversité trouve des émules, même malheureuse ; que serait-ce, prospère et florissante ? Et celui que
nous n'osons pas attaquer comme questeur, faudra-t-il
que nous le voyions préteur et consulaire ! Croyez-vous que
Néron soit le dernier des tyrans [1] ? » Le sénat applaudit à
ce discours, dont les sentiments et le style rappelaient l'ancienne liberté de la tribune. Mais Domitien assistait à la
séance, et le sénat ne tarda pas à s'apercevoir qu'on vivait
toujours sous le régime d'un seul ; l'orage ne fut que pas-
sager et Régulus en fut quitte pour la peur.

Vespasien, toutefois, qui admettait dans ses conseils Marcellus et Crispus, avait le sens trop droit pour leur associer
un avocat éhonté, perdu dans l'opinion publique et, d'ailleurs, orateur médiocre : il le tint à distance. Sous Domitien, il ne pouvait pas en être ainsi : continuateur de Tibère
et de Néron, Domitien avait besoin des langues vénales ;
Régulus était son homme. Pline le Jeune va nous en dire
un mot. « Vous savez que, sous Domitien, Régulus, s'il
sauva mieux les apparences, ne fut pas plus honnête que
sous Néron. Non content d'avoir fait poursuivre Arulénus

[1] Tac., *Hist.*, IV, 42.

Rusticus, il a triomphé de sa mort jusqu'à lire en public
et à répandre un livre injurieux, où il le traite de *singe
des Stoïciens* et d'*homme qui porte les stigmates de Vitellius*.
Vous connaissez l'éloquence de Régulus ; il déchire avec
autant de fureur la mémoire d'Hérennius Sénécion. Il
se souvient qu'il m'a mis moi-même (sous ce prince) en
un terrible danger devant les centumvirs [1]. » Pline raconte ensuite que dans une affaire dont il s'était chargé
à la recommandation de Rusticus, il s'était fondé sur l'avis
d'un parfait honnête homme, malheureusement alors exilé
par Domitien. « Pline, que penses-tu de Modestus, lui
demanda Régulus, avocat de la partie adverse ? — Je ré-
pondrai à la question, répliqua Pline, quand les centumvirs auront à la juger. — Je te demande encore une
fois ce que tu penses de Modestus ? — On ne demande témoignage que contre un accusé, jamais contre un condamné, repartit Pline. — Soit ; je ne te demande plus ton
avis sur Modestus, mais ton opinion sur son attachement
pour le prince. » Pline, cette fois, ferme la bouche au sophiste captieux, en lui répondant qu'il n'est même pas
permis de mettre en question une chose jugée. Aussi, lorsque l'avénement de Nerva laisse les âmes respirer à l'aise,
quelle platitude que celle de Régulus en face de l'orateur
qui peut le perdre ! Il est néanmoins difficile, même à
Pline, de perdre un tel homme. Régulus est riche, intrigant ; il est considéré, mais encore plus redouté. Pline
tient bon cependant et, voulant rester libre à son égard, il
est inaccessible à ses avances, prêt d'ailleurs à reconnaître
ses qualités presque autant que ses défauts. « C'est une
chose étonnante, mande-t-il à l'un de ses correspondants,
que l'ardeur de Régulus pour tout ce qu'il entreprend. Il
s'est mis en tête de pleurer son fils et d'en avoir des statues

---

[1] I, 4.

et des portraits; les ateliers ne sont pas occupés d'autre chose. Dernièrement, dans une réunion nombreuse, il a lu la vie de son fils et de son fils enfant. Que ne pouvait-on pas attendre de cet homme, s'il eût tourné vers le bien cette persistance dans sa volonté [1]! » C'est bien dans cette volonté opiniâtre et persistante que se trouve le secret de ces fortunes merveilleuses auxquelles parvenaient ces orateurs d'une éloquence, au demeurant, fort secondaire. Régulus avait beau avoir la *poitrine faible*, l'*air embarrassé*, la *langue épaisse*, l'*imagination lente* et la *mémoire nulle*, comme le lui reproche Pline; il n'en escamota pas moins, aux yeux de la foule, la réputation d'orateur. Que lui importait le mot assez joli d'Hérennius Sénécion, qui travestit à son sujet la célèbre définition de Caton, en disant que l'*orateur est un méchant homme, inhabile dans l'art de la parole*? Régulus avait un esprit de suite, un savoir-faire, un caractère, enfin, qui sont partout les plus sûrs garants du succès. Sa méthode oratoire n'était d'ailleurs pas si mauvaise. « Tu crois, disait-il un jour à Pline, que dans une cause il faut traiter tout les points; eh bien ! moi, je saisis tout de suite mon ennemi à la gorge et je l'étrangle [2]. » Pline lui accorde ce mérite, bien qu'il ajoute que souvent il se trompait dans le choix de son attaque. Après sa mort, sous Trajan, mort dont il est impossible de fixer la date, Régulus excita les regrets de son adversaire lui-même. « Je songe quelquefois à Régulus dans nos audiences, dit-il quelque part. Il estimait les lettres; il savait craindre et pâlir; il écrivait ses plaidoyers. Bien qu'il ne pût se déshabituer de se frotter d'essence l'œil droit, s'il parlait pour le demandeur, l'œil gauche, s'il parlait pour le défendeur; de consulter les auspices sur l'issue de son plaidoyer, il n'en avait pas moins l'art de la parole en

[1] IV, 7. — [2] I, 20.

haute estime. De plus, il demandait un temps illimité pour
les plaidoieries, et n'oubliait pas de ramasser un grand
nombre d'auditeurs [1]. » Ce fut, en effet, surtout après la
mort de Régulus que s'établit l'usage funeste à l'éloquence
de ne demander et de n'en obtenir pour plaider qu'une
ou deux heures, quelquefois même une demi-heure seulement.

Ce n'est pas, tant s'en faut, que Pline, loin d'excuser les
torts de Régulus, eût pour son caractère la moindre considération, et, s'il s'exprimait en ces termes sur son compte,
c'est qu'il avait le triste mais certain pressentiment que
l'éloquence touchait à son agonie. Car, dans un autre passage, il nous découvre une nouvelle plaie de ces parleurs à
gages, plaie malheureusement commune alors à tous les
rangs de la société romaine ; nous voulons parler de la
captation des testaments. « Véranie, femme de Pison qui fut
adopté par Galba (celui même dont Montanus lui reprocha
en plein sénat d'avoir payé l'assassin), était à l'extrémité.
Régulus lui fit une visite et alla s'asseoir près de son lit,
pour lui demander quel jour et à quelle heure elle était
née. Elle lui dit l'un et l'autre. Régulus aussitôt compose
son visage, fixe ses yeux, remue les lèvres et compte sur
ses doigts. Vous êtes, dit-il, dans votre année climatérique ;
mais vous guérirez. Pour plus de certitude, je vais consulter un aruspice, dont je me suis souvent fort bien
trouvé. Il part, fait un sacrifice et jure que les entrailles de
la victime sont d'accord avec les astres. Véranie, crédule
comme on l'est dans le péril, demande son testament et
fait un legs à Régulus. Bientôt le mal empire, et la malade
s'écrie à son dernier soupir : Le scélérat ! le perfide ! le
parjure ! et plus encore [2]. » Juvénal, au reste, dont les
Satires sont un commentaire éloquent des *Annales* et des

[1] vi, 2. — [2] ii, 20.

Histoires de Tacite, fait probablement allusion à notre personnage dans les vers suivants :

Post hunc magni delator amici,
Et cito rapturus de nobilitate comesâ
Quod superest [1].

On peut se faire le délateur d'un ami, quand on ne voit à l'instar de Régulus, de Marcellus Éprius et de tant d'autres, rien au-dessus de l'argent. Hé bien ! Régulus trouva un poëte pour célébrer sa *vertu si chère aux dieux* [2], pour célébrer sa *sagesse*, sa *piété*, son *talent* [3] ; pour comparer son éloquence à celle de Cicéron ! Mais c'était un poëte famélique, qui ne prouvait que trop la vérité de ce mot de Virgile, *malesuada fames;* c'était Martial, le panégyriste de Domitien! Que dire d'une époque et d'un public devant lesquels on osait écrire de pareilles pauvretés !

XXVI

HELVIDIUS PRISCUS.

Les délateurs que nous venons de passer en revue constituaient ce que nous appellerions aujourd'hui le parti du gouvernement; nous avons déjà fait connaître les orateurs qui leur étaient opposés, et qui, depuis Tibère, se recrutaient surtout parmi les philosophes. En face de cette puissance exorbitante des Césars, qui avait tout absorbé, et de cette dégradation morale qui ne respectait plus ni principes ni lois, où trouver, en effet, un centre de résistance, si ce n'est dans la philosophie, qui ne pouvait renier ni ses dogmes ni ses droits, parce que c'étaient les droits et les dogmes de la conscience humaine. Il fallait du courage, à

[1] I, 33. — [2] I, 13, 63. — [3] I, 112.

n'en pas douter, pour les soutenir ; mais les âmes d'élite avaient, pour se défendre, une arme que le despotisme le plus insensé ne pouvait leur ravir. Cette arme, on le devine, c'était le suicide, admis et prêché par toutes les écoles et dont l'épicurien Pétrone avait usé comme le stoïcien Thraséas. On ne s'étonnera donc pas des progrès de cette manie, si l'on songe que c'était l'unique ressource de l'innocence, et que les excès du pouvoir amènent infailliblement chez les nobles cœurs les excès de la vertu, si les deux mots pouvaient aller ensemble. Parfois aussi le parti philosophique avait des prétentions excessives et jugeait mal des circonstances. Nous en avons une preuve dans le gendre même de Thraséas, dans Helvidius Priscus, qui va clore pour nous cette liste déjà longue des orateurs de l'empire.

Helvidius Priscus, Italien d'origine, était né à Terracine, d'un père ancien primipilaire ; jeune encore, son esprit distingué se plongea tout entier dans les hautes études de l'éloquence et de la philosophie ; l'une et l'autre allaient alors assez souvent de pair. Ce n'était pas, comme pour tant d'autres, afin de cacher sous un nom spécieux sa paresse et son oisiveté, qu'Helvidius étudiait avec cette ardeur qui lui était naturelle : il voulait à la fois et se prémunir contre les vicissitudes du sort et se préparer au maniement des affaires publiques. Il s'attacha donc aux maîtres du Portique qui ne plaçaient le bien que dans la vertu, le mal que dans le vice. Sa nature intelligente et cultivée le rendit de bonne heure apte aux magistratures, objet de sa juste ambition. Nommé questeur, il entra dans la maison de Thraséas dont il épousa la fille Antéia Fannia, et dont il partageait les doctrines philosophiques. Ce qu'il imita de préférence dans son beau-père, ce fut l'indépendance de caractère, en dépit de laquelle il atteignit au rang de sénateur. Citoyen, mari, gendre, ami modèle, Helvidius

était propre à tous les emplois, dédaigneux de la fortune,
opiniâtre au bien et inaccessible à la crainte [1]. Peut-être,
et Tacite, malgré l'intimité qui le liait à cette illustre famille, ne manque pas de le laisser entrevoir, peut-être était-
il trop avide de bruit et de renommée ; le désir de la gloire
n'est-il pas la dernière passion dont se dépouille un sage ?
Impliqué, nous l'avons vu, dans la ruine de Thraséas, Helvidius en fut quitte pour la relégation. A l'avénement de
Galba, il essaya de tirer d'Éprius Marcellus, délateur de son
beau-père, une vengeance méritée ; mais le sénat, peu favorable à son éloquence aussi emportée que son caractère, ami
d'ailleurs du repos quand même, étouffa l'affaire, l'an 69.
Galba, de son côté, ne se sentait pas assez solide pour s'occuper du sénat et de ses divisions ; Helvidius, toutefois,
resta jusqu'au bout fidèle à ce prince et rendit même, non
sans danger, les derniers honneurs à son cadavre gisant sur
la place publique [2]. Sous Othon et sous Vitellius, objets probablement de son mépris, Helvidius laissa passer l'orage.
Mais, à l'arrivée de Vespasien, son ardeur et son activité
se réveillèrent. Ce fut alors surtout que se révéla son principal défaut de conduite, une franchise maladroite et déplacée, οὐ σὺν καιρῷ, suivant la juste remarque de Dion.
Quoique le nouveau pouvoir l'eût élevé à la préture, il ne
fit jamais rien, je ne dis pas pour flatter, mais pour témoigne la moindre déférence à l'empereur : il se mit à le
critiquer hors de propos et en toute occasion [3]. « Les préteurs du trésor, se plaignant de la détresse de l'État, avaient
demandé qu'on mît des bornes aux dépenses publiques. Le
consul désigné, vu l'importance de la question et la difficulté du remède, voulait attendre la décision du prince.
L'affaire revient au sénat, dit alors Helvidius. Mais, quand
on alla aux voix, un tribun du peuple s'opposa à ce qu'on

---

[1] Tac., *Hist.*, iv, 5. — [2] Plut., *Gal.*, 28. — [3] Dion, *Vesp.*

prît une décision en l'absence de l'empereur [1]. » Si l'on se
rappelle la lutte qu'il avait engagée depuis peu contre
Éprius Marcellus, la noblesse et le franc-parler, mais aussi
la rudesse malhabile de son discours, on ne s'étonnera plus
d'un pareil insuccès ; Vespasien avait beau ne pas ressembler aux despotes qui l'avaient précédé, il fallait encore
avec lui du savoir-faire, et c'est ce dont manquait totale-
ment Helvidius. Ainsi, quelques jours après cette série
d'échecs, il proposa au sénat de relever aux frais de l'État
le Capitole, incendié dans la lutte que soutint contre les
partisans de Vitellius le propre frère de Vespasien, et de se
faire aider par le fisc. Les plus sages des sénateurs ne ré-
pondirent pas à son appel et la proposition ne passa point ;
mais les ennemis d'Helvidius en gardèrent le souvenir. Vespasien, dès son entrée à Rome, fit de son autorité rebâtir
le Capitole avec les cérémonies d'usage, et Priscus y parut
comme préteur, mais sans regagner la confiance du maître.
Moins adroit ou moins heureux que le philosophe Démétrius, le gendre de Thraséas était, en outre, animé de sentiments républicains. « Helvidius et Thraséas, dit Juvénal,
buvaient à la santé de Brutus et de Cassius, dont ils célébraient l'anniversaire [2]. « Moins absolu que Tibère ou que
Néron, Vespasien ne poussait pourtant pas jusque-là son
amour pour la liberté ; il aurait cependant fermé les yeux,
si ses ministres n'y eussent mis bon ordre. Helvidius, d'ailleurs, détestait Vespasien, et sa haine se traduisait en invectives presque quotidiennes. Il détestait encore plus les
courtisans de Vespasien, et c'est ce que le prince ne pouvait
lui pardonner. Un jour donc les tribuns mirent en accusation Helvidius, qui fut condamné sans difficulté et livré aux
licteurs. La mort d'Helvidius est une tache pour la mémoire de Vespasien, et le trouble que manifesta le prince,

---

[1] Tac., *Hist.*, iv, 9. — [2] *Sat.*, v, 36.

les larmes mêmes qu'il versa en descendant du tribunal, ne peuvent faire oublier un pareil attentat. Cela dit, il faut donner les mains, en partie tout au moins, au jugement que Dion a porté sur le personnage qui nous occupe. « C'était un brouillon qu'Helvidius, qui cherchait à captiver la foule, ennemi de l'empire, admirateur, au contraire, de la république. Il s'en fallait qu'il reproduisît la sagesse de Thraséas, qui se contentait de ne pas approuver les actes de Néron [1]. » Sans lui faire un crime, comme Dion, de préférer l'ancien état des choses au nouveau, avouons qu'avec plus de mesure son opposition eût été moins dangereuse et plus honorable pour lui : la violence perd les plus belles causes. Nous aimons mieux toutefois ce généreux excès que l'excès des Éprius et des Régulus, qui secondèrent, au lieu de la modérer, l'œuvre funeste des Césars. Si Dion est sévère pour Helvidius, et si Tacite lui-même n'en fait qu'un éloge restreint, sous le règne suivant, bien autrement sombre que celui de Vespasien, il se rencontra un homme, Hérennius Sénécion, assez courageux pour écrire l'histoire de ce républicain imprudent et attardé. Le sénat s'empressa de proscrire l'ouvrage et de faire expier à l'auteur l'audace d'une belle action. La noble et vertueuse femme d'Helvidius, pour laquelle Pline le Jeune professe une si haute estime, souffrit sans murmurer la perte de ses biens vendus aux enchères, et se fit exiler, pour avoir conservé la vie de son mari [2]. N'était-elle pas la fille de cette Arria qui tendit à Thraséas le poignard dont elle s'était frappée la première !

[1] LXIV, 12. — [2] Pline, VII, 19.

CONCLUSION

Telle est, en résumé, l'histoire de l'éloquence, à Rome, du second triumvirat à l'avénement de Nerva, histoire triste et décourageante, si l'on n'envisage que la qualité du plus grand nombre des personnages que nous avons mis en scène, et l'état de prostration où ils ont laissé un art, gloire éclatante, sinon toujours pure, de la république. Un pareil résultat pouvait-il s'éviter, et la parole aurait-elle pu vivre avec le régime inauguré par Auguste? S'il fallait s'en rapporter à la plupart des critiques anciens et modernes, il serait aisé, comme nous allons voir, de répondre par la négative. Mais il ne nous semble pas impossible, toute paradoxale que pourra paraître notre opinion, de démontrer le contraire et de nous convaincre que l'éloquence aurait pu surnager dans ce cataclysme des institutions républicaines. Fidèle à notre plan, qui consiste à rapporter le sentiment des auteurs originaux ou plus récents, sauf à le combattre au besoin, nous commencerons cette dernière partie de notre travail par un exposé succinct de l'opinion que nous voudrions détruire, quelque générale qu'elle soit.

I

Cicéron a dit : « L'amour de l'éloquence ne peut naître

sous la domination des rois [1], » autrement dit, sous l'autorité monarchique. L'histoire politique et littéraire de la Grèce avait probablement inspiré ces paroles au grand théoricien : après Démosthènes, en effet, c'est-à-dire lorsque Philippe et Alexandre eurent anéanti, peu s'en faut, l'indépendance des États helléniques, il n'y a plus de véritables orateurs ; Démétrius de Phalère, malgré ses succès et les statues sans nombre qui lui furent érigées, est-il autre chose qu'un avocat de talent, un de ces brillants sophistes, comme il y en aura dans la Grèce jusqu'à Libanius ? Dans une œuvre, selon nous, supérieure au *Brutus*, Cicéron modifie sa pensée ou plutôt la développe dans un sens plus acceptable : « L'éloquence seule, dit-il [2], a toujours donné sa plus belle fleur chez les peuples libres, et principalement dans les États paisibles et tranquilles, *pacatis tranquillisque*. » Sénèque le père, dont les préfaces curieuses qu'il a mises en tête de ses *Controverses* dénotent un disciple non sans valeur de Cicéron, ne pense pas autrement que son maître. « Pour que vous puissiez apprécier, dit-il à ses fils, jusqu'à quel point les génies se rapetissent de jour en jour, et combien par je ne sais quelle iniquité de la nature l'éloquence a rétrogradé, sachez que tous les orateurs que Rome peut opposer ou préférer à ceux de la Grèce sont contemporains de Cicéron. Après lui, l'éloquence n'a fait que dégénérer ; faut-il en accuser la mollesse, *luxu*, du temps ? ou bien admettre que, lorsque le plus beau des arts eut perdu sa récompense accoutumée, les esprits ne luttèrent que pour briller dans des métiers honteux, sources abondantes d'honneurs et de fortune [3] ? » Le Rhéteur ajoute, avec raison, que la paresse des orateurs est telle, qu'ils ne craignent pas de s'approprier les idées des hommes les plus éloquents, et de violer le sanctuaire d'une perfection à la-

---

[1] *Brut.*, 12. — [2] *De Orat.*, I, 39. — [3] *Contr.*, I, préf.

quelle ils ne peuvent atteindre. Au point de vue particulier
de Cicéron et de Sénèque, ces réflexions sont justes et fondées ; nous croyons l'avoir prouvé, du moins. Pétrone,
qui a voulu tout peindre dans l'obscène tableau qu'il nous
a laissé des mœurs romaines, met cette décadence sur le
compte des écoles : *Nondum*, s'écrie-t-il, *umbraticus doctor ingenia deleverat*. Sans absoudre les rhéteurs, on peut
dire que Pétrone exagère et que, si les écoles de son temps
n'étaient pas à l'abri du reproche, elles n'ont pas été non
plus la seule cause du mal. Quintilien, plus modéré, n'a fait
que reproduire, en d'autres termes, la pensée de Cicéron.
« L'orateur, brillera davantage dans les grandes causes,
lorsqu'il faudra maîtriser l'opinion du sénat, et ramener le
peuple égaré à de meilleurs sentiments [1]. » D'accord ;
mais n'y a-t-il que l'éloquence politique ? Quant à l'auteur
inconnu du *Dialogue des Orateurs*, les motifs qu'il donne
de la décadence ont été trop souvent répétés depuis,
pour ne pas y insister ici. « La grande éloquence, dit Maternus, est comme la flamme : elle a besoin d'aliment,
de mouvement pour s'exciter et pour produire, en brû-
lant, une lumière éclatante. Le trouble et la licence prêtaient plus autrefois à l'éloquence puisque, au milieu de
ce mélange de citoyens qui n'obéissaient pas à un seul
chef, chaque orateur avait autant de sagesse qu'on pouvait
en faire entrer dans la tête du peuple, quand il se trompait [2]. » Nous lisons un peu plus loin : « Nous ne parlons
pas d'un art tranquille et calme, qui se plaise à la modération et à l'honnêteté. La haute éloquence est l'élève de la
licence, que les sots appelaient autrefois liberté, la compagne des troubles, le brandon de la discorde ; elle n'aime
ni à obéir ni à servir ; elle est ennemie de l'autorité, *con-
tumax*, téméraire, arrogante, et ne saurait naître dans un

---

[1] xii, 1. — [2] Ch. xxxvi.

État bien constitué[1]. » L'orateur, ô Maternus, n'est-il donc
qu'un tribun révolutionnaire ? Milon et Clodius sont-ils
supérieurs à Cicéron ? Et pourtant, il faut en faire l'aveu,
vos doctrines ont eu du retentissement dans la postérité ;
Montaigne a dit après vous : « C'est un outil (l'éloquence)
inventé pour manier et agiter une tourbe et une commune déréglée ; et est outil qui ne s'emploie qu'aux États
malades. En ceux où le vulgaire, où les ignorants, où
tous ont tout peu, comme celui d'Athènes, de Rhodes
et de Rome, et où les choses ont été en perpétuelle tempête,
là ont afflué les orateurs. L'éloquence a fleuri le plus à
Rome, lorsque les affaires ont été en plus mauvais état, et
que l'usage des guerres civiles les agitait, comme un champ
libre et indompté porte les herbes les plus gaillardes [2]. »
Sans contester à l'illustre penseur les propositions très-
contestables qu'il avance, sans lui citer et Thémistocle et
Périclès, dont la parole exerça tant d'influence sur Athènes
à ses plus beaux jours, ne voit-on pas qu'il est sous la pénible empreinte des tribuns emportés et furieux de la Ligue qu'il déteste, et dont tout bas il déplore les excès ? Il a
donc oublié et les graves discours de L'hôpital et les pages
éloquentes de son ami Laboétie, qui n'étaient assurément,
ni l'un ni l'autre, des auteurs de troubles, des fauteurs de
complots ! Mais son opinion, encore aujourd'hui trop générale, s'explique et par les circonstances où il vécut, et
surtout par la fausse idée qu'on se faisait de l'éloquence ;
idée que les modernes ont adoptée toute faite et sans
examen des rhéteurs et des critiques anciens. Montaigne
lui-même, malgré son esprit d'habitude si primesautier,
ne s'est inspiré que du passage suivant du *Dialogue des Orateurs*. « Ces assemblées continuelles, dit Maternus, ce droit
de s'attaquer aux plus puissants citoyens, cette gloire

---

[1] Ch. xl. — [2] i, 51.

qu'on retirait des inimitiés illustres, quelle ardeur ne don-
naient-elles pas au talent ! Cite-t-on un orateur de Sparte
ou de Crète, où la sévérité de la constitution le disputait
à la sévérité des lois ? L'éloquence était inconnue en Macédoine et en Perse, dans tous les pays où le pouvoir était
réglé. A Rhodes il y eut quelques orateurs, un très-grand
nombre à Athènes, où le peuple, où les ignorants avaient
toute la puissance. Notre république elle-même, tant
qu'elle fut dans l'égarement, en proie aux factions, aux
dissensions et à la discorde, tant qu'il n'y eut ni paix au
Forum, ni entente au sénat, ni modération dans les tribunaux, ni respect pour l'autorité, ni mesure chez les magistrats, enfanta sans aucun doute sa plus mâle éloquence,
comme les terres en friche produisent certaines herbes
plus gaillardes [1]. » A ce compte, l'éloquence coûterait trop
aux États et, avec le *Dialogue*, il faudrait en conclure que,
« puisqu'on ne peut en même temps arriver à un grand
renom d'éloquence et à un grand repos, chacun doit jouir
des avantages de son siècle, sans médire des autres [2]. »
Doctrine commode, en vérité, et d'un optimisme complaisant ! Par bonheur, la vérité n'est pas là, et la raison,
l'histoire elle-même, en font foi. Au dernier siècle, bien
que la critique fût loin de ce qu'elle est aujourd'hui, les
bons esprits modifièrent un peu cette théorie, selon nous
erronée.

« La véritable éloquence, s'écrie Diderot, ne se montrera
qu'au milieu de grands intérêts publics. Après la perte de
la liberté, plus d'orateurs ni dans Athènes ni dans Rome:
les déclamateurs parurent en même temps que les tyrans [3]. »
Laharpe, imbu du même esprit, émet différemment la
même opinion, et, s'il n'a pas clairement aperçu le fond
de la question, il en a du moins touché l'un des points prin-

[1] Ch. xl. — [2] Ch. xli. — [3] *Salon de* 1763.

cipaux. « Dans les anciennes républiques, dit-il, l'éloquence respirait son air natal; dans les gouvernements libres, l'habitude de parler en public et la nécessité de bien dire donnaient à l'orateur du ressort et de la facilité. L'âme était, chez eux, remuée sans cesse par tout ce qui les environnait, aiguillonnée par les plus pressants motifs, échauffée par les plus puissants intérêts, exaltée par les plus grands spectacles [1]. Mais, répétons-le, il semble aux yeux de ces critiques qu'il n'y ait, à vrai dire, que l'éloquence politique, qui ne grandit, en effet, et ne prospère que dans les États libres; comme si, dans maintes occasions étrangères à la politique, l'âme vivement émue ne pouvait faire entendre des paroles éloquentes! Comme si, même gênés dans leur allure, le cœur droit et la tête forte ne pouvaient rendre éloquemment les sentiments et les pensées qui distinguent les caractères généreux! L'exégèse contemporaine, plus savante, à coup sûr, et plus profonde, ne nous semble pas non plus avoir dit le dernier mot sur le problème que nous nous sommes posé; et pourtant on a, de nous jours, consciencieusement et curieusement étudié les philosophes de l'époque impériale, et les Pères de l'Église dont personne, pensons-nous, ne conteste l'éloquence! C'est que l'on s'est contenté de consigner un fait irrécusable, à savoir la rapide agonie de la parole sous les Césars, sans se demander si cette parole, même sous les Césars, mais avec une autre direction et surtout avec d'autres mœurs, n'aurait pas pu se maintenir, en se modifiant, à la hauteur où l'avait laissée Cicéron. Assurément il eût été difficile sous Tibère, par exemple, de reproduire au sénat des harangues comme les Philippiques ou les Catilinaires. Mais il y a plus d'une manière de parler aux esprits; le discours de Crémutius Cordus, en admettant qu'il ne soit pas

[1] Laharpe, *Quint.*

l'œuvre de Tacite, en est une évidente preuve. Se modifier !
voilà ce que l'éloquence aurait pu, aurait dû faire ; elle eût
alors vécu ; à une condition encore, c'est que la philosophie eût arrêté la dégradation morale, et que les rhéteurs
eussent voulu comprendre qu'il ne s'agissait plus de s'en
tenir uniquement à leur méthode routinière, pâle reflet des
doctrines d'Aristote ou de Cicéron, et qu'il fallait soustraire
leurs disciples à la corrosion des idées et de l'atmosphère
environnantes, en leur inculquant ces sains et généreux
principes, qui rendent les hommes libres sous tous les régimes. Cette transformation de l'éloquence qui découle
nécessairement de la transformation des mœurs, Cicéron
bien avant Sénèque l'avait non-seulement conçue, mais re-
commandée clairement : « Pour convaincre, dit-il, il faut
connaître les mœurs, *mores*, de la cité ; comme ces mœurs
changent fréquemment, l'éloquence doit subir les mêmes
changements, *genus orationis est sæpe mutandum* [1]. » La formule de Sénèque est plus précise, mais n'est pas autre ;
notons-le.

II

Nous savons ce que firent les maîtres de rhétorique ; que
firent, à leur tour, les maîtres de philosophie pour ralentir
ou pour accélérer la décadence oratoire ? Ces maîtres appartenaient à deux sectes distinctes, la secte de Zénon et
la secte d'Épicure. (Les platoniciens purs et les néo-plato-
niciens n'exercèrent pas à Rome une grande influence,
parce que la métaphysique, dont ils s'inquiétaient avant
tout, n'y poussa jamais de profondes racines.) Il n'entre
pas dans notre dessein de nous appesantir sur la différence, d'ailleurs connue, des deux écoles ; qu'il nous suf-

---

[1] *De Orat.*, III.

fise d'indiquer ici le rôle funeste ou salutaire qu'elles jouè-
rent sous l'empire. Cicéron, à qui elles étaient toutes
les deux familières, les croit médiocrement aptes à former
l'orateur. « Presque tous les stoïciens, dit-il, sont très-
habiles dans la discussion. Mais faites-les passer de la
chaire à la tribune, vous ne trouverez chez eux que pauvreté [1]. » Les épicuriens ne sont pas mieux traités : les
plus parfaits d'entre eux ne lui paraissent nullement propres au métier de la parole [2]. Un maître de la critique
moderne, M. Sainte-Beuve, adopte, en la reproduisant, la
même idée : « L'école d'Épicure était la moins propre à
préparer un orateur [3]. » Ne donnons pas cependant à cette
sentence plus de valeur qu'elle n'en mérite : il est question, dans ces deux passages du *Brutus*, du style oratoire
plutôt que de l'éloquence elle-même. Cicéron n'appartenait sans doute ni à l'une ni à l'autre secte; mais il était
assez grand philosophe, assez grand penseur tout au
moins pour admettre que la philosophie prête à l'éloquence le plus efficace concours; il l'a proclamé en
maint endroit de ses plus beaux traités de rhétorique. Ne
l'eût-il, d'ailleurs, pas reconnu, les faits seraient là pour
le contredire : la doctrine qui peut inspirer Lucrèce, Horace et Pétrone, pas plus que la doctrine dont se sont
nourris Sénèque, Perse et Lucain, ne saurait être une en-
trave pour atteindre à cette éloquence que rêvait et pratiquait Cicéron. Est-ce à dire que les arts et l'éloquence en
particulier puissent s'accommoder également de toutes les
doctrines ? A Dieu ne plaise ! et nous allons essayer de
prouver le contraire. Quand on est de bonne foi dans la recherche de la vérité, quand on n'aspire qu'à perfectionner
son être, l'esprit, ce n'est, hélas ! que trop fréquent, peut
bien s'égarer dans de funestes théories; mais le cœur,

---

[1] *Brut.*, 31. — [2] *Brut.*, 35. — [3] *Caus.*, XII, 316.

foyer des fortes pensées, de l'éloquence par conséquent, peut aussi, par une heureuse inconséquence, garder cette honnêteté et ce fonds de vertu d'où Caton tirait toute l'éloquence. Hâtons-nous néanmoins d'ajouter que ce n'est là que l'exception : le commun des âmes s'améliore ou se corrompt, suivant qu'elles placent le but de la vie dans le bien idéal des stoïciens ou dans le plaisir même épuré des épicuriens. Nier le mal et la douleur physiques, dédaigner les jouissances terrestres, au point de devenir insensible à ce qui ne regarde que le corps, est une absurdité, mais une absurdité sublime qui défie toutes les tyrannies. Au contraire, tendre au plaisir même par la vertu donne au monde extérieur une prise singulière sur le *moi* humain : comment arriver à ce calme, à cette paix où gît le bonheur, s'il faut lutter contre les abus de la force ou du pouvoir? C'est la matière, ne l'oublions pas, qui commande chez l'épicurien; l'âme ne fait qu'obéir; tandis que pour Zénon le corps n'existe, pour ainsi dire, pas. Maintenant, laquelle des deux doctrines est le plus appelée à prospérer sous l'empire, tel que nous le connaissons?

III

Avant même que César et son fils adoptif eussent étouffé la liberté, la guerre et les conquêtes avaient accumulé tant de richesses sur la tête de ces citoyens jadis si simples et si pauvres, qu'ils ne songaient plus guère qu'à jouir paisiblement du fruit de leurs triomphes. Ce sentiment, qui naît à Rome avec les Scipion, grandit et se fortifie jusqu'à Lucullus; mais il s'épanouit après la bataille d'Actium, lorsque Auguste reste seul dépositaire de la toute-puissance. Les historiens sont unanimes sur ce point; aussi le *troupeau d'Épicure* gagne-t-il chaque jour du ter-

rain ; morose et lugubre dans le poëme de la *Nature*, la
doctrine est devenue souriante et fleurie dans les *Odes*
d'Horace et dans la maison de Mécène. « Les plus riches
habitants de l'Italie, dit Gibbon, avaient presque tous
embrassé la philosophie d'Épicure ; ils jouissaient des
douceurs de la paix et d'une heureuse tranquillité, sans se
livrer aux idées de cette ancienne liberté si tumultueuse[1]. »
Oui, mais le sénat perdit sa puissance avec sa dignité, et la
plupart des familles nobles, au foyer desquelles vivait encore le vieil esprit romain, s'éteignirent rapidement sous
le nouveau régime. Il est vrai qu'aux horreurs des discor-
des civiles et des proscriptions avait succédé dans les cœurs
la conscience d'une sécurité et d'un bien-être mensongers.
« Plus terrible que la guerre, s'écrie Juvénal, et fruit d'une
trop longue paix, le luxe s'est appesanti sur Rome et a vengé
la défaite du monde[2]. » Pour comble de malheur, il y avait
longtemps que la religion n'était plus rien pour les classes
supérieures ou n'était qu'un *instrumentum regni*. Le peuple
n'avait que des superstitions. On connaît le dédain de Cicéron pour les augures, et ce début d'une satyre d'Horace :

> Olim truncus eram ficulnus, inutile lignum,
> Quum faber, incertus scamnum faceretne Priapum,
> Maluit esse Deum[3].

Horace pourtant était l'ami, le partisan d'Auguste, qui voulait rendre à la religion de l'empire l'éclat et le prestige
qu'elle perdait de jour en jour ! Juvénal est et devait être
par sa date plus explicite encore. « Qu'il y ait des dieux
aux enfers, un royaume sous terre, une barque pour passer le Styx plein de noires grenouilles, qu'une seule na-
celle enfin suffise à passer tant de milliers d'âmes, voilà ce
que les enfants eux-mêmes ne croient plus[4]. » Mais ce qui

---

[1] Ch. ii. — [2] vi, 293. — [3] i, 8. — [4] ii, 150.

jadis avait avant tout soutenu les âmes, c'était l'amour de
la patrie et des institutions anciennes ; c'était le culte des
traditions nationales, c'était le sentiment de la grandeur
romaine. Toutes ces croyances ont sombré avec le vais-
seau de la république. La multitude se fait gloire de ne
plus croire à rien, si ce n'est au présent; chacun se fait
épicurien et sceptique, et l'aristocratie finit elle-même par
céder à l'influence générale. Moins soucieux de l'avenir,
les successeurs immédiats d'Auguste laissent aller les choses et tous, jusqu'à Trajan, affichent la doctrine du plaisir;
c'est la philosophie d'État, philosophie commode qui permet à l'âme de s'endormir dans les sensualités grossières
et ne s'inquiète nullement de la rappeler à ses devoirs. A
quoi bon le dévouement et le sacrifice? *Vive memor quam
sis ævi brevis.* César ne veille-t-il pas, ne pourvoit-il pas à
tout? N'est-ce pas le dieu *père des loisirs?* Voilà ce qu'on se
disait sous Tibère et sous Néron, et ce qui nous donne la
clef de cet abaissement à peine croyable que Tacite flétrit
chez ses contemporains ; le *Satyricon* de Pétrone sert ici de
pendant aux *Annales :* ces deux ouvrages sont la peinture
exacte, peu s'en faut, de la société romaine à cette époque.

IV

Que restait-il donc pour faire contre-poids à la puissance
corrosive des Césars et pour cicatriser la plaie des mœurs ?
Les débris de la vieille aristocratie républicaine, qui
n'avait pas encore renié le passé, et les stoïciens, qui ne
pouvaient se taire en face de pareils déportements. C'étaient,
comme nous dirions aujourd'hui, les représentants et les
plus fermes appuis de l'opposition. Nous avons indiqué dans
les autres parties de ce travail comment et pourquoi les
empereurs s'étaient attaqués de préférence aux anciennes

familles, chez lesquelles fermentait encore comme un levain de liberté. Les orateurs politiques de l'empire appartiennent tous ou presque tous, nous l'avons vu aussi, au
patriciat et à la philosophie stoïcienne. Cherchant à créer
une force morale capable de retremper les âmes, et une
opinion publique à même de servir de frein au despotisme, cette partie de la nation, réduite au silence sous Auguste, sous Tibère et sous Caligula, releva la tête sous
Claude et au début du règne de Néron. Les excès de l'arbitraire et de la délation l'auraient, en quelque sorte, poussée
au désespoir, si la doctrine du Portique n'eût doublé son
énergie. Cette doctrine, qui fait de l'homme un adversaire impassible de la force et du destin, convenait à ses
vertus exagérées par le malheur. L'éloge de Caton devint à la mode, et Thraséas ne craignit pas d'imiter sa
franchise en plein sénat. Ce stoïcisme n'était pas, comme
on l'a dit, la philosophie de l'orgueil : n'était-ce donc que
de l'orgueil d'en appeler du crime au tribunal de la conscience et de revendiquer ainsi les droits de l'humanité
méconnus? Loin de l'étouffer, les persécutions du pouvoir
lui imprimèrent, comme au christianisme, je ne sais quelle
force nouvelle. Ce n'est pas sans dessein que nous nommons ici l'enseignement du Christ à côté de l'enseignement
de Zénon : les écrivains de l'Église naissante prirent les
stoïciens pour modèles ; la morale, du reste, était des deux
côtés, sinon la même, au moins semblable. Les Pères latins
et les plus grands ont été jusqu'à regarder Sénèque le
Philosophe comme un des leurs ; ils ont fait une étude
particulière de Perse, qui représente le stoïcisme philosophique, comme Lucain représente le stoïcisme politique. Il n'est pas jusqu'à leur style qui ne paraisse un
reflet éclatant du style du Portique. Ce n'est pas que les
stoïciens, ou ceux qui en portaient l'enseigne, fussent tous

Qui Curios simulant et Bacchanalia vivunt.

irréprochables. Loin de là : il y avait dans le nombre des hommes sans dignité, sans égalité d'âme, tristes, taciturnes, d'un cynisme parfois révoltant que Juvénal a stigmatisé dans sa seconde satire :

Mais ceux-là, Sénèque les désavoue pour l'école de Zénon ; au lieu de propager, ils décriaient leur morale, et leur grossière hypocrisie faisait peut-être plus de mal que le laisser-aller des épicuriens. Ils ont été le fléau d'une secte qui aurait pu arrêter la gangrène dont souffrait le cœur de la société romaine. Cette gangrène, il est vrai, avait fait des progrès rapides, si l'on compare, par exemple, les *Satires* d'Horace à celles de Juvénal. Jusqu'à l'empire, les femmes, pour ne parler que de ce sexe, avaient assez bien gardé les vertus du foyer domestique. Mais de leur avénement public au pouvoir date leur avénement au vice ; est-il besoin de citer le nom des Messaline, des Agrippine, des Poppée? L'histoire et la satire du temps en disent assez sur leur compte. La plaie cependant, toute béante qu'elle était, aurait pu se refermer, du moins jusqu'à la propagation du christianisme, si les stoïciens avaient pu se faire entendre : par leur dogme de l'ἀταραξία ou du calme intérieur, par l'insensibilité, ils auraient pu triompher de ce débordement de la chair, symptôme infaillible de la décadence impériale. S'ils n'avaient pas clairement formulé, comme l'Évangile, l'égalité des hommes, Sénèque et son école avaient crié assez haut que l'esclave était sacré pour le maître, s'il n'était pas encore son égal. Avant lui déjà, la douceur envers les esclaves était passée peu à peu dans les habitudes. Auguste sévit contre les maîtres barbares. La loi Pétronia défend d'exposer les esclaves aux bêtes féroces. Le préfet de la ville a l'ordre de recevoir les plaintes des serviteurs contre leurs maîtres. Les statues de l'empereur, si nombreuses à Rome surtout, deviennent l'asile de ces

opprimés, trop souvent victimes d'atroces fureurs [1]. En
vertu d'une loi de Claude, le maître qui n'a pas soin de
ses esclaves malades perd sur eux toute espèce de droits.
Pétrone lui-même, l'épicurien Pétrone a mis dans la
bouche de Trimalcion des paroles presque chrétiennes :
« Mes amis, s'écrie le débauché, les esclaves sont des
hommes comme nous ; ils ont sucé le même lait, quoique
la fortune les ait traités en marâtre. » Il n'était donc pas
impossible à la philosophie stoïcienne en particulier d'é-
carter de l'État et de la société ce danger sans cesse re-
naissant de l'esclavage ; d'autant plus que le siècle n'é-
tait pas, quoi qu'on en dise, inaccessible à la pitié. Les
déclamateurs, amis ou contemporains de Sénèque le père,
sont remplis d'exhortations à cette vertu. Citons, à ce
sujet, un beau mouvement oratoire de Gallion : « Il n'y a
pas de droit contre la loi naturelle. Quoi ! vous m'empêcherez de pleurer à la vue d'un homme dans le malheur !
Quoi ! vous m'empêcherez de me ranger du parti d'un
homme que sa noble conduite aura mis en péril ! Nos sentiments dépendent de nous et ne reconnaissent pas d'autre
autorité ! A personne on ne peut défendre la compassion. Il
existe, en effet, des droits non écrits, mais plus certains que
tous les écrits du monde. Oui, j'ai le droit de donner l'au-
mône au mendiant et d'ensevelir un mort resté sans sépulture. C'est un mal que de ne pas tendre la main à ceux qui
sont tombés ; il y a là-dessus des droits communs au genre
humain [2]. » Mais le danger ne fut pas écarté et les choses
allèrent leur train, parce que le stoïcisme recélait un
principe de faiblesse qui mit obstacle à ses progrès et li-
mita son action. Préoccupé de l'homme seul et de la vie
présente, sans solution précise sur le problème obscur de
nos destinées futures, et silencieux sur le rôle terrestre de

[1] Sén., De Clem., I, 8. — [2] Sén., Contr., I, 1.

la Divinité qu'il confondait avec une fatalité aveugle et impuissante, il négligeait le sentiment religieux, alors plus
capable que les autres d'agir sur les multitudes ignorantes.
Au lieu d'être générale, la réaction philosophique et aris-
tocratique resta l'œuvre méritoire de quelques mâles caractères que nous avons mis en relief, et qui soutiennent
à eux seuls jusqu'à la fin le grand art de la parole.

Ainsi, l'absence de toute foi religieuse ou morale, de
toute doctrine capable de faire contre-poids au pouvoir exorbitant et délétère des princes inintelligents ou égoïstes qui
succédèrent à Auguste : voilà la principale, la vraie cause
de cette décadence, qu'ont entrevue, mais non dans son ensemble, les écrivains et les critiques de l'empire. La foi seule
à un dogme ou à un principe puissant et sain est à même de
ramener les esprits égarés et de rendre aux caractères l'énergie, mère des grandes choses et des grandes révolutions. Assurément, avec les lois et les théories de Tibère ou de Néron,
il était malaisé de relever, à Rome, cette tribune aux harangues qui s'était écroulée sur le dernier et courageux discours
de Cicéron contre Antoine. Il n'en est pas moins vrai que,
même sous leur despotisme sanglant, nous avons rencontré
plus d'une belle et généreuse parole, plus d'un véritable orateur. Dans quels rangs ? Dans les rangs des stoïciens, c'est-à-
dire parmi les seuls hommes qui portassent leurs regards au-
dessus de la matière, et qui s'élevassent jusqu'à ces *régions
sereines* où Lucrèce plaçait uniquement le séjour de la sagesse.

V

Quant aux causes secondaires plus haut mentionnées,
nous estimons les avoir montrées incomplètes ou inexactes ; incomplètes, en ce que ni Cicéron, ni Quintilien,
ni l'auteur mystérieux du *Dialogue*, pas plus que les criti-

26

ques modernes, n'ont voulu voir, en dehors de la liberté politique, un mobile aussi fort et plus intime dans cette voix de la conscience humaine, à laquelle Tacite le premier a fait appel ; inexactes, lorsque Sénèque le Rhéteur, au milieu de réflexions justes du reste, prétend que l'éloquence *avait perdu son plus beau prix*, en d'autres termes, qu'elle ne conduisait plus ni aux honneurs ni à la fortune. Le *Dialogue des Orateurs* s'est chargé de lui répondre par la bouche d'Aper : « Par l'éloquence, l'on peut se faire et se conserver des amis, mettre les peuples dans son intérêt, étendre son empire sur les provinces. Il n'y a pas chez nous d'étude plus *utile* ou *plus fructueuse*, qui procure plus de dignité, *ad dignitatem amplius*, qui mette à Rome un homme mieux en renom, qui puisse même le faire mieux connaître de tout l'empire ou de toutes les nations [1]. » De plus, Sénèque était-il bien venu à dire que l'art de la parole se morfondait sans récompense dans une ville où l'on pouvait amasser, comme Marcellus Éprius et Vibius Crispus, une fortune de 60 millions ? Juvénal émet la même opinion, mais sous forme d'hyperbole et de licence poétique, pour la contredire, d'ailleurs, dans quelques passages, en sorte qu'il ne fait pas autorité sous ce rapport. Les écoles aussi, d'après les mêmes critiques, ont eu leur bonne part dans la décadence générale ; Pétrone, nous l'avons vu, met tout sur leur compte ; chez lui et chez Tacite, les expressions *umbraticus doctor, studia in umbrâ æducata* [2], sont toujours prises en mauvaise part ; il faut être un bel esprit, à l'image de Pline le jeune, et briller, à son exemple, dans les mesquins et petits concours du temps, pour écrire à l'un de ses amis : *Volumus scholasticas tibi, atque, ut ita dicam, umbraticas litteras mittere* [3]. Ces mille travers des écoles ne sont que trop réels, nous l'ac-

---

[1] Ch. v. — [2] Tac., *Ann.*, xiv, 53. — [3] ix, 11.

cordons; nous accorderons encore que, ne s'attachant, peu
s'en faut, qu'à la forme, qu'au vêtement de la parole, elles
ont trouvé le moyen de la gâter et de la corrompre par une
recherche minutieuse et ridicule. Elles ont voulu faire de
l'art pour l'art, et de la sorte l'art s'est amoindri, étiolé
dans leur sein. Il ne faudrait cependant pas tout condamner dans les écoles, et nous croyons avoir établi que
plusieurs de ces exercices, que l'on s'est trop hâté de qualifier de puérils, n'étaient pas sans valeur au point de vue,
tout au moins, de l'éducation littéraire. Nous serions, du
reste, mal venus à jeter la pierre à ces rhéteurs tant décriés,
puisque nous les imitons, en France surtout, sur plus d'un
point. Disons qu'ils auraient pu faire moins de mal ou
plus de bien en respectant un peu plus le goût, le bon
sens et la raison. Mais ne les mettons pas, à la suite de
Pétrone, seuls en cause : le grand coupable alors, c'est
tout le monde ; ce sont la société, les lois politiques,
les mœurs privées, l'absence complète ou à peu près du
sens moral. Voilà, croyons-nous, où il faut chercher l'origine de cette lente mais progressive agonie. Vienne un
souffle plus pur, une philosophie, une foi nouvelle, et le
marasme disparaîtra, sinon tout de suite, au moins peu à
peu et d'une manière sûre. Frappez l'épicuréisme grossier
qui flétrit et souille le foyer domestique; élevez-vous
contre la chair ou, du moins, maîtrisez-la, comme le
recommande Sénèque ; en face de cette vie tout extérieure
et vide, prêchez la vie intérieure, la vraie vie, celle de
l'âme ; et le vieil homme sera bientôt dépouillé, l'esprit et
les arts qui en dépendent auront bientôt remonté vers les
sources pures du bien et du beau. Ne savez-vous pas
qu'avec un idiome vieilli, entaché de rouille, de pro-
vincialisme et de barbarie, les apôtres de la bonne Nouvelle vont se faire écouter des populations corrompues
et soulever le monde ?

VI

Mais, dira-t-on, d'où pouvait partir une pareille impulsion, si ce n'est de l'Église, non encore reconnue par les Césars ? Le paganisme épuisé, la philosophie régnante, étaient-ils des assises capables de supporter l'édifice de l'avenir ? Peut-être ; et sans vouloir, à Dieu ne plaise ! mettre en doute les services rendus par le christianisme, qu'il nous soit permis de revenir brièvement sur l'homme qui a joué le plus grand rôle au premier siècle de notre ère, sur Sénèque le Philosophe. Sénèque, dont nous avons déjà parlé au double point de vue de l'homme public et privé, de l'orateur et de l'écrivain, a, le premier dans l'antiquité, formulé ce principe, aujourd'hui banal, que la littérature est l'expression de la société : *Talis hominibus fuit oratio qualis vita.* Cet aperçu nouveau jette un jour particulier sur la question dont il s'agit, et nous explique surabondamment pourquoi, depuis Auguste, les lettres romaines, l'éloquence plus spécialement, ont décliné de jour en jour. Donnons la parole au correspondant de Lucilius : « Dès que l'esprit s'est fait une loi de dédaigner toutes les choses en usage, de tenir pour vil tout ce qui est commun, on cherche également à innover dans le langage ; tantôt on exhume et l'on reproduit des termes vieux et surannés ; tantôt on en fabrique de nouveaux ; tantôt on prend pour élégance ce qui depuis peu est à la mode, l'audace et l'abus des métaphores ; enfin, partout où vous verrez prédominer un langage corrompu, soyez-en sûr, là aussi les mœurs auront perdu de leur pureté. Et, si le luxe de la table et des costumes dénote une civilisation malade, le dérèglement du discours, pour peu qu'il se propage, atteste que les âmes, dont le style n'est que l'écho, ont

elles-mêmes dégénéré [1]. » La critique moderne, malgré
toute sa philosophie, n'a pas été plus loin. Mais ce n'est
pas assez pour Sénèque d'entrer à ce point dans l'analyse
des phénomènes intellectuels et moraux qui se déroulent
à ses yeux ; puisqu'il blâme l'allure générale, force lui est
d'indiquer une autre route, et ici encore il a eu comme
une intuition du remède que les faiseurs de manuels et les
maîtres les plus en renom furent impuissants à découvrir.
Cicéron avait dit, en prévision peut-être des jours sombres
où Rome allait s'engloutir après lui : « Il faut que l'éloquence s'élève, qu'elle se dresse, pour ainsi parler, dans
la conscience une tribune, d'où elle apprendra aux hommes
à désirer, ou, du moins, à ne pas craindre la mort. » Cette
tribune, Sénèque, ou plutôt ses maîtres les stoïciens l'ont
élevée : partout dans leurs écrits respire le dédain de la
mort; qu'elle vienne de la nature ou des hommes, que
leur importe? Ils la désirent, ils l'aiment presque, parce
qu'elle est pour eux, comme pour les chrétiens, la première heure de la délivrance, l'aurore de la liberté. Armée
d'une pareille théorie, l'âme reste, quoi qu'on fasse,
maîtresse d'elle-même, elle se possède et s'épanouit à son
aise ; elle ne peut pas être esclave comme le corps ; et
alors pourquoi ne ferait-elle pas entendre les plus nobles
pensées, pourquoi ne serait-elle pas éloquente ? C'est là ce
que s'est demandé le précepteur tant controversé de
Néron ; c'est ainsi qu'il a prôné, dans ses *Lettres à Lucilius*
particulièrement, cette éloquence de la réflexion et de
l'âme, la seule compatible avec l'état présent des choses.
Libre à Quintilien de relever dans Sénèque des *défauts
séduisants*, ces antithèses brillantes, ces chutes habiles, ce
coloris d'expression, toutes ces ruses d'un art plus ingé-
nieux que solide ; il fait son métier de rhéteur. Mais il se

[1] *Lett.* 114.

trompe, s'il estime que ce soit à de telles amorces que se sont laissé prendre les Romains. Si le Philosophe a comme fasciné l'esprit malade de ses contemporains, c'est qu'il leur a présenté le type de cette éloquence qu'Aper et Maternus n'ont pas mieux aperçu que Quintilien. En face de la tribune muette, du sénat avili et du barreau rapetissé, Sénèque ouvrait à la jeunesse studieuse un horizon immense et magnifique qu'elle eut le malheur de ne pas embrasser dans son ensemble. De son côté, hâtons-nous de le dire, il n'insista peut-être pas suffisamment sur cette vue féconde ; il lui manquait cet esprit de suite, cette flamme intérieure, cette intuition en quelque sorte, qui seuls assoient à jamais les idées neuves, et que les deux lumières de la philosophie grecque, Aristote et Platon, possédaient au souverain degré. En dépit de ses éminentes qualités, il prêtait lui-même trop à la censure pour s'imposer à l'opinion ; c'était un chef d'école, un homme de parti, pas assez un homme à ramener les intelligences, à les pétrir à son gré, parce que ce n'était pas un généralisateur, qu'on nous passe le mot. Aussi restera-t-il, quoi qu'on en ait, comme un penseur original et créateur, sinon comme un écrivain irréprochable. Mais son œuvre ne lui survivra pas, et l'éloquence qu'il essaya d'implanter dans la Rome payenne ne s'épanouira qu'après lui, dans la Rome des catacombes, ou sur les lèvres des orateurs sacrés.

VII

Pour nous, modernes, qui vivons dans un âge différent, mais qui n'est pas sans une secrète analogie avec l'âge d'Auguste, quelle conclusion tirer de ce travail ? quel avantage en recueillir ? Un avantage doublement précieux :

l'avantage de nous initier un peu plus à fond à des études, mortes assurément, mais d'où les nôtres relèvent sous plus d'un rapport; et l'avantage bien autrement sérieux de nous prouver que, sans les principes d'une morale saine et forte, sans les dogmes éclairés d'une religion intelligente, en un mot, sans un esprit public libre avec mesure et capable de discerner et de pratiquer le bien, les meilleures doctrines littéraires, le goût le plus épuré, ne peuvent arrêter les plus nobles occupations de la pensée sur la pente fatale et rapide où les entraîne un matérialisme impur, quand une génération a le malheur de s'y laisser aller. Nous n'en sommes pas là, grâces à Dieu ! Mais il ne faudrait pas se croire entièrement à l'abri du péril : le progrès moral n'est pas aussi rapide que le progrès matériel, et, si la balance venait à pencher décidément de ce côté, malheur à cette civilisation qui fait notre gloire ! Ce n'est donc pas trop des soldats les plus faibles pour lutter, dans la région des idées et du haut enseignement, contre le flot sans cesse envahissant de nos prétendus *utilitaires*. Puissions-nous leur avoir démontré que nous mettons avec raison la vérité, ce qu'ils appellent la *réalité*, dans le culte exclusif du beau, du bien et de l'honnête, c'est-à-dire de l'idéal.

FIN.

TABLE DES MATIÈRES

SIXIÈME PARTIE.

FIN DE LA TABLE.

CORBEIL, typogr. et stéréot. de CRÉTE.

IMPRIMERIE DE RENOU ET MAULDE, RUE DE RIVOLI, 144.

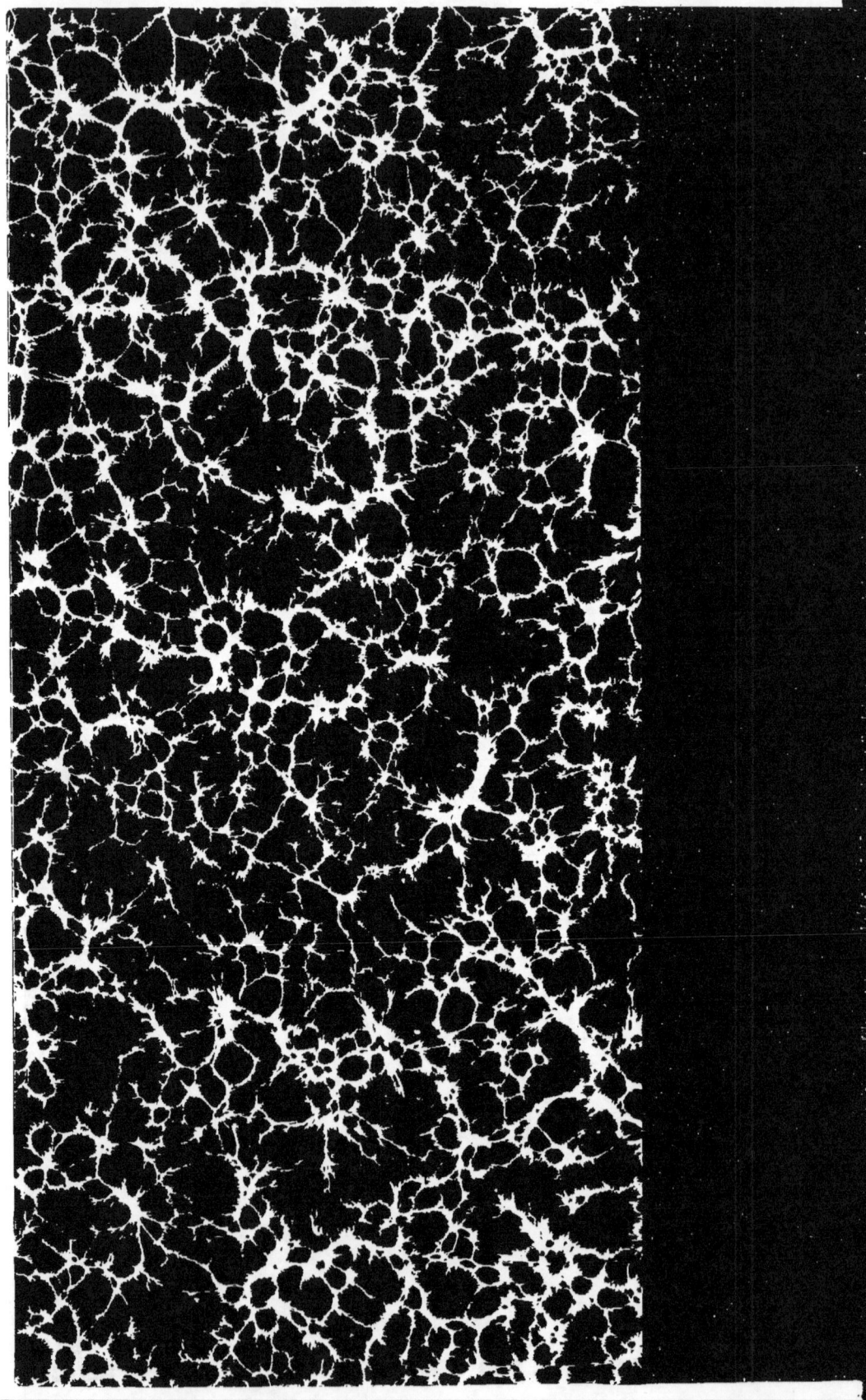

www.ingramcontent.com/pod-product-compliance
Lightning Source LLC
Chambersburg PA
CBHW070548030726
47505CB00001B/201